Strand ohne Wiederkehr

Hendrik Neubauer ist in Hamburg geboren und in Trittau aufgewachsen. Während er in Kiel studierte, lernte er im Sommer die Eckernförder Bucht schätzen. Danach zog es ihn in den wilden Westen der Republik. Nach über zwanzig Jahren in der Diaspora lebt er nun als Autor und Publizist wieder im hohen Norden. Ungefähr in der Mitte zwischen Eckernförde und Kiel, aber Hauptsache, an der See.

Arnd Rüskamp ist am südlichen Rand des Ruhrgebietes am Baldeneysee geboren. Er hat Publizistik studiert, war Reporter und Moderator, Soldat und Biker, Autor und Verleger. Heute verdient er sein Geld noch immer in den Medien, hat aber erkannt, dass sein berufliches Glück zwischen zwei Buchdeckeln liegt. Dort macht er für sich und seine Leser/-innen Grenzerfahrungen zwischen Fiktion und Realität. Er lebt im Ruhrgebiet und in seiner Wahlheimat zwischen Schlei und Ostsee. Er ist Mitglied im »Syndikat«.

HENDRIK NEUBAUER UND ARND RÜSKAMP

Strand ohne Wiederkehr

KÜSTEN KRIMI

emons:

Bibliografische Information der Deutschen Nationalbibliothek
Die Deutsche Nationalbibliothek verzeichnet diese Publikation in der Deutschen Nationalbibliografie; detaillierte bibliografische Daten sind im Internet über http://dnb.d-nb.de abrufbar.

MIX
Papier aus verantwortungsvollen Quellen
FSC® C083411

Umschlagmotiv: fotolia.com/Frofoto
Umschlaggestaltung: Tobias Doetsch
Gestaltung Innenteil: César Satz & Grafik GmbH, Köln
Lektorat: Hilla Czinczoll
Druck und Bindung: CPI – Clausen & Bosse, Leck
Printed in Germany 2016
ISBN 978-3-95451-944-6
Küsten Krimi
Originalausgabe

Träum, das Leben ist hart
Schwimm im Meer von Blumen
Doch Haie lechzen nach Blut
Sie spüren die Hitze, unsere Glut.

»Wenn Möwen schreien«,
Hans Dylans Hommage an Prince

Prolog

Eckernförde. Das war sein erster Gedanke, als er die Wettervorhersage gehört hatte. Der Südstrand. Mit den Füßen im Sand spielen, sich von der Sonne aufheizen lassen, ins kühlende Wasser der Ostsee rennen. Noch am Abend hatte er seine Tasche gepackt. Ein Buch, die neue Sonnenbrille, ein Handtuch, ein Strandtuch und Sonnenmilch. Mehr würde er nicht brauchen.

Die Meteorologin hatte recht behalten. Der Himmel war wolkenlos, blau, weit. Dann machte er den ersten Schritt auf den Strand, spürte den Sand unter den Flip-Flops. »Das hast du gut gemacht«, sagte er zu sich selbst. Er ging in Richtung »Strandbude«, suchte sich einen Platz im niedrigen Dünengürtel. Das T-Shirt zog er aus, eingecremt hatte er sich schon zu Hause. Möwen schrien, ein Hund bellte. Er legte sich auf den Bauch und schlug sein Buch auf.

Das Kapitel war lang, die Sonne warm. Träge richtete er sich auf, legte die Sonnenbrille unter das aufgeklappte Buch und ging zum Wasser runter. Nachdem er sich an die Kälte gewöhnt hatte, machte er lange, kräftige Züge hinaus in die Eckernförder Bucht, legte sich auf den Rücken und blinzelte in die Sonne.

Etwas berührte ihn an seinem rechten Bein. Quallen, dachte er, drehte sich und legte das Gesicht ins Wasser. Das Wasser war trüb, nichts zu sehen. Oder doch? Ein dunkler Schatten, der sich von vorn um ihn herum nach hinten bewegte. Schemenhaft. Delfine, ging es ihm durch den Kopf. Er trat Wasser, drehte den Kopf nach links und rechts. Er paddelte mit den Händen, drehte sich um seine eigene Achse, sah den Strand, fühlte eine kühle, aufsteigende Strömung an seinem Rücken, hörte ein leises Glucksen. Etwas wurde ihm mit großer Kraft über den Kopf gestülpt. Etwas drückte ihn rasend schnell unter Wasser. Etwas übermannte ihn. Er schrie.

Am Strand lief ein Hund über sein Handtuch. Aber das konnte er nicht mehr sehen.

11 Monate später

Dafür nicht

»Das war ein ganz schlechter Abgang, Margarete«, sagte Rasmussen auf einmal und schaute die Brix einigermaßen zerknirscht an. Vor ihm stand sein Teller. Unangerührt. Steak-frites. Sie waren der Empfehlung des Kellners im Fischerhaus in Schuby gefolgt.

»Hans, sprich bitte nicht in Rätseln.« Die Brix schien fast entrüstet, ließ sich aber nicht weiter vom Essen abhalten. »Du, das schmeckt köstlich. Iss doch!«

»Warum hattest du mich nicht in deine Pläne eingeweiht? Am Ende kam nur diese schnöde Mail. ›Ich gehe auf Weltreise. In den nächsten Monaten musst du auf meine Mithilfe verzichten‹«, mokierte sich der Hauptkommissar, dann machte er eine lange Pause. »Als ob es darum ginge. Amtshilfe. Ich habe dich vermisst, meine liebe Frau Brix.« Er zog eine Flunsch.

Jetzt griff er immerhin schon mal nach dem Besteck. Messer und Gabel aufrecht in den Händen. Sein Tellergericht rührte er aber nicht an.

Bis die Steaks aufgetragen wurden, war alles gut gewesen. Schon bei der Begrüßung mitten im Gastraum hatte es so ausgesehen, als wollte Rasmussen die Brix überhaupt nicht mehr loslassen. Und noch ein Wangenküsschen und noch eins. Das war ansonsten nicht seine Art, ältere Damen in der Öffentlichkeit in körperlichen Gewahrsam zu nehmen.

Das Fischerhaus war an diesem Abend voll ausgebucht, es war der letzte Tisch, wie seine Assistentin Calloe mehrmals betont hatte. Die Brix hatte von der Reise erzählt. Die ersten Wochen war sie allein unterwegs, sie nannte das ihre persönliche Pilgerreise. Mit Antwerpen und Brügge hatte sie angefangen. Auf den Spuren von Caroline von Iven, der Schlei-Diva, und warum nicht mal wieder in den Louvre? Ja, in Paris hatte sie es allerdings nur einen Tag ausgehalten, um sich dann in Barcelona zu verlieben. Drei Wochen in der katalanischen Hafenstadt, die kenne sie ab sofort wie ihre Handtasche. Sevilla stand als Nächstes auf dem Plan und später rüber nach Tanger. Aber da kam Fiete Burmester dazu, der alte Baulöwe aus Eckernförde. Nach einem Kurztrip nach Marrakesch mit Elias Canetti im Reisegepäck waren sie nach Rom und von da aus nach Tel Aviv geflogen.

Rasmussen hatte gemerkt, wie seine Gedanken immer mehr abschweiften. Die Brix sparte aber auch nicht mit Details. »Du machst dir ja gar keine Vorstellung, mien Jung«, rief sie immer wieder aus und legte wieder los. Bauhaus in Tel Aviv war das Letzte, was er realisiert hatte. Es gebe dort viele tausend Gebäude, deren Fassaden mit Bauhaus oder Art déco spielten, sie seien aber doch eher dem International Style zuzuordnen. Nur wenige dieser Gebäude seien saniert, und Fiete auf seine alten Tage träume davon, dieses Weltkulturerbe zu retten. Es sei aber auch eine Schande, die meisten Bauten seien eingerüstet, bröckelnder Putz, verwitterter Beton und Kabelage, die die Außenwände wie hässliche Spinnennetze überziehe. Das sehe alles ein wenig nach südamerikanischem Slum aus, und es rieche vor allem auch so.

Von da an war er aus den Reiseanekdoten der Brix ausgestiegen und hatte sie nur noch betrachtet. Das türkise Hütchen wippte neckisch. Sie hatte einen gesunden Teint, nicht verbrannt, aber schön braun. Die Falten umspielten ihre blauen Augen. Sie strahlte vor sich hin, mochte auch ihr Mundwerk nicht stillstehen. Ihr türkises Kleid war hochgeschlossen, aber ärmellos. Welche Frau in ihrem Alter konnte das noch tragen? Sie ging immerhin auf Mitte siebzig zu.

Die Brix unterstrich ihre Ausführungen mit ausdrucksvoller Mimik und ausladenden Gesten. Gab es eigentlich noch eine Person im Fischerhaus, die ihr nicht zuhörte, wenn man von dem Hauptkommissar absah? Rasmussen dagegen erinnerte sich gerade an den letzten Frühsommer im Ykærnehus. Die Brix hatte eingeladen, und als er sich in ihrem kleinen Flur schließlich als Letzter verabschiedete, hatte sich die Brix versonnen im Spiegel betrachtet. Sie schwärmte selbstbesoffen von ihrem Dekolleté, und draußen auf dem Flur hätte er fast angefangen zu prusten. Aber hatte sie nicht recht?

»Hans, hörst du mir überhaupt noch zu?« Die Brix beugte sich vor.

»Maggie, was glaubst du denn?«, empörte sich Rasmussen. Er nippte an seinem Pils.

Die Brix verkniff es sich, aber sie hätte den Hauptkommissar gern nach dem letzten Ort gefragt, von dem sie eben so leidenschaftlich berichtet hatte. Feuerland. Fiete Burmester wollte doch einmal im Leben Kap Hoorn umfahren – gesagt, getan. Rasmussen würde das zwangsläufig und mehrmals in allen Einzelheiten erfahren, dafür würde Fiete schon sorgen.

Die Brix hatte ihr Glas Weißwein gehoben und einen guten Appetit gewünscht, denn die beiden Portionen Steak-frites waren gerade aufgetragen worden.

Rasmussen konnte es sich nicht erklären, aber in diesem Augenblick war er schlecht draufgekommen. Sosehr er sich freute, dass die Brix wieder vor ihm saß, so sehr ärgerte ihn ihr plötzliches Verschwinden im letzten Sommer. Immer noch. Dabei war das ja noch längst nicht alles. Keine einzige Nachricht hatte er über die Monate bekommen, dabei wusste er, dass sie regelmäßig Kontakt mit dem Ykærnehus gehalten hatte. Nicht umsonst war ihr ja Fiete Burmester nachgereist. Wenn sie wüsste, wie abgehängt er sich gefühlt hatte. Wenn er daran dachte, verging ihm immer noch der Appetit. Tja, dann war es aus ihm herausgeplatzt. Das mit dem schlechten Abgang.

»Hans, bist du bereit zum Gefecht?«, versuchte die Brix die Situation aufzulösen.

»Pardon, aber es musste sein«, lenkte Rasmussen ein und ließ das Besteck sinken. Er begann, sein Steak zu schneiden.

»Dafür nicht, mien Jung«, sagte die Brix.

Im Prinzip brauchten die beiden nicht viele Worte. Rasmussen fühlte sich auf einmal wieder verstanden. Es war so, als sei er von einem Moment auf den anderen wieder komplett.

Nach Mitternacht

Die beiden jungen Männer wurden hin und her geschleudert. Mit quietschenden Reifen bog der Bulli auf den Parkplatz des Discounters. Der Mann mit den Rastalocken hatte einem Transporter ausweichen müssen, der ohne Licht und mit hoher Geschwindigkeit vom Platz gerast war.

»Digger, das war brenzlig«, sagte der mit der Kappe und zog an seinem Joint. Rauch stand in der Fahrerkabine. »Fahr aber diesmal gleich rückwärts an das Tor.« Er drückte die Kippe aus und holte den Bolzenschneider unter dem Beifahrersitz hervor. Bevor er ausstieg, zog er sich die Kapuze über die Kappe. Nur noch der Schirm war zu sehen.

Der Rastamann zog den Schlüssel ab. Mütze auf, Schal ins Gesicht und raus. »Mann, mach hier draußen bloß die Kopflampe aus.« Schon wurde es duster. »Krass, eh, das Tor ist offen.«

Die beiden liefen zu den Containern. »Die Schlösser hier sind auch geknackt.«

»Da waren wohl vor uns schon welche da, aber hol für alle Fälle schon mal die Wannen.« Dann verschwand der mit der Kappe im Bauch eines der drei Müllcontainer.

Dem Schweinesystem den Mittelfinger zeigen, nannten sie das. Letzte Woche hatten sie hier Unmengen Bananen gesichert. Die beiden hatten Routine. Zielsicher pickten sie sich alles, was noch halbwegs fest war, aus den Abfällen heraus. Orangen mit Druckstellen und Kartoffeln mit Trieben. Das wurde ja alles in Netzbeuteln und sackweise weggeworfen. Und eben die braunen Bananen. Ihnen sollte es recht sein. Die Bananenshakes der letzten Tage hatten lecker geschmeckt.

»Mach zu, die Wannen sind bald voll. Wir sollten abhauen.«

»Warte, ich tauch noch mal in den dahinten.«

Der Rastamann sprang hoch auf die Kante und fiel tiefer als erwartet. Es rumste. Er fluchte.

»Komm, fette Beute, Gefrorenes, und was für Stücke.« Der Rastamann hievte das Zeug im Dunkeln hoch, und der mit der Kappe nahm es an.

Fünf Minuten später rollte der Bulli vom Platz. Mit Licht. Es war nach Mitternacht.

Im Schutz der Dunkelheit

Galant reichte Rasmussen seiner Begleiterin den Arm, als sie vor die Tür des Fischerhauses traten. Das warme Licht der beiden

Wandleuchten ließ die Blätter der mächtigen Platanen wie einen Baldachin erscheinen. Mild lächelnd genoss die Brix seine Aufmerksamkeit. Rasmussen öffnete den Wagenschlag, sie drehte sich zu ihm hin, stellte sich auf die Zehenspitzen und küsste ihn auf die Wange.

»Von meiner nächsten Reise erfährst du als Erster.« Damit stieg sie ein. Die Tür fiel ins Schloss, und für einen Moment – Hans umrundete den Volvo – spürte sie eine Stille, die nach Heimat klang. Erst oben auf der B 203, als Rasmussen mit ein bisschen Mühe den fünften Gang eingelegt hatte, fand die Brix wieder ins Hier und Jetzt.

»Dem Abgang, Hans, meinem Abgang, wie du das genannt hast, ging etwas voraus. Ein ganzes Leben beinahe und Jahre, letzte Jahre, die mich zu viel Kraft gekostet haben. Solange ich in Amt und Würden war, solange ich Recht sprach, respektierte man meine Abwesenheiten und erklärte sie mit den Erfordernissen meiner Arbeit. Als ich im Ruhestand angekommen war, behandelte man mich, als sei ich Freiwild. Ich wurde vereinnahmt. Meist ungefragt.« Sie stemmte sich in den Sitz. »Frau Brix hier, Margarete dort. Ein Sitz im Aufsichtsrat, ein Ehrenamt im Kirchenchor, ein Vortrag beim Juristentag, ein Aufsatz für die Zeitung.«

Die Brix griff nach dem Becher in der Mittelkonsole, trank, ihr Mund war trocken geworden, und verzog das Gesicht. Der Kaffee war ein Rest vom Vortag.

»Kein unbeobachteter Moment zwischen Borby und Kiekut«, fuhr sie fort. »Grüßende Gesten aus fahrenden Autos, über den Markt gebrüllte Wünsche, tuschelnde Tanten, wenn ich mit den Knilchen vor dem Luzifer saß. Ich kam mir vor wie in ›Die 1000 Augen des Dr. Mabuse‹. Eckernförde erschien mir wie ein Krake, der seine Arme nach mir ausstreckt. Und erwartet wurden Verständnis, Urteilsvermögen, Weisheit und, das war das Schlimmste: Anstand. Die Brix, der personifizierte Anstand. Hans, ich müsste da mal raus.«

Sie schaute aus dem Fenster. Blumen Denzer. Sie brauchte eine neue Bepflanzung für ihren Balkon.

»In San Francisco, Hans, in San Francisco habe ich in den Pazifik gekotzt.«

»Stell dir vor, Schwarzenegger hätte dich erwischt.«

Der Volvo legte sich gefährlich in die Kurve.

Die Brix legte Rasmussen eine Hand auf die Schulter. »Ich muss was ändern, Hans, sonst halte ich es hier nicht mehr aus. Ich brauche ein neues Image.«

»Bist du es nicht gewesen, die mich in den letzten Jahren immer wieder zurechtgestutzt hat, wenn ich wegwollte?«

»Du willst ja für immer gehen, ich war nur vorübergehend weg. Wenn auch für fast ein Jahr. Außerdem liegt der Fall bei dir anders. Du unterliegst nicht der sozialen Kontrolle. Du bist im Dienst, dann vertrittst du den Staat. Du bist nicht im Dienst, dann bist du privat. Eckernförde hat mich twenty-four seven im Griff. Mir hat man einen Heiligenschein verpasst. Hüte dich vor Heiligenscheinen.«

Rasmussen bog von der Bundesstraße in die Stadt ab. »Da sagst du was. Heiligenschein. Was ist uns eigentlich heilig? Ist da noch was? Was liegt uns wirklich am Herzen? Ich habe in den letzten Monaten erkannt, dass mir Eckernförde am Herzen liegt. Nicht die Enge, nicht die Neubauten. Ich habe lange überlegt, was genau es war. Ich weiß es jetzt. Ich fühlte mich behütet. Ich fühlte mich sicher.«

»Und das hat sich geändert?«, fragte die Brix.

»Maggie, ich wollte schon den ganzen Abend darüber sprechen. Aber du solltest erst mal ankommen. Wir haben hier einen Fall, was sag ich, wir haben hier Fälle, die die ganze Stadt auf den Kopf stellen. Eckernförde dreht durch. Du gehst durch die Kieler Straße, du gehst zu Fisch&Meer, du gehst ins Utgard. Überall heißt es nur, Mensch, hast du schon gehört? Schon wieder einer weg! Einfach weg! Die gehen baden und kommen nicht mehr an Land. Hast du davon denn nichts mitgekriegt da draußen in der weiten Welt? Wir waren sogar schon in der Tagesschau.«

Rasmussen schäumte sichtlich, er fuhr sich während seines Ausbruchs immer wieder mit der rechten Hand durch die Haare. Nestelte an der Brille. Traktierte den Schalthebel des Volvos.

»Oh my God! Hans, ich hatte Eckenförde ausgeblendet, ich war enthaltsam. Ganz konsequent. Und Fiete habe ich zum Schweigen verdonnert, wenn er seinen Dackelblick aufsetzte und in den Heimwehmodus wechselte.« Die Brix nahm ihr türkises Hütchen ab und richtete sich ein wenig die Haare. »Tja, und nun?«, sagte sie und musterte ihre Kopfbedeckung.

Rasmussen schüttelte den Kopf »Warte, ich bin noch nicht fertig. Ich habe getobt, Maggie, ich habe wirklich getobt. Till Meermann, gerade dreiundzwanzig Jahre alt, fuhr aus Rendsburg zum Baden an den Südstrand. Das war am 16. Juli im letzten Jahr. Vor elf Monaten. Tags drauf wurde er als vermisst gemeldet. Badegäste haben ausgesagt, sie hätten ihn eben noch gesehen. Und im nächsten Moment: einfach weg. Maggie, mir stellen sich die Nackenhaare auf, wenn ich nur daran denke. Nach einer quälend langen Woche wurde klar, dass er nicht ertrunken ist, dass er nicht am Grund der Bucht liegt, dass er verschwunden ist, einfach so. Da hat mir jemand etwas sehr Wertvolles weggenommen. Mein Eckernförde.«

Rasmussen schlug sich an die Brust. Er schlug gegen die Armaturenabdeckung. »Ich finde keine Worte für einen Menschen, der so etwas tut. Und ich habe mir geschworen, dass ich Till finde. Dass ich mir meine Stadt zurückhole. Was immer dafür nötig sein wird. Aber das war leider noch nicht alles.«

Er kniff die Lippen zusammen, knirschte mit den Zähnen. Der Brix wurde leicht unwohl, Rasmussen wurde immer lauter. Sie hatte einen Jetlag, war heute Morgen erst in Hamburg gelandet, und nun war sie angesäuselt. Sie starrte geradeaus in das Dämmerlicht der Straßenbeleuchtung. Rasmussen hatte den Volvo gestoppt, den Motor abgestellt. Vor ihnen lag das Ykærnehus. Still und friedlich.

»Fünf. Es sind fünf Männer, die sich jemand aus unserer Bucht geholt hat.« Das sagte Rasmussen in die Stille hinein.

Die Brix drehte sich weg, dann wieder zu Rasmussen hin. »Fünf Vermisste, spurlos Vermisste. Über Monate? Und alle sind am Südstrand verschwunden?«

Rasmussen nickte. »Wir gehen davon aus, dass die Männer entführt worden sind. Wobei sich bei keinem der Vermissten Anhaltspunkte ergeben haben. Bürgerliche Milieus. Keine Straftaten, keine Erpressungsversuche. Keine Augenzeugen. Nur Männer, die von einer Minute auf die andere verschwunden sind. Die Angst geht um. Die Menschen sprechen von der Bermuda-Bucht. Und du kannst dir ja vorstellen, was auf der Zentralstation los ist. Die Staatsanwältin macht ungeheuren Druck. Und das Team rackert und rackert. Morgen trifft sich turnusmäßig die Sonderkommission. Maggie, Image hin, Image her. Ich habe verstanden, dass du dich bedrängt gefühlt hast. Ich bin da sicher nicht ganz unschuldig dran und werde mich in Zukunft zurückhalten. Versprochen. Aber jetzt brauchen wir dich. Wir haben Not. Und ich brauche dich auch.«

Die Brix nickte Rasmussen zu, stieg aus, schloss die Tür, legte ihre Hand kurz an die Seitenscheibe und ging.

»Willkommen zurück an Bord«, sagte Rasmussen und fuhr los.

Horror am Hausstrand

Rasmussen war aufgewühlt. Und bevor er sich's versah, war er auf dem Weg an den Südstrand. Der Kommissar konnte nach dem Abend mit der Brix nicht nach Missunde in seine Mansardenwohnung fahren. Er hatte sich beherrschen müssen, seine mütterliche Freundin nach der langen Reise ankommen zu lassen. Sie nicht gleich mit den Ereignissen des letzten Jahres zu überfallen. Jetzt musste er einfach an den Ort, der ihn seit Monaten umtrieb.

In den Wochen nach dem ersten Fall war alles Routine gewesen. Auf der Zentralstation hatten sie sich gegenseitig zugeraunt: »Das wird schon.« – »Klar doch.« – »Bisher haben wir fast jeden Fall gelöst.« Der Routinesprech war aber immer mehr in Bestürzung umgeschlagen. Sie hatten in ihren Köpfen Gruselfilme gedreht. Ihre Phantasie war zu immer neuen Episoden aufgebrochen. Die Teamsitzungen gerieten zunehmend zu kleinen Horrorshows. Die Hoffnung, dass die Leiche von Till Meermann irgendwann von selbst auftauchen würde, war schwer enttäuscht worden. Von Anfang an hatten sie mit Hilfe der Marinetaucher die ganze Eckernförder Bucht durchpflügt. Keine Leiche, keine Spuren. Bei den Befragungen von Familie und Freunden war deutlich geworden, dass Till Meermann keinerlei Selbstmordabsichten gehabt hatte. Als binnen weniger Wochen noch drei weitere Männer spurlos verschwanden, drehten die Ermittler langsam durch. Die

Vermissten hatten alle am Südstrand gebadet und wurden danach nicht mehr gesehen.

»Vermisst – das macht die Menschen verrückt. Das ist schlimmer als mausetot«, das betonte sein Kollege Hinrichsen immer wieder zu Beginn ihrer Teamsitzungen in der Zentralstation. Als wüssten es die anderen nicht, als empfänden sie nicht auch so. Monatelang hatten sie in den Biografien der verloren gegangenen Badenden herumgestochert. Kein Anzeichen einer Typologie bis auf die Tatsache, dass zwischen den Vermissten überhaupt kein Zusammenhang bestand. Meermann kam aus Rendsburg, ein Sportstudent, dann hatten sie noch einen dänischen Landwirt, einen Saarländer, Vater von zwei kleinen Kindern, und einen alleinstehenden Soldaten aus Dresden.

»Die Eckernförder Bucht frisst ihre Besucher.« Schlagzeilen wie diese waren Ende der letzten Badesaison in der überregionalen Presse zu lesen gewesen, die örtliche Presse hielt sich zurück. »Da sitzen ja auch kühle Köpfe«, hatte die Staatsanwältin mehr als einmal verlauten lassen. Das half nur nichts, denn von Fall zu Fall stieg die Aufregung in der Stadt, abzulesen an den Hinweisen aus der Bevölkerung. Die Anzahl stieg mit der Hysterie, und die Hinweise hielten sie alle auf Trab. Nur, es hatte zu nichts geführt. Unterdessen kamen weiterhin Touristen nach Eckernförde, und sie gingen weiterhin baden, auch am Südstrand.

Sie hatten Frühsommer, die neue Saison begann, und die Aufregung kochte erneut hoch. Denn im Mai hatte es wieder einen neuen Fall gegeben. Michael Meier, zweiundvierzig Jahre alt. Der Handelsvertreter aus Köln war gerade zwei Tage in Eckernförde gewesen. Nach dem Frühstück in Heldts Hotel war er zu Fuß an den Südstrand gelaufen. An der Strandbar hatte er sich noch einen Kaffee geholt. Ein Strandläufer wollte Meier gegen Mittag gesehen haben, wie er sich in vollem Lauf und kopfüber ins Wasser gestürzt hatte. Mit schnellen Zügen war er aus dem Blickfeld entschwunden. Das war das letzte Lebenszeichen von Meier gewesen.

Der Vertreter war eine auffällige Erscheinung, Calloe sprach gar von gut aussehend. Der Männergeschmack seiner Assistentin wurde Rasmussen immer suspekter, das ließ er sie auch wissen.

Bei Meier handelte es sich um einen besonderen Fall. Die

Angehörigen der anderen Vermissten waren regelgerecht Amok gelaufen, und das über Monate. Meier dagegen schien vollkommen isoliert gelebt zu haben. Angehörige hatten bei der Erwähnung seines Namens den Hörer aufgeworfen. Calloe hatte beim Arbeitgeber durchgeklingelt. Selbst der schien seinen Handelsreisenden nicht sonderlich zu vermissen. Die Nachforschungen hatten ergeben, dass es sich bei ihm um eine aalglatte Type handelte. Ein Single und Großmaul sondergleichen.

Die B 76 war kurz vor Mitternacht wie leer gefegt. Rasmussen bog auf den Parkplatz ab, ließ den Volvo ausrollen und hielt direkt neben dem blau-weißen Kombi von Polizeiobermeister Schrader. Der hatte es geschafft. Die Verwaltung hatte den Dienst-Passat-Diesel in einen BMW-Benziner umgetauscht. Was er offensichtlich nicht schaffte, war, den Fall aus dem Kopf zu bekommen. Da ging es ihm wie seinem Vorgesetzten. Seit Stunden Dienstschluss, und sie trafen sich am Südstrand.

Rasmussen stieg aus. Abschließen? Bei seiner Karre Fehlanzeige, die Zentralverriegelung war schon länger defekt. Wer sollte diesen alten Volvo klauen, vor allem, wenn er auch noch neben einem Einsatzfahrzeug stand?

Das Meer rollte, und der Wind pfiff leise vor sich hin. Hinter der Düne ließ Rasmussen den Blick schweifen. Hier war in der Tat noch Betrieb. Zwei kleine Gruppen konnte er in Richtung Aschau ausmachen. Junge Stimmen wehten herüber. Pling-pling-pling. Irgendein Saiteninstrument machte rhythmische Geräusche. Dimderimdimdim. »This is what it sounds like when doves cry.« Dimderimdimdim. Dieser Song von Prince flog ihn an.

Der Kommissar folgte dem Laufsteg entlang des Pavillons über den Sandstrand und lief direkt auf einen DLRG-Hochsitz zu. Rasmussen erkannte eine Decke, an deren oberem Ende eine Dienstmütze herauswuchs. Schrader saß bewegungslos in seinem Ausguck.

»Moin«, begrüßte der Hauptkommissar den Schutzpolizisten.

»Moin, Rasmussen. Sagen Sie nichts. Ich habe Sie schon gehört, als Sie Ihren alten Schweden auf dem Parkplatz geparkt haben«, grummelte Schrader in sich hinein.

»Ist da oben noch Platz für mich, Schrader?«

»Nur zu«, sagte der. »Ist aber ganz schön frisch.«

Rasmussen stieg die paar Stufen hoch. Die beiden saßen Schulter an Schulter und starrten auf die Wasserkante. Ab und an nahm Schrader sein Fernglas hoch. Der Mond schien.

»Dimderimdimdim.«

Rasmussen hatte tatsächlich gepfiffen. Schrader drehte sich fassungslos zu ihm hin. »Gute Laune?«, fragte er.

»Ich will Ihnen mal was sagen, mein Lieber.« Rasmussen holte tief Luft. »Das hier ist der Platz meiner Jugend. In meiner Teeniezeit war durchgängig Sommer, und wenn wir uns mit unserer Clique getroffen haben, dann war das hier. Wenn nicht Sommer war, war Pause vom Sommer, und getroffen haben wir uns hier. Und wenn Jahrzehnte später wer auch immer in den Schutzraum meiner Jugend eindringt, nehme ich das persönlich. Der beschmutzt nicht nur meine Erinnerungen, der trifft mich mitten zwischen die Augen, und von da oben frisst sich das wie Krebs hierhin.« Rasmussen klopfte sich auf die Brust.

Schrader schwieg. Rasmussen schwieg. Beide schauten streng geradeaus. Die Wellen rollten an den Strand. Jetzt pfiff nur noch der Wind.

»Als meine erste Freundin mit mir Schluss gemacht hat, da bin ich hierhergekommen, und als ich an der Polizeischule angenommen wurde, auch. Als meine Mutter krank wurde, habe ich am Wasser gestanden, und nach der Geburt unseres Sohnes bin ich vom Kreißsaal aus hierhergefahren und mitten in der Nacht schwimmen gegangen. Diese Stadt, dieser Strand, die Bucht«, Schrader machte eine ausholende Bewegung, »hier gehe ich vor Anker.«

Rasmussen fixierte den Horizont.

»Wo sind die bloß hin?«, fragte Schrader, und in seiner Stimme schwang Verzweiflung mit.

Zwei Silhouetten standen bis zu den Knien im Wasser.

Nun war es Rasmussen, der sich zu seinem Nebenmann hindrehte. Er sah noch, wie sich dieser mit der rechten Hand eine Träne aus dem Augenwinkel wischte. Mit der linken Hand hielt er seine Dienstmütze hoch. So als ob er sich abschirme.

»Dieser Horror an unserem Hausstrand muss ein Ende haben«, sagte Schrader. Er sagte das mit ganz fester Stimme. Rasmussen nickte. Schrader nickte. Die Nachtbader saßen mittlerweile wieder bei ihrer Strandgruppe. Ein Rest von Normalität, dachte Rasmussen.

Schrader setzte die Dienstmütze auf, hob einen Arm und verschwand.

Stuhlkreis Soko

»Auch 'ne Nuss?« Hinrichsen hielt der Brix eine Tüte seiner Gemischten hin.

Die Brix dachte an ein Foto, nein, sie dachte an das Foto, das Fiete von ihr am Strand von Ipanema gemacht hatte. Sie im Badeanzug, in einem Liegestuhl. Der Sitzwinkel ungünstig, das Licht hart, das Bäuchlein nicht zu verleugnen. »Danke.« Sie winkte ab.

»Warum trifft sich die Soko nicht im Konferenzraum?«

»Wird renoviert.«

Es knisterte, es knackte, eigentlich krachte es sogar. Hinrichsen griff und biss zu. Gleichermaßen leidenschaftlich wie lautstark. Die Akustik des abgedunkelten Raumes verstärkte die Geräusche. Und die große Glasscheibe, vor der beide saßen, warf die Geräusche zurück, ließ Hinrichsens Kauen wie das Brechen von Knochen klingen.

Die Brix rollte mit dem Stuhl zurück, stand auf, ging ein paar Schritte zur Tür, machte kehrt. »Wann kommen die denn?«

»Jenmoment.« Hinrichsen hatte Nüsse nachgeschoben.

Die Brix setzte sich auf den Tisch, dessen Längsseite zum Vernehmungsraum zeigte, und schlug die Beine übereinander. »Was ist Ihre Hypothese, Hinrichsen?«

Hinrichsen schaute fragend, betrachtete die schlanken Fesseln der alten Dame. Im Halbdunkel sah sein Gegenüber das nicht. »Hypothese?«

Die Brix stand wieder auf. »Fünf Menschen sind verschwunden. Warum?«

»Frau Brix, Sie waren eine Weile weg. Wir haben alles durch. Selbstmord, Irre mit Geltungswahn, Haiangriff, Organhandel und den neidischen Tourismuschef aus St. Peter. Wir haben wirklich alle denkbaren und undenkbaren Varianten durchgekaut. Ich habe nicht den blassesten Schimmer.«

»Und nun?«

»Wenn Sie mich fragen, brauchen wir einen Zufall.« Wieder griff er in die Tüte.

»Was sind das eigentlich für Nüsse, die Sie da in sich reinschieben? Das sind doch nicht Ihre selbst gebrannten Mandeln.«

»Doch mal eine probieren? Bio. Alles Bio. Lasse ich mir aus Hamburg mitbringen. Omega-3-Fettsäuren, Antioxidantien, Folsäure. Gut gegen Cholesterin, Krebs, alles Mögliche. Beruhigt, macht glücklich. Ich werde hundertzwanzig.« Er hielt ihr wieder die Tüte hin.

Die Brix angelte eine Walnuss heraus. Sie würde das Foto von Fietes Festplatte löschen. »Und was ist mit Frikadellen?«

»Zum Ausgleich«, sagte Hinrichsen. »Die Mischung macht's. Fast-Food-Fresser sterben genauso früh oder spät wie diese Fruganer. Alles Irre.«

»Frutarier«, korrigierte die Brix.

»Alles Irre. Übrigens, bevor Sie nachher gehen. Neben der Tür«, Hinrichsen zeigte ins Ungefähre, »ein Blümchen für Sie. Aus unserem Garten. Die Rose von Lindhöft. Weil Sie ja wieder da sind.«

In diesem Augenblick ertönten Stimmen, Schritte auf dem Flur, die Tür öffnete sich. Rasmussen hielt die Klinke, machte einen langen Arm, die Staatsanwältin schob sich lächelnd an ihm vorbei, betrat den Vernehmungsraum, Yvonne Calloe ihr auf den Fersen, kurz dahinter ein gedrungener Endfünfziger mit Glatze vom Innenministerium, gefolgt von Dr. Freuth, dem in Polizeikreisen allseits gehassten Psychiater aus Pinneberg, der tatsächlich so hieß. Die Staatsanwältin beanspruchte den Vorsitz, zog quietschend den schäbigen Holzstuhl unter einem der nicht minder schäbigen Resopaltische hervor. Jemand hatte im Vorfeld der Besprechung einen zweiten Tisch in den Raum gestellt.

»Moin, nur kurz«, hörte man Schrader sagen und sah ihn mit einem Teewagen um die Ecke biegen, um dann eine weiße Papierdecke über die fleckigen Tische zu breiten.

Die Staatsanwältin blickte irritiert, so als es sei es ihr peinlich, Calloe grinste anerkennend, und Dr. Freuth reckte den Finger in die Luft, als Polizeiobermeister Schrader zwei Warmhaltekannen, zwei Dosen Gebäck und schließlich Kaffeebecher auf den Tisch stellte. Dr. Freuth musste sich selbst bedienen. Man goss, schüttete, rührte, räusperte sich, räumte Unterlagen. Die Staatsanwältin, Dr. Freuth und Calloe blickten auf ein Tablet vor sich auf dem Tisch.

»Wo kommt denn dieser Teewagen her?«, fragte Hinrichsen. Dabei drehte er die Lautstärke der Boxen herunter, die das Stühlerücken wie ein Gewitter hatten klingen lassen.

»Um dreizehn Uhr bin ich mit den Knilchen verabredet«, sagte die Brix und tippte mit einem Finger auf ihre Armbanduhr.

»Keine achtundvierzig Stunden wieder in der Stadt und schon so eilig? Soll ich uns Kaffee holen?«, fragte Hinrichsen.

Die Brix schüttelte den Kopf.

»So, bitte, wir wollen.« Die Staatsanwältin rief zur Ordnung. »Entschuldigt fehlen der Bürgermeister, die Vertreter der Touristik und des Stadtrates. Ich begrüße die Anwesenden.«

Dr. Freuth hielt mitten in der Bewegung Richtung Keksdose inne.

»Nächste Woche sind es elf Monate. Ermittlungen seit dreihundertdreiunddreißig Tagen. Seitenweise Berichte in den Zeitungen, zwei Mal waren wir Thema in der Tagesschau.«

Rasmussen fiel der Staatsanwältin ins Wort. »Und sicher wissen Sie auch, wie viele Tränen seitdem vergossen wurden.«

Alle schauten ihn an. Die Staatsanwältin schwieg, öffnete den Mund, schloss ihn wieder. Kurz schlug sie die Augen nieder, starrte auf ihr Tablet, fing sich. »Also gut. Herr Hauptkommissar, wo stehen wir?«

»Vor dem Berg. Nach wie vor. Wie der Ochse. Sollte ich je einen ermittlungstechnischen Offenbarungseid leisten müssen, der Zeitpunkt wäre günstig.« Rasmussen lehnte sich zurück. Der Stuhl knarrte.

»Wo er recht hat«, bemerkte Hinrichsen hinter der Scheibe.

»Elf Monate und kein Ansatz?« Die Brix zog ein Notizbuch aus ihrer Handtasche, knipste die Schreibtischlampe an und schrieb das Wortpaar »Macht/Ohnmacht« auf.

»Herr Rasmussen, sind Sie sich darüber im Klaren, dass der Tourismus zu den bedeutendsten Wirtschaftszweigen in

Schleswig-Holstein zählt? Hundertneunundsechzigtausend Beschäftigte, sieben Komma sieben Milliarden Euro Umsatz, und bei Ihnen verschwinden Menschen wie anderswo …« Herrn Schnitzke, dem Referenten aus dem Innenministerium, fehlte ein passendes Bild.

Eine Pause entstand. Nun knarrte wieder Rasmussens Stuhl. »Korrigieren Sie mich, Herr Schnitzke, das mit dem Tourismus haben Sie uns im Juli letzten Jahres schon mal als Powerpoint-Präsentation vorgeführt. Hat sich seitdem etwas geändert, das für die Art unserer Ermittlungen von Bedeutung ist?«

»Mir – und ich darf sagen: auch dem Staatssekretär – ist es wichtig zu betonen, dass wir nichts unversucht lassen wollen.« Herr Schnitzke unterstrich seine Worte mit einer horizontalen Handbewegung, als wollte er Kaffeetassen und Keksdosen abräumen.

»Wissen Sie eigentlich, wie viele Gaffer wir im letzten Jahr in der Stadt und am Südstrand hatten?« Rasmussen wurde eine Nuance schärfer im Ton. »Die wollen alle Wurst und Flens, und die wollen auch alle übernachten. Hier sind übrigens die aktuellen Zahlen, frisch aus der Touristik, Herr Schnitzke. Interessante Zielgruppe, diese Katastrophentouristen.«

Calloe mischte sich ein. »Ich saß vor ein paar Tagen wieder einmal in dieser beengten Küche in Rendsburg. Mir gegenüber saß Gudrun Meermann, Tills Mutter. Wissen Sie, was Frau Meermann will? Ihren Sohn. Oder wenigstens eine Spur. Und wenn es sein muss, den Leichnam. Die Angehörigen leiden, und wir leiden mit ihnen. Wir kümmern uns. Wir wissen, worum es hier geht, Herr Schnitzke.« Calloe bekam rote Flecken am Hals. »Wenn Sie uns etwas Gutes tun wollen, schicken Sie uns einfach mehr Personal und verdreifachen Sie unseren Etat. Ich lasse Ihnen gern mal unsere aktuellen Überstundenlisten zukommen.«

»Frech ist sie ja«, stellte Hinrichsen auf der anderen Seite der Scheibe fest.

»Macht sie eigentlich immer noch die Fortbildung beim LKA in Kiel?«, fragte die Brix.

»Das wäre ja noch schöner«, schimpfte Hinrichsen. »Der Chef hat die Fortbildung im letzten Herbst ausgesetzt. Wir pfeifen hier wirklich auf dem letzten Loch.«

Wie zur Versöhnung hielt er ihr noch mal die Tüte mit den Nüssen hin. Die Brix starrte angestrengt durch die Scheibe.

Dr. Freuth starrte Calloe an und zog die Augenbrauen nach oben, deutete ein Kopfschütteln an, trank einen Schluck Kaffee.

»Frau Staatsanwältin, ich habe Ihre Frage nach dem Stand der Dinge nicht vergessen«, warf Rasmussen ein und schaute der Dame ganz tief in die Augen. »Ich kann nur leider nicht von Fortschritten berichten. Bei einem Krebspatienten würde man sagen: austherapiert. Um ehrlich zu sein, richten wir unsere Hoffnungen nach wie vor auf Hinweise aus der Bevölkerung. Die Fotos werden noch immer regelmäßig veröffentlicht, sie liegen in jedem Streifenwagen. Ob die verschwundenen Personen noch leben oder nicht, wissen wir nicht. Das private und berufliche Umfeld haben wir mit größter Sorgfalt angeschaut, ohne Anhaltspunkte gewonnen zu haben. Gemeinsamkeiten der Vermissten: keine. Bis auf den Umstand, dass sie nicht zum ersten Mal in Eckernförde waren, dass sie unsere Stadt mochten.«

Rasmussen senkte die Stimme. »Und dass sie alle am Südstrand zuletzt gesehen wurden. Wir können ausschließen, dass sie von Land verschwunden sind. Alle gingen ins Wasser und kamen nicht zurück. Zeugenaussagen bestätigen das eindeutig. Die Kameras, die den Strand zeigen, zeichnen nicht auf. Aber das wissen wir ja.« Er schaute Dr. Freuth an. »Wie sieht es denn bei Ihnen aus? Können Sie mit neuen Erkenntnissen dienen? Nach welcher Sorte Mensch müssen wir suchen? Sie werden Ihre Erpressertheorie doch inzwischen revidiert haben, oder? Was ist mit ViCLAS?«

Dr. Freuth legte den Kopf schräg. Schnitzke kam ihm zuvor. »ViCLAS? Ist die Falldatenbank eigentlich noch State of the Art?«

»Ich sage mal, bewährt. Seit 2000 arbeitet die Polizei mit der Falldatenbank Violent Crime Linkage Analysis System, und ich kenne kein anderes Datenbanksystem, das es ermöglicht, auch Serienstraftaten schnell zusammenzuführen«, erklärte Calloe.

Dr. Freuth schaute auf die Uhr. »Herr Rasmussen, wie stellen Sie sich das vor? Solange Sie und Ihr Team weiter auf der Stelle treten, keine frischen Fakten liefern, so lange können Sie von der Wissenschaft nichts erwarten.«

»Ich verstehe«, bemühte sich Rasmussen um Professionalität. »Dennoch, damit wir eben nicht im Nebel stochern: Haben Sie da nicht irgendwelche vergleichbaren Muster für uns? Und steigt bei einer solchen Serientat nicht die Wahrscheinlichkeit, dass sie auch ruchbar wird?«

»Natascha Kampusch, ein Fall, aus dem wir lernen können.«

»Mit Verlaub, Herr Dr. Freuth. Da lagen die Dinge ja doch ein bisschen anders. Und ganz ehrlich, ich möchte nicht fast zehn Jahre warten, bis unseren Vermissten die Flucht gelingt, wie einst Frau Kampusch.«

Die Staatsanwältin wurde ungeduldig. »Bitte konkret. Wir kommen doch so nicht weiter.«

Es klopfte. Polizeiobermeister Schrader kam herein.

»Jetzt nicht«, blaffte die Staatsanwältin.

»Leichenfund«, sagte Schrader.

»Wir sollten uns vertagen, wer weiß?« Rasmussen reagierte als Erster und zuckte mit den Schultern. »Kommenden Freitag zur gleichen Zeit?«

Nicken in der Runde.

»Herr Doktor, Herr Schnitzke, schönes Wochenende. Calloe …«

Die Polizisten verließen den Vernehmungsraum.

Hinter der Scheibe stöhnte Hinrichsen. Es rumste an der Tür zum Darkroom. »Ja, ich komm ja schon.« Und an die Brix gewandt: »Sie warten bitte einen Moment und kommen dann nach. Rasmussen möchte sicher mit Ihnen sprechen.« Hinrichsen ging.

Die Brix schaute hinüber in den anderen Raum. Wie verhalten sich die Menschen, wenn es nicht vorangeht? Wenn keiner der Beteiligten etwas dafür kann? Sie hatte das während ihrer Amtszeit als Richterin das eine oder andere Mal erlebt. Das ist nicht nur eine Sonderkommission, das ist ein moralischer Prüfstand für die Mitglieder, dachte die Brix. Wann würden sie übereinander herfallen, ab wann würden nur noch gegenseitige Schuldzuweisungen ausgetauscht? Und dann dieser Affentanz gegenüber der Öffentlichkeit. Sie kannte das alles zur Genüge. Da halfen nur Fakten.

Sie griff nach dem Kugelschreiber, schob ihr Notizbuch zurecht und schrieb »Kidnapping unter Wasser«. Und das Wort »Spezialist«, das schrieb sie auch noch auf. Sie hatte schon einen der Knilche im Sinn, dem sie einen Auftrag geben könnte.

Drüben machte die Staatsanwältin eine Geste, die Richtung Tür wies. Dr. Freuth verschwand grußlos, Herr Schnitzke suchte noch seine Brille. Die Staatsanwältin tippte sich lächelnd an die Stirn. »Wir schaffen das schon. Irgendwie schaffen wir das schon«, sagte sie.

Herr Schnitzke fand seine Brille, schob sie auf die Nase und nickte. »Na dann.« Nun ging auch er.

Die Staatsanwältin wartete einen Moment, ging zurück zum Tisch und angelte noch einen Keks aus der Dose. Sie und die Brix traten gleichzeitig auf den Flur.

»Frau Brix, wie haben wir Sie vermisst.« Mit zwei Schritten war sie bei ihr und küsste sie auf die Wange. Nicht wie in Kreisen kleinstädtischer Vernissagebesucher üblich, sondern so, wie man eine alte Freundin küsst. Beide Frauen waren gleichermaßen überrascht.

»Hatte vergessen, dass Rasmussen Sie dazugebeten hat.« Sie blickte Richtung Darkroom. Sie wurde ernst. »Ich weiß nicht weiter, niemand weiß weiter. Landrat, Bürgermeister, die Touristik, Presse, Innenministerium, ich habe sie alle am Hals. Und Rasmussen – hat sich total verbissen. Beinahe blutrünstig. Aber es bringt alles nichts.« Sie trat ans Fenster, öffnete es, zündete sich eine Zigarette an. »Rasmussen hat gesagt, Sie unterstützen uns.«

Die Brix nickte. »Wir sehen uns«, sagte sie und legte der Staatsanwältin zum Abschied kurz ihre Hand auf den Unterarm.

Sie ging den Flur hinunter. Im ersten Stock wurde gehämmert. Der Konferenzraum. Denken ist auch nur ein Handwerk, ging es ihr durch den Kopf. Sie öffnete die Tür zum Teambüro. Es roch nach frischem Espresso.

»Das ist Mensch.«

»Kaffee läuft«, rief Sandro Hagemeister in den Keller. Er wollte sich gerade wieder umdrehen. Da hörte er einen Schrei.

»Sandro, komm schnell runter.« Das war Pelle Erben, der da unten rumorte.

Hagemeister hastete die Treppen hinab. Unten sah er die

Bescherung, die Erben auf dem Edelstahltisch im Vorratsraum ausgebreitet hatte. Große Tiefkühlstücke in Plastiksäcken lagen da, vakuumverpackt, die übrige Beute vom Vortag war noch in den schwarzen Maurerbottichen verpackt. Sein Freund hielt ihm einen geöffneten Sack entgegen.

»Heilige Scheiße, das ist kein Schweinefleisch, das ist Mensch«, stammelte Erben. »Leichenteile. Krass, voll krass.« Er schüttelte dabei die langen Dreadlocks und warf das Paket mit voller Wucht auf den Rest der Auslage. »Verdammt noch mal, das ist ja wohl das Letzte, was wir hier gebrauchen können.« Er wischte beide Hände an seiner schwarzen Trainingsjacke mit orangen Streifen ab und vergrub sie in den Taschen seiner Arbeitshose.

»›Hier, fang, das ist nicht etikettierte Metzgerware. Tiefgefroren‹, hast du mir doch noch zugerufen«, schrie Hagemeister. Er war noch im Schlafanzug, trug aber eine Baseballkappe.

»Spinner. Nie im Leben.« Erben führte einen Veitstanz auf. Trat mit seinen Arbeitsschuhen gegen die Tiefkühltruhe und trommelte mit den Fäusten gegen die unverputzte Kellerwand. »Du hast doch die Pakete im Bulli verstaut. Bist du eigentlich blind?«

»Pelle! Was soll das? Wir haben das Zeug hier gemeinsam in die Truhen gepackt.«

»Ja, aber es war spät. Sehr spät.« Erben trat noch einmal gegen die Truhe.

Wenn sie wie letzte Nacht wieder einmal eine Runde containern einlegten, fuhren sie die Supermärkte in der Umgebung ab und holten sich abgelaufene Lebensmittel aus den Müllbehältern dort. Das machten sie immer, wenn ihr Kühlschrank leer war. Das Beste behielten sie selbst, den Rest warfen sie bei Erwin in Eckernförde ab. Der hatte eine riesige Garage. Viele Mülltaucher, die fette Beute weit über ihrem Eigenbedarf gemacht hatten, lieferten die Reste bei Erwin ab. Hier hatte sich so etwas wie die inoffizielle Tafel entwickelt.

Die jungen Männer hatten es jetzt eilig, in einer Stunde war Arbeitsbeginn in der Tischlerei, in der sie arbeiteten.

»Pelle! Wir müssen die Cops rufen.«

»So weit kommt das noch«, schrie Erben. »Wenn ich dich daran erinnern darf: Die Container waren aufgebrochen, das ist strafbar.

In dem Fall sind wir unseren Job bei Stegemann endgültig los. Vergiss es.«

»Willst du das Zeug etwa Erwin unterschieben?«, fragte Hagemeister.

»Keine schlechte Idee, das ist sogar eine sehr, sehr gute Idee.« Erben packte zwei Pakete, hielt aber in der Bewegung inne. »Sandro, wir bringen die Scheiße zurück. Wir schmeißen die Leiche wieder in den Container. Heute Nacht.«

»Du hast recht, Pelle.«

Beide packten an und verstauten die Leichenteile wieder in der Tiefkühltruhe. Es folgte ein sehr schweigsames Frühstück, rein vegetarisch.

Hagemeister zog sich an, während Erben die Bottiche mit den übrigen Lebensmitteln im Bulli verstaute. Auf der Fahrt von Bornstein nach Eckernförde hörten sie »Killing in the Name« von Rage Against the Machine – »And now you do what they told ya, and now you do what they told ya, and now you do what they told ya …« Die beiden grölten sich die Seelen aus dem Leib.

Erwin hatte die Garage schon aufgeschlossen, und sie schoben die drei Maurerbottiche mit den Lebensmitteln rein. Pünktlich um Viertel nach sieben traten sie beim Meister in der Tischlerei Stegemann an.

In der Frühstückspause schauten sich Sandro Hagemeister und Pelle Erben nur kurz an. Es plagte sie das schlechte Gewissen. Ein Toter in der eigenen Kühltruhe? Kurz danach wurden sie beim Seniorchef vorstellig. Sie hätten sich wohl gestern beim gemeinsamen Abendessen den Magen verdorben. Kaum, dass sie in ihrem Bulli saßen, rief Erben auf der Zentralstation an und machte Meldung.

Jedem Anfang …

»Jedem Anfang wohnt ein Zauber inne, der uns beschützt und der uns hilft zu leben.« Calloe schritt durch das sonnendurchflutete Büro.

»Goethe?«, fragte Hinrichsen.

»Hesse«, antwortete Calloe.

»Und er hatte recht. Das, was war, hinter sich zu lassen, nach vorn zu schauen, das Neue anzunehmen – kann ich wirklich empfehlen.« Die Brix hatte das Teambüro betreten und sich auf Hinrichsens Stuhl gesetzt.

Rasmussen war an der Espressomaschine beschäftigt. »Wenn das hier zum literarischen Quartett wird, bin ich raus«, sagte er mit Löffel im Mund. Hinrichsen schnaubte bekräftigend.

»Ein neuer Fall. Ist es nicht das, wonach wir uns alle gesehnt haben? Endlich eine Pause von den Vermissten. Also ich bin heilfroh.« Calloe setzte sich zu der Brix auf den Schreibtisch.

Rasmussen blieb mit der Espressotasse am Fenster stehen. Er schaute die Assistentin skeptisch an. »Calloe, ich höre wohl nicht richtig. Pause? Im günstigen Fall bringt uns das vielleicht in der Südstrand-Sache weiter. Im ungünstigen Fall haben wir einfach nur einen Fall mehr.« Rasmussen schaute zur Tür. »Wo bleibt Schrader denn? Erst platzt er in die Besprechung rein, und nun ist er weg.«

Hinrichsen griente. Calloe wurde rot und griff zum Telefon, als sich die Tür öffnete und POM Schrader eintrat. Er rieb die noch nassen Hände am Hemd trocken und schaute Rasmussen an. »Soll ich?«

Rasmussens Blick ersetzte die Antwort.

»Um zehn Uhr siebzehn informierte uns der männliche Anrufer Sandro Hagemeister«, Schrader zog einen Notizblock hervor, »dass er und sein Kumpel Pelle Erben gestern Nacht in einem Container vakuumierte Leichenteile gefunden haben. Und zwar auf dem Gelände des Discounters in Gettorf. Was ihnen da ins Netz gegangen ist, wollen sie aber erst heute Morgen bemerkt haben.«

»Und ihren Fund bringen sie hierher?«, fragte Calloe.

»Leichenteile? Ich will hier keine Leichenteile«, sagte Hinrichsen und biss in sein Mettbrötchen.

»Die Teile befinden sich wohl noch in der Kühltruhe der beiden Herrschaften.«

»Wie heißt der andere noch mal?«, wollte Rasmussen wissen.

»Pelle Erben.«

»Calloe, haben wir die im Computer?«

»Bin schon dabei.« Calloe tippte auf ihrem Tablet herum, wischte hin und wischte her. »Nope.«

»Schrader, wo steht die Truhe?«

Der Obermeister nannte eine Adresse in Bornstein.

»Calloe, kümmern Sie sich bitte um die KTU, Sperrung der Fundstelle in Gettorf, und Dr. Wiesel soll nach Bornstein kommen.« Rasmussen stellte seine Espressotasse neben das kleine Waschbecken.

»Ausspülen, mon Capitaine«, ermahnte Calloe. Dabei schützte sie Dienstfertigkeit vor und starrte auf ihr Tablet. Sie schritt, den Blick weiter auf das Ding gerichtet, quer durchs Büro und setzte sich auf den Gymnastikball, gegen den sie in der letzten Woche ihren Schreibtischstuhl eingetauscht hatte.

»Hinrichsen. Sie und ich. Fleischbeschau. Und essen Sie endlich dieses Mettbrötchen auf.« Rasmussen ging zu Hinrichsens Schreibtisch und hockte sich neben die Brix.

»Danke, dass du gekommen bist.« Er stand auf und legte ihr kurz die Hand auf die Schulter. »Wir müssen. Aber tu mir den Gefallen. Machst du dir Gedanken zu unseren Vermisstenfällen, bitte? Wir sehen uns, sofern nichts dazwischenkommt, morgen zum Frühstück.«

Die Brix nickte und rückte ihr Hütchen zurecht.

»Neu?«, fragte Rasmussen.

Die Brix lächelte. »Aus Vancouver. Hat Fiete mir geschenkt.«

»Fiete hat Geschmack.« Damit griff Rasmussen nach Lederjacke und Sonnenbrille. Hinrichsen stand schon in der Tür. Wie immer in Parka und mit Prinz-Heinrich-Mütze. Die Brix und Calloe blieben zurück.

»Sagen Sie, Yvonne – was bitte unterscheidet nope von no, und warum sagt man nicht schlicht nein?«

»Slang. Man sagt das so. Nope ist irgendwie endgültiger als no. Das hat sich so eingeschlichen.« Calloe hielt ihr Tablet hoch. »Ich habe es mal gegoogelt und gelesen, dass der Ursprung ›no hope‹ sein soll.«

»Danke, Yvonne. Aber vielleicht googeln Sie auch mal Gary Cooper in Verbindung mit dem Begriff. Und – Ihr Chef hat die Tasse nicht ausgespült.« Damit verließ die Brix das Büro.

Auf zur Fleischbeschau

»Ich fahr Opel. Auf dem Rückweg liegt ja gewissermaßen das Wochenende«, gab Hinrichsen bekannt, der mit seiner Frau, den Zwillingen und dem Bürgermeister von Lindhöft grillen wollte. Der Bürgermeister war Strohwitwer, und da musste man sich als Nachbar kümmern.

»Wochenende? Das sehen wir dann.« Rasmussen stieg in seinen Schwedenpanzer und war als Erster vom Hof. Das war ihm wichtig. Es war lächerlich, er wusste das und kam doch nicht dagegen an.

Mittag, die Sonne stand hoch über dem Dänischen Wohld und blendete. Rückstau auf der Reeperbahn. Sicher war die Schranke unten. Rasmussen legte den Arm ins Fenster und schaute sich um. Autokennzeichen aus Berlin, Köln, Oberhausen. Urlauber, wohin man sah. Trotz der Katastrophe. Ja, Katastrophe. Nichts anderes war es, wenn Menschen beim Baden verschwanden. Er dachte an Marlene. Die war vor zwei Wochen aus dem Urlaub zurückgekommen. Nicht auszudenken, es hätte ihn jemand angerufen und mitgeteilt, Marlene sei verschwunden.

Die Kolonne der Autos ruckte an, der erste Gang zickte. Rasmussen versuchte es mit Gefühl. Hinter ihm hupte es. Er rammte den Gang mit Gewalt rein. Das Getriebe kreischte. Menschen guckten. Er bekam schlechte Laune. Leichenteile. Allein das Wort.

An der Ampel Ecke Preußerstraße war schon wieder Schluss mit Fluss. Der Geruch von Sonnenmilch zog durch den Volvo. Rasmussen griff unter den Fahrersitz. Dort verbarg er für Momente wie diesen eine Abba-Best-of-CD. Er kurbelte die Scheibe hoch. Musste ja niemand hören.

Am Hochseilgarten in Altenhof bog Rasmussen rechts ab. Und Abba wirkte. Er sang: »I believe in angels, something good in everything I see.« Rasmussen fuhr durch den Wald und freute sich über den Schatten. Als er den Golfplatz passierte, waren Agneta und er bei »I have a dream, a fantasy. To help me through reality« angelangt. Darüber würde er mal nachdenken. Nach Feierabend.

Nur einen Hit später erreichte Rasmussen Bornstein. Vielleicht dreißig Häuser. Landwirtschaft ringsum. Man wollte seine Ruhe.

Man hatte seine Ruhe. In der Ortsmitte bog Rasmussen ab und sah auch schon Hinrichsens Opel. Hinrichsen, der Fuchs, hatte den Bahnübergang am Schulweg genommen, war wohl gerade noch so vor der Bahn nach Flensburg durchgekommen, vermutete Rasmussen.

Die Prinz-Heinrich-Mütze hatte Hinrichsen in den Nacken geschoben und guckte gelangweilt, vielleicht mit einer Spur Siegerlächeln. Rasmussen ignorierte ihn und ging direkt zur Haustür, die ein Schmuckstück war und nicht zum Haus passte, das vernachlässigt wirkte und einen neuen Anstrich brauchte.

Zwei Klingeln. Auf der oberen kein Namensschild, auf der unteren in sauberer Handschrift: »Hagemeister und Erben«. Rasmussen drückte den Klingelknopf.

Hinter der Tür rief jemand: »Pelle, geh mal zur Tür.«

Diese öffnete sich beinahe augenblicklich, und ein weißer Bob Marley sagte: »Moin.«

»Rasmussen, Kripo Eckernförde, das ist mein Kollege Hinrichsen. Sie sind Herr Erben?«

»Yep.«

»Schöne Tür«, lobte Rasmussen.

»Selbst gemacht. Wir sind Tischler.«

»Wir kommen zur Fleischbeschau, wo geht's lang?« Hinrichsen hatte sich an beiden Männern vorbeigeschoben.

»Keller.«

Hinrichsen stapfte die Kellertreppe hinunter. Gefolgt vom Rastamann und Rasmussen. Der Keller roch nach Keller, nicht nach Schlachterei. Das überraschte Rasmussen jetzt nicht. Er musste leicht gebückt gehen, folgte den beiden durch einen schmalen Gang, der in einen etwa vier mal fünf Meter großen Raum mündete.

»Wossen hier Licht?«, brummte Hinrichsen, als auch schon zwei Neonröhren ansprangen. Der Rastamann trat einen Schritt vor, öffnete eine der drei großen Kühltruhen, und nun sahen die Ermittler, was von einem Menschen übrig bleibt, wenn man ihm mit Säge oder Beil zu Leibe gerückt ist. Sechs unterschiedlich große Plastiksäcke.

Unter den beiden rückwärtigen Kellerfenstern stand ein etwa drei Meter langer und gut achtzig Zentimeter tiefer Tisch aus

Edelstahl, so wie man ihn üblicherweise in Restaurantküchen fand. Darauf Schlachterwerkzeug, ein Gerät zum Vakuumieren. An der Decke darüber flackerte eine der beiden Neonröhren. Hinrichsen und Rasmussen blickten einander fragend an.

»Wir warten auf den Gerichtsmediziner«, entschied Rasmussen. Pelle Erben schloss den Deckel.

Hinrichsen ging zur Kellertür und öffnete sie weit. »Da hören wir Wiesel, wenn er kommt«, redete er sich raus. Er war ein bisschen weiß um die Nase.

Schritte auf der Treppe. Ein kleiner blonder Wikinger mit Baseballkappe betrat den Raum und stellte sich ordentlich vor: »Sandro Hagemeister.« Er streckte die Hand aus. Rasmussen griff zu. Kalt und feucht. Hinrichsen nickte dem Kleinen zu.

»Hinrichsen, gehen Sie doch mit Herrn Hagemeister rauf. Wir halten hier die Stellung.« Er lächelte den Rastamann an. Hinrichsen reagierte verdächtig schnell und verschwand mit Sandro Hagemeister Richtung Kellertreppe.

»Danke, dass Sie uns angerufen haben, Herr Erben«, sagte Rasmussen. Der Hauptkommissar stellte Fragen, der junge Mann war unsicher und stotterte herum.

Später im Garten steckten Rasmussen und Hinrichsen kurz die Köpfe zusammen, während sich Hagemeister und Erben mittlerweile auf den Terrassenstühlen herumfläzten. Die Kommissare glichen die Ergebnisse der ersten getrennten Befragung ab. Das ergab übereinstimmend, dass die beiden am Vorabend unterwegs gewesen waren, um Lebensmittel dort einzusammeln, wo sie die Überflussgesellschaft voreilig entsorgt hatte. Eine Formulierung, die beide Männer verwendeten.

Beim Containern selbst sei ihnen nichts aufgefallen. Nur dass das Tor offen gestanden habe und auch die Schlösser an den Containern geknackt waren. Die großen Fleischpakete seien ein wenig merkwürdig gewesen, aber wenn die Männer in den Behältern ständen, seien sie so unter Druck. Beim nächtlichen Verstauen, da sähen sie nur zu, dass das Zeug aus den Wannen in die Truhen käme. Ihnen sei erst am nächsten Morgen im Keller aufgefallen, dass es sich um Leichenteile handelte. Und die Polizei hätten sie zunächst nicht benachrichtigt, weil sie keinen Ärger wollten.

»Das klingt fast plausibel, die Jungs sind nicht unsympathisch, nicht vorbestraft«, begann Rasmussen.

»Aber alles so glatt. Zu glatt«, meinte Hinrichsen. »Sie haben es doch auch gesehen. Die haben da unten alles, um eine Leiche zu verarbeiten und einzufrieren.«

Hinrichsen schaute Rasmussen fragend an, der zog nur die Augenbrauen hoch.

»Okay, Chef, wir müssen sie ja nicht gleich einbuchten, aber Calloe könnte denen doch mal in ihrer spitzfindigen Art auf den Zahn fühlen.«

Rasmussen nickte. »Rufen Sie Calloe an. Ich klingel bei Wiesel durch. Der braucht ja ewig.« Rasmussen bediente sein Smartphone.

»Hans, kannst du es nicht erwarten? Ich stehe vor der Tür.«

Rasmussen drückte ihn weg, ging um das Haus herum und staunte. »Wo ist dein Porsche? Ach«, er deutete auf das japanische Elektroauto, »darum habe ich nicht gehört.«

»Unser neuer Dienstwagen. Meine Jungfernfahrt. Ich bin begeistert. Darum hat es auch gedauert. Bin einmal die Holtenauer rauf und runter, immer in die Nebenstraßen rein, Fußgänger erschrecken. Der Tod kam auf leisen Reifen.« Dr. Amos Wiesel war sichtlich amüsiert. »Das wäre auch was für dich. Kein Rennwagen, aber«, er deutete auf den Volvo, »damit kannst du ja sicher leben.«

»Du solltest dich beim NDR-Comedy-Contest anmelden. Aber erst mal gehen wir in den Keller.«

»Zum Lachen?« Wiesel war in Stimmung.

»Müssen wir dabei sein?«, fragte Sandro Hagemeister.

»Nein. Bleiben Sie ruhig hier oben. Nachher werden noch weitere Polizeibeamte kommen. Fotos machen. So was eben.«

Der kleine Blonde nickte und zog mit dem Rastamann ab.

Wortlos gingen Hinrichsen, Rasmussen und Wiesel in den Keller. Rasmussen nickte zu einer der Truhen hin, und der Pathologe öffnete sie. »Ist ja wie bei Citti in Kiel.«

»Amos. Lass gut sein.«

»Ach ja, einen Sack haben die Sportsfreunde bereits geöffnet.« Beherzt griff Wiesel in den Beutel und förderte einen Unterarm zutage.

Rasmussen trug mittlerweile Handschuhe und griff zu. Er drehte und wendete das Teil. Jetzt schüttelte er den Kopf. Blickte rüber zu Hinrichsen, der nickte und sich mit der Hand übers Gesicht fuhr.

»Das ist doch Berger«, platzte Rasmussen heraus. »Oder besser: Bergers Arm.«

»Und wir fragen uns, warum seine ›Strandbude‹ seit zwei Wochen dicht hat. Mitten in der Saison.« Auch für Hinrichsen schien der Fall klar.

Der Gerichtsmediziner spitzte den Mund, drehte den Unterarm, und nun sah auch er das Tattoo. Ein Sägefisch und der Schriftzug »semper fidelis«.

»Immer fröhlich«, ulkte Wiesel, »damit ist es für immer vorbei.«

»Das heißt: immer treu«, bemerkte Hinrichsen. »Das Motto des US Marine Corps.«

»Ach so. Gut zu wissen«, antwortete Wiesel.

Rasmussen stieß ihm seinen Ellbogen in die Seite.

»So einer war das also«, konnte sich Wiesel nicht bremsen.

»Wie, so einer, was soll das denn heißen?« Hinrichsen war angepikst.

»Knut Berger hat eine Spezialtaucherausbildung bei den Marines gemacht, mein Lieber.« Rasmussen schaute Wiesel vernichtend an. »Leider musste er frühzeitig in Rente. Das war ein ganz feiner Kerl.«

»Soso, Kampfschwimmer.« Dr. Wiesel schnitt die Säcke auf und schaute in jeden kurz hinein. »Inventur.«

Hinrichsen verdrehte die Augen.

»Tja, leider muss ich feststellen: Da fehlt was.«

»Wie bitte?« Rasmussen griff wieder nach einem der Säcke.

»Kein Kopf.« Wiesel zuckte mit den Schultern.

Rasmussen fingerte nach seinem Telefon. Dann zog er doch die Handschuhe aus.

»Ach du Scheiße«, sagte Hinrichsen. »Wir wollten doch grillen.«

Die Einmischung

Die Brix hatte die Zentralstation verlassen, ohne Schrader zuzuwinken, der am Schreibtisch des Wachhabenden saß. Sie ging in Gedanken. Wollte sie wirklich wieder dabei sein, wenn Wut und Trauer keine Grenzen kannten? Wieder in hasserfüllte Augen blicken, die Angst des anderen riechen? Hatte sie sich nicht eine friedlichere Lebensphase verdient?

Sie fand sich am Strand wieder. Im Rücken Norbert Webers Galerie Nemo, reetgedeckt, vor sich sah sie den Sand, beinahe weiß im hellen Licht der hoch stehenden Sonne, das Wasser der Ostsee nur leicht bewegt vom sanften Ostwind, weiße Segel und zwei ochsenblutrote, die Spur eines Kutters und Möwen, wie sie sich wohl hundertmal am Tag um Futter stritten. So vertraut all das. Wie oft war sie hier fröhlich gewesen, wie oft traurig? Oft, jedenfalls oft. Es war ja ihre Heimat. Und immer hatte sie hier ihren inneren Frieden gefunden.

Ihr Blick blieb an der Kunst hängen. »Ein Quadratmeter Blau« hatte Carsten Höller sein Schild genannt. Einen besseren Titel hätte er nicht finden können, dachte die Brix, denn genau das war es, was die Menschen seit fünfundzwanzig Jahren anschauten. Für sie lösten sich im Blau das Meer und der Himmel auf, verbanden sich die Elemente. Es kam zusammen, was sie im Innersten zusammenhielt.

Sie lauschte oft dem, was die Leute über das Kunstwerk sagten. Vor ein paar Jahren, als sie wieder einmal interessiert, beinahe neugierig, in einem nahen Strandkorb gesessen hatte, hatte ein Junge seinen Vater gefragt, warum kein »P« auf dem blauen Schild zu sehen sei.

Die Brix lächelte, ging Richtung Ostsee-Info-Center. Mit den Knilchen, ihren drei männlichen Mitbewohnern aus dem Ykærnehus, hatte sie sich auf der Capella verabredet, einem Kutter, der als schwimmendes Restaurant im Hafen lag. Backfisch, Fischbrötchen, Pils. Sie war spät dran.

Als sie die Hafenspitze umrundete, auf die Schiffbrücke einbog, die Brise im Rücken, tat sie das mit einer festen Überzeugung. Sie hatte Hans Rasmussen gestern aus Freundschaft versprochen, bei diesem Fall noch einmal zu helfen, und im Augenblick sagte auch ihr Herz, dass man die Vermissten finden und das Vertrauen in die Heimat zurückerobern müsse. Vor der Realität zu fliehen war noch nie ihr Stil gewesen. Die Weltreise, nun gut. Das verbuchte sie unter Notwehr.

Schon von Weitem sah sie Jörn Jensen, Fritze Köppen und ihren Fiete zwischen den Strandkörben vor der Capella stehen. Punkt dreizehn Uhr erreichte die Brix Männer und Kutter.

Jörn und Fritze hatte sie seit letztem Sommer nicht mehr gesehen. Gestern Abend im Ykærnehus war sie sofort ins Bett gefallen. Die lange Reise, der Alkohol. Fritze traute sich als Erster und schloss die Brix in seine Arme. Körperkontakt hatten die Herrschaften ansonsten eher selten. Jörn hüstelte ein »Öhö, na komm, na ja« und traute sich schließlich auch, die Brix in den Arm zu nehmen. Ein bisschen steif, aber aus seiner preußischen Haut konnte der alte U-Boot-Fahrer nicht raus.

»Ich hatte eine wunderbare Zeit in der Welt. Dafür bin ich dankbar. Und ich wusste immer, dass ihr hier auf mich wartet. Darüber bin ich glücklich.« Sie schluckte. »Gut, dass ihr meine Freunde seid.«

»Wisst ihr eigentlich, wie schrecklich die Zeit im Ykærnehus ohne euch war?«, fragte Jörn.

»Freunde! Wie lange leben wir schon zusammen in diesem Seniorenheim, ich glaube, ich habe 2009 den Grundstein gelegt«, antwortete Fiete. »Ich musste einfach mal raus aus dem Kasten. Aber ohne Maggie hätte ich das nie geschafft. Wie gut, dass sie mich nachgeholt hat.«

»Ich dich nachgeholt? Du bist einfach hinterhergekommen, du Schuft.« Das sagte die Brix mit einem Augenzwinkern und atmete tief durch. Sie klopfte Fiete auf den Rücken und schob ihn Richtung Gangway.

Wenn das Wetter es zuließ, aßen sie oben an Deck. Zwar kämpfte die Ü70-Truppe zunehmend mit der Herausforderung, die schmale und steile Treppe zu meistern, aber der Logenplatz lohnte die Mühe. Auf die Bucht hinauszuschauen, auf die Borbyer Kirche oben auf dem Petersberg, die rote Fassade der Siegfried-Werft, die Holzbrücke, die auch in diesem Jahr wieder das Ziel des Gumm-Prix sein würde, das muntere Treiben im Hafen, das Rundsilo aus Backstein zu sehen und den goldenen Engel, der über Eckernförde wachte, das war besser als die Skyline von Manhattan, besser, weil es ihr Herz berührte.

Sie hatten bestellt, gegessen, die Finger fettig von Mayonnaise, Schaum vom Bier im Mundwinkel, die Gesichter gerötet von der Wiedersehensfreude.

»Sollen wir morgen mal Fotos angucken?«, versuchte Fiete Burmester sein Glück.

Jörn und die Brix lehnten sich gleichzeitig zurück. »Alte Fotos angucken ist ein bisschen wie Abschied nehmen«, sagte Jörn. »Das kommt schon früh genug. Wenn das Leben nur aus Erinnerungen besteht …«

»1955 waren wir mit der Klasse in Husum«, erinnerte sich Fritze Köppen. Er schaute auf seine Knie. »Daran musste ich gerade denken.«

Die Freunde wurden still, raschelten ein bisschen mit den Papierservietten. Unter Deck lief das Radio. Rod Stewart sang: »We are sailing.« Die Brix lächelte, hakte sich bei Fiete unter, und dann schunkelten sie einen Refrain lang. Fritze und Jörn schauten sich an und winkten ab.

»Vielleicht ist das der richtige Augenblick«, sagte die Brix. »Ich hatte ja vor der Reise angekündigt, ich wolle Vollzeitrentnerin werden, und ich will das noch immer. Aber Hans hat mich gefragt, ob ich mich mit dem Verschwinden der Menschen hier in Eckernförde befassen könnte. Und ich denke, dass ich das muss, eigentlich denke ich, dass wir das müssen.« Sie blickte in die Runde. »Wir haben doch noch nie aufgegeben.«

Normalerweise erntete die Brix an dieser Stelle zaghafte Gegenwehr. Nicht heute. Die drei Männer waren sich des Ernstes der Lage bewusst. Sie nickten.

Fritze Köppen drehte sich weg, fuhr mit der Hand über sein Gesicht, räusperte sich und sagte: »Husum, das war nicht nur ein Ausflug. Sechzig Jahre ist das her.« Er trank einen Schluck. »Ab und zu träume ich davon, aber ich kam damit klar, und jetzt hat mich die Geschichte hier zu Hause doch wieder eingeholt. Wir waren ja lütt.« Fritze hielt die Hand ein Stück über den Biertisch. »Und Peter Lorenzen, der kam aus Hemmelmark, der war nie weiter als nach Kappeln hin gewesen. So ein ganz Schmaler war das. Wir haben gespielt – auf dem Schlosshof. Irgendwann mussten wir uns aufstellen, und Peter war nicht da. Der war irgendwie nicht aufzutreiben. Einfach weg. Wir haben das gar nicht gemerkt. Da hat sich zuerst niemand was bei gedacht. Fräulein Benken und eine andere Frau vom Schloss haben ihn gesucht. Was blieb uns übrig, wir haben auch gesucht. Überall blühten die Krokusse, und ich habe Peters Mütze gefunden. Der hatte immer eine Mütze auf. Seine Mutter wollte das so. Ich habe Fräulein Benken am Abend gesehen, als sie mit zwei Polizisten sprach. Eigentlich sollten wir in Husum übernachten, aber wir sind im Dunkeln mit dem Bus zurückgefahren. Ohne Peter. Frau Benken war auch nicht dabei. Wir sollten im Bus singen. Ein paar Mädchen haben geheult.«

Fritze Köppen leerte sein Glas und stellte es ganz sacht zurück, sodass es kein Geräusch beim Abstellen gab. »Den Peter hat man nicht gefunden. Nie. Bis heute nicht. Seine Mutter hat sich erhängt. Jahre später.«

Fiete knurrte, drehte sein Bierglas, warf Fritze Köppen einen Blick zu, griff nach der Hand der Brix. »Eins ist doch klar«, stellte er fest. »Wo jemand wegkommt, gibt es jemanden, der ihn sich gegriffen hat. An unserem Strand. Nicht ein Mal. Vier Mal im letzten Jahr. Jetzt hat er wieder zugeschlagen. Es reicht endgültig. Aber die Polizei kann da ja schlecht jemanden in den Strandkorb setzen. So auf Verdacht. Aber wir, wir können das. Beobachten, fotografieren, eine Liste machen. Auffälligkeiten, Stammgäste. Ihr versteht.«

»Da bin ich dabei.« Fritze hatte sich gefangen, klopfte Fiete auf die Schulter. »Wir können auch mit einem kleinen Boot patrouillieren. Angeln und beobachten.«

»Gut«, sagte die Brix. »Jörn, der Berger war doch Kampfschwimmer, du überlegst mal, wer von den Kampfschwimmern mit dir ein Bier trinken würde. Wenn du willst, komm ich dazu.«

»Was glaubst du denn?«, ereiferte sich Jörn Jensen. »Die Frage wäre, wer von denen keine Lust hätte, mit mir ein Bier zu trinken.«

Die Brix hielt ihr Glas über den Biertisch. Man stieß an. Rasmussen würde Unterstützung bekommen.

»Hair Affair«

Rasmussen hatte keine Lust, sich mit dem alten Schweden nach Altenhof rüberzuschlängeln. Er wollte die Witwe Berger auf schnellstem Wege aufsuchen und fuhr den Sprenger Weg zur B 76 hinunter. Die leicht hügelige Landschaft lullte ihn ein wenig ein.

Was wäre seine Kindheit ohne die Knicks gewesen? Die Cowboy-und-Indianer-Spiele. Die Apachen standen auf der Weide und der Sheriff mit seinen Mannen auf dem Acker. Zwischen ihnen ein Erdwall und dorniges Gestrüpp. Über den Knick hinweg wurden Kriegsgeheul und Drohungen ausgetauscht. Immer wieder körperliche Vorstöße. Stunden später hatte die eine Partei triumphierend auf dem Knick gestanden.

Und jetzt? Jetzt holte er Leichenteile aus der Kühltruhe. Was für eine Karriere, dachte er, als die B 76 seine Fahrt und seine Gedanken bremste. Beim Nachmittagsverkehr links auf die Bundesstraße in Richtung Eckernförde abzubiegen, das verlangte höchste Konzentration.

Zehn Minuten später parkte er auf der Langebrückstraße. Das Smartphone klingelte. Es war schon wieder Hinrichsen. Er habe den Kopf gefunden, ganz unten im allerletzten Container. Ganze drei Mal habe er sich höchstpersönlich durch den Müll gewühlt. Wo er den Kopf lassen solle. Ob er die zwei Gettorfer Polizisten missbrauchen könnte, die sollten doch wenigstens mal eben zu Wiesel nach Kiel in die Pathologie fahren. Wenn er heute zu spät nach Hause käme, würde er selbst gegrillt.

»Hinrichsen, wer soll das denn verantworten? Machen Sie es so, wie Sie meinen«, sagte Rasmussen. »Aber es ist doch der Kopf von Berger?«, fragte er noch.

Hinrichsen murmelte daraufhin irgendetwas. Es klang wie ein »Jaja, der war auch in Plastik eingeschweißt«. Dann brach das Gespräch ab.

Der Hauptkommissar blieb noch einen Moment im Volvo sitzen. Witwen trösten. Immer wieder traf es ihn. Er hasste das. Auf der anderen Seite war er gespannt, wie Saskia Berger reagieren würde. Er war ja von Zeit zu Zeit auch Kunde in ihrem Friseursalon. Rasmussen ließ sich dort nur von ihr bedienen. Das war ein Schauspiel für sich. Man wusste nie, in welchem Aufzug die Queen – so nannte sie ganz Eckernförde – gerade auftreten würde. Es hatte den Anschein, als ob sie den gesamten Kostümfundus eines Provinztheaters aufgekauft hätte. Diesen Plunder rüschte sie in stundenlangen Näharbeiten am Wochenende auf, was sie jedem in allen Einzelheiten erzählte, der es hören wollte.

Am bizarren Auftreten der Queen schieden sich die Geister ihrer Mitmenschen. Wer sich daran nicht störte, dem zeigte sie sich als Herzensmensch. Sie schaffte es auf Anhieb, Nähe in die Gespräche zu bringen, ohne je penetrant und aufdringlich zu werden. »Saskia kann in deine Seele schauen«, hatte ihm die Brix mal beim Klönschnack gesteckt. Das fand Rasmussen maßlos übertrieben. »Und wenn Saskia das will, legst selbst du einen Seelenstriptease hin.«

Nur Wochen später hatte sich die Einschätzung der Brix als zutreffend herausgestellt. Er hatte die ganz eigenen Behandlungsmethoden der Queen kennengelernt. Sie hatte sich mit ihrem Laden in einem Altbau so etwas wie eine eigene Bühne geschaffen. Es gab eine Reihe gewöhnlicher Arbeitsplätze, die auf ein kleines Podest hin ausgerichtet waren. Dort oben arbeitete die Queen. Kunden wie Angestellte konnten ihr also dabei zusehen, wie sie um ihre Klienten, wie sie ihre persönlichen Kunden nannte, herumsprang, gestikulierte und Haare bearbeitete.

Rasmussen steckte seinerzeit in einer absoluten Krise mit Marlene und war nichtsahnend auf das Podest der Queen gestiegen, wie er das schon oft getan hatte. Allerdings hatte er einen Spättermin bekommen. Saskia Berger und er waren allein gewesen. Die Queen hatte ihm nur für einen kurzen Moment tief in die Augen geschaut und die Hand auf die Schulter gelegt. Sie hatte wissend geschaut. Wie eine Hexe. Und sie hatte ihren Körper eingesetzt, um Rasmussens seelische Verspannungen zu lösen, ihre Brüste gegen seine Schulter gedrückt, ihre Oberschenkel hatten sich ganz sanft an ihn gelehnt. Subtil war das nicht gewesen, aber auch nicht ordinär. Rasmussen hatte sich angenehm berührt gefühlt und erzählt und erzählt. Hinterher war ihm zumute gewesen, als habe er sein Innerstes nach außen gestülpt. Bei ihr war sein Problem gut aufgehoben gewesen, das empfand er heute noch so.

Mit einem Ächzen schwang sich Rasmussen aus dem Wagen. Die breite Schaufensterfront von »Hair Affair« in der Sankt-Nicolai-Straße konnte er bereits von der Langebrückstraße aus sehen. Er trat ein und ließ seinen Blick durch den Salon schweifen. Die Einrichtung war komplett in Anthrazittönen gehalten. Alle Angestellten waren schwarz gekleidet. Das Podest der Queen am Ende des Salons war verwaist.

»Ist die Chefin da?«, fragte Rasmussen die Angestellte, die hinter dem Tresen stand.

»Haben Sie einen Termin?« Dabei schaute sie fragend in den Terminkalender. Die Ruhe in Person.

»Es ist dienstlich. Sagen Sie ihr doch bitte meinen Namen. Rasmussen. Und es eilt leider sehr.« Er wurde nachdrücklich.

Er setzte sich in den Wartebereich. Der Salon war an diesem Freitagnachmittag gut besucht, nur war er der einzige Mann. Er zückte das Smartphone. Keine Nachrichten, mit denen er sich ablenken und Geschäftigkeit vorschützen konnte.

Aber da kam die Queen bereits aus ihren Gemächern gerauscht. »Herr Rasmussen, Sie hier?« Sie gab ihr mädchenhaftes Lachen von sich. »Und das auch noch ohne Termin. Bad-Hair-Day?«

Saskia Berger sah bezaubernd aus. Sie schüttelte die weißblonde Löwenmähne. Eine Perücke, wie er wusste, denn eigentlich war sie brünett. Sie fuhr sich mit der Zunge über ihre Zähne. Ihre Lippen glänzten pink. Die gleichfarbige Korsage betonte die nicht gerade üppigen Brüste und die Taille. Ansonsten trug sie nur Weiß. Rock, Strümpfe, Stiefeletten. Alles weiß. Luzide und schrill stand sie vor dem Hauptkommissar. Voller Energie und Lebensfreude, hätte nur noch gefehlt, dass sie vor ihm auf- und abgesprungen wäre, um ihm direkt in die Augen zu schauen. Denn sie war doch ein gehöriges Stück kleiner.

»Wir müssen reden, Frau Berger.« Rasmussen flüsterte die Worte fast. Dabei nestelte er an den Taschen seiner Lederjacke herum. Er glaubte damit die Frau aus ihrem Geschäftsmodus reißen zu können. »Kann ich Sie vielleicht alleine sprechen?«

»Na ja, bitte schön«, sagte die Queen, ohne die durchdringende, kreischende Stimme zu senken.

Seine letzte Frage hatte sie wohl überhört und schob Rasmussen wie aus Gewohnheit auf das Podest zu, sie selbst tänzelte hinterher. Der Hauptkommissar stoppte und drehte sich um. Es trat eine kurze Pause ein. Saskia Berger fixierte Rasmussen, um ihn gleich darauf wieder anzulächeln. Sie breitete die Arme aus, als wollte sie sagen: Was kann mir denn schon passieren?

»Frau Berger«, flüsterte Rasmussen und räusperte sich kurz. »Ich muss Ihnen leider die schreckliche Nachricht überbringen, dass Ihr Mann ermordet worden ist.«

Saskia Berger verharrte in ihrer Pose. Sie wurde bleicher, als sie es eh schon war. Sie klimperte ungläubig mit den Wimpern. Unvermittelt machte sie einen Schritt auf den Hauptkommissar zu und schlang die Arme um ihn. Ihr Oberkörper wurde von Weinkrämpfen geschüttelt, und nach einer Weile legte Rasmussen ihr seine Hände an die Taille. Er tat das mit aller Vorsicht. Die Person an seinem Hals erschien ihm auf einmal unheimlich zerbrechlich. Ihr sirenenhaftes Schluchzen kreiste ihn ein. Ihm war fast schwindelig.

Über die Schulter der Queen hinweg sah er in den Salon. Die Angestellten und Kunden waren alarmiert. Erschrecken füllte den Raum.

»Das ist nicht wahr!«, schrie die Berger plötzlich. »Das kann gar nicht wahr sein. Knut ist nicht tot.« Mit den Fäusten trommelte sie auf Rasmussens Brust ein. »Er ist doch vor drei Tagen zu seinen Verwandten nach Essen gefahren.« Sie trat jetzt wieder einen Schritt zurück.

»Da sind Sie sicher, vollkommen sicher?«, fragte Rasmussen mit leicht zweifelndem Unterton.

War ihnen vielleicht ein fataler Fehler unterlaufen? Sein Puls fing an zu rasen. Hinrichsen und er sehen einen Unterarm. Sie meinen, ein Tattoo zu erkennen. Und er fährt gleich zu der vermeintlichen Witwe. Rasmussen erfasste Panik. Warum hatte Hinrichsen am Telefon so rumgedruckst? War es nun Knut Bergers Kopf gewesen, den er aus dem Müll gezogen hatte, oder nicht?

»Was soll ihm schon auf dieser Fahrt passiert sein?« Saskia Bergers Stimmung schlug blitzartig um, so als ob sie Rasmussens Unsicherheit auf einmal gerochen hätte. »Der meldet sich sowieso nie. Knut fährt weg und schlägt irgendwann wieder auf.«

»Aber es ist Saison. Seine ›Strandbude‹ hat er noch nie so mir nichts, dir nichts dichtgemacht«, wandte Rasmussen ein.

»Hier spielt die Musik, Herr Hauptkommissar.« Saskia Berger stand mit den Fäusten in die Hüften gestemmt vor ihm. »Die ›Strandbude‹, das ist doch nur ein Hobby meines Mannes. Ob er die nun aufmacht oder nicht. Also sind Sie sich wirklich sicher, dass Sie meinen Mann auf dem Tisch liegen haben? Wann soll ich denn denjenigen, den Sie da haben, identifizieren? Morgen früh?«

Rasmussen stammelte irgendetwas von »Ich melde mich so schnell wie möglich, versprochen« und durchschritt mit großen Schritten den Salon. Hinter sich hörte er die Berger noch sagen: »Kein Grund zur Beunruhigung, meine Damen. Es handelt sich hier wohl hoffentlich um einen Fehlalarm.«

Die Salontür fiel hinter Rasmussen ins Schloss, und er wählte bereits die Mobilnummer des Pathologen in Kiel, seines langjährigen Freunds Amos Wiesel.

Körperpuzzle

»Hans, lass dich nicht so hängen«, rief Amos Wiesel von der Dachterrasse.

Rasmussen saß mit aufgestütztem Kopf über einer Schale Müsli am Frühstückstisch. »Amos, wenn du dazu noch ein Tutu anziehst, fange ich an, mir ernsthaft Sorgen zu machen«, keifte er zurück.

Der Pathologe kniete draußen auf einer Gymnastikmatte und turnte, wie er sagte. Sportsmann vom Scheitel bis zur Sohle. Wenn er etwas machte, dann machte er es richtig. Seit zehn Minuten war er dabei. Übung. Seilspringen. Übung.

»Ich habe genauso viel gesoffen wie du. Du musst das ausschwitzen. Das Guinness muss wieder raus«, sagte Wiesel. Er stand in der Terrassentür. Ein Handtuch lag über seinen Schultern, und die Morgensonne schien ihm auf den Rücken.

Der Mann war gut in Form, Rasmussen fand ihn nur etwas klein geraten, aber das sagte er ihm auch bei jeder Gelegenheit, gestern Abend sogar andauernd. Allein schon im Vergleich mit dem Zwei-Meter-Mann Berger. Ein Baum von einem Mann, der momentan zersägt in der Pathologie lag. Daneben hatte Wiesel in seinem weißen Kittel wie ein Zwerg ausgesehen.

Gemeinsam mit Wiesel hatte sich Rasmussen über den Kopf der Leiche gebeugt. Tiefgefroren. Kleine Eiszapfen am Schnäuzer und den buschigen Augenbrauen. »Er ist es.« Sofort war jeder Zweifel Rasmussens ausgeräumt. »Und die Todesursache?«

»Tod durch Erschlagen«, hatte Wiesel verhalten geantwortet. »Ein wuchtiger Schlag, im Nu war er hinüber. Ich vermute mal, eine Eisenstange, ich habe ein paar grüne Lackreste gefunden. Den Rest siehst du ja selber.«

Dann waren sie in die Holtenauer gegangen, hatten noch zwei Plätze in ihrem alten Stammlokal ergattert.

»Wie lange waren wir schon nicht mehr gemeinsam im Wubbke? Das war herrlich. Ich war aber auch so froh, dass ich mich nicht geirrt hatte. Stell dir mal vor, Hinrichsen und ich hätten uns vertan und Berger hätte irgendwann wieder putzmunter vor der Tür gestanden. Auch das Überbringen der Todesnachricht. Quasi in der Öffentlichkeit. Ich weiß nicht. Die Frau bringt mich immer wieder ganz durcheinander.«

Rasmussen dachte nach oder tat zumindest so. Er kratzte sich ausgiebig am Kopf. »Aber wir hätten mit den beiden Junglehrerinnen nicht mehr zu Soto gehen sollen. Die Cocktails waren definitiv zu viel. Sag mal, woher kam diese süße Blonde noch?« Rasmussen legte die Stirn in Falten, ließ das aber gleich wieder sein. »Scheiß-Brummschädel«, stöhnte er.

»Schweinegürtel. Wenn ich mich recht erinnere, unterrichtet die Dame am Gymnasium Vechta«, sagte Wiesel mit einem süffisanten Lächeln. »Du hast dich aber auch rangeschmissen. Alter Schwede. Ihr hattet euch ja zum Schluss richtig verkeilt.«

»Du dagegen warst ganz züchtig.« Rasmussen lachte sein dreckiges Lachen. »Dass du auch immer so viel reden musst. Du glaubst doch nicht, dass du deine Zielobjekte in die Horizontale labern kannst?«

»Bei Lea hat das sehr gut geklappt«, entgegnete Wiesel etwas defensiv.

Rasmussen wusste genau, dass die Freundin des Pathologen vor vier Monaten die gemeinsame Wohnung am Schrevenpark verlassen hatte. Lea Asmussen fand Wiesel zu nachlässig, geradezu schlampig. Endlose Vorhaltungen habe es gegeben, wusste sein Freund zu berichten, über die Waschmaschinenzeiten und die Beladung der Spülmaschine, Staubwischen und Badputzen. Irgendwann sei ihm Lea, die immer wie aus dem Ei gepellt aussah, nur noch mit Kopftuch, Perlonkittel und Crocs vor seinem geistigen Auge erschienen. Letztendlich habe er sie rausgeschmissen. Hitler und Stalin seien gegen sie noch Waisenknaben, das wollte er ihr noch hinterhergeschrien haben. Auch das war gestern Abend Thema gewesen.

Wiesel schaute auf die Uhr über dem Esstisch. Rasmussen nickte. In einer Dreiviertelstunde würden sie Saskia Berger in der Pathologie empfangen. Es wurde Zeit.

Im Treppenhaus überholte Wiesel und stieß animalische Laute aus. Rasmussen ließ sich nicht provozieren. Waren das Anzeichen einer Midlife-Crisis beim Pathologen? Die hatte er schon hinter sich. Wiesels neue Laufschuhe quietschten eine Etage tiefer auf dem Marmor.

Vor der Haustür trat Rasmussen an die Beifahrertür des giftgrünen 911ers, den er seinem Freund neidete, in dem er aber jederzeit gern mitfuhr. Amos Wiesel wähnte er bereits hinterm Steuer, doch der rief von der anderen Straßenseite: »Los, du Lusche, wir joggen.«

Darum die schicken Nikes auf dem Weg zur Arbeit, dachte Rasmussen. Er zog seinen Autoschlüssel aus der Tasche, antwortete: »Okay, ich gebe dir einen kleinen Vorsprung bis zur Ecke«, und täuschte leichte Dehnübungen vor.

Wiesel rannte los. »Ein Kind – und er wird immer eines bleiben«, sagte Rasmussen und stieg in den Volvo. Theodor-Storm-, Ecke Schillerstraße sah er Wiesel rüber in den Schrevenpark sprinten. Er beschloss, nicht zu hupen. Sollte er seinen Spaß haben.

Acht Minuten später hielt er auf Wiesels Institutsparkplatz. »Direktor« stand auf dem weißen Schild. Für einen Moment spürte Rasmussen noch einmal das Gefühl des Versagens in sich nagen. Dann aber sah er Wiesel die Hospitalstraße hinaufhetzen, wobei er sich immer wieder umblickte – bis er Rasmussens blauen Volvo entdeckte.

»Hans, du Lusche, du alte Bullenlusche«, brüllte er.

»Amos, du schwitzt wie ein Schwein. Das ist schon ein bisschen eklig. So kannst du doch die Witwe nicht empfangen.«

Wiesel winkte ab und trollte sich Richtung Institut.

Rasmussen trottete hinterher. Als er die Eingangstür öffnete, schlug ihm ein Schwall formalingeschwängerter Luft entgegen. Nicht, dass er den Geruch als besonders unangenehm empfand. Aber roch er Formalin, blitzten Erinnerungen an Schmerz, Tod und Trauer in ihm auf. All die Zoten, die Wiesel und er angesichts des Elends gerissen hatten, konnten nicht darüber hinwegtäuschen, dass sie mitfühlten.

»Moin.« Auf dem Gang kam ihm ein Bestatter entgegen, den er flüchtig kannte.

»Moin.«

»Ist das etwa Knut Berger dahinten auf dem Tisch?« Der Bestatter zeigte mit dem Daumen über seine Schulter.

Rasmussen, der schon weitergehen wollte, blieb stehen. »Das ist Knut Berger, und ich weiß, wer das außer der Polizei noch weiß.«

Der Bestatter fuhr mit Daumen und Zeigefinger über seine geschlossenen Lippen. »Kein Sterbenswörtchen, Herr Kommissar.«

Rasmussen wusste, dass er log. Aber was sollte er machen? Schon bald würde das Gerücht die Runde machen. Die Damen im Salon wussten ja auch schon Bescheid. Die Polizei würde sich nicht dazu äußern. So waren die Spielregeln. Er betrat den Obduktionssaal. Wiesel war nicht zu sehen, aber sein neuer Assistent.

»Sagen Sie mal, Herr Strumpe, warum haben Sie den Kopf des Toten nicht abgedeckt? Eben kam mir der Totengräber aus Eck entgegen, und was glauben Sie, was der heute Abend seiner Frau erzählt?«

Der baumlange Assistent mit Dreiviertelhosen unter seinem weißen Kittel nahm Haltung an. Er schaute reumütig, und Rasmussen ließ es dabei bewenden, war aber verärgert. Oft machten sich die randständigen Leute seiner Profession keine Vorstellung davon, wie bedeutsam es war, die Kommunikationshoheit zu behalten.

Strumpe deckte die Leiche ab, verzog sich in einen Nebenraum, und Saskia Berger betrat in Begleitung von POM Schrader den Saal. The Beauty and the Beast, schoss es Rasmussen durch den Kopf. Er beeilte sich, ihr entgegenzugehen.

»Frau Berger. Wie ich schon am Telefon sagte, Sie müssen das hier nicht«, sagte Rasmussen und baute sich vor ihr auf.

Schwarze kinnlange Perücke, einen hochgeschlossenen dunkelroten Einteiler und getigerte Vans. Über der Schulter trug sie eine riesige Tasche mit Blumenmuster. So sah Saskia Berger also aus, wenn der Anlass gedeckte Kleidung verlangte. Sie schob ihn mit einem Arm zur Seite, und Rasmussen schaute auf einen makellosen Rückenausschnitt.

»Sind Sie verheiratet?«, fragte Saskia Berger und blickte über die Schulter. Sie stand jetzt auf Höhe von Tisch Nummer drei. Nur Nummer fünf war belegt, der hintere.

Rasmussen wollte sich vor sie drängen, um ihr den Weg zu versperren. »Wir warten auf Dr. Wiesel, den Arzt.«

Schrader ging auch in Stellung.

»Arzt? Wer da liegt, braucht keinen Arzt mehr. Aber Knut kann das nicht sein. Auch wenn Sie das sagen. Er ist verreist. Ich habe ihn am Mittwoch nach Hamburg zum Flughafen gefahren. Er ist nach Düsseldorf geflogen. Und zurzeit ist er in Essen bei seinen Verwandten, aber das sagte ich Ihnen ja schon.« Saskia Berger griff in ihre Tasche und hielt Rasmussen ein paar Fotokopien entgegen.

Rasmussen nahm diese in die Hand. »Haben Sie die Verwandten denn inzwischen angerufen? Wir konnten sie nicht erreichen, und die Kollegen in Essen haben auch niemanden angetroffen.« Er blätterte in den Papieren. Soweit er das erfasste, belegten die Zettel eine Buchung für Hamburg–Düsseldorf. Hinflug Mittwoch, Spätmaschine. Rasmussen gab die Zettel wieder zurück.

Saskia Berger packte sie ein und nestelte an ihrem Jumpsuit herum. »Nö, ich habe ein paarmal durchklingeln lassen. Und Knut geht nicht an sein Handy. Aber das wissen Sie ja schon. Haben Sie das Teil eigentlich mittlerweile irgendwie geortet?«

»Nein, Frau Berger, wir konnten es nicht orten. Zuletzt war es aber an einem Sendemast in Eckernförde angemeldet. Schon erstaunlich, dass Ihr Mann sein Telefon seit Mittwochnachmittag nicht mehr eingeschaltet hat.«

Von der Seite trat Wiesel an Saskia Berger heran. »Frau Berger, mein Beileid.«

»Sind Sie der Arzt?«, fragte sie gereizt. In ihrem Gesicht zeichneten sich rote Flecken ab. »Das ist nicht mein Mann. Sie kennen Knut doch überhaupt nicht.«

»Wir lassen momentan noch den Zahnstatus abgleichen«, versuchte Wiesel, Ruhe in die Situation zu bringen. »Wir rechnen im Laufe des Montags mit den Ergebnissen.«

»Wir rechnen im Laufe des Montags mit den Ergebnissen«, äffte Berger den Pathologen nach. »Das ist nie und nimmer mein Mann.« Sie stampfte mit dem rechten getigerten Fuß auf.

Wiesel ging hinüber zum Tisch fünf. Der Pathologe war bestens auf diesen Moment vorbereitet. Er hatte gestern den zersägten Leichnam präpariert. Als Hinrichsen von zwei Kollegen den Kopf hatte anliefern lassen, hatte er diesen mit Draht an den Rumpf geflickt. Noch ein bisschen Puder, und fertig war die perfekte Täuschung.

»Sie wollen ihn sehen?«

Saskia Berger nickte und trat, von Schrader und Rasmussen eskortiert, näher.

»Sie dürfen ihn keinesfalls anfassen«, ermahnte sie Wiesel. Er wartete einen Augenblick, dann zog er das Tuch über Bergers Stirn hinweg. So weit, bis es noch das Kinn bedeckte.

Rasmussen hatte sich so neben ihr postiert, dass er Saskia Berger anschauen, aber notfalls auch auffangen konnte.

Die Witwe, die bisher nicht glauben wollte, dass es ihr Mann war, der hier lag, schlug beide Hände vors Gesicht. Im nächsten Moment streckte sie ihre Hände nach dem Kopf aus. Sechs andere Hände versuchten reflexartig, sie davon abzuhalten. Berger schlug die Hände wieder vor das Gesicht.

»Knut …« Sie wimmerte seinen Namen vor sich hin. Theatralisch nahm sie die Hände herunter und suchte vergeblich seinen Blick. »Wo warst du denn? Du hast mich ja angelogen. Du warst gar nicht weg.«

Sie trat einen halben Schritt vor, Rasmussen hielt sie an der Schulter zurück. Er spürte die Anspannung in dem Körper vor sich. Vor seinem geistigen Auge rutschten Körperteile vom Tisch.

»Ihr müsst den Knut noch anständig kämmen. Oder soll ich das machen?«

»Nein, Frau Berger, da kümmert sich der Bestatter drum,

sobald die Staatsanwaltschaft die Leiche freigegeben hat«, erklärte Rasmussen.

Saskia Berger schien wütend zu sein. Sie presste die Lippen fest aufeinander. Offensichtlich arbeitete es in ihr. Rasmussen konnte sich nicht helfen, diese Frau kannte er als die Liebenswürdigkeit in Person, doch in diesem Moment strahlte sie etwas Unberechenbares aus. Wie eine Katze, die ihre Krallen ausgefahren hat und permanent auf dem Sprung ist.

»Frau Berger, haben Sie noch ein paar Minuten? Ich würde gern noch kurz mit Ihnen sprechen.«

Rasmussen führte sie in einen Warteraum, gleich neben dem Obduktionssaal. Er setzte sich ihr gegenüber, war irritiert, als sie sich ohne zu fragen eine Zigarette anzündete, eine Eve. Dass es diese schlanken Zigaretten noch gab, hatte er nicht gewusst. Ein Relikt der frühen Achtziger, hätte er raten müssen. Der Warnhinweis war durch einen weißen Aufkleber verdeckt. Inszenierung, dachte Rasmussen, sie inszeniert sich mit großer Sorgfalt.

»So, jetzt sitze ich hier, was wollen Sie?«

»Wollen Sie gar nicht wissen, wie Ihr Mann umgekommen ist?«, fragte der Kommissar und schob einen Aschenbecher heran.

Schweigen. Berger blies den Rauch in seine Richtung.

»Ja, nun sagen Sie schon. Wie ist es passiert?«

»Frau Berger, Ihr Mann ist erschlagen worden.«

Schweigen. Berger drückte die Zigarette aus.

»Ich kann verstehen, dass Sie den Schock erst einmal verarbeiten müssen.«

Berger schlug mit ihrem Feuerzeug im Viervierteltakt auf den Tisch.

»Frau Berger, ich möchte Sie nur darauf vorbereiten, dass ich nachher zu Ihnen auf den Hof komme. Wir müssen uns umschauen, sehen, ob wir Hinweise finden, die uns bei der Aufklärung helfen können. Also bitte nicht erschrecken. Das wird ein paar Stunden dauern. Sicher hat Herr Berger einen Computer besessen, einen Ordner mit Versicherungsunterlagen. So was in der Art.«

»Ich hab gerade die Elfie im Salon. Von daher passt das. Montag hab ich keine Zeit.«

»Polizeiobermeister Schrader bringt Sie wieder nach Hause.«
Saskia Berger stand auf.

»In ungefähr zwei Stunden werden wir bei Ihnen sein.«

Sie ging. Grußlos.

Als Rasmussen wieder in den Saal zurückkam, strahlte Wiesel ihn an.

»Na, nicht mehr sauer, du Sportskanone?«, fragte Rasmussen.

»Hans, der Berger, der sollte wohl in die Wurst oder auf den Grill.«

»Wie bitte?«

Wiesel hielt ihm ein Reagenzröhrchen entgegen.

»Ich sehe …«, Rasmussen stockte, »keine Ahnung, grüne Fisselchen und braune Fisselchen.«

»Riech mal.« Wiesel öffnete das Röhrchen.

»Du spinnst wohl.«

»Majoran. Das ist Majoran.«

»Komm, Amos. Was willst du mir sagen?«

Wiesel zog das Tuch zur Seite, und Rasmussen sah erstmals die ganze Bescherung. Rumpf, Arme, Unterschenkel, Oberschenkel. »Amos, das linke Bein liegt auf der rechten Seite. Ist das auch schon verdrahtet?«

Wiesel schüttelte ungeduldig den Kopf und kam wieder mit dem Röhrchen auf Rasmussen zu. »Habe ich am Hinterkopf, an den Schulterblättern und am Gesäß gefunden. Majoran. Damit würzt der Schlachter die Wurst. Jetzt du.«

Rasmussen sagte nichts.

»Berger hat an den Oberarmen Verletzungen, die durch ein Messer herbeigeführt wurden. Da hat jemand versucht, den Körper mit einem Messer zu zerlegen. Das geht natürlich nicht. Am Hals ein Kehlschnitt, an den Beinen keine Schnittverletzungen. Der Gute wurde erst geschächtet, und dann wurde gesägt. Was den Majoran angeht: nur oberflächlich, nicht in den Wunden. Hatte ich wegen der dichten Körperbehaarung zunächst nicht gesehen. Nur an der Körperrückseite. Er hat auf einer Fläche gelegen, die mit Majoran verunreinigt war. Sag doch mal was.«

»Ob ein Drogenspürhund auch bei Majoran anschlägt?«

»Ach, Hans. Im Ernst. Wenn das kein Hinweis ist.«

»Entschuldige. Doch. Aber so von jetzt auf gleich finde ich

keine zwei Quadratmeter großen Flächen, auf denen Majoran verteilt ist.«

»Schlachter, Hobbykoch, Pizzeria«, schlug Wiesel vor.

»Ich denke drüber nach. Soll ich dich mit dem Auto zurückbringen?«

»Nö, ich bin noch verabredet. Zum Joggen. Kiellinie.«

»Mit wem denn?« Rasmussen war neugierig.

»Eine sehr sportliche Frau. Nichts für dich. Und – grüß Marlene.« Wiesel drehte sich um und ging in Richtung seines Büros.

Rasmussen schwirrte der Kopf. Zurück im Volvo rief er Marlene an. Laboe, fand sie, sei eine gute Idee für den Sonntag.

Erstes Aufgebot in Holtby

Samstagnachmittag. Ohne großes Murren waren sie gekommen, Hinrichsen und Calloe rollten gemeinsam im Opel auf den Hof in Holtby. Rasmussen lehnte an der Heckklappe. Kurze Teambesprechung im Schatten des blauen Volvos.

»Leute, unser letzter Stand in Schlagwörtern. Tod durch Erschlagen. Grün lackierte Eisenstange, vermutet Wiesel. Die Leiche wurde geschächtet. Postmortale Zerteilung des Leibes. Alles andere als fachgerecht. Rückstände von Gewürzen, vor allem Majoran. Ehefrau wähnte ihren Mann in Essen. Es existieren Buchungsunterlagen für einen Flug von Fuhlsbüttel nach Düsseldorf. Mittwoch. Spätmaschine. Aber darum kümmern wir uns später.« Rasmussen klopfte die Taschen seiner Lederjacke ab, zückte eine zerknautschte Schachtel Zigaretten und ließ sie gleich wieder in der Innentasche verschwinden. Seine Notration.

»Wir werden, vorausgesetzt, Saskia Berger ist einverstanden, das gesamte Haus inspizieren. Ich habe die Spusi außen vor gelassen. Die Gute verhält sich sehr zwiespältig. Ich wollte nicht mit dem ganz großen Aufgebot hier aufschlagen und die Dame verschrecken. Ist auch Wochenende.« Rasmussen atmete durch. »Wir schnüffeln erst mal und kassieren, was möglich ist. Vielleicht kooperiert sie ja. Die ist aber auch durch. Ihr könnt euch nicht vorstellen, wie kratzbürstig die heute Morgen in der Pathologie war. So freundlich sie sonst im ›Hair Affair‹ ist, so ätzend ist sie momentan. Mich nerven auch diese Show und die Klamotten. Das ist mir auf die Dauer zu viel.«

»Lassen Sie da nicht auch öfter waschen, schneiden, legen, mon Capitaine?«, griente Calloe. »Wenn ich mich nicht täusche, sogar von der Chefin höchstselbst?«

»Lasst doch den Schiet«, sagte Hinrichsen und wandte sich dem Kiesweg zu, der direkt zum Eingang einer ausgebauten Fachwerk-Scheune führte. Die anderen beiden schlossen sich an.

Keine Klingel. Nur eine Glocke neben der Haustür. Hinrichsen zierte sich nicht. Ding, ding, ding. Es dauerte. Hinrichsen langte noch mal hin. Es dauerte. Dann öffnete sich die Eichentür ganz langsam.

»Herr Rasmussen«, sagte Saskia Berger und tat überrascht. »Wen haben Sie denn da noch mitgebracht? Eigentlich hatte ich gedacht, dass Sie mich allein aufsuchen.«

»Aber ich hatte doch …«

»Ach, schon gut«, seufzte Berger. »Ehrlich gesagt, ich fühle mich gerade ziemlich zerstört.« Sie ging ein paar Schritte zurück. Die Beamten traten in einen großen, hohen Raum, der wohl mal Tenne gewesen war. »Entschuldigung, ich bin heute Nachmittag nur in Räuberzivil.«

Was Rasmussen vor allem auffiel, war, dass Berger keine Perücke trug. Das da auf ihrem Kopf hätte er als flotten Pagenkopf bezeichnet, die brünette Haarfarbe schien Natur zu sein. Sie trug einen schwarzen Hummel-Jogginganzug und neonfarbene Birkenstocks. Sie stand in ihrer Wohnhalle und breitete die Arme aus.

»Schauen Sie sich das an«, sagte Saskia Berger. »Hier ist unser gemeinsames Reich. Knut war ein so patenter Mann, was der handwerklich alles draufhatte.«

Rasmussen, Calloe und Hinrichsen schauten sich um. Ständerwerk und weiß gekalkte Wände. Mediterrane Fliesen. Durch die Sprossenfenster fiel von außen nur wenig Licht in den Raum, der die Küche, einen sehr langen Esstisch und eine Sitzecke mit vier dicken weißen Stoffsofas mit geschätzt hundert quietschbunten Kissen beherbergte.

Wenn Marlene das sehen könnte, dachte Rasmussen und

nahm den Tisch in Augenschein. Er schätzte den Trümmer auf vier Meter Länge. Holzbohlen, die sich zu einer Tischfläche zusammensetzten, geschliffen und lackiert. Respekt, wenn du das Teil selber gemacht hast, Berger, das dachte Rasmussen auch noch.

»Darf ich Ihnen etwas anbieten?«, fragte die Hausherrin, sie hatte sich aber schon auf einen der Drehsessel am Tisch fallen lassen. Sie saß mit dem Rücken zum Fenster, die drei schüttelten den Kopf und nahmen ihr gegenüber Platz.

»Wir wissen, dass das alles momentan fürchterlich schwer für Sie ist«, versuchte Rasmussen einzuleiten, wurde aber gleich von Saskia Berger unterbrochen.

»Wenn Sie erlauben. Ich habe Ihnen noch mal die kompletten Reiseunterlagen meines Mannes zusammengestellt. Selbst den Parkschein vom Flughafen habe ich wiedergefunden. Herr Kommissar, Sie haben die Papiere heute Morgen ja nicht an sich genommen.« Saskia Berger schob die Klarsichthülle mit den Dokumenten zu Rasmussen hinüber, der diese sogleich an seine Assistentin weiterreichte.

»Frau Calloe wird sich darum kümmern«, sagte er. »Ich möchte es eigentlich kurz machen. Es wäre hilfreich, wenn wir uns in Ihrem Haus umsehen dürften. Wir brauchen Einblicke. Und vor allem brauchen wir alle geschäftlichen und privaten Unterlagen Ihres Mannes.«

»Das ist im Prinzip kein Problem.« Saskia Berger kniff die Augen zusammen. »Geschäftspapiere, Versicherungen, das können Sie alles einsehen. Unsere Heiratsurkunde. Ich lege auch meine Akten obendrauf. Durchleuchten Sie nur alles. Ich verstehe das ja auch. Aber bitte verstehen Sie auch mich. Diese heile Welt hier, die bricht gerade vor mir zusammen.«

»Haben Sie zufällig den Personalausweis und Führerschein Ihres Mannes zur Hand?«, wagte Hinrichsen einen Überraschungsangriff. Die Prinz-Heinrich-Mütze saß etwas schief auf seinem Kopf, und den Sommerparka hatte er doch tatsächlich bis oben geschlossen. Treudoofer konnte man nicht aussehen.

»Wie jetzt?«, fragte Berger irritiert. »Die hatte Knut ja wohl dabei.«

»Offensichtlich nicht, denn den letzten Teil der Reise hat Ihr

Mann nackt und ohne Gepäck in Plastiksäcken angetreten.« Hinrichsen gab mal wieder den Naiven und erntete böse Blicke vom Chef. Calloe schaute sparsam zu.

»Herr, wie heißen Sie noch mal, Heinrich, ne?«, blitzte Saskia Berger Hinrichsen an. »Ich glaube, Sie verkennen die Situation. Für solche Späße habe ich momentan gar keinen Sinn. Aber ich kann Sie bei Gelegenheit gern mal unter mein Rasiermesser nehmen.« Saskia Berger fixierte kurz die Mütze und kartete nach: »Oder blitzt da drunter etwa nur die Platte, Schatz?«

»Zeigen Sie uns doch bitte kurz Ihr Haus«, beendete Rasmussen diese kleine Fehde.

Alle standen auf und folgten Saskia Berger durch die Küche. Sie traten in einen langen Flur, und die Hausherrin blieb auf der Höhe zweier Wimmelbilder stehen. Hunderte Fotos klebten rechts und links auf den weißen Flurwänden.

»Hier links sehen Sie meine Erinnerungsbilder von den Conventions, die ich überall auf der Welt besucht habe. Frankfurt, Tokio, San Diego, Los Angeles.«

»Sie sind Cosplayerin, Frau Berger«, stellte Calloe fest. »Das sind ja tolle Kostüme, großartig. Hier Lara Croft, Steam Punk, Prinzessin Leia, und hier sind Sie eine Elfe aus dem Auenland.«

»Sie kennen sich aus. Sie sollten mal meine Werkstatt sehen, da verbringe ich den größten Teil meiner Freizeit.« Saskia Berger strahlte das erste Mal an diesem Tag und rückte an Calloe heran. Rasmussen und Hinrichsen standen unbeteiligt in der zweiten Reihe, während die beiden Frauen noch ein wenig fachsimpelten.

»Hier, diese Figur, die gefällt mir«, sagte Calloe und deutete auf eine entschlossen wirkende Amazone. Schwarze hautenge Lederhose, schwarzes Top und eine kurze Lederjacke. Um die Hüften eine Art Pistolengürtel, lange blonde Haare und in jeder Hand ein an der Spitze leicht gebogenes Schwert.

»Celaena Sardothien, mein Lieblingscharakter.« Saskia Berger schaute Calloe an. »Würde auch zu Ihnen passen.«

»Ein bisschen zu martialisch vielleicht«, dachte Calloe laut nach.

»Und hier hat Knut seine Kunden aus der ›Strandbude‹ aufgereiht.« Saskia Berger hatte sich umgedreht und zeigte nun auf der gegenüberliegenden Wand auf zwei sichtlich angeheiterte Gestalten, die sich in den Armen lagen.

»Ja, und wen haben wir hier? Die Mütze und die Brille!« Berger schaute über die Schulter zu den beiden Beamten. »Ja, Sie beide waren schon hier, bevor Sie auch nur einen Schritt über unsere Schwelle getan haben. Knut hat immer viel von Ihnen erzählt. Ihm war es wichtig, ein gutes Verhältnis zur Polizei zu haben, ›Wer weiß, wofür es gut ist, Queen‹, sagte er immer zu mir.«

Betretenes Schweigen.

»Kommen Sie schon, ich zeige Ihnen Knuts Reich.« Saskia Berger schritt voran. »Aber vorher werfen wir noch kurz einen Blick in meine Werkstatt.« Sie öffnete die nächste Tür links. Die vier blieben davor stehen. Die Neonröhren sprangen summend an. Ein schmaler, langer Raum. Eine Schneiderwerkstatt. Stoffballen über Stoffballen. Drei große Arbeitstische mit Nähmaschinen. Mehrere Schneiderpuppen trugen Arbeiten in halb fertigem Zustand.

»Damit Sie mal einen kurzen Eindruck bekommen«, sagte Saskia Berger und drängte die drei schon wieder auf den Flur in Richtung der Tür gegenüber. Ein Schild »Militärischer Sicherheitsbereich« klebte da. »Sie wissen ja, Knut war Mariner. Kampftaucher bei der Bundeswehr. Er hat es nie so ganz verwunden, dass er wegen seiner Lungenprobleme frühzeitig den Dienst quittieren musste.« Seine Witwe zuckte mit den Schultern und drückte die Klinke hinunter.

Der Raum hatte den gleichen Schnitt wie die Schneiderwerkstatt. Aber es öffnete sich der Blick auf ein unbeschreibliches Chaos. Tauchlager, Werkstatt und Büro in einem. Aktenberge türmten sich neben Schwerlastregalen, an einem Ende stand ein überladener Schreibtisch, am anderen Ende eine blitzblanke Werkbank.

Rasmussen ging zum Schreibtisch und nahm einen Hammer vom größten Papierstapel. Hinrichsen ging zur Werkbank und schnappte sich eine Säge, deren Schärfe er mit dem Daumen prüfte.

»Ich mache folgenden Vorschlag«, sagte Saskia Berger, die mit Calloe in der Tür stand. »Ich schnappe mir Herrn Rasmussen und gehe mit ihm ins Atelier im Keller, und Sie beide nehmen sich hier Knuts Hinterlassenschaften vor. Ich muss Ihnen ehrlich sagen, ich habe es nie verstanden, wie ein normaler Mensch es in dieser Bude hier aushalten, geschweige denn arbeiten konnte. Aber er fand sich hier bestens zurecht. Wenn ich Unterlagen brauchte, hatte Knut sie im Nullkommanichts zur Hand.«

Rasmussen und Hinrichsen wiegten die Köpfe.

»Dann wollen wir mal«, sagte Hinrichsen und streifte sich ein paar Handschuhe über.

Calloe lehnte die Tür an, nachdem Saskia Berger und Rasmussen auf den Flur gegangen waren.

»Dahinten ist der Schlaftrakt.«

»Getrennte Schlafzimmer?«, fragte Rasmussen.

»Was denken Sie?«, sagte Berger, um dann zu nicken.

»Dürfen wir uns Ihre Fotos mal ausleihen?«, fragte Rasmussen, als sie an den Wimmelbildern im Flur vorbeikamen.

»Tun Sie, was Sie tun müssen.« Saskia Berger klang resigniert. Oder war sie einfach nur genervt? Rasmussen war sich da nicht so sicher.

Die Stimmung der Hausherrin hellte sich auf, als sie im Keller der Wohnhaus-Scheune standen.

»Hier lernen Sie Knut noch einmal von einer ganz anderen Seite kennen.« Sie zeigte auf die großen Fotos an den Wänden. »Mein Mann liebte es, mich in seinem Studio zu fotografieren. Richtige Starfotos hat er von mir in meinen Kostümen gemacht. Er konnte mit Licht umgehen wie ein Profi. Ich weiß gar nicht, bei wem er das gelernt hat.«

»Ich schätze mal, er war Autodidakt«, sagte Rasmussen und erklärte, als er Bergers ungläubiges Gesicht sah: »Na ja, er hat sich das sicherlich selber beigebracht.«

Die Witwe nickte.

An der einen Längsseite war eine Hohlkehle eingebaut. Die Scheinwerfer und anderes Gerät standen in der Ecke links. Gegenüber gab es ein Kleidergestänge, an dem Kostüme hingen. Soweit Rasmussen es von Weitem sehen konnte, waren es Kleider und Röcke, Bustiers und Mäntel.

Auf dem Boden lagen ein paar große Fotoprints. Saskia als Leia und Schneewittchen. Dazwischen immer wieder besagte Amazone, diese Sardings. Rasmussen entdeckte ein Foto vom Joker. Er war kein Cineast, aber diese Figur kannte selbst er.

»Das ist aber ein Joker mit sehr weiblichen Rundungen«, sagte er.

»Ich liebe die Geschichte vom dunklen Ritter, und schauen Sie mal, manchmal konnte ich Knut auch dazu überreden, sich zu verkleiden und mitzuspielen. In dem Fall habe ich ihn fotografiert.« Saskia Berger hielt ihm den Print entgegen, der vom Joker verdeckt gewesen war. »Knut als Batman.«

Rasmussen schaute hin, von der Statur her hätte er das sein können.

»Hier ihm Studio waren wir wirklich ein Paar. Ich konnte in alle möglichen Kostüme schlüpfen und Rollen spielen. Und er fotografierte. Auf Conventions hat er mich ja nie begleitet. Die letzten Jahre hing er sowieso Saison für Saison in der ›Strandbude‹. Aber unsere gemeinsamen Nächte haben wir hier verbracht, hier kam Knut aus sich heraus. Hier war er der Regisseur, hat mich angefeuert und das Letzte aus mir herausgeholt. Ich war für ihn schon immer die Queen, gleich als wir uns kennenlernten. Als wir dieses Studio ausgebaut hatten, da entpuppte er sich als King. Das war er aber nur hier, und nur hier im Studio habe ich ihn so genannt. King Knut.«

Saskia Berger war etwas atemlos und schaute Rasmussen mit roten Wangen an. Die Friseurin vibrierte geradezu. Und als sie ihre Hummel-Jacke auszog, da meinte der Kommissar, so etwas wie Gänsehaut auf ihren Armen zu sehen. Nun ging er hinter ihr her und war fasziniert von dem durchtrainierten Oberkörper, der sich unter ihrem Top abzeichnete. Was ihm vor allem gefiel: Die Frau vor ihm hatte kein einziges Tattoo. Soweit er das sehen konnte und auf den Aufnahmen gesehen hatte.

Die Berger und ihre Metamorphosen, dachte Rasmussen. Das Model tanzte wie in Zeitlupe vor ihren Bildern hin und her. Immer wieder verharrte sie in Posen vor den Fotos, deutete das, was Knut und sie da in Bildern an die Wand gebracht hatten, in Gesten und Mimik an. Rasmussen wusste gar nicht, wohin er schauen sollte. Ohne zu wissen, warum, war er angefasst. Saskia, die sich so spielerisch und ungekünstelt durch den Raum bewegte, die mit ihren Abbildern zu sprechen schien, erregte ihn. Anmut, Schönheit, Grazie, er suchte nach Begriffen für das, was sich da vor seinen Augen abspielte. Die Balletttänzerin im Training, das war es.

Die Berger setzte zu einer Pirouette an. Sie geriet ins Schlingern. Als junger Mann hatte er Marlene öfter vom Training in der Ballettschule abgeholt. Er war dann ein paar Minuten früher gekommen, um sie zu beobachten – wie sie sich ausprobierte, wie sie in ihren Bewegungen smart und doch noch unfertig war, wie sie ungeschützt und ohne Kostüme vorspielte. Das reizte ihn. Das hätte er stundenlang anschauen können, die Aufführungen auf der großen Bühne hingegen fand er sterbenslangweilig. Und so ging es ihm auch hier. Die Frau in Top und Jogginghose sandte Signale aus. Die Fotos an den Wänden dagegen erreichten ihn nicht. Doch fiel ihm etwas auf: Es fehlten immer mal wieder Bilder in der Hängung.

»Wo sind denn die anderen Fotos, Frau Berger?«, fragte Rasmussen mit leicht belegter Stimme. Danach räusperte er sich.

»Wir waren gerade dabei, die Ausstellung zu überarbeiten«, antwortete Saskia Berger gedämpft. »Ich erwähnte schon meine besondere Vorliebe für Celaena Sardothien.« Sie zeigte auf ein gerahmtes Bild, das noch an der Wand stand. »Wir hatten aber im letzten Jahr so viel zu tun, da sind wir gar nicht mehr zum Fotografieren gekommen. Wir hatten gerade angefangen, auch diese Rolle fotografisch zu inszenieren.« Sie zeigte auf ein Foto, auf dem sich die Kriegerin freizügiger gab.

»Es war Zeit für was Neues. Von Zeit zu Zeit laden wir Leute zu einer Vernissage ein. Es war Zeit, hier mal wieder etwas zu ändern.«

Rasmussen murmelte etwas von »Wir werden noch viel zu besprechen haben«, dann legte er seine Hand auf Saskia Bergers Schulter. Er schob die Witwe ganz leicht vor sich her.

Die sprach mehr zu sich selbst: »King, warum hast du mich verlassen?«

Sie erreichten gerade den Treppenabsatz, da sahen sie, wie Calloe und Hinrichsen Kisten durch die Wohnhalle trugen.

»Sorry, Frau Berger, das muss leider sein. Versprochen, Ihre Collagen, die bringen wir Ihnen wieder genauso an die Wand, ich habe Fotos gemacht«, rief Calloe der Hausherrin zu.

Bisschen Budenzauber

»Schwedische Apfeltorte«, sagte Hinrichsen.

Rasmussen sagte nichts. Sie waren vom Hof der Bergers direkt zum Strand runtergefahren. Knuts »Strandbude«. Vielleicht fanden sie dort einen Hinweis.

»Meine Frau reibt ein bisschen Orangenschale mit rein.«

Die Männer gingen an der Strandbar vorbei.

»Mein Schwager und seine Frau wollen immer Kaffee dazu. Sie sind ja für heute eingeladen. Wir trinken zur schwedischen Apfeltorte nur Tee, ostfriesische Mischung.«

Rasmussen blieb stehen. »Also, Herr Kollege, wenn Sie sich Ihre Zeit frei einteilen wollen, sollten Sie kündigen und sich selbstständig machen.«

»So war das gar nicht gemeint«, empörte sich Hinrichsen.

»Wie denn sonst?«

Rasmussen ging weiter. Hinrichsen knurrte.

»Ist doch aber auch ärgerlich. Seit zwanzig Jahren treffen wir uns am zweiten Maiwochenende zum schwedischen Nachmittag. So hat meine Frau das mal genannt.«

Rasmussen blieb erneut stehen. »Hinrichsen, morgen ist der letzte Spieltag der Zweiten Liga. Dass ich mit dem 1. FC St. Pauli sympathisiere, ist kein Geheimnis. Heute war ich mit meinem Kumpel, unserem alten Kollegen Eike, verabredet, um beim Abschlusstraining am Millerntor diesen Scheiß hier zu vergessen.« Er machte eine ausholende, doch vage Armbewegung Richtung Wasserkante. »Stattdessen latsche ich mit Ihnen hier rum und versuche mir vorzustellen, was in einem Menschen vorgeht, der einem anderen Beine, Arme und Kopf absägt. Hören Sie auf, rumzujammern.«

Ein Ball flog knapp an Hinrichsens Kopf vorbei. Aus einer Gruppe lärmender Halbstarker, wie Hinrichsen sie nannte, war aus lebensfrohem Übermut heraus ein Anschlag auf einen Ordnungshüter verübt worden. Hinrichsen knurrte wieder. In Rasmussens Ohren klang das aber versöhnlich. Er kannte ihn, den Knurrer aus Lindhöft. Und er wusste, dass er sich auf Hinrichsen verlassen konnte. Apfeltorte hin, Apfeltorte her.

Knuts »Strandbude« kam in Sichtweite. Lag da niedrig geduckt im Sand, vor Sturm aus West durch die flachen Dünen geschützt, das verwitterte Holz silbergrau, ohne bunte Werbetafeln.

»Kein Wunder, dass Knuts Bude so viele Freunde hatte. Eine Bude, die nicht vorgibt, mehr zu sein als eine Bude«, sagte Hinrichsen. »Sie war wie Knut. Geradeaus, ohne Schnörkel.«

Neben der kleinen, mit Holzplanken belegten Terrasse wehte eine zerschlissene Schleswig-Holstein-Fahne.

»Die gehört ja eigentlich auf Halbmast«, fand Hinrichsen.

Rasmussen nickte. »Wo, hat sie gesagt, liegt der Schlüssel?«, wandte er sich an Hinrichsen.

»Rechte hintere Ecke in der Dachrinne«, erinnerte der sich an die unnötig komplizierte Beschreibung, die Saskia Berger zum Versteck abgegeben hatte.

Rasmussen ging an der Längsseite des Flachbaus entlang, der etwa acht Meter tief sein mochte. Drei Sprossenfenster. Er machte einen Schritt in die Düne hoch und griff in die Dachrinne, dort, wo das Fallrohr senkrecht nach unten führte. Oben im Rohr ertastete er einen kleinen Fangkorb für Blätter. Er zog ihn heraus, etwas klapperte. Er zog weiter. Am Korb war eine etwa dreißig Zentimeter lange Kordel befestigt, an deren Ende ein in Klarsichtfolie gewickelter Schlüssel hing. Die Kordel führte durch das Loch in der Räute.

Dass der Schlüsselgriff Räute genannt wurde, hatte Rasmussen von einem redseligen Einbrecher erfahren, der sein Gewerbe noch als Handwerk und mit Leidenschaft betrieben hatte. Einer der wenigen Täter, dem Rasmussen im Nachhinein so etwas wie Gaunerehre zugestand. An den Namen konnte er sich gerade nicht erinnern. Wohl aber an dessen Bekenntnis: »Das ist nicht nur Passion, Herr Hauptkommissar, das ist Leidenschaft.«

»Und?«, rief Hinrichsen.

Rasmussen fädelte Schlüssel und Kordel durch den Korb und setzte diesen wieder ein.

»Haben Sie den Schlüssel?« Hinrichsen, der auf der Terrasse stand, beugte sich um die Ecke der Bude.

Rasmussen antwortete nicht. Hinrichsens Drängelei nervte. Auf der Terrasse angekommen, hatte Rasmussen den Schlüssel noch nicht aus der Folie befreien können. Jemand, vermutlich Knut Berger, hatte die Folie mit Tesafilm umwickelt.

»Soll ich mal?«, bot sich Hinrichsen an.

Rasmussen reichte ihm den Schlüssel.

Hinrichsen führte Schlüssel und Folie zum Mund, biss auf die Folie, zog mit Kraft, spuckte Folienreste auf den Boden und steckte den Schlüssel ins Schloss.

»Moment«, stoppte Rasmussen den Kollegen.

Rasmussen zog Handschuhe an, schloss die Tür auf, öffnete sie und trat ein. Es roch nach altem Frittierfett.

Hinrichsen, nun ebenfalls behandschuht, schob sich an ihm vorbei. »Wo kommt das Wort Budenzauber eigentlich her?«, fragte er.

»Wie kommen Sie darauf? Keine Ahnung. In Schweden sagt man zu einer kleinen Wohnung ›bod‹. Studentenbude fällt mir noch ein. Die Trinkhallen im Ruhrgebiet werden auch Buden genannt. Auf St. Pauli gibt's den Spielbudenplatz wegen der Puppenspieler.«

»Chef, Sie sollten sich mal bei Jauch anmelden. Was Sie alles wissen.«

Rasmussen war verwirrt. Was war nur mit Hinrichsen los?, fragte er sich.

»Sie den Gastraum, ich die Küche«, ordnete er an, umrundete den Tresen und betrat den hinteren Teil der »Strandbude«, der insgesamt etwa drei Meter tief und sechs Meter breit war. In der linken Hälfte führte eine Tür zu einer Vorratskammer, die andere, rückwärtige zu einem Kühlraum. Die Küche, in der Rasmussen stand, war funktional mit den üblichen Edelstahlmöbeln eingerichtet. Ein Gasherd, drei Spülbecken, ein größerer Tisch zum Anrichten. In den Schränken Geschirr. Töpfe, Pfannen, Messer und andere Küchenutensilien dort, wo sie gebraucht wurden. Hier herrschte Ordnung. War das wirklich Knut, der hier sauber gemacht hatte, bevor er abschloss? Rasmussen dachte an dessen Büro in Holtby. Oder hatte hier jemand einfach nur Spuren verwischt, nachdem er Knut Berger zerteilt hatte? Oder wollte er sich mit dem Chaos in seinem Holtbyer Refugium nur gegen den geleckten Stil seiner Frau auflehnen? Sein Blick fiel auf den einzigen Wandschmuck: ein Fotokalender, der Marineschiffe in Häfen liegend und auf hoher See fahrend zeigte. Der Monat April präsentierte einen ziemlich langweiligen Versorger. Rasmussen jedenfalls fand den »Tender Elbe« langweilig.

»Schon was gefunden?«, brüllte Hinrichsen von vorne.

»Jede Menge Salz und auch ein bisschen Pfeffer, ja, und rein theoretisch hätte Berger hier zerteilt werden können, aber dafür gibt es keine einzige Spur«, antwortete Rasmussen.

Vorn polterte es, Schubladen wurden geöffnet und geschlossen. Es klang, als habe Hinrichsen Verstärkung bekommen. Rasmussen hatte sich für ein systematisches Vorgehen entschieden und durchsuchte die Küche im Uhrzeigersinn.

Nach knapp fünf Minuten betrat Hinrichsen den Raum. »Fertig. Nix. Alles schier.«

Rasmussen deutete auf den Vorratsraum. Hinrichsen trollte sich. Keine dreißig Sekunden später tönte er: »Fund.«

Als Rasmussen dazukam, reckte Hinrichsen ihm zwei durchsichtige Beutel mit der Aufschrift »Bio-Majoran gerebelt« entgegen.

»Na und?«, fragte Rasmussen.

»Hier«, Hinrichsen tippte auf das Etikett, »mit Strichcode und Artikelnummer. Das erleichtert den Vergleich. Sollte für die Kollegen Kriminaltechniker ein Klacks sein, dieses Zeug mit dem an Knuts Leiche zu vergleichen.«

»Und wenn schon. Knut arbeitete hier in der Bude, hantierte mit allen möglichen Gewürzen, auch mit Majoran. Dass das Zeug ab und an an seinem Körper haftet, ist meines Erachtens einigermaßen überraschungsfrei.«

»Chef, wenn ich Sie daran erinnern darf. Das Opfer Knut Berger hat offensichtlich in Majoran gelegen, bevor es zerteilt wurde. So viel zum Thema überraschungsfrei.«

»Lassen Sie mal stecken, Hinrichsen«, sagte Rasmussen und verließ die Vorratskammer.

In der Küche war er bei den Messern angelangt, als Hinrichsen erneut »Fund« rief.

Rasmussen richtete sich auf, um sich anzusehen, was Hinrichsen entdeckt hatte, als dieser schon neben ihm stand und eine Plastikdose mit handgeschriebenem Etikett auf die Arbeitsplatte knallte.

»Bitte sehr.« Hinrichsen las vor: »Gewürzmischung Lammkoteletts. Majoran, Thymian, Salz, Pfeffer, Chili.«

»Soso«, kommentierte Rasmussen.

»Wenn wir da eine Übereinstimmung haben …« Hinrichsen hielt inne.

»… hat sich Knut Berger in seiner eigenen Gewürzmischung gewälzt«, sagte Rasmussen genervt. »Da fällt die Staatsanwältin bestimmt in Ohnmacht. Aber nehmen Sie mal einen Beutel mit«, lenkte er ein. »Man weiß ja nie.«

Rasmussen hatte Bilder im Kopf. Bilder eines marinierten Menschenrückens, die ihn in manchen Nächten heimsuchten. Fahrig setzte er die schwarze Hornbrille ab, legte sie auf ein Regal, rieb sich mit beiden Händen durchs Gesicht und konzentrierte sich wieder auf das Naheliegende. Er machte Fotos, wie er immer Fotos machte. Seitdem das digital ging, fotografierte er lieber zu viel als zu wenig. Bilder regten ihn an. Da kam er auf Ideen.

»Also von meiner Seite«, brummte Hinrichsen, »also ich, ich wär dann durch.«

Rasmussen verdrehte die Augen. Aber nur ein bisschen. »Grüßen Sie Ihre Frau und den Schwager.«

Hinrichsen machte auf dem Absatz kehrt, tippte sich in der Bewegung an die Prinz-Heinrich-Mütze, und schon verklangen seine schweren Schritte zuerst im Gastraum, dann auf der Terrasse.

Rasmussen schaute sich noch mal in der Küche um. Nichts stach ihm ins Auge. »Wie geleckt.« Mehr fiel ihm dazu nicht ein.

Er verließ die »Strandbude«, schloss ab, deponierte den Schlüssel dort, wo er ihn gefunden hatte, und ging durch die Dünen zu seinem Auto. Von links das Rauschen der vorbeifahrenden Autos. Das Plätschern der Wellen wurde übertönt. Rasmussen fühlte, dass Sand in seine Boots geraten war.

Scheiße, das war seine Heimat hier. Die hatte im letzten Jahr ein paar ordentliche Kratzer bekommen. Die Bermuda-Bucht raubte ihm den letzten Nerv. Fünf Männer hatte es hier erwischt. Und jetzt Knut. Was war passiert? Hing das irgendwie zusammen?

Der schmale Weg schlug einen Haken. Vögel drehten den Kopf, schauten ihn an und flogen auf. Die scheuen suchten gleich das Weite, die abgebrühten warteten, bis er auf wenige Meter an sie herangekommen war. Er bedauerte das. Es störte ihn, dass seine bloße Anwesenheit andere Lebewesen alarmierte.

»Es fliehen immer die Falschen«, murmelte er und zog den

Autoschlüssel aus der Hosentasche. Ob er doch mal die Zentralverriegelung reparieren lassen sollte?

Stippvisite

»Das ist nicht dein Ernst«, sagte Jean-Jacques und verzog das Gesicht.

Yvonne Calloe hatte ihrem Freund gerade vorgeschlagen, auf einen Sprung ins Utgard zu gehen.

»Chérie, ich bin Koch in der Fisch-Deel. Du sprachst von ganz gemütlich draußen am Wasser sitzen und etwas essen.«

»Schatz«, Calloe klimperte mit ihren langen Wimpern, »die Pizza ist dort sehr okay. Das nur mal ganz nebenbei bemerkt. Außerdem schwört mein Chef auf das 350-Gramm-Rib-Eye-Steak. Egal, ich muss mir vor allem einen Eindruck verschaffen.«

»Ich hole dich aus der Zentralstation ab, und du willst mich in diese dunkle Wikingerhöhle schleppen«, schnaufte Jean-Jacques. »Überhaupt, was soll das heißen, ich muss mir mal einen Eindruck verschaffen? Wir haben im Augenblick frei.«

»Ach komm. Mir zuliebe«, flötete Calloe und ging weiter.

Er blieb kurz stehen und lief dann hinter seiner Freundin her die Gaethjestraße lang. Vor der Nummer 13 stoppte Calloe und lächelte ihren Freund an.

»Guck dir doch diese Butzenscheiben an«, raunzte Jean-Jacques. »Wie soll in diesen Laden Licht hineinkommen?«

»Ich finde, das Utgard hat Stil. Ich hasse dieses billige Backcafé- und Lounge-Design. Aber wie sich dein deutscher Wortschatz entwickelt, mein schöner Afrikaner«, sagte Calloe. »Butzenscheiben, Respekt. Wo bist du noch mal geboren? In Bad Münstereifel?« Sie nahm die Hand ihres Freundes und zog ihn die Treppe zum Eingang hoch.

»Paris. Elfter Distrikt. Mein Vater ist Ivorer.« Jean-Jacques hielt Calloe die Tür auf. Als er die ersten bauchigen Weinflaschen mit den heruntergetropften Wachsresten der letzten Jahre erblickte, verdrehte er die Augen. »Sehr gemüütlisch, Mademoiselle.«

Sie bogen ab in den Schankraum. Hinter dem Tresen stand eine junge brünette Frau, Pferdeschwanz und schwarzes Polohemd. Sie polierte ein Hefeweizenglas und schaute kurz auf.

»Moin.«

»Moin.«

»Moin.«

Calloe strebte auf den hinteren der zwei Tische entlang der Butzenscheiben zu. Sie setzte sich mit Blick in den Raum, Jean-Jacques durfte ihr gegenüber Platz nehmen. Hinter Calloe eine Kerzenflasche. Auf der blank polierten Tischplatte zwei Kerzenständer.

»Stell hier noch ein paar Fetische hinein und du hast einen Voodoo-Tempel«, zischelte Jean-Jacques. »Im Ernst, was willst du hier?«

»Das wirst du gleich sehen«, sagte seine Freundin und wandte sich an die Tresenfrau. »Ich nehme ein Carlsberg. Und du?«

Jean-Jacques nickte nur zum Tresen hin.

»Ganz schön lange her, dass ich hier war.« Mit diesen Worten beugte sich Calloe zu ihrem Freund und legte los. Sie habe auf den Facebook-Profilen zweier junger Männer entdeckt, dass die beiden quasi hier in der Kneipe wohnten, wenn sie sich nicht gerade am Südstrand rumtrieben. Das seien zwei Tischler aus Bornstein, die nachts die Container von Supermärkten abführen und abgelaufene Lebensmittel vor dem Müll retteten.

Jean-Jacques schaute nun noch angewiderter. Als die Kellnerin mit den zwei Carlsberg kam, legte Calloe zwei Porträts auf den Tisch. »Kennen Sie die beiden?«

»Sie können ruhig Du sagen …« Sie beugte sich vor. »Ja, das sind doch Sandro und Pelle. Die gehen hier am Wochenende ein und aus, und auch sonst sind die oft hier. Allerdings sind sie absolute Frischluftfanatiker, im Frühjahr und Sommer leben die praktisch am Südstrand und kommen erst spätabends noch auf einen Absacker her.«

»Und wann containern die Jungs?«, fragte Calloe.

»Wann containert man wohl?«, konterte die Tresenfrau. »Wer fragt hier überhaupt?«

Calloe legte ihren Dienstausweis auf den Tisch.

»Was sollen Sandro und Pelle denn verbrochen haben?« Jetzt hatte die zierliche Frau ihre Fäuste in die Hüften gestemmt.

Es entspann sich ein Gespräch über das Dumpstern. Die Frau kannte sich aus, auch Erwin Schock war ihr kein Unbekannter. Der arbeitete ja mehr oder weniger als inoffizielle Tafel. Sie machte Calloe auch klar, warum sie offen über die Rettung von Lebensmittel sprach, sie finde, die massenweise Vernichtung von Essen und Getränken schreie zum Himmel.

Sie kam von Hölzchen auf Stöckchen und landete bei ihrem Großvater, der einen Kolonialwarenladen hier in Eckernförde gehabt habe. Das, was übrig geblieben war, zum Beispiel überreife Früchte, war von der Familie selbst verbraucht oder unter den Nachbarn verteilt worden. Das habe sich früher alles von selber geregelt. Aber wir mit unserer Überregulierung, das sei doch zum Kotzen. Lebensmittelvergiftung sei sicherlich kein Spaß, aber das sei doch früher gar nicht passiert.

Der Profikoch sah das anders und äußerte das deutlich. Die Tresenfrau schaute ihn an, als ob sie sagen wollte, damals hätte er wohl noch auf dem Baum gehockt. Die Atmosphäre war von einem Moment auf den anderen vergiftet. Wütend fuhr die Tresenfrau ihre Gäste an. »Schleichen Sie sich immer mit solchen Stasi-Methoden in Ihre Zeugenbefragungen?«

»Junge Frau«, schritt Calloe ein, »werden Sie mal nicht komisch, nur weil mein Freund gerade mal nicht Ihrer Meinung ist.«

»Sie werden ja wohl keine Rassistin sein?« Jean-Jacques kniff die Augen zusammen und lachte sie an, dass seine weißen Zähne im tiefschwarzen Gesicht nur so blitzten.

»Ach, ist doch wahr«, lenkte die Tresenfrau ein. »Diese Kriminalisierung meiner Freunde, das macht mich ganz fertig. Die wollen doch alle nur Gutes tun.« Sie setzte sich zu den beiden an den Tisch, schlug den Bogen zur »Strandbude«. Knut Berger habe einen richtigen Hass auf Sandro und Pelle entwickelt. Die hätten immer die Biergarnituren vor seiner Bude besetzt, aber kaum etwas konsumiert.

»Die ›Strandbude‹ ist keine soziale Einrichtung«, bemerkte Calloe, und Jean-Jacques nickte. »Und, lassen Sie mich raten, die beiden ziehen doch öfter einen durch. Das haben sie sicherlich auch vor Bergers Bude gemacht, oder?«

Die Tresenfrau nickte.

»Wissen Sie, was mir an diesen Gutmenschen und Alternativen so auf die Nerven geht?«, fuhr Calloe fort. »Das sind solche Egomaschinen, Rücksicht kennen die nicht. Die sehen um sich herum nur Spießer und Konsumsklaven.«

Die Tresenfrau schwieg. Sie griff in ihre Schürzentasche und wollte mit einem Feuerzeug die Kerzen anzünden.

»Danke, Sie haben uns erst einmal sehr geholfen.«

Calloe sammelte die Fotos wieder ein. Sie zahlte die zwei Bier, griff nach Jean-Jacques' Hand und blickte tief in seine Augen. Er war manchmal ein etwas zäher, aber im Prinzip gutmütiger Begleiter, kein Vergleich mit seinem Vorgänger, Kai-Uwe aus Husum. Calloe freute sich auf einen Abend am Wasser. Frischer Fisch und ein leichter Weißwein, danach stand ihr gerade der Sinn.

Strandpatrouille

Das Thermometer an der DLRG-Wache zeigte achtzehn Grad. »Ich würde ums Verrecken nicht ins Wasser gehen«, machte Fiete Burmester klar. »Aber achtzehn Grad, für die Jahreszeit schon ganz anständig.«

Fritze Köppen sagte nichts. Der hatte sich mittlerweile schon für den Tisch links neben dem Eingang zur Strandküche entschieden.

Fiete Burmester hatte noch nicht Platz genommen, da wurde er auf eine Familie mit drei Kindern an der Kleingolfanlage aufmerksam. Urlauber aus dem Rheinland. Das glaubte Fiete am kölschen Singsang zu erkennen. Als sich der Jüngste klammheimlich Richtung Wasser absetzen wollte, griff die Mutter ein: »Bermuda-Strand? Do jonn mer nit hin. Do höllt sich der schwatte Wassermann de Pänz.«

Fiete fühlte, wie sich das Gift der Kränkung und der Wut in seinem Körper ausbreitete. Er näherte sich den Touristen. »Moin, auf ein Wort«, sprach er die Mutter an. »Ich habe gehört, was Sie da eben gesagt haben. Ich bin aus Eckernförde, und hier am Strand ist seit dem Krieg nichts Schlimmes passiert. Wir passen alle auf, auch die DLRG.« Er deutete hinauf zum umlaufenden Balkon der Wache.

Die junge Frau, sie war wohl im Alter seiner Tochter Frauke, sah ihn an, und ihr Blick zeigte, dass sie überrascht war. »Danke, aber glauben Sie wirklich, dass wir das Risiko eingehen?« Sie deutete auf ihre Kinder.

Fiete wurde schlagartig bewusst, dass die Frau recht hatte. Hier half kein Lokalpatriotismus, hier half nur ein Täter, den die Polizei der Öffentlichkeit präsentieren konnte. »Verzeihung, ich dachte nur, weil äh …« Er brachte keinen vollständigen Satz raus, nickte der Frau zu, drehte sich um und ging die paar Schritte hinüber zur Strandküche.

»Ich hab uns Bauernfrühstück bestellt«, meldete Fritze.

»Kein Appetit«, antwortete Fiete.

»Was'n mit dir los? Immer noch Jetlag?«

Das Bauernfrühstück kam. Fritze aß mit Heißhunger, Fiete stocherte mehr, als dass er pikste.

»Die lassen ihre Kinder nicht mehr baden«, sagte er und schob sich eine Gabel Rührei in den Mund.

»Kann ich ihnen nicht verdenken.« Fritze spülte schon mit Kaffee nach. »Ich war seit letztem Sommer auch nicht mehr hier. Bin ein paarmal nach Schuby raufgefahren.« Er wischte sich mit einer Serviette großräumig den Mund. »Ich frag mich ja seit Monaten, wer so was macht.«

»Wie, wer macht so was? Perverse machen so was. Diese ganzen Tätowierten.« Fiete deutete auf einen Adler, der mit einer nackten Frau in den Fängen auf der muskulösen Schulter eines studiogestärkten Enddreißigers landete.

Fritze kratzte sich im Nacken. »Sag mal, Fiete. Dein Töchterchen, vielleicht habe ich das ja nicht richtig gesehen, aber hat die nicht so einen Ring in der Nase?«

»Das ist doch ganz was anderes. Ich find das auch nicht schön. Aber das ist eben bei den jungen Leuten so – stylish.«

»Stylish, ach so.« Fritze winkte der Bedienung. »Ich nähme noch Bier.«

Fiete schaute auf die Uhr. »Du sollst dich hier nicht volllaufen lassen. Wir sind sozusagen im Dienst.«

»Klar, ich will nur nicht auffallen.« Fritze hob sein Fernglas und schaute die Promenade rauf und runter. »Nur harmlose Figuren«, stellte er fest. »Wir müssen uns mal am Strand umschauen.«

»Hm, aber vorher machen wir einen Besuch bei den Damen und Herren von der DLRG. Die Wache habe übrigens ich gebaut. Burmester-Bau. Echte Wertarbeit.«

Nachdem sie gezahlt hatten, erklommen die Seniorenermittler die Treppe zur Wache der DLRG.

»Moin, Jung«, begrüßte Fiete den Wachleiter, der, ganz in Rot gekleidet und auf das Holzgeländer aufgestützt, die Eckernförder Bucht absuchte.

»Herr Burmester, welch eine seltene Ehre.«

»Mein Freund Köppen.«

Die Männer reichten einander die Hand.

»Was kann ich tun?« Der Wachleiter lächelte den Vater seiner Ex-Freundin an.

»Mal ein Auge zudrücken, vielleicht«, schlug Fiete vor. »Wir arbeiten der Brix zu, und die unterstützt die Polizei.«

»Bermuda-Bucht?«, fragte der Mann in Rot.

Fiete nickte. »Ob wir mal ein bisschen in eurem Märchenbuch blättern dürfen? Die Tage, an denen die Menschen verschwunden sind, die interessieren uns.«

»Klar, wir haben nichts zu verbergen, und wenn wir helfen können …« Die Männer gingen ins Innere der Wache, der Wachleiter holte das Wachbuch, legte es auf einen Tisch. »Nehmen Sie Platz. Ich muss wieder raus.«

Fiete und Fritze schlugen auf den Seiten nach, die womöglich Hinweise geben konnten. Die Daten kannten beide auswendig. »Nine Eleven vergisst man auch nicht«, sagte Fiete und blätterte um.

Zwanzig Minuten später glaubten die Herren, fündig geworden zu sein. Sie bedankten sich beim Wachleiter, stiegen die Treppe wieder hinunter und setzten sich auf eine der Bänke am Strand.

»Da wird er staunen«, sagte Fiete, griff zum Telefon, rief Hans Rasmussen an und teilte das Ergebnis ihrer Recherche mit.

Rasmussen wirkte genervt. »Haben wir längst gecheckt. Zu den mutmaßlichen Zeitpunkten des Verschwindens der Vermissten waren die DLRG-Leute abgelenkt. Wespenstich, Kreislaufprobleme, verlorene Handtasche. Eine ältere Dame aus Sachsen, eine auffällig korpulente Mutti mit Kinderwagen. Ich kann mich nicht an jeden einzelnen Vorfall erinnern. Einen Zusammenhang konnten wir jedenfalls nicht herstellen. Fiete, wir sind ja nicht blöd. Aber danke. Ich bin froh, dass ihr uns helft.«

»Jo«, sagte Fiete und trennte die Verbindung.

»Und?«, wollte Fritze wissen.

»Und, und, und? Herr Hauptkommissar war schon im Bilde.«

»Herrje, beleidigte Leberwurst. Sei doch froh, dass sie gut arbeiten. Wir werden schon was ausgraben.« Fritze stand auf. »Komm, ein paar Schritte schaden dir nicht.«

Sie gingen in südliche Richtung zum Hundestrand. Ungefähr auf Höhe des Restaurants Mango's blieb Fritze abrupt stehen.

»Was ist denn los?«, meckerte Fiete.

Fritze ging auf eine Gruppe junger Leute zu. Fiete folgte.

»Hab ich mich doch tatsächlich nicht getäuscht.« Fritze fauchte. »Welcher Vollidiot hat dir denn in dein Spatzenhirn gekackt, Kleiner? Zieh das sofort aus, oder ich zieh's dir aus.« Er war neben eine der Sonnenliegen getreten und stand mit nach vorn gebeugtem Oberkörper nur eine halbe Armlänge entfernt über dem leicht geröteten Gesicht eines sonnenbebrillten Jungschen.

Fiete ging auf die andere Seite und verstand. Der Knabe trug ein »Whale Watcher«-T-Shirt, auf dem »Whale« durchgestrichen und darunter in blutroter Schrift »Missing Persons« aufgedruckt war.

Jetzt kamen die anderen Jugendlichen in Bewegung und auch Fiete in Wallung. Die Halbstarken bildeten einen Halbkreis um Fritze und den selbst ernannten Vermissten-Glotzer.

Fiete umrundete so behände, wie man es ob seiner hundertzwanzig Kilo nicht vermutet hätte, die Liege, baute sich zwischen Fritze und dem Halbstarken auf, hob seine rechte Hand und sagte: »Maurerhand. Erster Schlag, halbe Fresse weg, zweiter Schlag ist schon Leichenschändung.«

Dann machte er einen Schritt auf den mutmaßlichen Anführer zu, der zurückwich, über eine der Liegen stolperte und in den Sand stürzte. »Alter, komm mal runter. Ist doch nur ein T-Shirt.«

»Ist vor allem eine richtig beschissene Idee. Geschmackloser geht's ja wohl nicht.«

Von hinten tippte ihm Fritze auf die Schulter und hielt, zwischen Daumen und Zeigefinger geklemmt, das T-Shirt hoch. »Fiete, wir gehen.« Zum Spargeltarzan auf der Liege gewandt: »Wir gehen, und zwar zur Polizei. Kann sein, dass das ein Nachspiel hat – Herr Brinker.«

Fritze Köppen drehte sich Richtung Wasserkante und ging. Fiete warf noch einen strengen Blick in die Runde und folgte seinem alten Freund.

»Du kennst das Bürschchen?« Fiete war überrascht.

»Ist der Sohn meines Urologen.« Sich das Lachen zu verkneifen, fiel Fritze sichtbar schwer. Sie gingen eine Weile schweigend nebeneinander.

»Das ist die Jugend«, glaubte Fritze. »Als die RAF Deutschland mit dem Terror von links bekannt machte, skandierten junge Leute: »Ponto, Buback, Schleyer, der nächste ist ein Bayer.«

»Du auch?« Fiete schaute seinen Freund an.

Der sagte nichts.

»Sollen wir mal?«

»Was?«, wollte Fritze wissen.

»Zum eigentlichen Ort des Geschehens.«

»Hm.«

Wie Fritze und Fiete ging es auch anderen Strandbesuchern. In dem Abschnitt zwischen der Wehrtechnischen Dienststelle, der ehemaligen Torpedoversuchsanstalt und der Steilküste war die Stimmung gedrückt. Die Ballspiele waren weniger ausgelassen als üblich. Ins Wasser gingen die meisten Gäste nur bis zu Wade.

Die Männer schlenderten am Südstrand auf und ab. Sie schauten, fragten, fühlten sich schlecht. »Wie zwei Spanner«, sagte Fiete irgendwann. »Das kann's nicht sein. Eine Schnapsidee, diese Patrouille hier. Was machst du mit dem T-Shirt?«

»Gebe ich der Sprechstundenhilfe seines alten Herrn.«

»Du hast hinterhältige Wesenszüge«, stellte Fiete fest.

»Pädagogik, das ist reinste Pädagogik.«

Dann gingen sie zum Auto und fuhren ein Stück die B 76 runter, parkten beim Steakhaus, überquerten die Straße an der Ampel und spürten beide, dass ein kühler Wind aufkam. Im stillen Einvernehmen gingen sie weiter durch den schmalen Dünengürtel in Richtung »Strandbude«, stoppten am höchstgelegenen

Punkt und setzten sich ächzend in den Sand. Fiete ächzte lauter als Fritze.

Nach einer Weile fragte Fritze: »Und nun?«

Fiete zuckte mit den Schultern. »Gucken wir mal.«

Kleine Fluchten

»Sonntag«, hatte Marlene am Telefon geantwortet, »das passt mir gut.« Und so waren sie heute mal wieder an die Förde nach Laboe gefahren.

Auf der Fahrt sprachen sie über die Stimmung in Eckernförde, die seit Freitag auf dem absoluten Tiefpunkt angekommen war. Die Nachricht vom Mord an Knut Berger hatte sich wie ein Lauffeuer in der Stadt und Umgebung verbreitet. Ganz schnell hieß es: »Schon wieder einer. Das ist doch der von der ›Strandbude‹ am Südstrand. Geht das wieder alles von vorne los? Wann hat das alles bloß ein Ende?«

Genau das sagte jetzt auch Marlene. »Bermuda? Ich kann das Wort nicht mehr hören. Das Schlimmste ist doch, wenn sich Angst und Angenervtsein vermischen.« Aber da fuhr Rasmussen schon auf den Parkplatz am Hafen.

Er wollte eigentlich noch schnell ein Matjesbrötchen auf die Hand, aber Marlene war ihm in Richtung Fähranleger entwischt. Sie stand barfuß da unten am Strand, und der Kommissar musste der Sportlehrerin hinterherklettern. Sie gingen nebeneinander und blickten dahin, wo die Förde auf die Ostsee traf. Schleier am Himmel rissen aus, trieben aufs Meer und wieder zurück. Sonne fiel in Schlieren auf Marlene und Rasmussen herab.

»Luzid«, sagte Rasmussen.

»Es flirrt, fast wie im Hochsommer«, meinte Marlene.

»Ach, Marlene, dein Hang zum Übertreiben.«

Kaum hatte Marlene am Sandstrand gestanden, hatte sie die Schuhe ausgezogen und die Hosen hochgekrempelt. Er behielt seine Boots an. Selbstverständlich trug er auch seine Sommerlederjacke.

»Ich kann das nicht«, sagte er. »Kaum steigen die Temperaturen um ein paar Grad, reißen sich die Menschen Klamotten und Schuhwerk vom Leib.« Rasmussen grummelte. Dann wollte seine Freundin auch noch seine Hand. Fast wäre er über seine eigenen Füße gestolpert.

Sie blieben auf der Höhe der Tapasbar stehen. Hier waren Weinfässer im Sand eingebuddelt. Sie setzten sich beide so, dass sie auf das Wasser blickten. Die Wölbung des Fasses zwang sie in eine schiefe Sitzhaltung. In dieser Stellung musste sich ein Paar aneinander anlehnen wollen. Sonst käme es sich nicht nahe.

Marlene wollte, und Rasmussen wollte irgendwie nicht. Er war ganz Ohr und auf das Blau vor sich fixiert. »Lass mal«, wies er sie zurück. »Um was soll ich mich denn noch alles kümmern?«

»Um alles«, flötete die Frau. Sie streckte die Beine von sich und drückte den Rücken durch. Mit geschlossenen Augen schaute sie gen Sonne. Sie legte den Kopf in den Nacken und gab wohlige Laute von sich.

Rasmussen gefiel das. Er verharrte aber ganz in sich selbst. Augen auf, Ohren auf. Die Nasenflügel wie aufgebläht. Er saugte das Draußen vollkommen in sich auf. »Wir waren zu lange drinnen«, sagte er mehr zu sich selber.

Das Plätschern der Wellen gab einen synkopischen Rhythmus vor. Kinderlachen und Erwachsenenlaute wehten herüber. Zwei dicke Pötte auf der Förde dieselten.

»Hörst du die grummeln?«, fragte Marlene.

»Das sind die Wale, die singen«, feixte Rasmussen.

Marlene zog ihn zu sich heran. Rasmussen ließ sich darauf ein.

Die Promenade dünstete bis herunter an den Strand aus.

»Paprika liegt in der Luft, es riecht nach Merguez«, sagte Rasmussen und leckte sich über die Lippen.

»Meine Lippen werden ganz trocken, ich brauche ein Kronenbourg oder einen Fitou«, meldete sich Marlene.

Das Paar blieb sitzen. Sie schauten beide auf die Förde, und es fühlt sich einen Sonntagnachmittag lang an wie Süden. Gleich würden sie Tapas an der Promenade essen gehen. Eckernförde? Die Bermuda-Bucht? Ganz weit weg.

Böse Menschen haben keine Lieder

Die Brix atmete mit geweiteten Nasenflügeln ein, verlangsamte ihren Schritt, blieb schließlich stehen und entließ die Luft wie bei der Weinprobe langsam durch Mund und Nase. Zu ihren Füßen in einer Rabatte am Rande des Borbyer Friedhofes betörten Maiglöckchen die Passantin mit ihrem Duft. Eine milde Brise fuhr in die dicht gedrängt stehenden Pflanzen und trug die Moleküle mit sich in den Abendhimmel.

Ein guter Duft konnte den Verstand der Brix leicht überwinden, überwältigen gar. Der blonde Seemann aus Flensburg, im Sommer 1965. Sie hätte ihn mit Haut und Haar eingeatmet, hätte sie es nur vermocht. Was war ihnen bloß dazwischengekommen?, fragte sich die Brix.

»Frau Brix, so versunken, Liedtexte, vermute ich.« Der Friedhofsgärtner war neben sie getreten.

»Weit gefehlt, Herr Dücker, ich memoriere Gelegenheiten und Höhepunkte.« Sie lächelte freundlich, und der Gärtner schaute verwirrt.

Ohne weitere Worte zu wechseln, strebte sie dem Portal der evangelischen Kirche zu, in der die Chorproben stattfanden. Wo blieben nur die anderen? Heiner Hoss hatte ihr doch über WhatsApp mitgeteilt, dass am Sonntag eine öffentliche Chorprobe stattfand. Die Brix hatte die Hand schon an der Klinke, als sich ihr Smartphone wie üblich mit der Arie des Papageno meldete.

»Liebe Frau Brix, ich bin untröstlich. Leider vergaß ich zu erwähnen, dass wir nicht in Borby, sondern in der Sankt-Nicolai-Kirche singen. Wie ich Sie kenne, sind Sie schon auf dem Petersberg?«

»So ist es, Herr Hoss. Aber ich bin mit dem E-Bike unterwegs und gleich bei Ihnen.«

Fritze Köppen hatte ihr gestern erzählt, dass es seit letztem Herbst alle zwei Wochen ein »Singen gegen Vergessen« gab. Er selbst sei auch ein paarmal da gewesen, weil er »langsam kirre« geworden sei. Dieses ganze Gerede um die Bermuda-Bucht und die Vermissten auf der einen und die dürftigen Informationen der Polizei auf der anderen Seite, irgendwann hält das der letzte

Atheist nicht aus, hatte Fritze gesagt. »Dein Hoss, dieser Chorleiter, stellt da ganz schön was auf die Beine, die Hütte wird von Mal zu Mal voller. Und ich sage dir ganz ehrlich, das waren ja alles Wildfremde, aber ich habe manchmal morgens beim Rasieren geweint, wenn mir die Vermissten aus der Bucht in den Sinn kamen.«

Aber auch Fritze hatte ihr verschwiegen, dass die Veranstaltung mitten in der Stadt und nicht auf dem Petersberg stattfand. So was kommt davon, wenn man so lange weg ist, dachte die Brix. Aber was sie wirklich wunderte, war die Tatsache, welche Kreise die Vermissten-Geschichte zog. Fritze Köppen – sie kannte den Knilch nur als Gotteslästerer vor dem Herrn – suchte Trost in geistlichen Gesängen.

Die Brix richtete ihr Hütchen und stieg auf. Sie rollte den Petersberg runter, überquerte den viel befahrenen Vogelsang, stieg vor der Holzbrücke ab, grüßte ihren Lieblingskellner auf der Terrasse der Siegfried-Werft, stellte ihr E-Bike nur drei Minuten nach dem Anruf des Chorleiters vor der Kirche ab und sicherte es mit einem Schloss an einer Bank.

»Schön, dass Sie wieder da sind«, rief der Chef des Eiscafés ihr zu. Sie winkte und war nicht sicher, ob sie die soziale Kontrolle ihrer Heimatstadt schon wieder gut ertragen konnte.

Nachdenklich betrat sie das Kirchenschiff. Die Bänke waren gut gefüllt. Bekannte Gesichter zumeist. Fritze Köppen hatte sich in die erste Bank gedrängelt und zwinkerte ihr zu. Fiete Burmester saß neben ihm. Nur der dritte Knilch im Bunde fehlte, aber Aushilfs-Fährmann Jörn Jensen schob wohl wieder Sonntagsdienst auf der Missunde II.

»Das gibt es doch nicht, Frau Brix ist wieder da.« – »Ach nee, seht mal, Margarete.« – »Maggie, Maggie.« Eine Chorsängerin nach der anderen löste sich aus der Menschentraube vor dem Chor. Die Brix wurde herzlich begrüßt, geherzt, war mitten unter ihnen, ganz selbstverständlich, als sei sie nie weg gewesen.

Vielleicht, dachte die Brix, bin ich hier doch am einzig richtigen Platz. Sie nahmen Aufstellung. Hoss hatte ein Zeichen gegeben.

»Musik ist Labsal für die Seele«, eröffnete er die Chorprobe mit den seit Monaten immer gleichen Worten. »Wir wollen singen und den Seelen der Vermissten einen Gruß senden, der sie trösten und erfreuen möge. Wo immer sie auch sind. Wir singen die ersten beiden Strophen ›Harre, meine Seele‹.«

Und so sangen sie das Lied, das Johann Friedrich Raeder 1845 als Durchhalteparole für sich selbst gedichtet hatte.

»Harre, meine Seele,
harre des Herrn,
alles Ihm befehle,
hilft Er doch so gern!
Sei unverzagt.«

Die erste Strophe sang Saskia Bergers Mutter mit einer ganz warmen und sehr vollen Altstimme. Ganz leise umschwirrten sie die zweiten Sopranstimmen, eher wie ein Bienenschwarm. Tolles Arrangement, dachte die Brix, sie war erst in der nächsten Strophe dran. Hoss hatte mal wieder ganze Arbeit geleistet.

Heike Berger war vorgetreten und sang ihren Solopart aus voller Brust. Ihr Busen bebte unter ihrem schwarzen hochgeschlossenen Kleid. Das Gesicht grau und eingefallen. Ihr Schwiegersohn Knut war noch nicht unter der Erde, und sie klang so, als wolle sie sich mit aller Macht selbst Mut zusprechen.

»Bald der Morgen tagt,
und ein neuer Frühling folgt dem Winter nach.
In allen Stürmen, in aller Not
wird Er dich beschirmen, der treue Gott.«

Nach der ersten Strophe setzte die Orgel ein. Thies Möller ließ es sich nicht nehmen, die Sänger zu begleiten.

»Harre, meine Seele,
harre des Herrn,
alles Ihm befehle,
hilft Er doch so gern!
Wenn alles bricht,
Gott verlässt uns nicht,
größer als der Helfer ist die Not ja nicht.

Ewige Treue, Retter in Not,
rett' auch meine Seele, Du treuer Gott.«

Die Brix hörte den einen oder anderen Seufzer aus ihren Reihen, ihre Nachbarinnen hatten Tränen in den Augen. Sie war dabei, anzukommen, und konnte immer noch nicht so recht glauben, was in ihrem Eckernförde vor sich ging. Sie schaute ins Publikum, sah rote Wangen und weiße Taschentücher, vor allem sah sie in der ersten Bank Fiete und Fritze sitzen. Schulter an Schulter. So ergriffen hatte sie die beiden Knilche vielleicht noch nie gesehen. Wer wollte sich auch der Macht der Musik entziehen, sie kamen ja alle aus freien Stücken, um sich für gut eine Stunde fallen zu lassen. Wer hier saß, wollte von Lied zu Lied die wunde Seele aus voller Kehle herauslassen. »Singen gegen Vergessen«.

Mit einem »Hallelujah« in bester Gospelmanier beendete der Chor das Programm. »Pianissimo«, flüsterte Hoss den Damen zu. Sie steigerten sich hinein, und als der Möller da oben an der Orgel wummerte und sie den Raum wieder mit ihren Stimmen fluteten, da überkam die Brix ein sonderbares Gefühl. Es war, als ob ein Korken aus der Flasche fliegen würde. Sie weinte.

Die anderen waren schon längst zwischen den Kirchenbänken bei ihren Freunden und Verwandten verschwunden. Die Brix saß im Altargestühl. Fiete und Fritze blickten zu ihr herüber. Da kam Hoss und setzte sich neben sie.

»Die anderen wissen es ja alle schon, Frau Brix, ich bin beim Bürgermeister vorstellig geworden. Er hat sofort verstanden, was uns bewegt, und hat die Kulturbeauftragte dazugebeten. Gemeinsam haben wir besprochen, wie wir ›Singen gegen Vergessen‹ noch weiter nach außen tragen können. Wie daraus vielleicht ein regelmäßiges Singen am Strand entstehen könnte, um jetzt in der Saison auch die Touristen mit einbinden zu können. Ich sage Ihnen, Frau Brix: Das treibt ja ganz seltsame Blüten.«

Hoss lehnte sich zurück und bearbeitete sein Kinn mit Daumen und Zeigefinger. »Dieser Katastrophentourismus, dieses Gegeiere da am Südstrand, das muss aufhören. Das ist widerlich und abscheulich. Gedenken lässt sich nicht befehlen und Anstand schon gar nicht. Aber wir als Chor wollen vorangehen und heute in zwei Wochen um achtzehn Uhr einen Anfang machen. Am Strand, dort, wo die Menschen verschwunden sind. Die Stadt informiert die Eckernförder Nachrichten, ich lasse Liedblätter drucken. Wenn wir denn schon nichts tun können, um die Menschen zurückzuholen. Haben Sie schon mit Herrn Rasmussen gesprochen?«

Die Brix nickte. Sie nahm die Hand ihres Chorleiters. »Sie sind ein Schatz, Herr Hoss. Wie schön, wieder hier zu sein.« Die Brix stand auf. »Und was Herrn Rasmussen angeht. Ich werde Sie auf dem Laufenden halten. So machen wir das«, sagte sie entschlossen und verließ als eine der Letzten die kühle Kirche.

Neben dem Portal verabschiedete sich Heike Berger gerade von einem Paar im mittleren Alter. Als sie die Brix sah, kam sie gleich auf sie zu. »Schön, dass Sie wieder da sind«, sagte nun auch die Mutter der stadtbekannten Friseurin. Selbst die Brix konnte sich kaum vorstellen, dass diese bescheidene und zurückhaltende Frau die vielleicht schrillste Figur in und um Eckernförde zur Welt gebracht hatte.

»Es tut mir leid, Frau Berger. Ich wünsche Ihnen Kraft, damit Sie Ihre Tochter trösten können.«

»Saskia trösten? Die braucht keinen Trost. Die braucht Aufmerksamkeit.«

Die Brix schwieg.

»Schon als Kind. Wenn wir am Noor spazieren gingen und dem Hund Stöckchen warfen, schlug sie längs hin. Ohne Not, wenn Sie wissen, was ich meine. In der Grundschule hat sie ihre Freundin von der Bühne geschubst, nur um die Hauptrolle zu kriegen. Eine weiße Strumpfhose hatte sie da an. Ganz unschuldig hat sie gewirkt. Und an ihrem achtzehnten Geburtstag war sie mit ihrem Freund segeln. Den hat sie unter Deck eingesperrt und ist einfach von Bord gegangen.«

Heike Berger zog die Nase hoch. Geräuschvoll. Sie hätte auch ausspucken können, dachte die Brix. Sanft nahm sie Heike Berger am Arm und führte sie zu einer Bank an der Kieler Straße. Die beiden Frauen setzten sich.

»Wir zwei beiden haben ja immer so'n büschen gefremdelt«, sagte Heike Berger. »Die Richterin, da hat man Respekt.«

Die Brix wartete.

»Trösten.« Heike Berger schnaufte. »Die tröstet sich schon, da können Sie sicher sein. Mit dem nächsten Kerl.«

Heike Berger schaute Richtung Kirche. »Heiner Hoss hatte sie auch schon auf der Matte. Da hatte ich Hoffnung, dass sie ihren Platz im Leben findet. Mit den Füßen auf dem Boden. Aber sie musste sich ja vor neunzehn Jahren diesen Kampfschwimmer anlachen. Wissen Sie, was sie gesagt hat? ›Ein Killer im Bett, Mutti, das ist heiß.‹ Das hat sie gesagt, meine – Tochter.«

Wieder zog sie die Nase hoch und gleichzeitig die Mundwinkel nach unten.

Der Chef des Eiscafés kam mit zwei Espressi. »Aufs Haus«, sagte er und strahlte die Brix an.

»Ist schon lange her, dass sie in den höchsten Tönen von Knut schwärmte. Aber er war immer für sie da. In letzter Zeit hat sie nur noch gemeckert. Knut sei einer vom Dorf. Knut war noch nie in der Oper. Das hat sie wirklich gesagt. Noch nie in der Oper. Was glaubt sie eigentlich, wo sie herkommt!«

Die Frauen nippten am Espresso.

»Mir hat noch nie jemand einen Kaffee gebracht, einfach so.« Heike Berger lächelte. »Saskia hätte Knut in den Wind geschossen. Früher oder später. Und irgendwie ist das ja nun auch so.«

»Hat Knut sich denn verändert?«, fragte die Brix.

»Der war so fahrig. Immer nervös. Irgendwas war anders. Maulfaul. Ja, der war maulfaul und muffelig. Überhaupt diese ständigen Reibereien mit diesen Hippies vor seiner Bude. Einem hat er wohl, Sie entschuldigen, aufs Maul gehauen. Na ja. Vorbei ist vorbei.« Heike Berger trank den letzten Schluck Espresso. »Soll ich Ihre Tasse auch rüberbringen?« Sie streckte die Hand aus.

Die Brix reichte ihr die Tasse.

»Das tat gut, Frau Brix. Danke.« Dann drehte sie sich um und ging.

Katerstimmung

Rasmussen war unausgeschlafen. Er wartete. Er spürte, gleich würde etwas passieren.

Trübe Gedanken machten ihn unkonzentriert.

Gestern, auf dem Rückweg aus Laboe, hatte Amos Wiesel angerufen und Marlene und ihn zu sich gelotst. Unter einem Vorwand. Man könne doch mal gemeinsam in den Urlaub fahren. Rasmussen hatte nicht gewollt, aber Amos war hartnäckig gewesen.

In seiner Wohnung waren sie auf Amos und dessen neueste Eroberung, die sportliche Frau von der Kiellinie, getroffen. »Meine Laufbekanntschaft Grit«, so hatte Amos das Model mit Doktortitel vorgestellt. Sie redete gleich darüber, dass sie in Sportwissenschaft promoviert hatte und sich ehrenamtlich in der Flüchtlingshilfe engagierte. Rasmussen hätte kotzen können. Tat er auch. Vier Stunden und eine Flasche Laphroaig später. Er hatte sich danebenbenommen. Vorsätzlich.

Jetzt war es hell, zu hell, wie Rasmussen fand, und es pochte links und rechts der Stirn. Das geschieht dir recht, hätte seine Mutter gesagt. Seine Mutter. Wie lange hatte er nicht mehr mit ihr gesprochen? Sechs Monate oder waren es sieben? Auf ihrem spanischen Campingplatz spielte der Gedanke an ihren Sohn allenfalls eine Nebenrolle. Das war traurig, aber es war, wie es war.

Aus dem Augenwinkel sah er gerade eben noch einen Mann hinter der nächsten Hausecke auftauchen. Der Mann zog seine Waffe. Richtete sie auf Rasmussen und schoss. Rasmussen duckte sich. Die Kugel, die auf ihn abgefeuert wurde, er hatte sie gehört. Dass der Stromkasten sichere Deckung bot, glaubte er nicht. Aber vor ihm lag nur der Parkplatz, und es stand kein einziges Auto auf ihm. Eine ausweglose Situation. Saß er in einer Falle?

Da beugte sich Calloe von hinten über ihn. »Vorsicht, da im Eingang, noch einer. Schießen Sie, schießen Sie doch endlich!«

Und Rasmussen schoss, er schoss, bis das Magazin leer war. Er hatte keinen der beiden Männer getroffen.

Calloe wandte sich ab. »Versuchen Sie es mal mit Super Mario. Das hier ist nichts für Ihre Generation. Auch einen Espresso, mon Capitaine?«

Hans Rasmussen klickte auf Beenden. »Hat Schrader bei einer Hausdurchsuchung sichergestellt. So ein Gemetzel. Das spielen heutzutage Zwölfjährige, und wir wundern uns.«

Gerade noch sah er, wie die digitalen Ziffern der Bürouhr auf acht Uhr vier umsprangen. Er hatte die Zeit vergessen. »Calloe, wo bleiben die denn?«

In diesem Moment öffnete sich die Tür zum Teambüro. In ein Gespräch vertieft, traten Hinrichsen und die Staatsanwältin ein. Rasmussen schnappte Missunde, Fähre, Steinfeld, Galloways und Bio auf. »Zart und saftig, das ist mit Fleisch aus dem Supermarkt nicht zu vergleichen«, begeisterte sich Hinrichsen, und die Staatsanwältin antwortete: »Super Tipp, ich fahre da gleich heute noch hin.«

Sie wandte sich an Rasmussen: »Herr Rasmussen, ob Sie mir einen wunderbaren Espresso machen könnten? Ich komme gar nicht in Gang heute Morgen. Hinrichsen – in Steinfeld also nicht Richtung Süderbrarup, sondern links ab?«

»Jo«, antwortete der und legte die Eckernförder Nachrichten auf den Tisch.

Rasmussen blieb sitzen.

»Kein Zucker«, sagte die Staatsanwältin.

Rasmussen bewegte sich nicht. Sagte auch nichts.

Calloe schaute ihren Chef an, schaute die Staatsanwältin an, ging zur Espressomaschine und sagte in den Raum hinein: »Ich habe die Fotos aus Holtby angepinnt. Vielleicht fangen wir damit an?«

Rasmussen presste die Lippen aufeinander, zog die Schultern nach hinten unten, stand auf und trat an die Klagemauer, wie Calloe die Wand getauft hatte, an der sie anpinnten, was im jeweils aktuellen Fall hilfreich sein konnte. Er tippte auf mehrere Fotos, die Saskia Berger in verschiedenen Kostümen zeigten. »Sie ist auf allen Fotos allein. Keine anderen Personen, insbesondere kein Knut.«

»Na, der hat ja fotografiert«, erklärte Hinrichsen.

»Hat er, Hinrichsen, hat er. Ich bin mir aber unsicher, ob er das Hobby seiner Frau teilte«, sagte Rasmussen und breitete die Arme weit aus. »Ich habe ihn als Batman in Großaufnahme gesehen, das Foto liegt ungerahmt auf dem Studioboden im Keller herum.«

»Das war es aber auch schon, oder? Der hat ja in der ›Strandbude‹ nicht mal 'ne Kochjacke getragen. Ich hab Knut Berger immer nur in verwaschenen Uniformteilen gesehen. Blaue Bordhose und T-Shirt. Der kam nicht los von der Marine«, antwortete Hinrichsen.

»Was hat die beiden verbunden?« Rasmussen setzte sich auf die Fensterbank.

»Liebe«, schlug Calloe vor und servierte der Staatsanwältin den Espresso.

»Auf mich hat sie nicht wie eine trauernde Witwe gewirkt«, bemerkte Hinrichsen.

Rasmussen nickte. »Als ich bei ihr im Friseursalon war, kamen mir ihre ersten Reaktionen unecht vor, in der Pathologie dann eine regelrechte Show. Als sie mir in Holtby die Fotos zeigte, da kam sie aus sich raus, war bei sich. Kam mir vor, als würden wir die echte Saskia Berger in dieser Kunstwelt suchen müssen.«

»Gibt es in Eckernförde eigentlich einen Verein oder so was?« Die Staatsanwältin leckte sich die Crema von den Lippen.

Calloe trat an die Klagemauer. »Sie meinen Cosplay? Man trifft sich auf sogenannten Conventions. In aller Welt. In Deutschland gibt sich die Szene ein Stelldichein auf den Buchmessen in Frankfurt und Leipzig. Ansonsten? Es gibt ein paar Stammtische. Das Internet ist regelmäßiger virtueller Treffpunkt. Aber Conventions, also Treffen, gibt es auch in Kiel, Lübeck, Bad Oldesloe, auch in Husum.«

»Warum interessieren wir uns so sehr für dieses Thema?«, fragte Hinrichsen.

»Noch mal, zum Mitschreiben«, sagte Rasmussen. »Ich wüsste gern, was Saskia und Knut verbunden hat. Der ehemalige Kampfschwimmer und diese Schöne mit den zwei Gesichtern. Da der Soldat, klar und strukturiert. Ich hatte bei ihm den Eindruck, dass er immer geradeaus kommunizierte. Schaut man hinter die Kulissen, bröckelt das Bild ein wenig. Dieses Chaos in seinem Büro. Kam der wirklich klar mit seiner Frau? Dieses Anschleichen, die Freundlichkeit in Person, und plötzlich schwenkt sie um. Für mich hat die fast etwas von einer Hexe.«

»Also, Chef, lassen Sie mal die Kirche im Dorf. Nur weil sie sich verkleidet.« Calloe schüttelte den Kopf.

Die Staatsanwältin räusperte sich. »Wir haben eine zersägte Leiche, wir haben einen Fundort, wir haben die beiden Männer, die die Leiche entdeckt haben, eine Witwe, deren Beziehung zu ihrem Mann wir noch nicht verstehen. Wir wissen, was der Mann beruflich gemacht hat. Wir kennen seinen letzten Arbeitsplatz, an dem sich Majoran fand, das vielleicht mit den entsprechenden Spuren an der Leiche übereinstimmt. Die KTU ist dran. Ein möglicher Tatort, der ansonsten – wie sagten Sie, Rasmussen? – klinisch rein wirkt. Wir haben aber noch keine Tatwaffe, keine Verdächtigen. Berger war nicht reich, wir wissen nichts von Feinden, er ist polizeilich nie in Erscheinung getreten. Dünne Motivlage. Dünne Gesamtlage.« Die Staatsanwältin fuhr mit ihrem linken kleinen Finger in die Espressotasse.

Rasmussen stand auf und begann, im Raum umherzugehen. »Ich greife mal einen Aspekt raus. Pelle und Sandro, unsere Containerplünderer. Bin da ganz bei Ihnen, Frau Staatsanwältin. Ich habe die Herren für heute einbestellt. Vierzehn Uhr. Falls Sie Zeit haben, können Sie gern dazukommen. Aber das ändert nichts an meinem Wunsch, die Ehe der Bergers besser verstehen zu wollen. Ich jedenfalls schließe eine Beziehungstat nicht aus. Zum mutmaßlichen Tatzeitpunkt war Knut Berger nach Aussage seiner Frau auf dem Weg zu Verwandten nach Essen, sie war noch bei der Arbeit im Salon, später in Holtby. Für den fraglichen Abend und die Nacht hat sie kein Alibi.«

Die Staatsanwältin lehnte sich zurück. »Herr Rasmussen, wir haben also doch Verdächtige? Die Ehefrau, die Containerjungs und den großen Unbekannten.«

»Keine Frage, wir haben Verdächtige, und wir werden uns jeden einzeln vornehmen«, versicherte Rasmussen. »Seit dem Leichenfund sind keine drei Tage vergangen.«

»Sie müssen sich nicht rechtfertigen, Herr Rasmussen.«

»Rechtfertigen? Ich versuche lediglich zu verhindern, dass ein falscher Eindruck entsteht.«

Die Staatsanwältin stellte die Espressotasse ab. »Nun halte ich Sie besser nicht weiter auf.« Sie rückte quietschend den Stuhl nach hinten, nickte Calloe zu und verließ das Teambüro.

»Schnepfe«, sagte Hinrichsen und schlug die Tageszeitung auf.

Frühschoppen in Aschau

»Eckernförde um halb zehn, Betrieb im Hafen sieht anders aus.« Jörn Jensen sprach mit sich selbst und wartete an der Holzbrücke. Er beobachtete das Treiben vor dem Luzifer, das gerade aufgemacht hatte. Die Brix und Fiete Burmester hatten ihn vom Ykærnehus in den Hafen begleitet und sich vor der Restauration im Rundsilo in einem der Strandkörbe niedergelassen. Er dagegen stand hier vorn an der Kaimauer. Gut, dass er sich für die blaue Windjacke und die Schiebermütze entschieden hatte, denn es ging eine leichte Brise.

Jörn drehte sich zur Wasserseite um. Er fühlte sich beobachtet. Sein Neffe Stefan wollte ihn zu einem kleinen Törn abholen. Er hatte am Freitag den Auftrag von der Brix bekommen, seine Kontakte zur Marine spielen zu lassen. Sein Neffe war Bootsmann und diente seit fünf Jahren bei den Kampfschwimmern in Eckernförde. Er war vor ein paar Jahren mehrmals im Einsatz gegen Piraten vor der somalischen Küste gewesen und zuletzt mit seiner Einheit monatelang durch das Mittelmeer gekreuzt, um Flüchtlingsschleusern das Handwerk zu legen. Stefan war ein harter Hund, Jörn hatte als ehemaliger U-Boot-Kommandant oft genug Kampfschwimmer an Bord gehabt. Was die alles aushalten mussten, davor hatte er Respekt, und er zählte sich nicht gerade zu den Weicheiern.

Ein kleines rotes Sportboot hielt auf die Holzbrücke zu. Ein Fletcher, wenn er nicht irrte. Stefan winkte ihm zu und fuhr unter der Brücke durch, um eine flotte Wende hinzulegen. Die Fischer waren noch draußen, so konnte er einfach die Leiter an der Kaimauer hinunter- und zusteigen.

»Mien Jung.«

»Setz dich, Jörn, du altes Möbel«, sagte Stefan und drückte seinen Verwandten kurz. Der ließ sich in den Sitz fallen.

»Hast du neu aufpolstern lassen?«, fragte er und erntete ein Nicken. »Und wohin geht's?«

»Raus.«

Der alte Jensen guckte den jungen Jensen an.

»Heute ist mein freier Tag. Und bei der ruhigen See schaffen wir richtig was weg.« Stefan schien sich auf die Ausfahrt mit seinem Onkel zu freuen. Er gab Gas, und die beiden wurden in die Sitze gedrückt.

Jörn setzte seine Pilotenbrille mit den blau getönten Gläsern auf und zog die Mütze ins Gesicht. »Wie schnell ist der Vogel denn?«, fragte er und griente.

»Sechsundsiebzig Stundenkilometer macht das Ding, aber dann ist Schicht.«

An der Haufenausfahrt legte Stefan den Hebel auf den Tisch. Der Bug hob sich, der Motor röhrte, und weißes Schraubenwasser zurücklassend, hielt Stefans Flitzer auf den Marinehafen zu.

»Habt ihr nicht mal in dem schönen Haus neben dem Kaiserhof gewohnt?« Jörn musste gegen den Fahrtwind anschreien. Sein Neffe schüttelte den Kopf. »So kann man sich täuschen. Ist aber auch zu schön in Borby.«

Stefan nahm Kurs auf die offene See. Die beiden Männer blickten stier geradeaus und ließen sich ordentlich durchpusten.

Vor der Lagune von Aschau drehte das Motorboot noch eine große Kurve. Vis-à-vis der Einfahrt stoppte Stefan den Motor. Aus der Kühlbox im Fußraum zauberte er zwei Gläser und eine Flasche Sekt.

»Onkel Jörn, ich habe mir gedacht, wir legen vor diesem herrlichen Panorama mal einen kleinen Frühschoppen ein. Ich fühl mich hier immer so ein bisschen wie auf Hawaii.«

»Nichts dagegen«, stimmte Jörn zu. »Du bist der Fahrer. Ich sitz ja nur daneben. Apropos, Pornorama ist wohl treffender.«

»Sind die Swinger denn noch aktiv?«, fragte Stefan. Er ließ den Korken knallen. »Wart ihr hier nicht auch mal zugange, als Ermittler gewissermaßen?«

»Da sagst du was. Aber das ist ja schon ein paar Jahre her.« Jörn nahm einen großen Schluck Sekt und hielt seinem Neffen das Glas hin. »Die Knilche und ich ermitteln nicht, wir beobachten. Und momentan bin ich gerade dabei, mich in Sachen Bermuda-Bucht umzuhören. Irgendwie treibt uns das ja alle um.«

Da sich Stefans Aufenthalte in Eckernförde in den letzten zwölf Monaten auf Stippvisiten beschränkt hatten, waren ihm die Einzelheiten des Falles unbekannt. Jörn berichtete, was seit dem letzten Sommer am Südstrand passiert war und was das mit ihrer Stadt gemacht hatte. Er fragte seinen Neffen, wie er es mit seiner Erfahrung anstellen würde, männliche Badende spurlos verschwinden zu lassen.

Da wurde der Kampfschwimmer in ihm wach. Außerdem kannte er das Gewässer in der Eckernförder Bucht wie kein Zweiter. Stefan lief sich warm. Eine Person unter Wasser kampfunfähig zu machen, wäre ja überhaupt kein Problem. Die Leichen abzuschleppen und zu entsorgen, auch das sei ein Kinderspiel. Ob es denn überhaupt keine Lebenszeichen von den Vermissten gegeben hätte? Badende aus der Bermuda-Bucht lebend abzugreifen, das sei schon schwieriger.

»Dabei fällt mir aber ein, dass wir während einer Übung Zielpersonen im Wasser überfallen haben, um sie mit dem Messer zu bedrohen, ihnen einen Tauchretter zu verpassen und dann unter Wasser und unentdeckt zu entführen.« Stefan pfiff durch die Zähne. »Kein Kinderspiel, aber ein Profi wie Berger, der kriegt das hin.«

»Wohin will ich denn hier, öhö ehö…«, hüstelte Jörn, kam leicht aus seinem Sitz und fuhr mit dem Zeigefinger den Horizont ab, »wohin will ich denn hier jemand entführen?«

»Och, Onkelchen, das solltest du doch als ehemaliger Lenker von Unterwasserfahrzeugen am besten wissen.« Stefan schaute Jörn leicht verwundert an. »Es kommt ja auch darauf an, mit welcher Gruppenstärke und sonstigen Hilfsmitteln diese Entführer arbeiten, wenn sie denn die Opfer nicht gleich unter Wasser abschlachten. Aber mir fällt gerade etwas ein.«

Stefan ließ den Motor an und fuhr in Richtung Eckernförde. Auf Höhe der Wehrtechnischen Dienststelle 71 verlangsamte er die Fahrt und zeigte auf einen kleinen Bunker, der hinter Schilf versteckt lag.

»Soweit ich weiß, wird dieser Bunker von den Kameraden nicht mehr benutzt. Der hat einen Land- und einen Wasserzugang mit einer Unterwasserschleuse.«

Das war das Stichwort. Jörn Jensen fing an zu spekulieren. Die Phantasie machte sich ans Werk.

In der Salatbar

Calloe kurvte schon zum zweiten Mal den Jungfernstieg rauf und runter. Es gelang ihr nicht, auf den Rosengang abzubiegen. Warum musste die Altstadt vor Einbahnstraßen auch nur so wimmeln? Sie ärgerte sich, dass sie nicht ihr Rennrad genommen hatte. Aber Schrader hatte ihr seinen neuen Dienst-BMW aufgeschwatzt. Außerdem hatte sie sich ja noch ein Bild von Bergers Bude am Südstrand machen wollen. Hatte sie gemacht. Eigentlich hatte sie gehofft, Sandro Hagemeister und Pelle Erben dort zu treffen. Hatte die Bedienung im Utgard nicht gesagt, dass die Clique im Sommer mehr oder weniger dort lebe?

»Und nun?« Eigentlich hasste sie es, mit sich selbst zu sprechen. Das erinnerte sie sehr an ihre Mutter, die durch ihren Haushalt fegte und Volksreden hielt.

Momentan stand sie hier im Jungfernstieg. Das Navigationsgerät war auch keine große Hilfe, obwohl Schrader ihr gesagt hatte, es lasse sich ganz leicht und intuitiv bedienen. Das Mistding wollte sie durch den Pastorengang lotsen, aber wie der Name schon sagte, war das ein Gang und keine Fahrstraße. Also stellte sie das Gerät aus und fuhr einmal rund um den Pudding, bog auf die Langebrückstraße ab, in der Ottestraße hinter der Förde-Sparkasse dann scharf rechts. Nach einer gefühlten Viertelstunde kurvte Calloe durch eine Toreinfahrt und stand mit dem Dienstwagen auf dem Garagenhof am Ende des Rosengangs.

Als Erstes sah sie den Bulli der beiden Sportsfreunde, denen sie auf der Spur war. Und da kamen die beiden auch schon aus einer Doppelgarage, die sich an ein einstöckiges Werkstattgebäude anschloss. Die Jungspunde in ihrer Arbeitskleidung flankierten einen illustren Mittfünfziger. Dessen knallroter Overall stach ihr ins Auge. Grauer Walrossschnauzer, hohe Stirn, die wenigen langen Haare zu einem Pferdeschwanz gebunden. Das musste Erwin Schock sein.

»Diese Laus sitzt schon ganz lange in unserem Pelz, der ist irgendwann aus München zugezogen. Unerträglich, dieser Alt-Hippie, macht immer nur Ärger. Aber gewieft ist er, den hätte ich gerne mal wegen BtM-Vergehen dranbekommen.« Hinrichsen hatte bei der Beschreibung des Zielobjektes Schock mit den

Schultern gezuckt und angewidert in seiner HSV-Kaffeetasse gerührt.

Calloe schaute Erwin Schock in die tiefblauen Augen und fand ihn ganz und gar nicht unsympathisch.

»Guten Tag, was können wir denn für Sie tun?«, fragte Schock und lächelte.

Ihrer Mutter hätten dessen Zähne gefallen. Tadellos und strahlend weiß. Die Jungs neben ihm schauten Calloe stumpf an.

»Ach, ich hatte vor einer guten Stunde eine Verabredung mit den jungen Herren hier«, sagte Calloe und konnte den Blick von diesen blauen Augen nicht abwenden. Sich vorzustellen vergaß sie darüber glatt.

»Ich habe den beiden geraten, den Termin nicht wahrzunehmen. Sie haben Ihnen am Freitag Tor und Tür in Bornstein geöffnet. Sie haben das ganze Haus auf den Kopf gestellt. Und mit der zweiten Welle haben Sie auch noch Spürhunde und Kriminaltechniker durch das Haus gejagt. Haben Sie dabei irgendetwas gefunden? Und, diese Frage sei auch noch erlaubt: Hatten Sie einen Durchsuchungsbeschluss? Mehr Kooperation geht doch wohl nicht. Irgendwann ist auch mal Schluss. Außerdem sind die beiden krankgeschrieben.« Schock schaute die Kommissarin entschlossen, aber immer noch freundlich an.

»Das Attest möchte ich sehen«, sagte Calloe und guckte die Jungs auffordernd an. Sie schwiegen. »Taubstumm oder was?«

Keine Reaktion.

»Bevor wir hier in falsche Gewässer abdriften«, sprach sie wieder Schock an. »In welcher Funktion sprechen Sie gerade? Sind Sie der Anwalt der Jungs?«

»Eher väterlicher Freund. Für den Anwalt haben die drei Semester an der Ludwig-Maximilians-Universität in München nicht gereicht.« Schock lachte wieder sein strahlendes Lächeln. Pelle hatte sich unterdessen eine Zigarette gedreht, die er anzündete. Sandro kaute ungerührt auf seinem Kaugummi herum.

Calloe schaute auf die Uhr, die mittlerweile fünfzehn Uhr dreißig zeigte. Sie hielt ihnen das Zifferblatt entgegen und erinnerte daran, dass Hagemeister und Erben eine Vorladung auf die Zentralstation erhalten hätten. Für vierzehn Uhr. Die Vorladung sei zwar in mündlicher Form ergangen, das sei im Prinzip aber genauso verbindlich wie schriftlich. Warum sie dieser Aufforderung nicht nachgekommen seien, diese und ein paar andere Fragen würden sich aufdrängen. Vor allem weil ein Konflikt der beiden mit Knut Berger zutage getreten sei.

»Uns ist zu Ohren gekommen, dass es bereits im letzten Jahr zu Konflikten im Umfeld von Bergers ›Strandbude‹ gekommen ist. Dieses Jahr Ostern ist dann der Streit eskaliert, und Handgreiflichkeiten soll es auch gegeben haben. Wer auch immer damit angefangen hat. Wer auch immer die Schuld daran trägt. Die Pikanterie besteht ja jetzt darin, dass ich hier vor den Streithähnen stehe, die ihren Kontrahenten zersägt in einem Container hinter einem Supermarkt gefunden haben.« Calloe zeigte auf Erben und Hagemeister, die gaben sich ungerührt.

»Das ergibt in der Tat ein etwas unglückliches Bild«, sagte Schock. Mehr sagte er nicht.

Calloe ging ein paar Schritte vor und versuchte einen Blick in die Doppelgarage zu werfen. Beide Tore standen offen, und sie sah Arbeitstische aus Stahl, Kühltruhen und schwarze Maurerbottiche. Die drei Männer stellten sich ihr in den Weg.

»Täusche ich mich, oder wollen Sie etwa Hausfriedensbruch begehen, junge Frau?« Schock lächelte.

»Ich möchte nur ein paar abgelaufene Lebensmittel mitnehmen, die bekomme ich doch hier wie jeder andere auch?« Calloe klimperte ein wenig mit den Augendeckeln.

»Aber sicher, was hätten Sie denn gern?« Schock legte Pelle Erben die Hand auf die Schulter. »Kümmer dich doch bitte mal um die junge Dame und lass dir bitte auch die Personalien geben, sie hat sich ja bisher noch nicht vorgestellt.«

Augenblicklich wandte sich der Wortführer wieder an Calloe. »Ich fürchte ja, das war noch nicht alles. Für Ihren eigentlichen Wunsch muss ich Sie bitten, mit einem Durchsuchungsbeschluss wiederzukommen.«

»Calloe«, sagte die Polizistin. »Yvonne Calloe.«

Calloe ging mit dem Rastamann in die linke Garage. Der nahm an einem Stehpult am Eingang ihre Daten auf, und wenig später durfte die Beamtin sich an den Kühltruhen bedienen. Es war wie im Supermarkt, durch die Sichtfenster aus Plexiglas waren die Truhen einsehbar. Die Lebensmittel waren alle sauber voneinander getrennt aufgereiht. Nur, dass die Waren alle schon mal für mehr oder weniger kurze Zeit im Müllcontainer gelegen hatten. Calloe suchte sich Salatzutaten aus, ohne das Gemüse lange zu prüfen. Eigentlich wollte sie nur weg hier. Ob sie Jean-Jacques das Grünzeug auftischen würde, das würde sie später entscheiden.

Erben packte ihr die Waren in eine Papiertüte. Calloe steckte einen Fünf-Euro-Schein in die Kaffeekasse auf dem Stehpult.

»So, Herr Erben, wie verbleiben wir zwei beiden denn nun?«

»Ich sage erst mal gar nichts«, sagte der Rastamann und schaute auf den Hof hinaus. Schock und Hagemeister waren nicht mehr zu sehen.

»Okay. Sie wollen es nicht anders. Sie und Herr Hagemeister finden sich morgen früh um zehn Uhr auf der Wache ein. Erscheinen Sie nicht, werde ich Sie mit Polizeigewalt auf der Wache vorführen lassen. Und Herrn Schock bestellen Sie bitte, ich komme morgen wieder, mit den entsprechenden Papieren in der Hand. Wir stellen die Bude hier und die Werkstatt nebenan auf den Kopf.«

Calloe schäumte. Sie stapfte mit der Tüte in der Hand auf den Dienstwagen zu, riss die Tür auf, knallte ihre Beute auf den Beifahrersitz. Im Rückspiegel sah sie die drei Männer grinsend in der Garageneinfahrt stehen. Die würden sich noch wundern.

Fürs Erste fuhr sie mit durchdrehenden Reifen über den Schotter im Garagenhof. Das kriegte sie gerade noch hin.

Fly me to the moon

Rasmussen war in Fahrt. Er hatte noch immer Kopfschmerzen, und diese Schreiner-Rastafari waren nicht wie verabredet auf der Zentralstation aufgetaucht. Calloe hatte sich sofort angeboten, die Jungs aufzusuchen.

Das hat sie nur gemacht, damit ich Saskia Berger am Hals habe, ging es Rasmussen durch den Kopf, als er auf die Kieler Straße einbog und einen Zusammenprall mit der Staatsanwältin nur verhindern konnte, indem er beider Bewegungsenergie mit vorgestreckten Armen an ihren Schultern in eine andere Form der Energie umwandelte. So standen sie, wenn auch kurz, dicht an dicht. Er roch ihr Haar.

»Die Staatsmacht«, sagte sie.

Er drehte sich um neunzig Grad nach links. Sie ging. Auf hohen Hacken. Klack, klack. Er schaute ihr nicht nach. Auf dem Rathausmarkt kam ihm Saskia Berger entgegen. Sie trafen sich am phallischen Monolithen. Saskia Berger im Paradiesvogel-Outfit, so empfand es Rasmussen, schaute herausfordernd.

»Pause?«, fragte sie.

»Der Arm des Gesetzes ruht nie«, antwortete er. »Ich wollte zu Ihnen, Frau Berger. ’n paar Fragen. Setzen wir uns?« Er deutete auf die Treppenstufen neben dem Ratskeller.

Sie schaute auf ihren Rock. Sie schaute auf die Uhr.

»Wir können auch auf die Zentralstation.« Rasmussen klang rau. Er deutete auf ihr Kostüm. »Prada?«

Saskia Berger machte eine Bewegung mit Schultern und Kopf, die genervtes Einverständnis signalisierte. Sie setzten sich eine gute Armlänge voneinander entfernt auf die oberste Stufe.

»Frau Berger, Sie haben ausgesagt, dass Sie Ihren Mann nach Hamburg zum Flughafen gefahren haben. Zufällig eine Tankquittung?«

Sie schüttelte den Kopf.

»Wo haben Sie geparkt?«

»Direkt am Flughafen.«

»Wo genau?«

»P2.«

»Teurer Spaß.«

»Nö, zwanzig Minuten ein Euro. Das kann sich sogar eine Friseurin leisten, neben einem Prada-Kostüm.«

»Den Beleg, den haben Sie noch?«

»War ja privat. Kein Beleg.«

»Wann ging der Flug noch mal?«

»Zehn oder zehn Uhr dreißig, so was. Weiß ich nicht mehr genau.«

»Wie haben Sie den Flug gebucht?«

Saskia Berger zögerte. »Knut hat den Flug gebucht.«

»Reisebüro?«

»Nö, online.«

»Wir haben diesbezüglich nichts auf seinem Notebook gefunden.«

»Keine Ahnung.« Sie hatte das »A« gedehnt. »Vielleicht hat er über sein Smartphone gebucht.«

»Und wo ist das?«

»Keine Ahnung!« Jetzt wurde Saskia Berger langsam aggressiv.

»Frau Berger, ich muss leider davon ausgehen, dass Sie Knut Berger als Letzte lebend gesehen haben.«

»Wie bitte?« Sie war laut geworden. »Fragen Sie doch am Flughafen. Das ist nun wirklich nicht mein Job. Ich kriege nicht jeden Ersten die Kohle aufs Konto. Ich muss für meinen Unterhalt arbeiten.«

Einige Passanten schauten sich um.

»Ich nehme mir einen Anwalt.« Saskia Berger stand auf und ging.

Rasmussen lächelte. Da geht was, dachte er und entschied, zum Flughafen zu fahren. Dass Knut Berger auf der Passagierliste stand, wie eine Mitarbeiterin der Airline bereits bestätigt hatte, bedeutete vermutlich nicht viel. Ein Beweis dafür, dass er die Reise tatsächlich angetreten hatte, war das nicht. Aber er würde das prüfen. Ein Bekannter aus der St.-Pauli-Facebook-Gruppe arbeitete als Bundespolizist dort. Dem schickte er eine Nachricht.

Noch nicht wieder an der Zentralstation angekommen, wusste Rasmussen nach einem kurzen Blick auf das Smartphone, dass er eine kleine Dienstreise anzutreten hatte.

Der Verkehr auf der A 7 war dicht. In der Baustelle auf der Höhe von Neumünster wählte Rasmussen die rechte Spur und war überrascht, wie gut ihm das tat. Kurz bevor er auf der B 433 die Landebahn unterquerte, sah Rasmussen, wie sich von links oben ein Flugzeug näherte. Vor seinem geistigen Auge kreuzten sich dessen Flug- und seine Fahrroute genau im Tunnel. Zwischen dem vielleicht über sechzig Tonnen schweren Flugzeug und ihm lag eine dünne Schicht aus Asphalt, Beton und Mutterboden. Der Abstand zwischen Katastrophe und vermeintlich sicherem Alltag war gering.

Und schon war er mit den Gedanken wieder in der Bermuda-Bucht. Gut und Böse lagen eng beieinander. Saskia Berger hatte ihm schon oft die Haare geschnitten. Kurz und gut. War sie fähig, mit einer ihrer Scheren zuzustechen? Die Antwort war eindeutig. Dieser Frau traute er so einiges zu.

Hinter dem Tunnel schien wieder die Sonne ins Auto, und Rasmussen freute sich darauf, den Kollegen von der Bundespolizei auch mal im echten Leben kennenzulernen.

»Bundespolizeiinspektion Flughafen Hamburg« stand auf dem Schild an der Tür, die Rasmussen öffnete. Rüdiger Scholz erwartete ihn bereits.

»Ich hätte doch zur Kripo gehen sollen«, begrüßte er Rasmussen, zeigte auf dessen St.-Pauli-T-Shirt und zupfte an seiner blauen Krawatte.

Rasmussen nahm auf der Besucherseite des Schreibtisches Platz und ließ sich zwanzig Minuten lang erklären, wie die Bundespolizei gemäß Luftsicherheitsgesetz dafür sorgte, dass Flugzeuge nicht entführt oder sabotiert wurden und dass auch auf dem gesamten Flughafengelände aller vierzehn deutschen Airports Sicherheit herrschte.

Hier ging es weniger um Ermittlungen als um Prävention. Da blieb er doch lieber bei der Kripo. Eine solche permanente Wachsamkeit zu leben wäre für ihn unvorstellbar. Den Erläuterungen des Kollegen nur mit halbem Ohr lauschend, dachte er, dass das auch ein Grund war, warum er nicht für die Hanse-Security arbeiten wollte, die ihn jederzeit als Prokuristen beschäftigen würde. Gefahrenabwehr war schließlich auch das Kerngeschäft des Unternehmens seines Freundes Eike.

Er setzte sich wieder gerade hin. »Was mich interessiert, ist die Frage, ob jemand rein theoretisch mit falscher Identität an Bord eines Flugzeuges gelangen kann. Oder anders gefragt: Könntest du mit meinem Personalausweis und einem online gebuchten Ticket nach Düsseldorf fliegen?«

Kollege Scholz kam auf EasyPass zu sprechen. In dem neuen System wurden Dokumente automatisch gescannt, biometrische Daten beim Blick in die Kamera abgeglichen. Dann schaute er Rasmussen an, blähte die Wangen auf, atmete laut aus und sagte: »Ja, das ginge.«

Die beiden Polizisten beschlossen, sich bei einem der nächsten Heimspiele am Millerntor zu treffen.

»Danke«, sagte Rasmussen.

»Da nich für«, antwortete Scholz.

Rasmussen spürte, dass er den Kaffee loswerden musste. Im Porzellan der Herrentoilette eine auflackierte Fliege. Er bemühte sich, sie nicht zu treffen. Dass der Mord an Berger eine Beziehungstat sein konnte, hatte er im Urin. Saskia Berger würde er weiter auf den Zahn fühlen. Zwischen dem bodenständigen Kampfschwimmer und der extrovertierten Friseurin hatte es geknirscht. An der Stelle würde er noch mal ansetzen.

Die Brix hatte ihm vom wenig mütterlichen Verhalten der Heike Berger berichtet, die sich jedenfalls nicht vorbehaltlos hinter ihre Tochter gestellt hatte, sondern im Gegenteil Anspielungen auf eine Ehekrise gemacht hatte. Erstaunlich, welche Bewegung mit der Rückkehr der Brix in den Fall gekommen war. Hier in der Abflughalle sah er sie auf einmal vor sich. Die Brix auf Weltreise mit wehenden Rockschößen und Hütchen.

Er achtete kurz auf die Durchsagen. Er mochte den Sound von Flughäfen. Auch der Geruch war einzigartig. Anders als auf Bahnhöfen, aber die Stimmung war ähnlich. Die Leuchtreklamen der Airlines und Reiseveranstalter machten ihn fast blind. Tja, die Brix hatte all diese Botschaften in jüngster Vergangenheit genossen. Ferne Strände, tiefe Wasser, unendliche Weiten. Und er hörte ihre Stimme: »Hans, das sind Versprechungen, die dir das Herz aus der Brust locken. Manchmal trifft man sich selbst eben an den unmöglichsten Orten, wobei nicht klar ist, ob dich die Sehnsucht nach Zukunft oder der Verdruss mit dem Sein treibt.« So oder so ähnlich hätte sie es wohl gesagt.

Sein Smartphone vibrierte. Eike.

»Du hast versucht, mich zu erreichen.«

»Hm.

»Was ist los?«

»Ach.«

»Wo bist du?«

»Fuhlsbüttel.«

»Sagen wir, in dreißig Minuten im Café Himmelsschreiber?«

»Hm.«

Rasmussen steckte das Smartphone wieder weg. Vor ihm leuchtete in schrillen Farben ein neuer Fernwehtraum auf.

Saskia Berger musste nicht verreisen. Die war verreist. Rund um die Uhr.

Im Himmelsschreiber, zwanzig Fußminuten später, hatte Rasmussen einen Platz in einem der Strandkörbe erwischt und blickte direkt aufs Vorfeld. Rollen, starten, landen. Hochbetrieb. Eike, sein Ex-Kollege, war pünktlich.

»Ob wir mal zusammen Fallschirmspringen gehen?«, fragte er und quetschte sich neben Rasmussen.

»Kann ich mir nicht leisten.«

»Ach, Hans, mein Angebot steht. Zweiter Mann bei Hanse-Security.« Der Inhaber von Hanse-Security winkte einer Bedienung. »Zwei Flammkuchen Classic und zwei Weißweinschorlen.«

»Wir haben fünf Vermisste und seit letzter Woche eine zersägte Leiche. Vakuumiert.«

Eike atmete tief durch. »Solltest du in Geldnöten sein, Marlene verlassen wollen oder plötzlich erkannt haben, dass dich Jungs mehr interessieren als Uschis, hast du meine volle Aufmerksamkeit. Aber lass mich mit deinem Job in Ruhe. Das habe ich hinter mir.«

Rasmussen schaute wieder hinaus auf die startenden Jets. »Eike, das zerfrisst mich. Jemand hat den Frieden in Ecktown zerstört. Mein Ecktown. Und wir tappen im Dunkeln.«

»Also gut, ganz allgemein. Wie hoch ist die Aufklärungsquote bei Kapitalverbrechen in Deutschland? Fünfundneunzig Komma irgendwas. Richtig?«

Rasmussen nickte.

»Rechnerisch ist es wahrscheinlich, dass du die oder den Täter fasst. Mord verjährt nicht. Vielleicht ist es dein Nachfolger, der das aufklärt. Das ist der Job, und du hast das immer gewusst. Wir ziehen alle an einem Strang. Wir wollen hier in Frieden und Freiheit leben. Damit das funktioniert, müssen Kinder in glücklichen Familien aufwachsen, Werte gehören gelebt, Kindergarten, Schule, Freundeskreis. Im Grunde fängt da die Prävention an, und kommt es doch zu einer Straftat, sind Polizei und Staatsanwaltschaft gefordert. Dann die Richter, der Vollzug, die Sozialarbeiter …«

»Eike, hör auf. Ich bin kein Kleinkind.«

»Du benimmst dich aber so. Mach deinen Job. Mach ihn gut. Mehr erwartet niemand von dir, und mehr solltest du auch nicht von dir erwarten.«

Rasmussen lehnte sich zurück. Was hatte er von Eike erwartet? Eike war einst mit Leib und Seele Polizist gewesen, hatte den Bogen überspannt, das Recht in die eigenen Hände genommen.

»Du bist auf dem Boden der Tatsachen gelandet, tust, was du kannst. Vielleicht sollte ich mich auch damit zufriedengeben.« Rasmussen versuchte schnell, das Thema zu wechseln. »Übrigens, Amos schlägt vor, gemeinsam nach Kalifornien zu fliegen, er weiß zwar noch nicht, ob seine aktuelle, wie ich finde, sehr peinliche Liebschaft mitkommt, ansonsten ist er aber wild entschlossen.«

Eike strahlte. »Geile Idee. Wir sind dabei.«

»Kalifornien«, sagte Rasmussen, »dass ihr alle immer so übertreiben müsst.«

Dann zahlte Eike. Eike zahlte immer.

Als Rasmussen eine Stunde später auf die Rader Hochbrücke zufuhr, erklang über die scheppernden Boxen Frank Sinatras »Fly Me to the Moon«. Rasmussen freute sich auf Marlene.

Kameradschaftsabend

Im Ykærnehus drehte sich die Brix vor dem hohen Spiegel in der Diele. Das milde Abendlicht fiel seitlich auf ihre schlanke Silhouette. Zufrieden mit ihrer Erscheinung, rückte sie das marineblaue Hütchen mit dezenter Goldapplikation einen Hauch weiter in die Stirn.

Dass Fiete sie aus dem Wohnzimmer heraus betrachtete, hatte sie nicht bemerkt, wähnte ihn eigentlich in seiner Wohnung.

»Siehst aus wie Lale Andersen«, sagte er und korrigierte sich: »Wie die junge Lale Andersen.«

»Ich war mal an ihrem Grab«, antwortete die Brix und verbarg, dass sie sich geschmeichelt fühlte, »auf Langeoog. Wo willst du eigentlich begraben werden?«

»Ostsee«, antwortete Fiete knapp.

Es klopfte an der Tür. Die Brix öffnete. Es war Jörn. »Wie eine

Admiralin«, staunte der ehemalige U-Boot-Kapitän. »Marineblau. Die schönste Farbe der Welt. Darf ich bitten?« Er reichte ihr seinen Arm.

»Um elf seid ihr aber zurück«, knurrte Fiete.

»In meiner Wohnung keine Zigarren«, wies ihn die Brix an und zog die Tür hinter sich ins Schloss.

Partygemurmel und leiser Swing empfingen sie im Restaurant des Segelclubs Eckernförde. Die Marinekameradschaft hatte geladen, und alle waren gekommen. Vom Bürgermeister über den Chef der Stadtwerke, viele Künstler, einige Ärzte, die die Brix zu ihrem Leidwesen bereits persönlich kannte, und auch den neuen Sparkassendirektor sah sie in ein Gespräch vertieft. Allein schon blaue Uniformen, wohin die Brix auch sah. Gesellschaftliches Hochamt, dachte sie und reichte dem Kommandeur des Marinestützpunktes die Hand.

»Wie schön, Sie zu sehen.« Die Staatsanwältin hauchte ihr ein Küsschen auf die Wange. Richtig anhänglich war sie nach den Monaten ihrer Abwesenheit geworden. Jörn bot ihr ein Glas Sekt an, machte eine leichte Bewegung mit dem Kopf.

Gleich an der Fensterfront, mit Panoramablick über die Eckernförder Bucht, saßen Ehrengäste des Abends, denen man später für dies und das danken würde. An einem Vierertisch hatte man zwei Plätze für die Brix und Jörn reserviert. Sie begrüßten Fregattenkapitän i.R. Lornsen und seine Gemahlin. Er hatte den Ruhm der Kampfschwimmer maßgeblich gemehrt und sie ein kleines Vermögen als Architektin gemacht. Fiete sprach stets mit größtem Respekt von ihr.

Der Abend verging mit gutem Essen, erfreulich kurzen Reden und Ehrungen, die man sich auch hätte sparen können. Vor dem Dessert gelang es der Brix, den Fregattenkapitän auf der Terrasse allein zu erwischen.

»Unter uns?«, fragte sie ihn.

»Entre nous«, antwortete dieser.

»Knut Berger.«

»Friede seiner Asche. Der vielleicht beste Kampfschwimmer, den wir je hatten. Gedankenschnell, handlungsschnell, sehr fit und absolut loyal.«

Die Brix lächelte, legte den Kopf leicht schräg. »Unter uns.«

Bergers ehemaliger Vorgesetzter sog die Luft geräuschvoll ein. »Keine Führungsqualitäten, eher ein Befehlsempfänger, stets auf der Suche nach Halt.« Er machte eine kurze Pause. »Er hat sogar den Namen dieser Friseurin angenommen.«

Gegen zwei Uhr am nächsten Morgen verabschiedete sich Jörn an der Wohnungstür der Brix mit militärischem Gruß. »Admiralin, wünsche wohl zu ruhen.« Beide kicherten leise.

Zu Besuch im Betonklotz

In Marlenes Armen hatte er geschlafen und konnte sich nicht erinnern, zwischen dreiundzwanzig und sechs Uhr wach geworden zu sein. Rasmussen fühlte sich erholt, reckte sich und setzte sich auf das Geländer, das den Treppenabsatz der Schleiterrassen von der Straße trennte. Er genoss das Prickeln der frühen Sonnenstrahlen auf seinem Gesicht, schaute nach links zum Wasser. Vor der Schranke warteten drei Autos auf den Transport über die Schlei Richtung Angeln. Die Missunde II machte sich gerade voll besetzt auf den Weg ans südliche Ufer. Am St.-Pauli-T-Shirt sah Rasmussen, dass Käpt'n R. persönlich im Dienst war.

Bevor dieser auf der Fähre die Stufen zum Führerstand erklomm, schaute er kurz auf, erkannte Rasmussen und hob grüßend den Arm. Wochenlang hatten sie sich kaum gesehen. Es war Zeit, mal wieder ein Bier miteinander zu trinken.

Marlene trat an seine Seite, hakte sich unter, und gemeinsam gingen sie die paar Schritte zum Parkplatz.

»Ich habe Konferenz. Danach fahre ich zum Sport und übernachte zu Hause. Falls du Lust hast – mein Bett ist dein Bett.« Sie küsste ihn und stieg in ihr Auto.

Rasmussen lächelte. Nach der Krise des letzten Sommers, den endlosen Diskussionen darüber, ob sie gemeinsam ein Kind wollten, hatten sich die Wogen geglättet. Marlene mied das Thema. Rasmussen war dankbar, befürchtete aber insgeheim, das Marlenes Schweigen die Ruhe vor einem neuerlichen, vielleicht schwereren Sturm war. Er griff zum Smartphone und rief Calloe an. Sie verabredeten sich am Tor zur ehemaligen Torpedo-Versuchsanstalt.

Immer wieder hatten sie auf der Zentralstation diskutiert, wie die vermissten Menschen konkret entführt worden sein könnten. Weil übernatürliche Ursachen ausgeschlossen wurden, weil Suizide nicht in Frage kamen, denn Leichen hatte man nie gefunden, blieb es bei der Annahme, ein oder mehrere Täter hätten die Männer entführt. Wie und wohin, war unklar. Vom Warum ganz zu schweigen. Calloe, Hinrichsen und er hatten sich bis auf Weiteres darauf geeinigt, dass die Männer auf noch ungeklärte Art und Weise auf ein Boot verschleppt worden waren. Wenn auch der Strand oder andere Uferbereiche nicht endgültig auszuschließen waren, so hielten sie es doch für unwahrscheinlich, dass Männer am helllichten Tag aus dem Wasser an den Strand gekommen sein könnten, hinter denen jemand anderer mit vorgehaltener Waffe eben diesen Vorgang erzwang. Ein Mal vielleicht, aber fünf Mal? Das, wovon sie ausgingen, nannten sie das »Unterwassergeschehen«.

Gestern hatte Jörn angerufen und ihn auf einen Bunker aufmerksam gemacht, der durchaus als »Zwischenlager« denkbar war. Ein ausgedienter Bunker auf dem Gelände der Wehrtechnischen Dienststelle 71 an der Berliner Straße. Rasmussen ärgerte sich, dass sie diese Möglichkeit übersehen hatten. Wozu hatten sie so oft mit den Marinern zusammengesessen? Sie würden sich das sofort ansehen.

Der Jensen. Er sagte es ja immer: Sobald jemand von außen einen Blick auf den Fall wirft, öffnet sich eine neue Tür. Er war so froh, dass Margarete und die Knilche wieder mit an Bord waren.

Rasmussen parkte vor der Hauptwache. Der Sicherheitsbeauftragte erwartete ihn schon. Die Männer begrüßten sich, als auch Calloe eintraf. Die Autos stellten sie im Innenhof ab und gingen hinunter zum Wasser. Unterhalb der Seebrücke, die etwa zweihundertfünfzig Meter weit zum Außenposten der WTD in die Eckernförder Bucht führte, ruhte ein Betonklotz. Unscheinbar und seltsam formlos.

»Wozu diente das Ding hier eigentlich?«, wollte Rasmussen wissen.

Sein Begleiter zuckte mit den Schultern. »Hier kommt niemand mehr her. Nur die Leute vom Naturschutz manchmal«, erklärte er.

»Naturschutz?«, fragte Rasmussen.

»Ja, vielleicht haben Sie an Privathäusern mal diese Plaketten ›Fledermausfreundliches Haus‹ gesehen. Der Bunker hier ist auch so was in der Art. Kenne mich damit aber nicht genau aus.«

Sie hatten den hinter Büschen verborgenden Bunker erreicht. Seine Größe war schwer abzuschätzen, weil sich die Flora in jeder Ritze breitgemacht hatte. Drei Stufen führten zum Eingang hinunter. Rasmussen schaute sich aufmerksam um, sah aber keine Fremdkörper. Kein Müll, keine Kippen. Nur Sand, Beton und Grünzeug.

Der Mann von der WTD ließ ihnen den Vortritt. Selbst Calloe musste sich bücken, um sich nicht den Kopf zu stoßen. Die aus massivem Beton gefertigte Tür hatte eine Stärke von mindestens fünfzig Zentimetern. Der Sicherheitsbeauftragte hatte sie bereits geöffnet.

Bevor Rasmussen eintrat, hörte er Calloe ein angeekeltes »Puh!« ausstoßen. Tatsächlich stank es im Bunker wie auf einer Herrentoilette an der A 7 zur Hauptreisezeit. Rasmussen folgte Calloe. Sofort umfingen ihn feuchtkalte Luft und fahles Dämmerlicht. Calloe knipste eine Taschenlampe an, und in deren Lichtkegel sahen sie unter der Decke Dutzende von Fledermäusen eng aneinanderhängen. Den gesamten Boden bedeckten Ausscheidungen der Bewohner. Kleine schwarze Krümel, die aussahen wie Mäusekot.

Der hintere Bereich wirkte heller. Calloe und Rasmussen durchschritten den etwa drei mal vier Meter großen Raum. Als Calloe die hintere Wand beleuchtete, erkannten sie eine Art verriegelbare Schiffsluke. Gleich links neben der Tür wirkte der Fledermauskot, als habe man ihn zerrieben. Über dieser Schicht jedoch lag frischer Kot. Calloe leuchtete hin und her.

Rasmussen konnte dem Lichtkegel kaum folgen. Ihm wurde flau im Magen. »Das wird so nichts. Wir brauchen hier mehr Licht«, sagte er und machte einen Schritt Richtung Ausgang.

»Chef«, rief Calloe ihn zurück. Er drehte sich wieder um und sah, worauf Calloe ihn aufmerksam machte: eine etwa untertellergroße Pfütze links unterhalb der Luke, die auf den ersten Blick an Erbrochenes erinnerte.

»Ich dachte, hier kommt niemand her«, sprach Rasmussen ihren Begleiter von der WTD an.

»Tja, die Naturheinis. Sonst wüsste ich auch nicht.«

Calloe schoss ein paar Fotos mit ihrem Smartphone.

»Sagen Sie Ihrer Chefin doch bitte, dass wir hier die Kollegen von der Kriminaltechnik mal nach Spuren schauen lassen. Heute noch.«

Draußen umrundete Rasmussen den Betonklotz und versuchte, von der Wasserseite aus die Luke zu erreichen. Dorniges Gestrüpp und das Wasser hinderten ihn daran. Sollten die KTUler das mal machen. Die hatten sicher Gummistiefel.

Zurück in der Zentralstation machte sich Calloe gleich über die Akten her. »Das ist doch mal ein Ansatz.« Sie wirkte richtiggehend euphorisch. »Wir dürfen nichts übersehen. Wir sind ja inzwischen einigermaßen abgestumpft nach all der Zeit. Ich werde die Kollegen der KTU gleich begleiten.«

»Kaum findet ihr einen Haufen Kotze, flippt das Fräulein Calloe aus«, nörgelte Hinrichsen. »Wo soll uns das denn hinführen?«

»Wir machen einen DNA-Abgleich, Hinrichsen. Beschaffen uns geeignetes Material von den Vermissten und vergleichen das.«

»Mit der Kotze«, ergänzte Hinrichsen.

»Genau, Herr Kollege, mit der Kotze.«

Im Auge des Taifuns

Rasmussen schloss die Bürotür. Das Telefon stellte er auf leise. Den Computerbildschirm drehte er weg, und die Tastatur nahm er vom Schreibtisch. Konzentration, die wollte er mit aller Macht für eine halbe Stunde herstellen.

Rasmussen kritzelte auf seiner Schreibunterlage herum. In die Mitte schrieb er »Knut Berger«. Mit Schwung zog er drei konzentrische Kreise. Es wurde mal wieder Zeit für eine Täterzielscheibe.

Rasmussen nahm die kleinen Aufkleber zur Hand und schrieb einen Namen nach dem anderen auf die Zettel. Pelle Erben,

Sandro Hagemeister, Erwin Schock. Er geriet ins Stocken. War tatsächlich auch die Witwe verdächtig? Zuzutrauen war es ihr. Er schrieb Saskia Bergers Namen auf. Es musste auch noch jemand geben, der anstelle Knut Bergers an Bord der Maschine nach Düsseldorf gegangen war – diesen Unbekannten taufte er »den Flieger«. Diese Geschichte gab ihm das größte Rätsel auf.

Mysteriös war auf jeden Fall der erste große Auftritt der Berger im Salon gewesen. Hysterie. Die Witwe hatte auch in der Pathologie theaterhaft reagiert. Nur eben abgebrüht. »Ihr müsst den Knut noch anständig kämmen. Oder soll ich das machen?« Auf der anderen Seite wieder dieses aggressive Herumbellen und schlussendlich das joviale Verhalten auf dem Hof in Holtby. Wobei, jovial konnte man gar nicht sagen, sie war einfach nett gewesen. Und kooperativ. Es blieb aber dabei. Sie hatte etwas Unberechenbares. Etwas Katzenhaftes. Sie war immer auf dem Sprung.

Lakritz, das wär's. Er griff in seine Vorratsschublade. Es knackte und krachte in seiner Mundhöhle. Das lag in der Familie, auch sein Vater lutschte Bonbons nie.

Er stand jetzt am Fenster und schaute über die Dächer in Richtung Ostsee. Zu denken gab ihm die Tatsache, dass es Saskia Berger nach der Leichenbeschau nicht besonders interessiert hatte, wie ihr Mann zu Tode gekommen war. Als sei sie müde gewesen von der ganzen Theaterspielerei vorher. Wenn sie sich empörte, hatte das immer etwas Künstliches. Und wenn er sie mit Fakten konfrontierte? Da wirkte sie immer, als hätte sie das alles schon gewusst.

Durch die Beziehung der Bergers stieg sowieso keiner durch. Die hatten immerhin neunzehn Jahre auf dem Buckel, die beiden. Hatte die Brix nicht berichtet, dass Saskias Mutter ihnen gar nicht mehr lange gegeben hatte? Saskia hätte Knut früher oder später in den Wind geschossen.

Er platzierte Saskia Berger in der Mitte gleich neben ihrem toten Gatten. Und daneben pappte er den Flieger. Mutter Berger hatte auch die Containerjungs mit ins Spiel gebracht. Hinrichsen hatte die ja von Anfang an auf dem Kieker. Laut der Brix hatte Heike Berger von Knuts ständigen Reibereien mit den Hippies vor seiner Bude gesprochen und dass er einen von ihnen wohl auch tätlich angegriffen habe. Rasmussen nahm die Aufkleber für Erben und Hagemeister und klebte sie in den mittleren Kreis. Und Erwin Schock, den nahm er gleich mit.

Da residierte das Trio nun im Mittelfeld, er hielt die drei zwar nach wie vor für unverdächtig, nur hatte heute Morgen Hinrichsen fallen lassen: »Wer soll es denn sonst gewesen sein? Die Jungs in Bornstein haben alles in ihrem Keller, um Fleisch zu verarbeiten. Und Schock ist auch dementsprechend ausgerüstet.« Und dann war er wieder mit seinem Majoran gekommen. Von dem Zeug wimmelte es nur so bei Knut in der Bude. Was, wenn die Container-Gang in der »Strandbude« zugeschlagen hätte?

Rasmussen erinnerte sich an Calloes Bericht nach ihrem Besuch im Utgard, dass der Zoff am Südstrand eine jüngere Entwicklung gewesen sei. Die vergangenen Sommer habe man in Friede, Freude, Eierkuchen verbracht. Erst in diesem Jahr habe es gekracht, das erste Mal um die Osterzeit herum. Das habe sich fortgesetzt. Berufsparanoiker hätten behauptet, die beiden seien ja quasi auf und davon. Warum waren sie nicht auf der Zentralstation erschienen? Dass die Bude wie geleckt gewirkt habe, als sie sie in Augenschein genommen hatten, sei ebenfalls auffällig. Hinrichsen hatte recht. Da musste die KTU auch schnellstens durch.

Rasmussen setzte sich wieder hin. In aller Ruhe heftete er seinen Blick auf die Täterzielscheibe. Sie wussten nicht viel, aber es war ein Anfang. Und so nahm er die Zielscheibe und ging rüber in das Teambüro.

Zu seiner Überraschung war niemand da. Er pinnte das Ding zu den Fotos und den Dokumenten an die Klagemauer. Rasmussen spürte auf einmal wieder Zuversicht. Ein Gefühl, das ihm in den letzten Monaten abhandengekommen war.

Alles zu seiner Zeit

Calloe war nach der Inaugenscheinnahme des Bunkers voller Tatendrang, hatte Pelle Erben angerufen und den Termin vertagt, sich in Rasmussens Büro zurückgezogen und zwei Stunden Akten gefressen. Dabei war sie auf eine Liste der Asservate gestoßen, die dem ersten Vermissten zugeordnet worden waren. Darunter auch ein T-Shirt, das sie sich von Schrader hatte bringen lassen. Jetzt war sie hungrig und ging hinüber ins Teambüro. Rasmussen war nicht zu sehen.

»Herr Kollege, Kalorienausgleich?«

Hinrichsen ließ die Klagemauer Klagemauer sein, griff nach seiner Prinz-Heinrich-Mütze und war bereit, noch bevor Calloe sich mit ihrem Tablet aus dem System ausgeloggt hatte.

Calloe steuerte gewohnheitsgemäß die Promenade an. Bei schönem Wetter setzten sie sich oft in die Strandküche. Hinrichsen aber blieb mitten auf der Kieler Straße stehen und brummte: »Nö, das muss ich nicht haben. Ich kann den Strand nicht mehr sehen. Da vergeht mir inzwischen der Appetit.«

Calloe verstand und drehte um. »Pizza?«

Hinrichsen nickte. Sie entschieden sich für das La Taverna. Gute Küche, netter Service und kaum Urlauber.

»Mit Oliven kann man mich jagen«, bekannte Hinrichsen, als er Calloe ein Stück ihrer Pizza Napoli in den Mund schieben sah. »Wir hatten mal einen toten Markthändler. Der steckte kopfüber in einem Fass mit Oliven.«

»Und ich denke immer an unsere Stufenfahrt nach Griechenland«, antwortete sie mit vollem Mund.

Die Polizisten aßen, tranken, sprachen über Urlaubspläne. Während Hinrichsen in Lindhöft die Terrasse machen wollte, zog es Calloe nach Korsika.

»Korsika«, warf Hinrichsen ein. »Da ging doch mal so ein wahnsinniger Pärchenmörder um. Der hat in der Nacht Zelte aufgeschnitten, und als –«

»Interessiert mich nicht«, stoppte ihn Calloe. »Wo der Chef wohl hinfährt?«

Hinrichsen grinste. »Seine Marlene war doch auf Bali oder so. Nein, Mauritius glaube ich. Bestimmt muss er demnächst auch dahin und sich Öl in die Haare schmieren lassen. Bin froh, dass meine die Sonne nicht verträgt.«

»Aber die Staatsanwältin. Als die aus dem letzten Urlaub kam, sah sie aus, als hätte sie vierzehn Tage Asigrill hinter sich.«

»Asigrill?«

»Sonnenstudio.«

Calloes Smartphone klingelte. »Ja, gut, ich bin in zwanzig Minuten da.« Zu Hinrichsen sagte sie: »Der Kollege mit dem Hund und die KTU rücken an. Ich fahre noch mal raus zum Bunker.«

Sie legte ihm einen Zwanzig-Euro-Schein hin. »Machen Sie das?«

Hinrichsen nickte, wischte sich den Mund und rief Calloe hinterher: »Denken Sie an das T-Shirt.«

Sie hob die Hand und beschleunigte ihren Schritt.

Vor dem Bunker wartete der Hundeführer. Die Kollegen der KTU standen etwas abseits, schauten aufs Wasser. Zwei rauchten.

»Ich habe gesagt, dass wir zuerst mit Rex reinmüssen.«

»Rex, der Arme. Der heißt wirklich Rex?«, fragte Calloe und streichelte dem Schäferhund über den Kopf. »Mein Kollege hat im vorletzten Jahr einen erschossen, einen Belgischen Schäferhund.«

Der Hundeführer schaute irritiert, sagte aber nichts.

»War aber kein Diensthund«, fügte sie hinzu.

Calloe holte den Plastikbeutel mit dem T-Shirt aus ihrer Tasche. Der Hundeführer hielt seinem Hund den Beutel hin, zog ihn ein ganzes Stück über dessen Nase und ließ ihn an langer Leine in den Bunker. »Sie bleiben bitte hier«, sagte er.

Sie setzte sich auf einen Poller und erwartete, dass die Fledermäuse fliehen würden, aber nichts dergleichen geschah. Nach weniger als einer Minute tauchte der Hundeführer wieder auf. »Da ist nichts. Wir versuchen es mal hier um den Bunker herum.«

Enttäuscht ging Calloe in den Bunker, hielt die Luft an, griff mit einem auf links gezogenen Beutel in die Reste des Erbrochenen, verschloss den Beutel und sah beim Herauskommen, dass der Hundeführer Rex lobte und ihm ein Leckerchen gab. »Leider kein Fund«, bedauerte der Hundeführer. »Wir sind dann wieder weg.«

Die Gruppe der KTUler hatte sich zwischenzeitlich in den Sand gehockt. Jetzt blickten die ausnahmslos jungen Kriminaltechniker Calloe an.

»Der Hund ist fertig, ihr könnt rein. Bericht bitte nicht per Fax, sondern per E-Mail«, sagte sie und reichte ihre Visitenkarte einer Kollegin, die den weißen Schutzanzug bis zu den Hüften heruntergezogen hatte. Sie trug ein Shirt, auf dem »Mordsee« stand. Originell fand Calloe das nicht.

»Ich habe hier ein T-Shirt, am Kragen sind Haare. Und eine Probe von Erbrochenem habe ich auch. Könnt ihr bitte einen DNA-Abgleich veranlassen?«

Ein männlicher Kollege mit Hipsterbart erhob sich ächzend. »Das dauert aber«, sagte er, nahm beides an sich und brachte es zum weißen Transporter mit Kieler Kennzeichen.

»Warum dauert das?«, hakte Calloe nach.

Der Mann drehte sich um. »Inhibitoren, also Verunreinigungen. Was glauben Sie, was da alles in der Kotze schwimmt, und taufrisch ist die ja offensichtlich auch nicht. Ihr denkt immer, wir vertrauen Material einem Laborroboter an und zack, gibt es ein Ergebnis mit glasklarer, gerichtsverwertbarer Aussage. So einfach ist das nicht. Jedenfalls meistens nicht. Wir müssen aus der Mischung von Molekülen und Verunreinigungen erst einmal die DNA extrahieren.«

Calloe fiel ihm ins Wort. »Wir unterscheiden dabei die organische Methode, die Kochlyse und die Silica-Membran-Methode. Ich weiß. Forensische Genetik. Habe ich auch mal gelernt. Dass das grundsätzlich dauert, ist mir klar. Es klang aber so, als würde es besonders lange dauern. Roboter defekt, Kollegin hat einen Krankenschein, etwas in der Art.« Calloe schaute fragend.

»Übermorgen«, sagte der Kollege und zog die Schiebetür des Transporters krachend zu.

Immer nur spielen

»Moin«, meldete sich die Dame am Telefon. Insgeheim hatte Calloe auf ein fröhliches »Konnichiwa« gehofft. Aber wer in Husum anrief, sollte keine japanischen Höflichkeitsfloskeln erwarten.

Nach kurzem Gespräch war klar, dass die »Mini-Convention« in Husum wie geplant stattfinden würde. Im Gegensatz zu Großveranstaltungen der Cosplay-Szene wie der DoKomi, zu der über zwanzigtausend Besucher in die Düsseldorfer Messehallen strömten, steckte die Convention in Nordfriesland noch in den Kinderschuhen.

»Warum ausgerechnet an einem Mittwoch?«, wollte Calloe noch wissen.

»Da haben die Arzthelferinnen frei«, antwortete die Mitarbeiterin der Messegesellschaft ungerührt.

Tatsächlich waren die Fans von Anime, Manga und Cosplay meist jung und weiblich. Der Zulauf, den die japanische Erfindung seit den frühen achtziger Jahren auch in Deutschland erlebte, war ungebremst.

Was als Trotzreaktion junger Menschen auf die straffen Regeln der japanischen Gesellschaft begonnen hatte, war längst in die westliche Popkultur hineingesickert. Wobei, das war untertrieben. Mit Comics, Filmen und Merchandisingartikeln wurden mittlerweile Milliardenumsätze gemacht. Calloe hatte das Internet durchkämmt und dazugelernt.

Nachdem sie die Werkstatt der Bergers gesehen und die Fotos der Wimmelwand sortiert hatte, war ihr schon klar, dass Saskia Berger in der norddeutschen Szene eine große Nummer war. Die Holtbyer Fotos zeigten sie in Dutzenden aufwendiger Kostüme. Sie gehörte offensichtlich zu den Kostümspielern, so die wörtliche Übersetzung von Cosplayer, die selbst schneiderten und Hunderte Kostüme besaßen.

Aber es waren nicht allein die Äußerlichkeiten, die die Cosplayer auftrugen, um ihren Lieblingsfiguren so nahe zu kommen wie nur möglich. Sie imitierten auch deren Mimik, Gestik und Verhalten. Raus aus der Alltagsrolle, rein in die schillernde Welt von Sailor Moon und anderen Sagas.

Was es wohl war, das Saskia Berger seit vielen Jahren so bedrängte, dass sie ihr bürgerliches Leben nicht ohne das Ventil Cosplay aushielt, fragte sich Calloe, als sie in Treia über die Treene fuhr. Gegenüber der Brix hatte sich Bergers Mutter einigermaßen deutlich über die extrovertierte Art ihrer Tochter geäußert. Aber damit war sie ja nicht allein.

Rasmussen hatte darauf gedrängt, sie als mögliche Mörderin ihres Mannes in Betracht zu ziehen. Aber eine kriselnde Beziehung reichte als Motiv eher nicht aus, und was das Thema Cosplay im engeren Sinne mit dem Fall zu tun haben sollte, war Calloe auch nicht klar. Seltsam war die Berger, man konnte auch sagen, abgedreht. Na und?

Beinahe hätte sie die Abfahrt auf die B 5 verpasst. Überlandfahrten lullten Calloe immer so ein.

Die Szenerie auf dem Parkplatz der Husumer Messe wirkte surreal. All die Corsas und Polos, dazwischen ein paar Minivans. Wie auf jedem anderen Parkplatz zwischen Flensburg und Garmisch. Was aber Leben ins Bild brachte, waren zwischen all dem Blech die Cosplayer in ihren Kostümen. Sie machten bereits den Parkplatz zu ihrer Bühne. Calloe fühlte sich, als sei sie als einziges Wesen aus Fleisch und Blut mitten in einem Computerspiel gelandet.

Sie war noch gar nicht ganz ausgestiegen, da schaute sie in ein Gesicht, dessen Ausdruck über alle Maßen freundlich war. Calloe angelte ihre Handtasche aus dem Auto. Als sie die junge Frau mit gelbem Haar, weißem Kostüm und blauen Stiefeln das zweite Mal ansah, wirkte deren Mimik erstaunt. Es brauchte eine Schaltsekunde in Calloes Gehirn, bis sie verstand, dass beide Ausdrücke einstudiert waren. Posen, die nichts mit der tatsächlichen Situation auf dem Parkplatz zu tun hatten.

Calloe entschied, den Dienstausweis stecken zu lassen und sich eine Eintrittskarte zu kaufen, um sich als Besucherin unter die Cosplayer zu mischen, die beinahe ausnahmslos deutlich jünger als sie selbst waren. Und Saskia Berger? Die stammte schlicht aus einer anderen Generation. Wie kam es, dass sie hier akzeptiert wurde? Oder würde sie hier gar nicht auffallen?

Die Messehalle war bunt, wie Calloe Buntsein auch in seiner lebhaftesten Art noch nie erlebt hatte. Es waren nicht allein die Farben, die die Szenerie färbten. Es kam alles zusammen, Kostüme, Make-up, Bewegungen und Geräusche. Bereits nach zehn Minuten empfand Calloe eine Mischung aus Überforderung und angenehmer Distanz zur Realität. Wer sich auf diese Scheinwelt einließ – und das taten die Besucher ohne Ausnahme –, konnte für ein paar Stunden völlig abtauchen. Fühlte sich so der Flow an, in den Ausdauersportler kamen?

Calloe ging an die Arbeit. Zwei Gänge mit Messeständen, die Mangas, Kostüme, Perücken und Merchandisingartikel feilboten, zwei Bühnen, auf denen Moderatoren moderierten und sich

Cosplayer in Posen fotografieren ließen, hatte sie geschafft, als ihr jemand von hinten auf die Schulter tippte. Es war ihre Nachbarin, die sie nur an ihrer Stimme erkannte.

»Yvonne, neues Hobby?«

Calloe betrachtete ihre Nachbarin von oben bis unten. »Du bist eine Kriegerin, stimmt's?«

»Stimmt. Wollen wir was trinken?«

Calloe wollte und erfuhr, dass sich Saskia Berger und ihre Nachbarin kannten.

»Saskia ist in der Szene bekannt wie ein bunter Hund. Sie ist so was wie die Queen Mum des Cosplay hier in Norddeutschland. Die meisten schätzen sie wegen ihrer Erfahrung. Hast du mal ihre Kostüme gesehen, die sind atemberaubend. Und Kontakte hat die Frau. Aber manche fürchten sie auch.«

Calloe fragte nach. »Fürchten, warum?«

Ihre Nachbarin zögerte, zeigte dann auf ihr Kostüm. »Meine Figur ist eine Kriegerin. Sie kämpft für das Gute. Saskia stellt auch eine Kriegerin dar, aber bei ihr ist unklar, wofür die eintritt.«

»Ich dachte, das sind nur Figuren aus Mangas und Animes.«

»Das ist schon wahr. Bei Saskia weiß man aber nicht so genau, woran man mit ihr ist. Falls es dir hilft, stelle ich dich der Chefin des Clubs gleich nebenan vor. Die kennt Saskia seit zehn oder fünfzehn Jahren. Die Convention hier gibt es nur, weil sich die Cosplayer seit Langem im Club treffen.«

Wenig später standen sie am Hintereingang eines lang gestreckten Flachbaus jenseits des Parkplatzes. Sie klingelten. Eine Frauenstimme antwortete und öffnete, nachdem Calloes Nachbarin sich zu erkennen gegeben hatte.

Im Büro erklärte Calloe, dass sie in einem Tötungsdelikt ermittle und Zeugenaussagen überprüfen müsse. Die Club-Chefin, eine dralle Mittvierzigerin, bot ihr den Besucherstuhl an. Calloes Nachbarin verabschiedete sich.

Der Club-Chefin zeigte Calloe ein paar Fotos, die sie auf ihrem Tablet gespeichert hatte. Die erkannte Saskia sofort.

»Klar, Celaena Sardothien. Immer ganz in hautengem Leder, schwarz mit viel Brimborium, zwei Schwertern und einem Langbogen.«

Also auch in Husum war Saskia Berger in der Rolle ihres Lieblingscharakters bekannt.

»Celaena Sardothien, eine Figur aus einer Fantasy-Reihe. Sehr erfolgreich. Eine Frau, deren Vorgeschichte man nicht kennt. Geheimnisvoll. Saskia ist an unseren Cosplay-Abenden immer der Renner, weil sie alle Blicke auf sich zieht, oft ein oder zwei martialisch wirkende Krieger in ihrem Gefolge hat. Jungs hier aus Husum. Schüler, die sie für ein paar Euro anheuert. So Pumper mit Muckis, Sie wissen schon. Jedenfalls zahlt sie hier bei mir keinen Eintritt. Allerdings war sie schon echt lange nicht mehr da. Aber warum interessieren Sie sich denn für sie?«

»Wir gehen davon aus, dass sie das Opfer des Tötungsdeliktes als Letzte gesehen haben könnte. Da bekommt die Aussage ein entsprechend großes Gewicht. Wir möchten Frau Berger deshalb besser kennenlernen.«

»Das wird sie endgültig zum Star in der Szene machen. Die sind ja alle ganz harmlos und friedlich, die Cosplayer. Ist ja nicht wie bei Abenden mit den Rockern. Aber genau darum finden die lieben Mädchen und Jungs Saskia und ihre dominante Art so cool. Und wenn demnächst auch noch solche Gerüchte kursieren … Kommt sie denn als Täterin in Frage?«

»Dazu kann ich Ihnen nichts sagen. Wir ermitteln …«

Die Club-Chefin fiel ihr ins Wort: »… in alle Richtungen. Das sagen die im Fernsehen immer.«

»Ist auch so. Haben Sie Knut Berger denn gekannt?«

»Nö, ist das ihr Mann? Der war nie hier. Wie ich schon sagte, sie hatte über die letzten Jahre immer ganz junge Männer im Schlepptau.«

»Und die kamen ganz bestimmt nicht aus Eckernförde?«

»Also ganz genau weiß ich das auch nicht, aber nach allem, was ich so gehört habe, hat sie sich die Jungs hier aus der Gegend geangelt.«

»Geangelt?«

»So was spricht sich in der Szene rum. Ich glaube, Saskia Berger stand auf Frischfleisch, brauchte immer Nachschub. Nichts einfacher als das, sie hat ab und zu einen Aufruf an unser schwarzes Brett gepinnt.«

»Haben Sie vielleicht noch so einen Aufruf?«

»Nö, ich schmeiß das Zeug jeden Monatsletzten weg. Und in den letzten beiden Wochen war nix.«

»Sollten Sie einen der Jungs treffen, die Saskia Berger begleitet haben, geben Sie denen bitte meine Nummer«, forderte Calloe die Club-Chefin auf und legte ihre Visitenkarte auf den Schreibtisch. »Und sollte irgendjemand nach ihr fragen, rufen Sie mich bitte an.«

Plötzlich wurde es laut. Der DJ beim Soundcheck. Er spielte »One More Time« von Daft Punk. Calloe konnte sich erinnern, dass sie den Song genauso geliebt hatte wie das Video. In dem Comicstrip-Clip hatten schwer bewaffnete Sturmtruppen versucht, die fröhlich feiernde Manga-Welt anzugreifen. Daft Punk ließen das Ende offen. Das musste dreizehn oder vierzehn Jahre her sein. Eine andere Zeit, eine andere Welt.

Unerkannt

Rasmussen hatte den Volvo kaum abgestellt, als sich die Beifahrertür öffnete und die Brix, Grau in Grau, zustieg. Eine kleine Tasche bugsierte sie schwungvoll auf die Rückbank.

»Moin.« Mehr sagte sie nicht, reckte ihr Kinn kurz nach vorn und schnallte sich an.

Rasmussen legte den ersten Gang ein, der seit ein paar Tagen Geräusche machte wie zuletzt der fünfte Gang. Das Getriebe, die Achillesferse, dachte Rasmussen und stoppte an der Ausfahrt des Siemsen-Parkplatzes.

»Wohin soll es denn gehen?«, fragte er.

»Kiel.«

Die Brix schien ihm heute kleiner. Drückte sie sich in den Sitz? Bis sie auf der B 76 Richtung Süden die Gleise passiert hatten, schaute er immer wieder zur Seite. Die Brix starrte geradeaus. Als sie die leichte Steigung vorbei am Grünen Jäger nahmen, atmete sie vernehmlich.

»Keine große Sache«, sagte sie.

Am Abzweig Schwedeneck erklärte sie dann doch noch ihren Anruf gestern zu später Stunde. Marlene war zum Sport gefahren,

Rasmussen hatte in Missunde den Fernseher eingeschaltet, eine Flasche Bier geöffnet, die Beine auf den Couchtisch gelegt, als die Brix ihn aus dem Feierabendmodus geholt hatte.

»Hans, ich möchte dich bitten, mich morgen pünktlich um sieben Uhr dreißig auf dem Siemsen-Parkplatz abzuholen. Kannst du das einrichten?«

Rasmussen hatte bejaht. Einer Nachfrage war die Brix zuvorgekommen. Sie hatte aufgelegt.

Nun wiederholte sie sich. »Keine große Sache.«

Rasmussen ließ ihr Zeit.

»Man hat bei mir eine Katarakt diagnostiziert.«

»Ein*en* Katarakt meinst du wohl. Bist du sicher?« Rasmussen lachte. »Einen Wasserfall, Inkontinenz?«

»Du bist albern, Hans. Katarakt ist weiblich. Eine Katarakt ist eine Linsentrübung, man sagt auch grauer Star. Heute erhalte ich eine künstliche Linse.«

»Ist das gefährlich?«

»Nein, es ist eine der häufigsten Operationen in Deutschland.«

»Und warum lässt du das nicht in Eckernförde machen, und warum lässt du dich nicht von Fiete fahren? Also versteh mich nicht falsch, ich fahre dich gern.«

»Lass gut sein, Hans. Ich verstehe, dass du fragst. Ich lasse mich nicht in Eckernförde operieren, weil ich den Fragen im Wartezimmer vorbeugen möchte, den Gerüchten im Chor und im Verwaltungsrat, den guten Ratschlägen, und ich fahre nicht mit Fiete, weil er das Thema Krankheit immer zum Anlass nimmt, von seinen Zipperlein zu berichten.«

»Darum sollte ich dich nicht am Ykærnehus abholen. Margarete, du bist empfindlich geworden. Empfindsam warst du schon immer, aber so – zickig, das ist neu. Die Weltreise hat dir nicht gutgetan. Es ist doch vollkommen normal, wenn dich deine Mitmenschen auf so was wie eine Operation ansprechen.«

»Ich habe nicht bezweifelt, dass das normal ist, ich kann es aber nicht mehr gut ertragen. Und auszuweichen ist ja kein Problem.«

»Was hast du denn Fiete gesagt, wo du hinfährst?«

»Ich habe ihm eine Notiz hinterlassen, dass ich zwei Tage verreise.«

»Das ist unmöglich.«

»Wir sind nicht verheiratet. Du und ich im Übrigen auch nicht.«

»Zickig und dünnhäutig. Was ist denn los mit dir?«

»Ich möchte einfach nur in Ruhe gelassen werden.«

»Die Dosis macht das Gift, hat Paracelsus so oder so ähnlich gesagt. Du übertreibst, Margarete. Du ziehst dich zurück. Du läufst weg. Wovor eigentlich?«

Es entstand eine kleine Pause. Rasmussen musste vom Gas gehen. Ein Schlepper bremste den Verkehr.

»Ich habe das auch bemerkt, Hans, und ich habe darüber nachgedacht. In San Francisco stieß ich auf die Antwort, als ein junger Mann einen Rollstuhlfahrer die Bordsteinkante hinaufschieben wollte. Ganz spontan, hilfsbereit. Der Rollstuhlfahrer schlug nach der helfenden Hand. Ich spüre, wie der Zahn der Zeit an mir nagt. Ich werde irgendwann Hilfe in Anspruch nehmen müssen. Diese Hilfe soll anonym sein. Das wird in Eckernförde nicht funktionieren.«

»Eckernförde ist dein Zuhause, hier leben deine Freunde. Du hast mir die Vorzüge eines Lebens hier doch immer wieder gepredigt.«

»Weil das für dich passt. Für mich hat es bisher auch gepasst, passt noch immer. Aber das kann sich ändern. Nein, es ändert sich bereits. Du kennst meinen Ruf. Ich möchte nicht als alte Frau wahrgenommen werden, als hilfsbedürftige alte Frau.«

»Du läufst weg«, wiederholte Rasmussen. »Das passt nicht zu dir.«

»Wir laufen alle mal weg. Du nach Hamburg, wenn du mit Eike um die Häuser ziehst, Fiete zu seinen Oldtimern. Kleine Fluchten. Ohne die halten wir es nicht aus.«

»Ich wiederhole mich dir gegenüber besonders ungern. Aber: Du übertreibst. Hättest du als glühende Fackel der Gerechtigkeit, als Amtsrichterin a.D. und moralische Instanz zwischen Flens- und Lüneburg Steuern hinterzogen, könnte ich eine Flucht verstehen. Aber eine OP am Auge? Ich bitte dich.«

Rasmussen überholte den Schlepper. »Wo genau müssen wir eigentlich hin?«

»Gegenüber der Muthesius-Kunsthochschule.«

»Schreventeich, da wohnt doch Amos. Kannst du gleich bei ihm übernachten.«

»Wie kommst du darauf, dass ich übernachten werde?«

Rasmussen deutete auf die Rückbank. »Die Tasche. Außerdem hast du die Notiz für Fiete erwähnt. Zwei Tage.«

»Hm. Ich habe ein Hotelzimmer gebucht. Nach der OP muss man einen Verband auf dem operierten Auge tragen.«

Rasmussens Smartphone meldete sich. Es war Calloe, deren Stimme für die frühe Uhrzeit ungewohnt munter klang.

»Treffer, mon Capitaine. Die DNA, die die KTU im Erbrochenen aus dem Bunker gefischt hat, entspricht der DNA, die sie am T-Shirt gefunden haben. Wer auch immer das T-Shirt benutzt hat, war auch im Bunker. Jetzt Sie.«

»Eine Spur.«

»Eine Spur. Mehr haben Sie dazu nicht zu sagen?«

»Sollte ich?«

»Was Sie sollen, weiß ich nicht. Das teilen Ihnen sicher andere mit.« Calloe legte auf.

»Noch so 'ne Zicke.«

Die Brix griff mit ihrer Hand nach Rasmussens Hand, die auf dem Schaltknüppel lag. »Behandele sie besser, sonst sucht sie sich eine andere Aufgabe. Sie ist klug, frech, loyal.«

»Und zickig.«

»Du weißt, dass das zumindest eine gute Spur ist. Nichts für einen Richter, aber eine gute Spur. Ich muss dir deinen Job nicht erklären. Soweit ich das beurteilen kann, ist das der erste nennenswerte Ermittlungserfolg seit Beginn der Entführungsserie.«

»Niemand weiß, ob jemand entführt wurde.«

»Der Tipp kam übrigens von Jörn beziehungsweise seinem Neffen. Du solltest ihn und Calloe zum Essen einladen.«

Rasmussen schaltete.

»Du reißt die Gänge aber auch rein.«

»Margarete, du hast doch noch nicht einmal einen Führerschein.«

Rasmussen blinkte, fuhr von der B 76 ab, gab noch mal Gas, erwischte die Ampel und bog links auf die Eckernförder stadteinwärts ein. An der nächsten Ampel kamen sie hinter einem Lkw zu stehen, auf dessen Heck schrille Werbung für Billigflüge.

»Für den Preis kriegst du gerade mal einen Bildband über London. Wir haben das Maß verloren. Sagte ich ja eben schon. Es gibt

Tage, da frage ich mich, was das hier alles soll«, sagte Rasmussen und schüttelte den Kopf.

Die Brix legte erneut ihre Hand auf seine. »Das Sein als solches ist frei von Sinn. Der Mensch erst gibt seinem Sein einen Sinn, der auch ein Unsinn sein kann, nicht selten Unsinn ist, aber so zum Sinn für einen anderen Menschen werden kann.«

Rasmussen fuhr an und bremste gleich am nächsten Zebrastreifen, um eine junge Frau mit Kinderwagen über die Straße gehen zu lassen. »Fortpflanzung allein reicht also nicht?«

»Kann, muss aber nicht.«

»Die unsinnige Tat eines Serienmörders kann sinnstiftend sein, weil sie dem Tun der Ermittler einen Sinn gibt?«

»Exakt.« Die Brix klatschte in die Hände.

»Das ist komplex. Wenn der Ermittler den Sinn seines Lebens darin sieht, möglichst viel Geld zu verdienen, und in Aktien eines Waffenherstellers investiert …«

»Die Welt, ein vernetztes System. Frederic Vester, wenn ich mich nicht irre.«

»Fragt sich nur, wie ich es schaffe, mich in diesem Netz nicht zu verheddern«, sagte Rasmussen und zog die rechte Augenbraue hoch.

»Das kannst du nicht verhindern.«

Nach der Frau mit Kinderwagen war ein älteres Ehepaar von rechts gekommen, dann ein Radfahrer von links. Hinter Rasmussen hupte ein weißer Sprinter. Rasmussen schaute konzentriert in den Rückspiegel, dachte an Sandro Hagemeister und Pelle Erben. Am Steuer saß eine Frau, die erneut hupte. Rasmussen fuhr los.

»Und wie verliere ich im Netz der Sinnoptionen nicht die Orientierung?«

»Hans, ein Schritt nach dem anderen.«

»So simpel?«

»So simpel.«

»Sag mal, Maggie, wie verläuft deine OP eigentlich?«

»Lokale Anästhesie, ein kleiner Schnitt, die Linse wird verflüssigt und abgesaugt, dann wird die Kunstlinse eingesetzt. Fertig.«

»Hast du Angst?«

»Ja.«

»Soll ich warten?«

»Nein. Ich nehme ein Taxi ins Hotel. Morgen Nachuntersuchung. Dann sehe ich weiter.«

»Rufst du mich an?«

»Ja.«

Die Brix drückte kurz Rasmussens Hand.

Eine Dreiviertelstunde später stieg Rasmussen pfeifend die Stufen zum Haupteingang der Zentralstation hinauf. Das Gespräch mit der Brix hatte ihm gutgetan. Ihr Vertrauen hatte ihm gutgetan. Er öffnete die Tür und ging Richtung Wachlokal, um die Tageszeitungen mit ins Büro zu nehmen.

Aus dem Wachlokal heraus war eine laute Stimme zu hören. Die Stimme eines Querulanten. Die Artikulation war undeutlich, die Grammatik kreativ. Rasmussen verstand Handy, Schlampe und Kleiderschrank.

Schraders Gesicht sprach Bände. Er quälte sich. Ihm gegenüber stand ein etwa fünfzigjähriger Mann in schwarzer Motorradjacke. Seinen Helm, auf dem ein Aufkleber der Tolk-Schau klebte, hatte er auf die Theke gelegt. Das konnte Schrader gar nicht leiden. Der Mann war mittelgroß, stark übergewichtig und roch nach einer Kombination aus Zigarettenrauch und Schweiß, die Rasmussen den Atem verschlug. Er grinste Schrader schräg an, klemmte die Zeitungen unter den Arm und war dankbar, den Raum wieder verlassen zu können.

Oben im Teambüro warteten bereits Calloe und Hinrichsen. Calloe würdigte ihn keines Blickes.

Er ging an ihrem Schreibtisch vorbei und legte eine Tüte duftender Croissants ab, die er auch ohne den Hinweis der Brix besorgt hätte.

»Café au lait, Frau Kollegin?«

Sie verzog keine Miene. Er ging zur Kaffeemaschine.

»Calloe, Sie fahren gleich in die WTD und versuchen herauszufinden, ob es rund um die Tage der, ich sag mal, Entführungen ungewöhnliche Beobachtungen gab. Die haben doch eine Wache da. Ich weiß, die Nummer haben wir durch, aber wir müssen da noch mal mit einem neuen Blick ran. Jetzt wissen wir ja, dass sich einer der Vermissten im Bunker aufgehalten hat.«

»Schon klar«, reagierte Calloe. »Das war der Erste im Bunde, Till Meermann. 16. Juli. Seine Mutter hat das T-Shirt damals sofort erkannt.«

Rasmussen streckte den Rücken durch. »Hinrichsen, ich möchte, dass Sie sich noch mal in aller Ruhe in Holtby umsehen. Insbesondere dort, wo Knut Berger sich umgetan hat. Ich kann mir nicht helfen. Berger geht mir nicht aus dem Kopf. Der war Kampfschwimmer. Der hätte so was gekonnt. Jemanden unter Wasser entführen.«

»Knut Berger, nie und nimmer«, polterte Hinrichsen. »Ein anständiger Kerl. Die Rasta-Schreiner führen uns an der Nase herum, als wären wir dumme Jungs, und wir verdächtigen einen zersägten Elitesoldaten.«

»Ex-Elitesoldaten«, korrigierte Calloe.

»Was ist eigentlich mit den Herren Hagemeister und Erben? Die wollten Sie doch gestern unter die Lupe nehmen«, wandte sich Hinrichsen an Calloe.

»Ja, ich habe den Termin verschoben, schließlich habe ich abgesagt. Es war so viel zu tun. Ich kümmere mich.«

Rasmussens Smartphone meldete sich. Es war Fiete. Rasmussen ging hinaus auf den Gang, log, dass sich die Balken bogen, äußerte Verständnis für die Sorgen des Baulöwen um seine Herzdame, versprach, sich umzuhören, beruhigte ihn und hoffte, dass er die Brix nicht längerfristig würde decken müssen. Als er auflegte, öffnete sich die Tür zum Teambüro.

»Ich fahr denn mal raus nach Holtby, büschen schnüffeln.«

Rasmussen nickte, Hinrichsen schlurfte los. Unter der Prinz-Heinrich-Mütze und in seinem schmuddeligen Parka sah er aus, als suchte er Obdach.

Der Rechnungsprüfer

Rasmussen verzog sich mit der Tageszeitung in sein Büro und blieb im Lokalteil hängen. »Polizei abgetaucht?«, lautete die Schlagzeile des Aufmachers, darunter stand: »Noch immer keine Ermittlungserfolge im Fall Bermuda-Bucht.« Ein Interview mit

Bürgermeister, Touristikchef und Staatsanwältin. Am Rand Fotos von Strandbesuchern und kurze Statements.

»Unsere Tochter kam damals weinend nach Hause.«

»Allein gehen wir nicht mehr ins Wasser.«

»Ich frage mich, was die Polizei eigentlich macht. Knöllchen schreiben?«

Dass die Staatsanwältin ihn verschont hatte, rechnete Rasmussen ihr hoch an. Er schlug die Zeitung zu, trat ans Fenster und sah, wie Hinrichsens Opel den Hof verließ.

Hinrichsen hatte Radio Nora eingeschaltet. Es lief »If you think you know how to love me« von Smokie und erinnerte ihn an zahllose Schützenbälle, auf denen er sich mit seiner Frau die Füße wund getanzt hatte. Links tauchte der gut besetzte Parkplatz von famila auf, und Hinrichsen hatte eine Idee. Er bog ab, hatte Glück, einen Platz in der ersten Reihe zu finden. Was der Chef kann, kann ich auch: während der Dienstzeit im Lieblingssupermarkt einkaufen.

Für den privaten Schützenball heute Abend kaufte er eine Flasche Sekt. Damit würde er seine Frau überraschen, an alte Zeiten erinnern. Er wusste genau, wie das Cover der Best-of-Smokie-Platte aussah. Geldscheine an einer Wäscheleine.

Fünfzehn Minuten später bog er auf den Hof von Saskia Berger in Holtby ein, stellte den Opel neben ihrem Flitzer direkt vor dem Haupthaus ab und ging pfeifend auf den Eingang zu.

»Smokie, ›Lay back in the arms of someone‹«, sagte Saskia Berger, als sie die Tür öffnete. »Das waren Zeiten, Muttis Lieblingssong.«

»Moin«, sagte Hinrichsen. »Ich möchte mich noch mal im Reich Ihres verstorbenen Mannes umschauen.«

Saskia Berger trat zur Seite. »Sie wissen ja, wo das ist. Brauchen Sie mich dazu?«

»Nö.«

Saskia Berger verschwand in der Küche. Hinrichsen ging zu Knut Bergers eigenwilliger Kombination aus Büro, Lager und Werkstatt hinüber. Das Chaos hatte sich seit seinem letzten Besuch nicht gelichtet. Er stützte sich auf Bergers Schreibtisch auf. Im ersten Anlauf hatten Calloe und er einen Meter »Strandbude«-Akten abgeräumt, die hatten offen in einem Schwerlastregal gestanden.

Private Unterlagen waren nicht dabei gewesen, wie sie später auf der Zentralstation bemerkt hatten. Wo soll ich da bloß anfangen, fragte er sich, als sein Blick auf einen Rollladenschrank fiel, vor dem auf Bügeln zwei Taucheranzüge hingen. Da hatten sie noch gar nicht reingeschaut.

Hinrichsen nahm die schweren Anzüge runter und öffnete den Schrank. Penibel hatte Berger die Aktenordner beschriftet. Hinrichsen entschied sich für den Ordner mit der Aufschrift »Buchhaltung aktuell« und setzte sich an den Schreibtisch, den Fotos von Berger in Uniform und in Tauchermontur schmückten. Links über dem Schreibtisch hing auf dunklem Holz das Verbandsabzeichen der Spezialisierten Einsatzkräfte Marine mit Schwingen, Anker und Schwert. Keine Fotos von Saskia Berger. Überall Listen an den Wänden, alte Kalender. Dass die Ordner so sauber beschriftet waren, passte nicht zum Rest dieses Durcheinanders. Hinrichsen nahm die Mütze ab, legte sie auf den Schreibtisch und schlug den Ordner auf.

Chronologisch von hinten nach vorn hatte Berger fein säuberlich Rechnungen vor und Barbelege hinter der Trennpappe abgeheftet. Tankquittungen waren sorgfältig auf A4-Blätter getackert worden, für den Steuerberater hatte er Rechnungen, die lediglich Artikelnummern oder kryptische Bezeichnungen enthielten, mit gut leserlichen handschriftlichen Erklärungen versehen. Er stand auf und holte wahllos einen zweiten Ordner aus dem Schrank, als es klopfte.

»Jo.«

Saskia Berger betrat den Raum. In der Hand einen dampfenden Becher. »Dachte, Sie hätten vielleicht gern einen Kaffee.«

»Jo, 's nett.« Hinrichsen stellte den Aktenordner auf den Schreibtisch und nahm den Becher entgegen.

»Seit Knut tot ist, war ich nicht mehr hier drin. Ist sein Reich gewesen. Er hat sogar die Buchhaltung für meinen Salon gemacht. Er war so pingelig. Also im guten Sinne.«

Hinrichsen setzte sich wieder.

»Glauben Sie, dass Sie seinen Mörder finden?«

»Jo.«

»Aber in der Zeitung steht heute, dass Sie mit der Bermuda-Bucht nicht weiterkommen.«

»Man darf nicht alles glauben, was in der Zeitung steht.«

»Na, dann lass ich Sie mal wieder arbeiten, was?«

»Besser ist das.«

Saskia Bergers Schritte verhallten auf dem Dielenboden im Flur.

Der Kaffee war mit Zucker. Hinrichsen verzog das Gesicht, ging zum Fenster und leerte den Becher in die Rabatten. Er dachte wieder an den Sekt. Er hatte trockenen gekauft. Mochte seine Frau Gott sei Dank auch lieber.

Er blätterte wieder durch die Rechnungen und spürte, dass ihm etwas auffallen müsste, kam aber nicht drauf. Irgendwas passte nicht. Er nahm sich den zweiten Ordner vor: Versicherungen. Auch eine Lebensversicherung mit Saskia Berger als Begünstigter. Zweihunderttausend Euro. Viel Geld. Er machte ein paar Fotos. Dritter Ordner: Gebrauchsanleitungen für Küchengeräte. Ein Gerät hieß Salamander.

Als Hinrichsen dieses Wort las, wusste er, was ihn gestört hatte. So ein Salamander war ja was Lebendiges. Was Frisches. Und in der »Strandbude« hatte Berger doch eigentlich nur Frisches verkauft. Aber in Ordner Nummer eins waren monatliche Rechnungen für Convenience-Produkte aufgetaucht. Überwürztes Zeug für die Mikrowelle.

Hinrichsen schaute nach und kam für den April auf hundertzwölf Portionen unterschiedlicher Fisch- oder Fleischgerichte mit Gemüse, Kartoffeln oder Reis. Das ging zurück bis in das letzte Jahr. Er machte wieder Fotos, stellte die Ordner zurück und verließ Bergers Büro, um seine Witwe nach den Mikrowellengerichten zu fragen.

Er rief nach ihr, erhielt aber keine Antwort. In der Küche war sie nicht. Hinrichsen ging hinaus auf den Hof und sah, dass ihr Auto nicht mehr neben seinem Opel stand. Jetzt fiel die Tür ins Schloss. Er würde sie später befragen.

Etwa Geschäftspartner?

Rasmussen drehte den Kopf, verfolgte den Gang der Staatsanwältin. Das Klackern ihrer Absätze hatte ihn aufmerksam gemacht. Er griff nach Apfel und Banane, seinem Frühstück, das er im Volvo vergessen hatte, und überquerte den Parkplatz der Zentralstation Richtung Haupteingang.

»Sie verreisen?«, sprach er die Staatsanwältin an, als er sie beinahe erreicht hatte.

Sie verlangsamte ihre Schritte nur kurz. »Stillstand ist Rückschritt.«

Rasmussen beeilte sich, ihr die schwere Tür zu öffnen und aufzuhalten. Sie klackerte an ihm vorüber und duftete nach »L'Eau d'Issey«.

»Wegen Ihres Outfits, Frau Staatsanwältin. Irgendwie karibisch.«

»Dass Sie sich für Mode interessieren.« Die Staatsanwältin bog ins Wachlokal ab.

Rasmussen fiel ein, dass sie ihm von einer Tagung berichtet hatte, bei der sie eine der Rednerinnen sein würde. Darum war sie also so aufgerüscht. Er nahm zwei Stufen auf einmal und erreichte sein Büro leicht außer Atem. Kaum, dass er saß und in die Banane gebissen hatte, klopfte es.

Saskia Berger stürmte ins Büro. Sie klang gehetzt, wischte sich Schweißperlen von der Stirn, trat an Rasmussens Schreibtisch heran, sagte »Hier« und legte zwei leicht knitterige A4-Seiten auf die Tischplatte. Dann setzte sie sich.

Rasmussen griff nach den Seiten, überlegte es sich anders, zog einen Handschuh aus der Schreibtischschublade, drehte die Seiten zu sich und begann zu lesen.

»Vereinbarung zwischen«, stand in großen Buchstaben auf der ersten Seite, und es folgten die Namen und Adressen von Sandro Hagemeister, Pelle Erben und Knut Berger. Aus den einzelnen Punkten ging hervor, dass Knut Berger den Herren Hagemeister und Erben unbegrenztes Aufenthaltsrecht im Außenbereich seiner »Strandbude« übertrug. Offenbar ohne dass Hagemeister und Erben eine Pacht oder Miete zu zahlen gehabt hätten. Das klang nach einem schlechten Geschäft für Berger, der sich zudem verpflichtete, seinen Gästen einen Schlüssel auszuhändigen und die Toilettenbenutzung rund um die Uhr zu ermöglichen. Getränke und Speisen im Wert von fünfhundert Euro pro Wirtschaftsmonat gingen aufs Haus, das sei über Deckel abzurechnen.

Unten auf Seite 2 hatten Hagemeister und Erben unterschrieben, Berger nicht. Das sprach für Bergers gesunden Menschverstand. Hagemeister und Erben hatten die Vereinbarung drei Tage vor Knut Bergers Auffinden im Container unterzeichnet.

Saskia Berger schnaufte. »Verbrecher, das sind Verbrecher, die Scheiß-Kiffer, diese … Schreiner. Die wollten meinen Knut über den Tisch ziehen. Aber Knut hat nicht unterschrieben. Warum sollte er auch. Er war ja nicht bescheuert.«

»Frau Berger, wo haben Sie das her?«

»Als vorhin Ihr Kollege bei mir in Holtby auftauchte und in Knuts Arbeitsraum ging, den kennen Sie ja, da fiel mir plötzlich Knuts Jeansjacke auf, die direkt hinter der Tür am Haken hing. Seine Lieblingsjacke. Ich habe sie genommen und an mich gedrückt, und da hat es so ein bisschen geknistert. Der Schrieb da«, sie deutete mit dem Zeigefinger mehrmals auf die Vereinbarung, »dieser Schrieb steckte in der Innentasche.«

»Warum haben Sie meinen Kollegen nicht gerufen?«

»So was ist Chefsache. Ich weiß, was Chefsache ist. Ich bin auch Chefin.«

»Hat Ihr verstorbener Mann –«

Saskia Berger unterbrach Rasmussen. »Verstorben? Geht's noch? Zersägt, diese Scheiß-Kiffer, diese Tischler, die haben ihn zersägt. Mit Sägen kennen die sich ja aus.«

»Frau Berger, hat Ihr Mann Ihnen von dieser Vereinbarung erzählt?«

»Nein, natürlich nicht. Ich hätte diese Penner verklagt. Die wären nie wieder auf die Füße gekommen, diese Kiffer. Das Leben haben sie ihm schwer gemacht. Nur Theater vor Knuts ›Strandbude‹. Immer dieser Marihuana-Gestank, die leeren Flaschen, diese Kack-Musik.«

»Beruhigen Sie sich, Frau Berger.« Rasmussen sah sie an. »Welche Bedeutung soll der Schrieb, wie Sie diese von Ihrem Mann nicht unterzeichnete Vereinbarung nennen, denn haben?«

»Bitte? Das fragen Sie mich? Die haben meinen Knut erpresst und zersägt.«

»Womit hätten die beiden Ihren Mann denn erpressen können? Warum hätten sie das tun sollen, ihn zersägen? Sie wollten doch mit ihm ins, ich sag mal, Geschäft kommen.«

»Was weiß ich? Bin ich Polizistin? Die haben sich gestritten. Wahrscheinlich. Diesem Rastabengel hat Knut ja schon mal aufs Maul gehauen. Das schaukelt sich auf und zack. Und wenn Sie mich fragen, dann klingt das nach Schutzgelderpressung.«

Rasmussen lehnte sich zurück. Calloe hatte die Einbestellung von Hagemeister und Erben auf unbestimmte Zeit vertagt. Sie würden sich jetzt umgehend kümmern müssen.

»Also was nun, verhaften Sie die Penner jetzt?«

»Frau Berger, ich danke Ihnen für Ihre Unterstützung. Gut, dass Sie sich so schnell bei mir gemeldet haben. Wir kümmern uns um alles. Sollten wir noch Fragen haben …«

Saskia Berger war wütend aufgestanden, trat hinaus auf den Flur und warf die Tür krachend ins Schloss.

»Moin, moin«, sagte Rasmussen und rief Hinrichsen an. Nebenbei schrieb er »Schutzgeld« auf einen der Haftis. Die Täterzielscheibe nahm langsam Konturen an.

Hola Chickas!

Hinrichsen schaute sich um. Auf dem Hof der Berger war weit und breit niemand zu sehen. Nur sein Opel stand einsam vor der Wohnscheune. Dass Saskia Berger ihn allein im Haus zurückgelassen hatte, irritierte Hinrichsen. Er wusste nicht, ob er das unter weiblicher Verhaltensauffälligkeit, Witwensyndrom oder Fluchtreflex abspeichern sollte.

Noch ein kontrollierender Blick. Er war unbeobachtet. Das Stallgebäude hatte sein Interesse geweckt.

Endlich stieß sein Werkzeug auf den gewünschten Widerstand. Die Sperren glitten zur Seite, Hinrichsen drehte noch einen Hauch weiter, und es öffnete sich die Tür. Er schlüpfte in einen düsteren Vorraum mit nur einem kleinen Fenster, betätigte den Lichtschalter.

Ein kleiner Schreibtisch, Büroutensilien. Fast hätte er die Tischlampe umgerissen. »Man wird sich ja wohl umschauen dürfen«, brummelte er. Links Futtersäcke. Vor der Tür neben dem Schreibtisch zwei Paar unterschiedlich große Gummistiefel, eine

Desinfektionswanne. Hinrichsen öffnete die Tür. Die Außenansicht hatte ihn nicht getäuscht. Der Stall war groß wie ein Hangar. Tausende von Hühnern hätten hier Platz. Tatsächlich waren es einige Dutzend, die am Boden scharrten oder auf Stangen saßen. Ein Gewerbe war das nicht, eher ein Hobby. Vielleicht hatte der alte Berger hier mal in Hühnern gemacht. Die Belüftungsanlagen waren jedenfalls entsprechend dimensioniert.

Als Hinrichsen durch die Reihen der »Chickas« gehen wollte, klingelte sein Smartphone. Rasmussen. Der informierte ihn über Saskia Bergers Besuch und die Vereinbarung zwischen Hagemeister, Erben und Knut Berger.

»Ich hab das immer gesagt«, erregte sich Hinrichsen, »diese Typen haben Dreck am Stecken. Wir müssen die jetzt aufmischen. Und den Schock auch.«

»Hinrichsen, wo sind Sie da eigentlich? Das klingt wie ein Hühnerstall.«

»Ist ein Hühnerstall. Das Nebengebäude in Holtby. Dachte, da schau ich mal rein, wenn ich schon hier bin.«

»Und?«

»Hühner. Fünfzig oder sechzig vielleicht. Nichts Großes. Aber in Knut Bergers Unterlagen fiel mir was auf. Habe die Fotos in die Teamcloud gestellt. Jede Menge Rechnungen über Fertiggerichte. Mir ein Rätsel, wer das gegessen haben soll. Ich warte hier noch zehn Minuten. Vielleicht sehe ich die Dame des Hauses noch. Ich frag dann mal nach.«

»Tschüss.«

»Moin, moin.«

Hinrichsen ließ die Hühner in Frieden, verließ den Stall und setzte sich in seinen Opel.

Schockschwerenot

Rasmussen griff nach dem Apfel. Hinrichsen hatte recht. Er durfte sich bei Hagemeister und Erben nicht ausschließlich auf sein Bauchgefühl verlassen. Auch wenn sie am Ende keine Mörder waren, da war sich Rasmussen ziemlich sicher, konnten die am Südstrand nicht wilde Sau spielen. Und genau danach sah es momentan aus. Kaum hatte er seine Jacke angezogen, klingelte das Telefon.

»Mon Capitaine«, meldete sich Calloe. »Wegen Till Meermann. Müssen wir seiner Mutter nicht mitteilen, dass wir eine Spur haben? Gerade weil sie immer so darauf gepocht hat, dass er noch lebt.«

»Langsam, Frau Kollegin. Wir besprechen das in Ruhe. Am besten mit der Staatsanwältin. Die Angehörigen sind das eine. Da werden wir einen guten Weg finden, ganz sutsche. Aber was bedeutet das für unsere Ermittlungen? Wir können nun sagen, dass Till Meermann am Strand und im Bunker war. Lebend, aller Wahrscheinlichkeit nach. Wer hat ihn dort hingebracht? Wurde er überhaupt gegen seinen Willen dort hingebracht? Das müssen wir herausfinden. Da werden Sie gut zu tun haben. Und danach müssen wir überlegen, wie wir mit der Presse umgehen. Diese neuen Erkenntnisse sind relevant, ein Durchbruch sind sie noch nicht. Im Zweifel macht sich der eine Teil der Journaille über uns lustig, der andere redet die Lösung des Falls herbei. Aber das entscheiden wir in der Runde. Die Staatsanwältin ist heute nicht erreichbar. Eine Tagung. Wir machen das morgen. Ich muss auch weg.«

»Sie sind der Boss. Ich höre mich weiter in der WTD 71 um. Die ersten Befragten haben nichts gesehen und nichts gehört. Ich versuche mein Glück jetzt mal im Gebäude. Ein paar Fenster gehen direkt auf den Bunker raus.«

»Okay.«

Als Rasmussen am Wachlokal vorbeikam, rief er Schrader zu: »Hier könnte auch mal gelüftet werden.« Dann war er auch schon raus, ging zügig die Kieler Straße rauf, überquerte die Holzbrücke, kürzte durch den Bürgerpark ab und meldete sich bei der stets fröhlichen Mitarbeiterin seines Zahnarztes an.

»Schmerzen?«, fragte die ihn.

»Nö, nur mal reingucken.« Er reichte seine Versichertenkarte über den Tresen und setzte sich ins Wartezimmer. Kurzer Schnack über das warme Frühjahr mit seinem Sitznachbarn, dann ging er zur Toilette.

Hinterm Tresen war gut zu tun, als er zurückkam und die

Praxis in der Landratsvilla vorerst wieder verließ. Seine Jacke ließ er an der Garderobe hängen.

Fünf Minuten später stand er auf dem Garagenhof von Erwin Schock. Der war damit beschäftigt, Kisten zu stapeln. Rasmussen betrat eine der Garagen, zog das Tor hinter sich zu, machte drei Schritte auf Schock zu, schob ihn rückwärts an die Wand und schwieg. Schock bewegte sich nicht, öffnete kurz den Mund. Rasmussen schüttelte den Kopf. Schock schloss den Mund wieder.

»Glauben Sie an Recht und Gesetz?«, fragte Rasmussen.

Schock bewegte unbestimmt den Kopf.

»Glauben Sie an Gerechtigkeit?«

Schock räusperte sich.

»Ich schon, Herr Schock. Aber manchmal vertragen sich die Regeln des Rechtsstaates nicht mit meinem Streben nach Gerechtigkeit. Ich bin Idealist, Herr Schock. Und wissen Sie, was ich darum manchmal mache?«

Rasmussen näherte sich Schock bis auf wenige Zentimeter. »Ich ignoriere die Regeln.« Er wartete, bis er sicher war, dass Schock verstanden hatte. Hatte er anfangs verwirrt geschaut, dann frech, sah Rasmussen, dass er jetzt Angst hatte.

»Sie sorgen dafür, dass mich Sandro Hagemeister und Pelle Erben anrufen. Heute.«

Schock nickte.

»Die Mangos. Sehen wirklich gut aus. Die Leute essen die ja oft viel zu früh. Reife und Genuss, sage ich immer, Reife und Genuss.« Er öffnete das Garagentor, zog die Handschuhe aus, die er vor dem Betreten der Garage übergestreift hatte, und schlenderte davon.

Sein Zahnarzt hatte nichts zu beanstanden. Rasmussen vereinbarte eine Zahnreinigung.

All inclusive

»Kiel ist in der Mitte«, hatte Amos in der gemeinsamen WhatsApp-Gruppe »all-inclusive« geschrieben. Zur Gruppe gehörten

Amos, Eike und Eikes Freundin Petra. Amos' »Laufbekanntschaft« Grit war noch nicht aufgenommen, und Marlene verweigerte die Verwendung von WhatsApp, Facebook, Twitter und der sozialen Medien überhaupt.

Eike hatte nur »Jo« geantwortet, Rasmussen »Meinetwegen«. Er hatte keine Lust auf den Abend, keine Lust auf das Thema, nach Kalifornien würde er bestimmt nicht fahren. Auf das Gezicke zwischen Marlene und Petra war er wirklich nicht scharf, und mit dem ruckelnden Volvo zu fahren, nervte ihn von Tag zu Tag mehr.

Zu seiner Überraschung hatte Marlene freudig reagiert, als er ihr von Amos' Plänen berichtete, einen Urlaub zu sechst zu verbringen. Seit sie diese fernöstliche Gehirnwäsche erhalten hatte, überraschte sie Rasmussen beinahe täglich. Dieser Ayurveda-Hokuspokus war ein schlimmes Teufelszeug.

»Das Wissen vom Leben«, hatte Marlene freundlicherweise übersetzt. »Na und«, hatte Rasmussen geantwortet, »Rasmussen – das Wissen vom Tod, angenehm.« Marlene hatte mild gelächelt. Früher hätte sie eine Rede gehalten. Teufelszeug.

Die Begrüßung mit Küsschen hier und Küsschen da bekämpfte er mit Astra und einem doppelten Whisky. Marlene nahm zur Kenntnis, dass er seine Fahrtüchtigkeit vorsätzlich außer Kraft zu setzen begann, aber sie guckte nur verliebt und nickte. Rasmussen bog mit Eike in Amos' Billardzimmer ab.

Im Wohnzimmer hatte Grit ein Büfett aufgebaut, als stünde die Hochzeit mit Amos unmittelbar bevor. »Die kommt bestimmt aus dem Osten, ehemalige Kaderschwimmerin, so was.« Das waren die Vermutungen, die Rasmussen auf der Hinfahrt im Auto angestellt hatte. »Ach, Hans.« Mehr hatte Marlene nicht gesagt.

Rasmussen kreidete das Queue, konzentrierte sich auf den ersten Stoß und hämmerte die weiße Kugel auf die gelbe Eins, dass Eike verwundert die Augenbrauen nach oben zog. Rasmussen verlor. Gegen Eike hatte er noch nie eine Chance gehabt. »Amos, wann stellst du hier endlich mal einen anständigen Kicker rein?«, rief er ins Wohnzimmer.

Eike ging, Amos kam. Rasmussen öffnete das zweite Astra, lümmelte sich auf die Couch und schaltete mit der Fernbedienung den Fernseher ein. Auf Eurosport lief Snooker. Amos setzte sich neben Rasmussen.

»Du hast keine Lust auf den Urlaub?«

»Hm, geht so.«

»Wegen der Frauen?«

Rasmussen blähte die Wangen auf und atmete langsam aus. »Weiß nicht. Das ist doch spießig.«

»Wir *sind* spießig, Hans.«

»Eben.«

»Hast du denn gehört, welchen Vorschlag Grit gemacht hat?«

»Nö.«

Amos machte sich auch ein Bier auf. Sie tranken. Im Fernseher klackten die Kugeln. Nebenan giggelte Petra.

Amos unterdrückte ein Rülpsen. »Mir ist übrigens noch etwas an eurem Leichenpuzzle aufgefallen. Der Typ, dieser Berger, der hatte eine ausgeprägte Fettleber. Genetisch bedingt war das nicht, Alkoholiker war er auch nicht. Der muss sich über einen längeren Zeitraum von Fast Food oder anderem minderwertigen Fraß ernährt haben.« Amos schob sich ein paar Chips in den Mund und spülte großzügig mit Astra nach.

»Wir haben in Holtby Rechnungen über Fertiggerichte gefunden. Dieses Zeug, das du in die Mikrowelle stellst. Passt das auch?«

»Passt auch.« Amos klopfte seinem Freund aufmunternd auf den Oberschenkel. »Komm, halbes Stündchen Urlaubsplanung. Das schaffst du.«

Zwanzig Minuten später war Rasmussen richtiggehend aus dem Häuschen. Er hatte mit Kalifornien, Ibiza, Wellness-Mist oder im schlimmsten Fall auch einer Musical-Reise gerechnet. Stattdessen hatte Grit wohl eine Groundhopper-Tour vorgeschlagen, und als Petra das zu Ohren gekommen war, hatte diese eine perfekte Route zusammengestellt. Mit der Fähre ginge es von Rotterdam nach Hull. Dort stünde ein komfortabler VW-Bulli bereit. Sie führen nach Newcastle und sähen dort das Spiel gegen Manchester City, weiter nach Schottland, Celtic Parc, Ibrox Stadium, Tempel des Fußballs mit Führungen und am letzten Spieltag der Premier League Arsenal gegen Chelsea. Am nächsten Morgen mit dem Flieger nach Hamburg. Was die Frauen machen würden, hatte er vergessen. Er war gut gelaunt, das konnte dabei helfen, diesen Fall endlich vom Tisch zu kriegen, Eckernförde von diesem Alptraum zu befreien.

Er bediente sich am Büfett. Kochen konnte sie ja, diese Grit. Zwei Bier später erklärte er Amos' Freundin, wie Polizisten in Schleswig-Holstein ausgebildet wurden. Grit kam aus Frankfurt am Main, hatte Sport studiert, in der deutschen Hockey-Nationalmannschaft gespielt, und nun trug sie sich mit dem Gedanken, dem Innenminister ihre Dienste als Personal Trainer für Polizisten mit besonderen Aufgaben anzubieten. Das Sportangebot der Polizei hielt sie für veraltet. Rasmussen hatte keine Ahnung. Das Bier war jedenfalls kalt.

Als er zu vorgerückter Stunde im Flur eine Sprachnachricht von Calloe abhörte, stieß Eike dazu. Calloe berichtete von Erwin Schock, der am frühen Abend auf der Zentralstation nach Rasmussen gefragt hatte, um einen Termin für die Rasta-Schreiner zu machen. Schock habe zugesichert, dass Erben und Hagemeister am Montagmorgen zum Termin erschienen.

»Schock. Erwin Schock. So Mitte fünfzig. Schütteres Haar. Maserati-Schock?«, fragte Eike.

Rasmussen steckte das Smartphone weg. »Da weißt du mehr als ich.«

»Der war mal Geschäftsführer in einem Hamburger Sozialunternehmen und fiel dadurch auf, dass er in die eigene Tasche gewirtschaftet hat und einen Maserati fuhr. Einen Quattroporte.« Eike hatte den Zeigefinger seiner rechten Hand auf Rasmussens Brust gedrückt. »Quattroporte.«

Rasmussen schob Eikes Hand zur Seite. »Hast du mehr über den Vogel?«

»Kann Petra dir zusammenstellen. Kleines Dossier. Sagen wir, du zahlst eine Runde Fischnschipps in Newcastle.«

»Eike, du bist besoffen. Das heißt ›fish and chips‹.«

»Sag ich ja, fischnschipps.«

Rasmussen schlug ein und dachte: Gar kein so schlechter Abend.

Kiel Retour

Es hatte einfach nicht geklappt. Dabei war Michael Meier guten Willens in den Flieger Richtung Düsseldorf gestiegen. »Glaub mir, es ist besser so.« Das hatte ihm Saskia Berger noch ins Ohr geflüstert. »Sobald die Luft hier wieder rein ist, rufe ich dich an. Mach dir keine Sorgen ums Geld, wenn du ein neues Konto hast, schick mir eine SMS.«

Als er in Köln auf dem Hauptbahnhof angekommen war, überfiel ihn die Angst. Er war nicht in seine Eigentumswohnung in Sülz gefahren, so wie sie es verabredet hatten. Er hatte sich in einem kleinen Hotel in der Südstadt eingemietet. Er hatte fünftausend Euro Bargeld in der Tasche. Er hatte Angst vor den Fragen.

Um seinen Vater musste er sich nicht sorgen, der saß sabbernd und dement im Pflegeheim. Aber es gab ja noch ein paar Verwandte und eine Handvoll Freunde bei Bewusstsein. Und die Nachbarschaft. Was sollte er dem Mann, der alles sah und hörte, im Büdchen an der Ecke erzählen? Er habe die letzten sechs Wochen Urlaub auf Mallorca gemacht? So bleich wie er war, hätte er besser von einer Reise nach Hammerfest berichtet. Aber auch in Norwegen schien manchmal die Sonne.

Es hatte ihn direkt vor den neugierigen Nachbarn geekelt. Er wollte sich auch nicht bei seinem Arbeitgeber melden. Was interessierten ihn noch diese mediterranen Fliesen, die er in seinem vorherigen Leben in Süd- und Ostdeutschland vertrieben hatte? Fragen über Fragen, auf die er keine wirklich gute Antwort hatte. Auf die er gar nicht antworten wollte. Handelsvertreter? Köln? Das war einmal. Ihn interessierte nur noch Saskia.

Die Frau hatte ihn erwählt. Sie hatte ihn kidnappen lassen. Sie hatte ihn wochenlang eingesperrt. In der Zelle hatte er alles, was er brauchte. Der Fernsehbildschirm war etwas klein, und die Fertiggerichte schmeckten ihm auch nicht. Aber wenn er über die Sprechanlage den Befehl bekam, sich fertig zu machen, schnellte sein Blutdruck in die Höhe. Er mochte das, was dann kam. Er fieberte dem geradezu entgegen. Es war der Sex seines Lebens. Und das wollte etwas heißen.

Meier war nie sehr wählerisch gewesen, was seine Beziehungen anging. Eigentlich ging es ihm sowieso immer nur um Sex. Alles andere war nur Drumherum und Mittel zum Zweck. So ein Leben zu leben war eine Wissenschaft für sich, so hatte er es immer seinen Freunden im Tennisclub geschildert. Die hatten ein wenig bewundernd auf sein aufregendes Liebesleben geschaut. Meistens hatte er ein paar Beweisfotos auf seinem Smartphone, die er bei seinen Berichten zum Besten gab. »Wenn ich nicht noch einen Funken Anstand in mir hätte, würde mein Handy grunzen statt klingeln. Bei den ganzen Schweinereien in meinem Handy-Speicher.«

Das ganze Gewese um sein Sexleben fanden selbst seine Freunde nicht mehr lustig. Meier war kein Idiot, und soziale Antennen hatte er auch. Es war ihm jedoch egal, was Menschen privat von ihm dachten. Dieses Verbiegen und Herumlavieren, das hatte er fünf Tage die Woche, wenn er auf Vertreterreise war. Der Innendienst war nicht besser. Von morgens bis abends buckeln, das war sein Job. In seiner Freizeit brauchte er Entspannung. Die hatte er immer in seinen mehr oder weniger kurzen Beziehungen gefunden. »Ein stinknormales Familienleben, das ist nicht meins.« Das war seine Standardantwort auf jedwede Fragen in dieser Richtung gewesen.

Nun saß Michael Meier im Zug von Hamburg nach Kiel. Ihm war mulmig zumute. Das war gegen ihre Abmachung. Er hatte keine SMS geschickt. Er hatte nicht einmal versucht, Saskia anzurufen. Er hatte es einfach nicht mehr ausgehalten. Es hatte ihm das Herz zerrissen. Tagelang hatte er im Hotel gehockt. Am vierten Abend kam es ihm so vor, als ob er jeden Punkt auf der Raufasertapete kenne. Er wollte zu ihr zurück. Da konnte er sich hundertmal sagen, wie verrückt das war.

Er war auf dem besten Weg zurück in seine Gefangenschaft, zu seiner Domina. Und wenn er es sich richtig überlegte, konnte sie gar nicht anders, als ihn in seine Zelle zurückzusperren. Es war ja nicht so, dass ihm seine Sklavenrolle nicht gefallen hätte. Aber eines Abends nach der wer weiß wievielten Runde in der sogenannten Manege hatte ihn ein Gefühl beschlichen, als ob Saskia weich geworden sei. Sie fing an, ihn zu tätscheln. Von einem auf den anderen Moment riss sie auf einmal seine Pferdemaske hoch und stieß ihm ihre Zunge in den Rachen. Das kam so unerwartet und so dauerhaft, dass er fast Erstickungsanfälle bekommen hätte, denn auf seiner Nase saß die Maske.

Er hatte sich nichts anmerken lassen, saugte wie ein Irrer an ihrer Zunge. Sie brachte ihre Zunge in Sicherheit, um dann wenig später wieder zuzustoßen. Aber bei diesem Vorstoß hatten sie sich zu einem leidenschaftlichen Kuss vorgekämpft. Zuvor hatte Saskia ihn nur geritten. Sie die Herrin, er das Tier, das Pony. Sie war hart zu ihm gewesen, brutal. Aber es hatte ihm gefallen, wie sie ihn herumkommandiert hatte. Er hatte sich um nichts kümmern müssen. An diesem Abend aber hatte sich Saskia ihm hingegeben.

In dem Moment, geradezu unverhofft, hatte er gewusst, dass er auf dem besten Weg war, das Verhältnis zu seiner Herrin in andere Bahnen zu lenken. Das war neu für ihn und für sie. Den Beschützer, diesen Hünen in Schwarz, den hatte er vergessen. Aus dem Augenwinkel sah er ihn, den Maskenmann. Er war immer dabei, wenn Saskia ihre Spielchen mit ihm trieb, hatte oft auch gefilmt und fotografiert. An jenem Abend hatte ihn in der Manege in diesem Moment nur der eine Gedanke durchflutet: Hier ist mehr drin. Hier beginnt etwas Neues.

»Haben Sie etwas gesagt?«, fragte die aparte Erscheinung, die Meier im Abteil gegenübersaß. Dabei schaute die Dame hemmungslos auf seinen Schritt. Was hatte diese Frau bloß für einen Augenaufschlag.

»Nicht, dass ich wüsste«, entgegnete Meier und schlug die Beine über. »Entschuldigen Sie bitte.«

Er musterte seine Mitreisende. Für ihr Alter trug sie überraschend volles und langes Haar. Unter dem edlen Kostüm wölbte sich ein überzeugendes Dekolleté, und die langen Beine steckten in teuren Stiefeletten. Mitte fünfzig schätzte er die Frau, deren Gesellschaft er in Hamburg-Altona gezielt gesucht hatte. Dann aber hatte er keinen Kontakt aufgenommen und sich in seinen Gedanken verloren.

»Mein Lieber, Sie müssen sich für nichts entschuldigen. Ich bin froh, in so gediegener Gesellschaft zu reisen.« Sie musterte ihn von Kopf bis Fuß.

Meier hatte sich einen dunkelbraunen Dreiteiler zugelegt. Er mochte diesen dezent gemusterten Anzug, aber richtig verguckt hatte er sich in die Weste mit den großen blanken Knöpfen. Dazu trug er dunkle rahmengenähte Schuhe. Einen Bart hatte er sich stehen lassen, und eine leicht getönte Sonnenbrille trug er auch.

Er hatte in der Kölner Innenstadt ein paar Einkäufe getätigt, als er beschlossen hatte, nach Holtby zurückzukehren. Die Fünftausend reichten allemal, bis er wieder bei Saskia war. Seine eigenen Kreditkarten mochte er nicht benutzen, da er davon ausgehen musste, dass seine Konten überwacht wurden. Sein Vater war außer Gefecht, die restlichen Verwandten hatten sich nie für ihn interessiert, und seine Freunde waren zu gleichgültig, aber sein Arbeitgeber hatte garantiert eine Vermisstenanzeige erstattet.

Er hätte nur ein Lebenszeichen von sich geben müssen, und im Handumdrehen wäre er aus der ganzen Nummer raus gewesen. Aber das wollte er partout nicht. Er wollte zurück zu Saskia, mit jeder Faser seines Körpers wollte er das. Meier spürte, wie sich die Härchen auf seinen Unterarmen aufrichteten. Von Cosplay hatte er schon vor seiner Entführung gehört. Ponyplay, das war ihm neu gewesen. Sich unterwerfen zu müssen war ihm neu gewesen. Nie hatte ihn etwas mehr gepackt.

»Sie sehen aus wie einer dieser Landlords in den Rosamunde-Pilcher-Filmen am Sonntagabend.« Die Dame gegenüber lächelte. Sie rutschte ein wenig auf ihrem Sitz herum. Sie warf ihre Netze aus. »Erlauben Sie mir ein paar indiskrete Fragen? Woher kommen Sie? Wohin wollen Sie?«

Meier schaffte es ganz schnell, die Aufmerksamkeit von sich abzulenken. Die Dame machte es ihm aber auch leicht, und er ließ sie reden, reden, reden. Das, was er vernahm, hätte ihm normalerweise sehr gut gefallen. Sie war offensichtlich eine Vertreterin der oberen Zehntausend. Sie offenbarte ihm gleich zu Beginn des Gespräches, dass sie erst seit einem Jahr Witwe war. Das war ein Kontakt, den er in seinem vorherigen Leben auf jeden Fall vertieft hätte. Auf die eine wie auf die andere Art.

Die Gute schoss aus allen Rohren und sparte nicht mit der Aufzählung wichtiger Kontakte und mit Informationen darüber, wie viel sie in ihrem Leben schon von der Welt gesehen habe. Kiel sei immer ihr ruhiger Hafen gewesen, aber von hier aus habe sie den Rest der Welt erobert. Und das solle in Zukunft auch so bleiben, ihr verschiedener Gatte habe ihr alle für ein Globetrotterleben erforderlichen Mittel hinterlassen.

Die Witwe merkte wohl, dass ihr Gesprächspartner ein wenig unaufmerksam war und seinen Blick immer wieder zu der Landschaft vor den Zugfenstern schweifen ließ. Das schien sie aber noch mehr anzufeuern. Sie ratterte ein Dutzend Gelegenheiten herunter, zu denen man sich treffen könnte. Und ob er vielleicht Segler sei? Ihr fehle seit dem Tod ihres Mannes ein Kapitän an Bord.

Als der Zug im Kieler Hauptbahnhof einlief, übergab die grüne Witwe ihm mit spitzen Fingern eine Visitenkarte. Meier warf einen kurzen Blick darauf. Natürlich, eine von und zu, darauf hätte er auch gewettet.

Er selbst entschuldigte sich, wenn er privat unterwegs sei, blieben seine Visitenkarten immer in der Schublade. Er gab nur preis, dass er aus dem Rheinland stamme und Verwandte im Dänischen Wohld besuche. Gern hätte er von seiner Geliebten berichtet. Das hatte ihm ein paarmal auf der Zunge gelegen. Er wollte reden, sein Herz ausschütten. Er war besessen von Saskia und wollte so schnell wie möglich zurück unter ihre Fittiche, unter ihre Kontrolle. Denn das war es, was ihn so reizte. Er konnte sich nie sicher sein, wie Saskia auf ihn reagierte. Augenblicklich schon gar nicht.

Meier wahrte gegenüber der Unbekannten die Fassade. Es lag in seinem Temperament und Beruf, dass er Wildfremde nur ungern enttäuschte. Vor allem auch unter dem Gesichtspunkt, dass man nie wusste, wofür man sein Gegenüber noch gebrauchen konnte. Sie verabschiedeten sich am Taxistand.

»Ich bin mir sicher, wir sehen uns wieder, Herr …«, sagte die Dame.

»Wir werden sehen«, sagte Meier, während er in das erste Taxi auf dem Vorplatz stieg. Er war sich sicher, dass die Dame ihm diese Unhöflichkeit nachsähe, träfen sie einander erneut.

Wie hatte sie doch gleich gesagt? »Mir fehlt ein Kapitän an Bord.« Er musste erst einmal sehen, ob er in Holtby als Galeerensklave unter Deck oder zu Saskia in die Offiziersmesse ziehen würde.

Ein Anpack

Verschlafen. Das war ihm lange nicht mehr passiert. Die Zusammenarbeit von Radiowecker und zwei Smartphonealarmen funktionierte eigentlich perfekt. Aber der Strom musste wohl ausgefallen sein, die roten Leuchtdioden des Radioweckers blinkten und zeigten 00:00, und das Smartphone hatte Rasmussen am Vorabend unten auf der Theke der Schleiterrassen liegen lassen. Erika hatte es ihm vielleicht schon auf den Treppenabsatz gelegt.

Er kannte das ja schon. Gedankengewitter. Was sein Hirn alles kommunizieren konnte, wenn ein Fall Fahrt aufnahm. Faszinierend. Ein Sturm von Gedanken und Gefühlen, wenn er die Augen aufschlug. Faszinierend. Und dann die Überlegungen, die daraus resultierten, während er mit Zahnbürste unter die Dusche ging.

Noch mit dem Handtuch in der Hand fand er wenig später auf der Kaffeemaschine einen Zettel. »Ich freue mich auf den Urlaub. Kuss«, las Rasmussen. Die hitzigen Diskussionen über eine gemeinsame Elternschaft, die Marlene und er im letzten Sommer geführt hatten, schienen tatsächlich keine Narben hinterlassen zu haben. Sie verstanden sich so gut wie seit Jahren nicht. Rasmussen beschloss, sein Misstrauen auszublenden und zu genießen. Der Espresso duftete, und er freute sich darauf, anzupacken.

Gestern hatte er beschlossen, Knut Bergers »Strandbude« auf links zu ziehen. Saskia Bergers Anschuldigungen waren nicht aus der Luft gegriffen. Die sogenannte Vereinbarung zeigte deutlich, dass es zwischen Sandro Hagemeister und Pelle Erben auf der einen Seite und Knut Berger auf der anderen einen schwelenden Konflikt gab. Hätten die Jungs nichts in der Hand gehabt, hätten sie sich nicht an Knut Berger herangetraut.

Rasmussen leerte die Espressotasse, leckte die Crema vom Rand, summte eine Melodie, die ihm bekannt vorkam. Nur, was war das für ein Lied? Er öffnete die Wohnungstür. Wie vermutet, hatte die Wirtin der Schleiterrassen sein Smartphone auf den oberen Treppenabsatz gelegt. Auch sie hatte einen Zettel geschrieben: »Wirst alt, mein Lieber!«

Rasmussen fühlte sich umsorgt, verließ das Haus, winkte auf Verdacht Richtung Steuerhaus der Missunde II, die auf dem Weg von Angeln nach Schwansen war und, eine zierliche Welle vor sich herschiebend, auf ihn zukam.

Die Tür des Steuerhauses öffnete sich, der Kapitän trat heraus und rief: »Moin. Warte mal.« Rasmussen wartete. Käpt'n R. legte an, öffnete das Gitter, ließ den Schlagbaum an Land nach oben fahren und kam auf Rasmussen zu.

»Spät dran.«

»Gleitzeit.«

Sie besprachen kurz die Abfahrtzeiten für das nächste Heimspiel des FC St. Pauli, nickten einander zu und gingen ihrer Wege. Käpt'n R. auf seine Fähre, Rasmussen zu seinem Volvo.

Er setzte sich, summte und wusste augenblicklich, dass er »Ganz Paris träumt von der Liebe« summte. Caterina Valente. Die hatte er schon immer toll gefunden. Heimlich. Er drehte den Schlüssel im Zündschloss, hörte ein metallisches Klacken und wusste sofort, dass das der Magnetschalter war. Kein Saft, die Batterie war leer. Eine Erkenntnis nach der nächsten. Werkstatt anrufen oder den ADAC, das Problem vertagen und mit dem Fahrrad fahren, Calloe anrufen und um Abholung bitten? Das waren sie wohl, die Optionen, oder?

Nein, er entschied sich, Franz anzurufen, der Frühjahr und Sommer auf dem Missunder Campingplatz verbrachte. Der Tausendsassa würde seiner altersschwachen Batterie wieder Leben einhauchen.

Franz kam keine zehn Minuten später. Die Kraft aus der Batterie seines Smarts, den er stets auf einem Anhänger hinter seinem Wohnmobil in die Missunder Sommerfrische mitbrachte, reichte für ein paar Umdrehungen des Volvo-Anlassers. Der Motor sprang an, und Rasmussen verschwand hupend Richtung Eckernförde.

Gerade passierte er die Preußer-Kaserne, als sein Smartphone sich meldete. Es war Calloe.

»Moin, ich mache es kurz. Bin in der WTD. Eine Mitarbeiterin, deren Bürofenster aufs Wasser geht, hat den Bunker direkt im Blickfeld. Sie hat Knut Berger gesehen. Letzten Sommer. Zwei oder drei Mal.«

»Und warum zum Teufel erfahren wir das erst jetzt?« Rasmussen schlug aufs Lenkrad.

»Mutterschaftsurlaub, Elternzeit und dann hatte sie auch noch einen Bandscheibenvorfall.«

»Das glaubt doch kein Mensch.«

»Ist aber so.«

»Gut, danke. Konnte sie sagen, wann genau sie Knut Berger gesehen hat?«

»Nein. Leider nicht. Sie wollte sich noch nicht einmal auf einen Monat festlegen.«

»Calloe! Ist es sicher, dass das Knut Berger war?«

»Hundertprozentig. Sie hat die Mittagspausen oft an der ›Strandbude‹ verbracht.«

»Und warum hat sie nicht gemeldet, dass sich Knut Berger auf dem Gelände aufgehalten hat?«

»Sie wusste, dass er bei den Spezialkräften war, und dachte, er habe noch immer mit der Marine zu tun. Sie hat ihm sogar zugewinkt.«

Rasmussen bog links Richtung Hafen ab. »Ich spreche mit der Staatsanwältin, telefoniere mit den Kollegen von der KTU. Dann fahre ich zur ›Strandbude‹. Wir müssen da mal mit Schmackes durch. Calloe?«

»Mon Capitaine?«

»Ich wage ja kaum, daran zu denken. Aber was, wenn die beiden Fälle zusammenhängen?«

»Dann schlagen wir vielleicht zwei Fliegen mit einer Klappe«, antwortete Calloe, und Rasmussen wunderte sich, dass sie das so leidenschaftslos konstatierte.

Jetzt summte er »Wo meine Sonne scheint« und setzte die Sonnenbrille auf. Die Sonne spiegelte sich im Hafenbecken. »Wir haben einen Anpack. Jetzt haben wir einen Anpack. Wir kriegen das hin«, feuerte er sich selbst an. Er ballte die Faust und steuerte den Volvo mit leicht quietschenden Reifen rechts auf die Reeperbahn.

Landlord und Baby Doll

»Ach, der Herr Meier«, kiekste Saskia Berger und schüttelte dabei die wasserstoffblonde Mähne ihrer Perücke. Die Haarpracht gehörte zu ihrem Baby-Doll-Look. Sie stand mittig im Rahmen der Eingangstür.

»Hallo, Saskia«, sagte Michael Meier kleinlaut. »Du siehst hinreißend aus.« Zu seinen Füßen stand eine Reisetasche. Seine Hände hielt er verschränkt hinter dem Rücken.

»Willst du nicht reinkommen?« Saskia Berger kniff die Augen zusammen und schaute sehr konzentriert.

»Entschuldige, ich habe es einfach nicht ausgehalten.« Jetzt schnellte seine linke Hand nach vorn, und ein Strauß Rosen kam zum Vorschein.

»Komm' Se rein, Herr Meier!« Saskia Berger packte den Mann vor ihrer Tür an seiner Weste und zog ihn über die Schwelle. Er wäre beinah über seine Reisetasche gestolpert, zumindest kam er ein wenig ins Taumeln. Sie hielt ihn weiter an der Weste fest und schleuderte ihn mit einer halben Drehung um sich herum, um ihn dann gegen die nächste Wand zu drücken. Saskia Berger küsste Michael Meier, der den Strauß Rosen jetzt hinter ihrem Rücken hielt. Sie schob ihm ihr Knie in den Schritt, und er wäre zu gern mit beiden Händen unter ihr kurzes rosa Kleid gefahren. Aber da waren ja die Rosen.

»Saskia, meine Liebe, so innig hätte ich mir die Begrüßung gar nicht vorgestellt!« Michael Meier versuchte, ihr ins Ohr zu flüstern, aber da hatte sie ihn schon von sich geschoben. Nun stand er leicht derangiert vor ihr.

»Und was ist mit den Rosen?« Saskia Berger winkte auffordernd mit der ganzen Hand.

Er reichte ihr den Strauß.

»Wie die duften!« Sie führte die Blumen an ihre Nase und drehte leicht den Kopf.

Meier schloss die Augen. Er wollte gerade ansetzen und sich erklären, da hörte er von links ein Zischen, eher ein Rauschen. Sie schlug ihm mit dem Strauß Rosen ins Gesicht. Und gleich noch mal, sozusagen eine Rückhand, die Blüten klatschten ihm gegen das rechte Ohr. Dornen bohrten sich in seine Wange. Saskia Berger spürte wohl einen leichten Widerstand. Grund genug, heftig an den Stielen zu ziehen.

»Meier, steck dir die Rosen in den Arsch«, schrie sie und stampfte mit ihren hochhackigen weißen Pumps auf die Fliesen. Sie klackerte mit den Dingern wie eine Flamencotänzerin. »Weißt du eigentlich, in was für eine Situation du uns bringst?« Sie warf ihm die Blumen entgegen, zwei blieben über seiner linken Schulter hängen, der Rest fiel zu Boden. Sie hielt ihm ihre Handgelenke entgegen. »Was glaubst du wohl, was passiert, wenn die dich hier finden, du Vollidiot? Die werden uns sofort kassieren. Weißt du, dass die Bullen gestern stundenlang im Haus waren und selbst im Hühnerstall herumgeschnüffelt haben?«

»Wieso? Die wissen doch überhaupt nicht, wer ich bin. Liebelein, übertreib mal nicht so«, versuchte Meier sie zu beruhigen. Er wischte sich über die Wange und spürte, dass er leicht blutete. Gleichzeitig witterte er Morgenluft, seine Domina schien sich in einer labilen Gemütslage zu befinden.

»Hast du mal ein Taschentuch für mich?«

»Dahinten in der Küche, auf der Arbeitsplatte steht ›Dick und Durstig‹.«

Michael Meier ging in die Küche und betupfte seine Wunde mit Küchenpapier.

»Ich brauche eine neue Identität«, sagte er und wirkte sehr entschlossen. »Saskia, ich will mit dir hier leben. Ich will dich lieben. Ich muss das tun. Ich habe es in Köln nicht ausgehalten. Nicht ohne dich. Du kannst mir wehtun. Du kannst mich beschimpfen. Aber du musst bei mir sein.«

»Heilige Scheiße, Herr Meier«, rief sie und verdrehte die Augen. »Was habe ich mir denn da für einen Vogel gefangen?«

»Ja, da sagst du was.«

In der nächsten Viertelstunde stülpte er sein Inneres nach außen. Sie stand immer noch im Flur und lehnte an der Wand. Er kniete vor ihr, drückte sein Gesicht in ihren Schoß. Er versuchte, die Hände unter ihren Rock zu bringen. Vergeblich. Sie zierte sich und bockte. Er rutschte auf den Knien vor ihr herum. Sie schaute gelangweilt auf ihn herunter. Er krümmte sich wie ein Fötus. Er redete, redete, redete. Er mochte sich in jeder Art unterwürfiger Körperhaltung üben, seine Worte kreisten einzig und allein um das Wort Liebe. Michael Meier bot all seine Vertreterprosa auf und tanzte diese dann auch noch zu den Füßen seiner Angebeteten.

»Meik, ich habe einen Job für dich.«

»Prima.«

»Meik, du ziehst wieder in den Keller und übernimmst dort die Aufsicht.«

»Bitte, Saskia, bitte nicht wieder in den Keller.« Michael Meier hockte immer noch vor Saskia Berger und schlug mit der Faust auf die Fliesen. »Das ist doch kein Leben, vor allem kein Leben mit dir.«

»Wir haben keine andere Chance. Ich habe niemand, der sich kümmert. Und überhaupt, hier oben kann ich dich momentan nicht gebrauchen. Die Bullen, die Nachbarn. Du glaubst gar nicht, wer sich nicht alles einschleimt nach Knuts Ableben.«

»Bitte nicht in den Keller«, wimmerte Meier weiter.

»Komm, steh auf. Wir gehen rüber, und nimm gleich deine Tasche mit, die steht noch vor der Tür. Und Himmelherrgott, gewöhn dir doch bloß an, die Türen zu schließen.« Saskia Berger lachte laut und dreckig. »Das ist neben Peitschenschwingen die Kernkompetenz für deinen neuen Job.«

Michael Meier rappelte sich hoch. Er klopfte sich den Staub von seinem Anzug und zog seine Weste zurecht.

»Was ist das bloß für ein lächerlicher Fummel, den du da trägst?« Der Hohn in ihrer Stimme war nicht zu überhören. »Deine Dienstkleidung ist Latex, in deiner Zelle kannst du meinetwegen deinen Jogger anziehen. Ich will, dass das da unten flutscht.«

»Saskia, das ist nicht dein Ernst. Ich soll den Job vom Maskenmann übernehmen?«

»Herr Meier. Mein voller Ernst.« Sie setzte wieder diesen Raubkatzenblick auf. »Ich habe dir die Freiheit geschenkt, wir hatten einen Deal. Du bist wieder da, das ist gegen unsere Abmachung. Deine neue Identität und unser gemeinsames Leben, das kannst du dir abschminken.«

»Saskia …« Michael Meier wusste, dass es keinen Zweck mehr hatte.

Sie zog ihn an ihre Brust und tätschelte seinen Kopf. »Vorerst. Gib uns etwas Zeit. Wir müssen das hier erst abwickeln. Das geht nicht von einem Tag auf den anderen.«

»Ich weiß es doch, Saskia.«

Er holte seine Tasche und schloss die Tür. Sie nahm seine Hand. Und eine Minute später kamen die beiden aus dem Hinterausgang und gingen hinüber zum Hühnerstall.

»Der Landlord hält Händchen mit Baby Doll«, sagte er.

»Du wirst mir gleich erst einmal schön das Pfötchen geben, mein lieber Herr Meier.« Berger stemmte die Fäuste in die Hüften. »Siehst du das? Die Tür ist offen.« Sie gab Meier den Schlüssel für den Keller. »Geh schon mal vor.«

Sie wollte auf der Zentralstation anrufen, um den Einbruch in den Hühnerstall zu melden, ließ es dann aber doch. Schlosser Kuhlmann, das schien ihr die bessere Wahl. Der Eingang zum Hühnerstall musste Tag und Nacht dicht sein.

Hawkeye kehrt zurück

»Sieben Uhr?«, hatte die Brix gefragt, als sie Rasmussen und Marlene am Vorabend pünktlich um einundzwanzig Uhr fünfzehn angerufen hatte. Sie wusste, dass die beiden freitags rituell »Wer wird Millionär?« guckten. »Ich konnte den Operateur überreden, morgen noch vor dem Frühstück einen Blick auf mein Auge zu werfen.«

»Ich denke, du bist im Hotel?«, war Rasmussens Antwort gewesen.

»Ja, das stimmt. Aber der Augenarzt arbeitet an seiner Promotion und ist am Wochenende immer früh in der Klinik.« Kurze Pause. »Er konnte mir nicht widerstehen.«

»Diese Reihe von Männern ist lang«, sagte Rasmussen. »Sieben Uhr vor der Klinik also?«

»Ja, das wäre schön. Ich kann den Verband dann sicher schon abnehmen. Um zehn Uhr haben wir mit dem Chor einen Auftritt.«

Rasmussen hatte den Fernseher ausgeschaltet und mit Marlene einen Spaziergang an der Schlei entlang bis rüber nach Weseby gemacht. Dort waren sie auf Freunde getroffen, die nach dem Kitesurfen am Strand saßen. Freunde der Freunde waren gekommen, mit zwei Flaschen Rotwein, einer Gitarre und einer Gelassenheit, um die Rasmussen die Runde hier beneidete.

Es hatte sich ein gutes Gespräch entwickelt, und Rasmussen hatte erfahren, dass die Kronwalds, so hießen die Freunde der

Freunde, dramatische Erfahrungen gemacht hatten. Deren Tochter nämlich war im Alter von sechzehn Jahren in Australien verloren gegangen. Der Vater war damals mit einem Nervenzusammenbruch ins Krankenhaus gekommen, hatte sich aber rasch wieder erholt. Beinahe sechs Wochen waren beunruhigende Vermutungen angestellt worden. Die Tochter habe Liebeskummer gehabt, außerdem waren da wohl erste Erfahrungen mit Drogen im Spiel. Die Polizei Down Under war ohne Spur gewesen. Die Eltern hatten sich an der Suche beteiligt, reisten ziel- und hilflos vier Wochen umher, befragten neue Freunde, Mitschüler, Nachbarn. Das Ehepaar hatte sich gestritten, war dann aber zusammengerückt, und am neununddreißigsten Tag nach dem Verschwinden war das Mädchen wieder aufgetaucht. Gesund am Leib, aber die Seele? Über die vorangegangenen achtunddreißig Tage schwieg sie trotz psychologischer Behandlung bis heute.

Den Kronwalds war das inzwischen nicht mehr wichtig. Beide erzählten übereinstimmend, dass die Ungewissheit sie zermürbt hätte. Nun wüssten sie zwar noch immer nicht, was geschehen war, aber sie hatten ihre Tochter zurück, die in der Zwischenzeit das Abitur geschafft hatte und in Kiel studierte. Rasmussen hatte den Eindruck gewonnen, dass es dieses Ereignis war, dass den Kronwalds bis heute Kraft gab.

Zum Abschied hatte Frau Kronwald gesagt: »Es ist gut ausgegangen, aber wir hätten es auch akzeptieren müssen, wäre es schlecht ausgegangen. Ich bin auf eine fröhliche Art demütig geworden.«

Auf dem Rückweg war es Marlene, die daran angeknüpft hatte. Demut. Sie berichtete ihm erneut von ihren guten Erfahrungen mit Menschen buddhistischen Glaubens. Rasmussen dagegen hielt sich lieber an die konkreten Schilderungen und handfesten Schlussfolgerungen von Frau Kronwald. Sollten die eigenen Gefühlswallungen auch noch so extrem sein, selbst davon konnte man profitieren, auch wenn sich die schlimmsten Befürchtungen bestätigten.

Vor seinem geistigen Auge traten die Angehörigen der Bermuda-Bucht-Vermissten an. Bisher war er stets in der Rolle des sachlichen Vermittlers gewesen. Aber vielleicht würde er von Frau Kronwald berichten, und vielleicht könnte nicht nur er sich ein bisschen was abschauen von deren Haltung. Mit diesem Gedanken war er ins Bett gestiegen und nur vier Stunden später vom Wecker aus einem Outback-Traum gerissen worden.

Die Kombination aus kalter Dusche und starkem Kaffee machte ihn munter, und um sechs Uhr zwanzig startete er den Volvo. Bis Eckernförde sah er nur zwei Autos. Am Lornsenplatz bog Rasmussen spontan ab. Wie oft hatte sich der Knoten in einem schwierigen Fall nach akribischer Arbeit, nach Ermittlungen wie aus dem Lehrbuch überraschend durch einen Zufall gelöst. Holtby lag ja einigermaßen auf dem Weg. Zu ungewöhnlichen Zeiten einen Blick zu riskieren, konnte nie schaden.

Auf Saskia Bergers Hof stand der Lieferwagen von Kai Kuhlmann, dem Schlosser aus Osterbyholz. Und Kuhlmann kniete vor der Tür zum Nebengebäude, in dem Hinrichsen den Hühnerstall entdeckt hatte. Rasmussen griff zum Smartphone, wählte Hinrichsens Nummer. Der meldete sich und klang verschlafen.

»Tut mir leid, dass ich so früh anrufe. Bin in Holtby. Ein Schlosser macht sich an der Tür zum Hühnerstall zu schaffen. Haben Sie das Schloss beim Knacken beschädigt?«

»Nö. Bin ja kein Anfänger. Kann aber sein, dass ich die Tür offen gelassen habe.«

»Danke und sorry wegen der frühen Störung.« Rasmussen legte auf und fuhr auf den Hof. Er parkte den Volvo neben dem Lieferwagen.

»Moin, der frühe Vogel, ne?«

Kuhlmann drehte kurz den Kopf. »Moin. Was machst du denn hier?«

»Die Fragen stellt die Polizei, Kai.«

»Das reimt sich ja.«

»Also?«

Kai Kuhlmann kam hoch, schaute zum Wohnhaus hinüber. »Du kennst doch die Berger. Macht immer eine Mörderwelle. Ist eine gute Kundin. Was soll ich machen? Tausch ich ihr schnell das Schloss.«

»Wann hat sie dich beauftragt?«

»Gestern, am frühen Abend.«

»Was ist da drin?«

»Hühner. Früher viele. Jetzt nur noch ein paar. Völlig überflüssig, diese Tür hier. Klaut doch keiner Legehennen. Büschen hysterisch, die Tante. Na ja. Was anderes. Machst du eigentlich mit dieses Jahr?«

»Wobei?«

»Gumm-Prix. Unsere Abschlussklasse will mit einem Riesengummiboot starten. Oder moderierst du wieder?«

Rasmussen pustete. »Du, das weiß ich jetzt noch nicht. Ist ja noch hin bis Juli. Vielleicht sind wir da im Urlaub.«

»Als ob Marlene zum Gumm-Prix Urlaub machen würde.«

Da hatte Rasmussens ehemaliger Mitschüler auch wieder recht. Bevor sie sich verabschiedeten, fragte er noch nach der Berger, Kuhlmann hatte sie heute Morgen noch nicht gesehen. Der Hauptkommissar machte einen Scherz über Hühner im Hochsicherheitstrakt, meinte das aber eigentlich gar nicht spaßig. Dass Saskia Berger den Stall so sorgfältig sichern ließ, kam ihm komisch vor. Die paar Viecher, Angst vor militanten Tierschützern brauchte sie eigentlich nicht zu haben. Er schob den Gedanken beiseite.

Die Nachrichten waren noch nicht rum, als er vor der Klinik hielt. Die Brix stand bereits auf dem Bürgersteig. Sie öffnete die Beifahrertür und stieg schwungvoll wie immer ein.

»Moin, Hans, freut mich, dass du so früh kommen konntest.«

»Steht dir gut, diese Sonnenbrille. Alles gut geklappt?«

»Ja, ich kann ohne Brille lesen. Fühlt sich an wie ein Adlerauge. Das andere Auge lasse ich auch machen. Ich bin begeistert, wirklich.«

»Und die OP?«

»Überhaupt nicht schlimm. Es tat nicht weh, und es ging schneller als erwartet.«

Rasmussen wendete und fuhr wieder zurück auf die B 76.

»Was ist das eigentlich? Dieses Konzert, von dem du erzählt hast?«

»Ach, der Hoss, der will nicht mich, sondern meine Kontakte zum Ordnungsamt. Jedenfalls singen wir gleich erstmals auf dem Markt und hoffen, dass wir ein bisschen Geld für die Angehörigen der Vermissten zusammenbekommen. Die Angehörigen, die finden in solchen Fällen viel zu wenig Beachtung. Ich hatte vor Jahren mal als Krankheitsvertretung in Hannover einen Fall zu verhandeln. Eine Frau war verschwunden, wurde ein halbes Jahr später tot aufgefunden. Den Entführer und Täter konnte man schnell ermitteln und überführen. Aber der Ehemann des Opfers, ein Lehrer, zwei Kinder, hat zu trinken angefangen, die Kinder vernachlässigt, sich selber vernachlässigt. Das Jugendamt hat ihm die Kinder weggenommen. Schließlich hat er sich vor einen Zug geworfen. Noch bevor ich das Urteil gesprochen hatte.«

Rasmussen konnte hören, dass der Brix die Sache naheging. Noch immer.

»Fiete hat übrigens gestern angerufen und nach dir gefragt. Ich habe gesagt, ich wüsste von nichts. Habe auf hektisch gemacht. Du musst das mit ihm klären. Er war echt besorgt.«

Die Brix nickte.

»Wo soll ich dich rauslassen?«

»Vor dem Ykærnehus, bitte. Ich muss mich noch einsingen.«

»Mit der Sonnenbrille siehst du fast aus wie Janis Joplin.«

Sofort begann die Brix zu singen: »Oh lord, won't you buy me a Mercedes Benz. My friends all drive Porsches, I must make amends.«

»Gar nicht schlecht, aber lass das lieber, dieses Gequäke versaut deinen schönen Sopran.«

»Mezzosopran«, korrigierte die Brix, angelte nach ihrer Tasche, küsste Rasmussen auf die Wange und stieg aus.

Die Ponyboys

Michael Meier schlug die Augen auf. Sein Handy-Wecker spielte »Slave to the Rhythm«. Er streckte sich und dachte kurz an Grace Jones. Es musste jetzt sechs Uhr morgens sein.

Saskia hatte ihn tatsächlich in den Keller geschickt mit der Order, diesen auf keinen Fall zu verlassen. Er hatte sich dann als Allererstes in seine Pferde-Montur geworfen und Pfötchen beziehungsweise Hufe gegeben. Saskia hatte ein abendliches Ponyplay angesetzt, das war ganz züchtig verlaufen. Sie hatte ihn in der

Manege geritten. Die Videowände hatten geflackert, während aus den Boxen ihr Lieblingssong dröhnte.

»Never stop the action, keep it up, keep it up.« Sie hatte die Gerte vielleicht härter eingesetzt als in ihren letzten Sitzungen. »Work to the rhythm.« Er musste erst einmal wieder ankommen. »Live to the rhythm, love to the rhythm, slave to the rhythm.« Vor allem musste seine Herrin sich mit dem Gedanken anfreunden, dass er sich ihrem Willen widersetzt hatte. Er war zurück, das war schon ein starkes Stück. Er würde ankommen, da war er sich sicher. Hier unten in seiner Ponybox fehlte ihm Saskia auch nicht, er war es ja nicht anders gewohnt.

Mit einem Ächzen schlug er die Decken zurück und wälzte sich von der Matratze. Er schlief nackt. Minutenlang stand er vor dem Spiegel. Er hatte Saskia darum gebeten, und Knut hatte den Spiegel an die Wand gebracht. Ihnen fehlte es hier unten an nichts. Nur dass er die erste Zeit eingeschlossen war.

Die ersten Wochen waren sowieso die härtesten gewesen. Sie hatten sich nicht zu erkennen gegeben, er wusste nicht, wer diese Frau war, die ihn zuritt, geschweige denn, dass er eine Ahnung hatte, wer dieser schwarze Maskenmann war. Anfangs hatten ihn auch dieses Latexkostüm und die Ponymaske genervt. Die Hufe waren noch das Geringste. Er fragte sich, während er sich über seinen flachen Bauch strich, ob er eigentlich irgendwann einmal in der letzten Zeit Angst gehabt hatte.

Anfangs hatte er sich gefragt, wie er überhaupt hierhergekommen war. Er erinnerte sich daran, dass er am Südstrand ins Wasser gegangen war. Dann: Filmriss. Saskia hatte ihm später erzählt, dass es Knut war, der ihn und die anderen geholt hatte. Mit einer Harpune hatte Knut die Männer bedroht, ihnen einen Tauchretter verpasst und sie dann unter Wasser in den Bunker gelotst. »Die kleine Erinnerungslücke«, hatte Saskia lachend berichtet, »dafür haben wir die weißen Pillen und Spritzen aus dem Krankenhaus.« Knut und Saskia mussten ihn wohl in einen narkotischen Zustand geschossen haben.

Als er hier unten aufschlug, war er verstört gewesen. Er saß hier fest, und dieses Theater war mehr als irritierend. Am Anfang fand er die ganze Situation krank. Aber wenn ihn etwas auszeichnete, dann war es die Fähigkeit, sich blitzschnell anzupassen. Es wunderte ihn selber, aber er hatte seine Rolle im Keller zunehmend genossen. Er nahm sie an und versuchte, das Beste daraus zu machen.

Hatte er nicht schon während seines Urlaubs Pläne geschmiedet, wie er der Situation zu Hause entfliehen konnte? Diese Zahnarztfrau aus Rodenkirchen war ihm fürchterlich auf die Nerven gegangen. Vor allem hatte sie damit gedroht, sich von ihrem Mann zu trennen. Das Fliesengeschäft war von Finanzkrise zu Finanzkrise schlapper geworden. Ansonsten waren da noch die Kumpel, aber die waren auch nur dann willfährig, wenn man kohlemäßig mithalten konnte. Der Klüngel klüngelt eben nur mit seinesgleichen. Zugegeben, die momentane Situation war sehr speziell, aber er konnte froh sein, dass er sein altes Leben hinter sich gelassen hatte. Er gab sich einen Klaps und ging unter die Dusche.

Michael Meier schmiss sich in den Latexanzug, den Knut immer getragen hatte. Von der Statur her passte ihm das Ding wie angegossen. Er wollte die Maske überziehen, fand das aber eklig, die würde er zunächst in der Küche spülen. Dann trat er in die Boxengasse, weiß lackierte Wände und Böden erstrahlten sofort taghell, die Bewegungsmelder taten ihre Arbeit.

Auf jeder Seite des Ganges gab es drei Zellen, die Türen hatten Luken wie im Gefängnis. An den Türen klebten Plexiglasschilder mit den Decknamen, die Saskia den Ponyboys gegeben hatte. Neben ihm hauste Danish Dynamite, gegenüber Rommel, Long John und Billy the Kid. Im Kontrollraum warf er einen Blick auf die Bildschirme in den Zellen, die Ponyboys lagen alle noch in ihren Betten. Er selbst hatte hier den Beinamen Manic Rambler getragen, doch wenigstens das war vorbei seit diesem einen Abend. Der Abend, der alles geändert hatte.

In der Küche schaltete er das Radio an. Wer stellte hier eigentlich immer NDR 1 Welle Nord ein? Er wechselte auf n-joy. Während der Kaffee lief, schaute er in eine der Kühltruhen. Es waren noch Aufbackbrötchen und Toast da. Er entschied sich für Toast, und aus dem Kühlschrank holte er Eier und Speck. Englisches Frühstück für die Herde in Saskias Dressurstall. Schnell spülte er noch die Maske, dann lieferte er das Frühstück durch die Luken aus. Der Maskenmann erntete Komplimente wie: »Ach, Alter, du bist auch mal wieder am Start.« Und: »Das wurde auch Zeit. Man merkt es gleich am Fraß, dass du wieder da bist.«

Michael Meier sah nach der Essensausgabe zu, dass er sich aus dieser Gummipelle schälte. Saskia hatte ihm eingebläut, sich den anderen Ponyboys nur in Knuts Montur zu zeigen. Die waren nun alle wieder weggeschlossen. Er konnte sich entspannen.

Falsche Töne

Es war Markttag. Die Sonne schien. Mit der Stadt und den Marktbeschickern war der Chor schnell einig geworden. Nun standen sie am Fuß der Treppe neben dem Ratskeller. Chorleiter Hoss kontrollierte die Anwesenheit, die Sängerinnen und Sänger raschelten mit ihren Liedblättern. Gegenseitig begutachteten sie ihr neues Outfit. Gundis Schwiegersohn hatte einen kleinen Laden eröffnet, in dem er T-Shirts, Trikots und Kapuzenpullis bedruckte. Der Chor hatte nun blaue Hoodies angeschafft. Auf dem Rücken eine Windrose, bei der das »N« für Norden durch einen Notenschlüssel ersetzt worden war.

»Durch den Rücken in die Brust«, hatte die Brix spontan gemurmelt, als Gundi, zweiter Mezzosopran, ihr ein Exemplar überreichte, und gefragt, wer sich diesen Quatsch ausgedacht hatte. Damit hatte sie in ein Wespennest gestochen. Wöchentlich hatte die chorinterne Arbeitsgruppe getagt und nach drei Monaten stolz dieses neue Logo präsentiert. Die Brix hatte eine Entschuldigung aufgesagt, sah sich aber wieder mal darin bestätigt, dass zwischen gut gemeint und gut gemacht Welten liegen konnten. Den blauen Hoodie versuchte sie mit Anstand zu tragen. Ihr weißes Hütchen gab der Kombination etwas Maritimes.

Eine Mischung aus Nervosität und Vorfreude rötete nun manches Gesicht. Nicht genug damit, dass der Chor alle zwei Wochen das »Singen gegen Vergessen« in der St.-Nicolai-Kirche bestritt. »Wir müssen noch mehr Menschen erreichen, nicht jeder geht in die Kirche. Wir müssen die Menschen in ihrem Alltag abholen.« Heiner Hoss hatte seine Chormitglieder nicht lange überzeugen müssen.

Seit dem Verschwinden der vier Männer im letzten Jahr bewegten sie sich in diesem Dickicht aus Empörung und Angst, aus Gleichgültigkeit und Neugier. Der Riss ging quer durch Eckernförder Familien, und er ging auch quer durch den Chor. Als vor wenigen Wochen dieser Kölner spurlos am Südstrand verschwand, fing die Volksseele wieder an, richtig zu kochen. »Ersäufen sollte man das Schwein!«, war eine Forderung, die die Brix seit ihrer Rückkehr öfter als einmal gehört hatte. Warum gingen die Menschen bei solchen Fällen eigentlich immer davon aus, dass ein Mann dahintersteckte?

Jedenfalls brodelte die Gerüchteküche. Beim Einkaufen, am Telefon. Frauen und Männer, Alt und Jung, alle mischten sie mit. Einige erschraken vor sich selbst, andere redeten sich in Rage. Spekulationen waren ins Kraut geschossen, und nicht von ungefähr hatte sich für die Ereignisse und den Ort ein und derselbe Begriff eingebürgert. Bermuda-Bucht. Dieser Begriff fiel in Eckernförde, in Schleswig-Holstein und in der Tagesschau.

Der Chor sang heute ausschließlich für die Angehörigen. Die Polizei hatte versucht, die Identität der Vermissten und ihrer Familien zu verschleiern, die Angehörigen selbst hatten die Initiative ergriffen. Sie wollten sich nicht länger von Boulevardjournalisten vorführen lassen. Da war ihnen das Angebot von Hoss zupassgekommen. Der Chor versprach, Geld für die Initiative zu sammeln. Geld, das den Familien zufließen sollte, die durch das Verschwinden ihrer Ehemänner und Väter in finanzielle Schwierigkeiten geraten waren. Eine kleine Chorreise war geplant, das Fernsehen hatte Wind davon bekommen. Aber zunächst würden sie auf dem Eckernförder Rathausmarkt aus voller Brust singen.

Nach zwei Liedern blieben immer mehr Menschen stehen und applaudierten. Hoss griff zum Mikrofon und erklärte die Aktion. Der Sprecher der Marktbeschicker kam dazu und forderte die Kunden auf, an Markttagen zugunsten der Angehörigen auf den nächsten vollen Eurobetrag aufzurunden, die Marktbeschicker ihrerseits würden auf den nächsten Hunderter aufrunden. Mehr Applaus. Zwei weitere Lieder. Die Presse fotografierte.

Gundi, die neben der Brix stand, zeigte ihr auf dem Smartphone Fotos vom Aufritt, die vor zwei Minuten jemand in die

Eckernförde-Gruppe bei Facebook eingestellt hatte. Der Brix war das nicht geheuer, allerdings konnte sie sich nicht dem Gefühl von Gemeinschaft und Solidarität entziehen, das hier wuchs. Vielleicht war es, wie sie es oft erlebt hatte. Ein Funke reichte, um Menschen in krisenhaften Situationen zusammenzuschweißen.

Zur Hälfte des Programms standen die Menschen dicht gedrängt vor der Treppe und in den Gängen zwischen den Marktständen. Die Brix fühlte sich beschwingt und jung. Eine Stimmung, wie sie sie beim Fehmarn-Open-Air 1970 erlebt hatte. Dass während des Konzertes weiter eingekauft wurde, störte überhaupt nicht. Kunden und Händler wippten im Takt, da war auch eine kleine Tanzeinlage zwischen Blumen Börnsen und dem Fischwagen drin. Links unterhalb der Treppe, schon fast am Durchgang zur St.-Nicolai-Kirche, entdeckte die Brix Polizeiobermeister Schrader. Er wippte nicht. Er lächelte, und die Brix war sicher, dass es in seinen Augen feucht glänzte.

Dann hob Hoss beide Hände, um den Einsatz für das letzte Lied zu geben. »Junge, komm bald wieder«. Trotz einiger Unmutsbekundungen aus den Reihen der Sängerinnen und Sänger hatte sich Hoss letztlich durchgesetzt. »Wenn wir die Zuhörer emotional erreichen, öffnen sie ihre Geldbörsen. Sie werden spendabler sein. Da heiligt der Zweck die Mittel«, so hatte er für den Freddy-Quinn-Song geworben.

Aus dem Augenwinkel beobachtete die Brix, wie Saskia Berger, die eigens für diesen Auftritt ein Chor-Comeback mit Heiner Hoss ausgehandelt hatte, den Reißverschluss ihrer Kapuzenjacke herunterzog. Sie ließ das neue Kleidungsstück des Chores auf den Boden gleiten, streckte die Brust raus, und jeder konnte in blauer Schrift auf rotem Grund »Knuts Strandbude« lesen. Dann sang sie unter Tränen: »Ich mach mir Sorgen, Sorgen um dich. Denk auch an morgen, denk auch an mich.« Mutter Berger schaute zu ihrer Tochter hinüber und schüttelte fast unmerklich den Kopf.

Eine Zugabe war nicht eingeplant. Das Publikum wurde richtig laut, aber die Sängerinnen und Sänger traten ab in den Ratskeller. Heiner Hoss stellte sich hinter den kleinen Stand, den die Marktbeschicker direkt vor der Treppe aufgebaut hatten, und beantwortete die Fragen der Menschen. Auf den Tresen hatte

Gundi einen Schilfkorb gestellt und einen gefalteten Karton mit der Aufschrift »BERMUDA-BUCHT – Spenden für die Angehörigen«. Heiner Hoss wurde von einer freien Mitarbeiterin der Eckernförder Nachrichten interviewt. Rasch füllte sich der Korb mit Münzen.

Schließlich trat Saskia Berger an den Tresen. Sie hustete, schaute sich um, nestelte umständlich an ihrer Handtasche, hustete erneut, entnahm ihrem Portemonnaie einen Geldschein und legte ihn nach ausholender Bewegung in den Schilfkorb. Niemandem der Umstehenden war entgangen, dass der Schein grün gewesen war. Der Chorleiter rümpfte die Nase. Die Journalistin kam um den Tresen herum.

Die Brix stand noch bei Gundi und registrierte das Verhalten der Witwe aufmerksam. Falsche Töne hatte sie noch nie gemocht.

Weißes Rauschen

Da waren sie wieder. Die Lüftungsgeräusche hier unten im Keller erzeugten eine Dampferatmosphäre. Michael Meier lag auf seiner Pritsche und fühlte sich wie unter Deck. Er war wieder in seiner Kabine angekommen, in der er wochenlang auf Lustfahrt gewesen war.

Es war Sonntagmorgen, und den Frühstücksdienst hatte er längst abgerissen. Saskia hatte ihn im Unklaren gelassen, wen sie heute zur Messe rufen würde. Er tippte auf Billy the Kid, aber man konnte es nie genau wissen. Ohne ihn selbst ging jedenfalls nichts mehr. Entweder brauchte Saskia ihn als Pony, oder er machte den Aufpasser. Allein das war schon ein Fortschritt.

Das hatte er schon in Köln immer gemocht. Sonntags im Bett liegen und die Woche an sich vorbeiziehen lassen. Und die ganzen verpassten Möglichkeiten. Die Gesichter der letzten Woche tauchten vor seinem geistigen Auge auf. Unter ihnen waren auch Frauen, und es wäre völlig untertrieben zu behaupten, er hätte immer nur an deren volle Lippen oder feurige Augen gedacht. Die Damen tanzten in seiner Phantasie in voller Schönheit vor ihm herum, sie bauten sich vor ihm auf und reizten ihn. Gerade war die Mittfünfzigerin aus dem Zug dran. »Runter mit dem Fummel!« Hatte er nun mit sich selbst gesprochen? Jedenfalls hatte er die linke Hand in die Jogginghose geschoben.

Die blieb da auch liegen, denn er schweifte ab. Mittlerweile hatte er die Augen wieder geöffnet und starrte minutenlang an die Decke. Wie oft war ihm das in der letzten Zeit passiert? Er klinkte sich aus den Filmen aus, die gerade vor seinen Augen abliefen. Er stellte die Selbstgespräche ab. Dieses stundenlange Geschwätz, auf das er sich früher so gut verstanden hatte. Und momentan nur weißes Rauschen auf allen Kanälen.

Meier stand auf und hockte sich auf die Klobrille in der Nasszelle, die zu seiner Box gehörte. Die Jogginghose hing an seinen Knöcheln. Wenn Saskia nun in seine Box käme? Die Tür stand ja die ganze Zeit offen. Er könnte jeden Moment gehen. Aber er hatte in Köln festgestellt, dass er auf normale Beziehungen einfach keine Lust mehr hatte. Er war durch die Südstadt spaziert. Er war Frauen hinterhergelaufen und hatte sie bis vor ihre Haustür verfolgt. Er hatte konzentriert auf ihre Pobacken gestarrt. Das hätte ihn früher bis an den Rand des Wahnsinns getrieben. Ihn beschlich von Tag zu Tag mehr das Gefühl, dass er zu Sex, geschweige denn Liebe nicht mehr fähig war. Saskia hatte ihm eine Tür nach draußen geöffnet, sie hatte ihn sogar weggeschickt. Es war eine Tür ins Aus, ins Nichts gewesen. Er fühlte sich da draußen impotent. Er begehrte nur Saskia.

Wie war das an dem Abend in dem französischen Lokal in der Alteburger Straße gewesen? Er hatte allein auf der langen roten Sitzbank aus Leder gesessen. Zwei Frauen hatten direkt neben ihm Platz genommen. Die Blonde lud die Mäntel auf der Bank ab. Michael Meier hatte gegessen und getrunken und sich auf den Raum konzentriert, in der großen Frontscheibe spiegelte sich das Nachtleben der Südstadt. Da bemerkte er, wie sich unter dem Mantel neben ihm eine Hand entgegenstreckte. Früher hätte er die Einladung angenommen. Das war sein altes Leben gewesen. Er wollte es nicht darauf ankommen lassen.

Hose hoch. Michael Meier spülte und stellte sich vor den Spiegel. Er war gerade dabei, sich von seinem alten Selbst zu verabschieden. Er wollte seine neue Männlichkeit voll und ganz in das Leben hier einbringen. Es war Saskias Experiment. Nie hätte er vorher auch nur einen Gedanken daran verschwendet, als Pony gehalten zu werden. Wie auch? Er hatte diese ganzen Sex- und Swingerclubs gemieden. Er hatte das seine Stecherehre genannt. Nie für Geld und Extravaganzen, nur wenn sich die Partnerin hatte überzeugen lassen. Zu seinem Erstaunen hatte er nach seiner Entführung erlebt, wie fürchterliche Schläge und die grausamsten Demütigungen so etwas wie Liebe in ihm losgetreten hatten. Es glühte in ihm, er hatte einen Schmacht nach mehr und konnte es gar nicht erwarten, wieder in sein Kostüm zu schlüpfen.

Er erinnerte sich noch genau an den Tag, den Saskia die Ponyweihe genannt hatte. Sie stand auf ihrem Podest in der Manege und hielt einen Pferdeschweif an einem großen schwarzen Gummiteil in die Höhe. Sie wedelte mit dem Schweif hin und her. Sie müsse ihm gleich wehtun, so wie sie ihm bisher noch nie wehgetan hätte, aber es müsse sein. Denn erst nach der Weihe sei er in ihre Herde aufgenommen. Dann tauchte sie dieses dildoartige Gebilde am Ende des Schweifs in einen Topf. Er musste rückwärts Aufstellung vor ihrem Podest nehmen. »Mach schon«, hatte er noch gerufen. Mit aller Wucht rammte sie den Buttplug in seinen Anus.

Die Schmerzen hatten erst Tage später nachgelassen. Aber dieses unheimliche Brennen in ihm, das blieb. Es konnte sonst wo sitzen, wanderte in die Kehle und setzte sich schließlich für Stunden in seinem Kopf fest.

Er unterwarf sich seiner Herrin, und als Zeichen der Unterwerfung trug er seinen Schweif, wenn ihn Saskia über die Sprechanlage in die Manege rief. Für den Fetisch hatte ihm der Maskenmann einen Haken mittig über seinem Bett angebracht. Mit einem Kopfnicken hatte ihm der Mann nach der Weihe zu verstehen gegeben, dass er den Schweif dort aufzubewahren habe. Er gehorchte. Zu Anfang hatte er einmal gewagt, gegen den Maskenmann aufzumucken. Sofort hatte die Herrin ihm das Training überlassen. Grün und blau war er hinterher gewesen.

Das weiße Rauschen kam wieder. Fast wäre er eingenickt. Meier drehte seinen Ring- und Zeigefinger in die Haare des Schweifs über seinem Bett. Es waren Echthaare, das hatte er gleich gespürt. Er flötete die ersten Takte von »Master and Servant«.

Depeche Mode hießen die. »Get me down on my knees. We call it master and servant.« Diese beiden Zeilen waren ihm in Erinnerung geblieben.

Sektfrühstück und Rock 'n' Roll

»Komm, lass uns frühstücken gehen.«

Das hatte Rasmussen kurz nach dem Aufwachen Marlene ins Ohr geraunt. Ihn plagte Kaffeedurst. Seine Freundin hatte Tein und Koffein während ihres Osterurlaubs abgeschworen. Sie hatte auf Mauritius ihren Esoterik-Spleen vertieft. Die Folgen bekam er gerade zu spüren.

Morgens trank sie genüsslich eine Tasse heißes Wasser, angereichert mit zwei Scheiben frischem Ingwer, und dozierte wiederholt über ihre Kurerlebnisse. Sie hätte ja nur die Light-Variante der Ayurveda-Kur gewählt, wusste dann aber doch einiges vom therapeutischen Abführen, therapeutischen Erbrechen, Einläufen und Verabreichung von Heilsubstanzen in die Nase zu erzählen. »Hans, das musst du unbedingt probieren«, hatte sie ihn immer wieder angestrahlt, ohne zu sagen, was genau er probieren sollte.

Vor ein paar Wochen hatte er sich zu einer Tasse heißem Wasser hinreißen lassen, und das, ohne irgendwelche mokanten Bemerkungen zu machen. Seitdem hatte er sich in ihrem Beisein die eine oder andere Tasse gegönnt. Selbst im Büro war er dazu übergegangen. Allerdings hatte er darauf geachtet, sich nicht vom Team dabei erwischen zu lassen. Das wäre ein Vorfall, an dem Hinrichsen besonderen Spaß hätte.

Heute Morgen wollte er einen doppelten Espresso, und den bekam er nun in der Strandküche.

Marlene schaute auf das Meer und nippte an ihrer Tasse. Heißes Wasser.

»Hans, die wollen den Gumm-Prix abblasen«, flüsterte sie ihm zu. »Der Bürgermeister hat letzte Woche angerufen. Bei der Stimmung in der Stadt, da überlege der Rat, alle Wassersportveranstaltungen der nächsten Zeit abzusagen.«

Rasmussen sagte gar nichts. Er schlürfte seinen Espresso aus und bedeutete der Kellnerin, dass er noch einen Kaffee bekäme.

Es dauerte nicht lange, da kam sie mit dem Sektfrühstück für Marlene und seinem Gedeck.

Er hatte Fisch in Eisen bestellt. Und was hatte die coole Sau von Bedienung geantwortet: »Mediterran oder feinheimisch?« Er hatte die Sardinen in Öl genommen, Sprotten mochte er nicht so gern. Sie stellte den Teller vor ihm ab: eine Dose Fisch, dazu eine Scheibe Schwarzbrot und noch einen doppelten Espresso. Bevor Rasmussen anfing zu essen, nahm er einen großen Schluck Wasser. Kalt und mit Kohlensäure.

»Was meinst du, kann ich da tun?«, sagte Rasmussen und kaute auf einem Bissen Sardine auf Schwarzbrot.

»Hans, nimmst du das frugale Mahl eigentlich ein, um mich zu ärgern?« Marlene schaute verkniffen. »Das machst du doch sonst nur, wenn du mit Eike und Amos unterwegs bist.«

»Ich wollte dir nur mal demonstrieren, wie unser Frühstück in Newcastle aussehen wird.« Rasmussen amüsierte sich.

Er packte seine Sommerlederjacke mit beiden Händen am Revers. »Willst du es ehrlich wissen?« Er streckte die Beine unter dem Tisch aus. Am liebsten hätte er seine Stiefel auf den Tisch gepackt. Es folgte eine Kunstpause. »Ich hatte tierischen Bock auf so ein Rock-'n'-Roll-Frühstück.«

»Tu mir einen Gefallen und iss das Zeug möglichst schnell auf und stell dann deinen Teller ganz weit weg.«

»Und was kann ich sonst noch für dich tun? Wie kann ich den Gumm-Prix retten?« Ihm tat das leid. Marlene war es, die diesen Event ins Leben gerufen hatte. »Im wievielten Jahr veranstaltet ihr das schon?«

»Das achte Mal, glaube ich. Zum Fünfjährigen hatten wir doch Wencke Myhre als Stargast. Weißt du noch? Dieser Spuk in der Bermuda-Bucht und das ganze Gewese drumherum muss endlich aufhören. Das muss raus aus unseren Köpfen«, sagte sie und nickte. »Und noch mal: Ja, du kannst mir einen riesigen Gefallen tun und Eckernförde auch. Klär diesen Fall.«

»Nichts täte ich lieber.« Rasmussen steckte sich drei Sardinen auf einmal in den Mund und biss ein großes Stück von dem Schwarzbot ab. Er stand auf und brachte den Teller zum Tresen.

Dabei zahlte er auch gleich. Mit einem kleinen Espresso kam er zurück an den Tisch.

»Und nun, meine Liebe?«

»Och, ich hatte mir überlegt, wir machen noch einen kleinen Ausflug nach Aschau?« Das war das Stichwort. Die Pärchen an den Nebentischen drehten sich ruckartig nach Marlene um und fingen an zu tuscheln.

»Tut mir leid, Swinger-Queen, ich habe meinen Turnbeutel vergessen«, dröhnte Rasmussen über die Terrasse und kippte den Espresso in einem Zug hinunter.

Marlene stand auf und flüsterte ihm ins Ohr: »Wir müssen wieder mehr an unserem Ruf arbeiten, mein kleiner Rock 'n' Roller.«

Er war sich nicht sicher, ob Marlene beim Abgang von der Terrasse ordentlich mit dem Hintern gewackelt hatte. Ihm war fast so. Sie juckelten dann mit dem Volvo nach Friedrichsort und nahmen den Dampfer nach Laboe. Das hatte sich ja schon vergangenen Sonntag als Ziel für kleine Fluchten bewährt.

Hau wech

Rasmussen hatte einen Kuhfuß zur Hand genommen. Er schwitzte. Nicht, weil er sich über die Maße bewegt hatte, nicht, weil es besonders warm gewesen wäre; er schwitzte, weil er heiß war.

Am Freitag hatten sie begonnen, Knuts »Strandbude« geradezu chirurgisch auseinanderzunehmen, sie hatten jede elende Seite der Quittungsblocks angeschaut, Besteckschubladen aus- und eingeräumt, in Mehltüten herumgestochert und nichts gefunden, was Rückschlüsse auf Knuts Beteiligung an einem Kapitalverbrechen zugelassen hätte. Nicht mal einen Strafzettel wegen falschen Parkens konnten sie entdecken. Am Wochenende hatten sie die Baustelle ruhen lassen, aber jetzt waren sie wieder vor Ort.

»Geh mal weg da«, fuhr Rasmussen einen Kollegen der Kriminaltechnik an, der an die Theke gelehnt durch einen Stapel

Speisekarten blätterte. Er klopfte mit dem Kuhfuß auf den Bodendielen herum. »Alles hohl hier. Da gucken wir mal nach.«

Er setzte das Werkzeug an einem leicht hervorstehenden Nagel an, hebelte diesen und seinen Nachbarn aus der Diele, schob die andere Seite des Kuhfußes in den Spalt zwischen zwei Dielen, hebelte erneut. Es quietschte, staubte, und dann konnte er die erste Diele mit beiden Händen nach oben aus den Balken ziehen. Zwischen den Balken war der Fußboden mit Steinwolle gedämmt. »Das muss alles raus hier.« Er reichte den Kuhfuß an den KTUler weiter, der nicht begeistert wirkte.

»In der Küche sind Fliesen verlegt.«

»Raus, alles raus.« Damit drehte Rasmussen dem Geschehen in Knuts »Strandbude« den Rücken und ging rasch über die Außenterrasse hinunter zum Wassersaum.

Eine frische Brise war das, was er jetzt brauchte. Einen kühlen, zumindest einen kühleren Kopf. Er setzte sich dahin, wo das Wasser auflief und ablief, da, wo sich der Sand verdichtete und die nackten Füße der Strandläufer den Untergrund durchwalkten. Wenn es einen Ort gab, der für Unbeschwertheit stand, dann diesen.

Etwas ihn ihm, wohl sein Instinkt, signalisierte, dass er bald Beute machen könnte. Bisher war die Jagd keine Jagd gewesen, nur ein Lauern. Das konnte sich jeden Moment ändern. Rasmussen zog sein Smartphone hervor, klickte die Teamcloud an, schaute auf Termine, Dokumente, Fotos. Dann klingelte es.

»Hinrichsen hier, moin. Die Kiffer wären jetzt da.«

»Ihr macht das schon.« Rasmussen beendete das Gespräch.

Ihm gingen diese Typen mit ihrem Geschwafel von einer besseren Welt tierisch auf die Nerven. Tatsächlich waren sie nicht besser oder schlechter als der Schnitt der Bevölkerung. Die Umverteilung von Lebensmitteln befriedigte sie, gab ihnen ein besseres Gefühl, half ihnen, Frauen aus der Szene für sich zu gewinnen. »Schwätzer«, sagte Rasmussen laut. Er stand auf und klopfte sich den Sand von der Hose.

Wieder an der »Strandbude« angekommen, erwarteten ihn die Kollegen der KTU und machten zufriedene Mienen, als sie ihm eine Festplatte in einer Plastiktüte überreichten. Die »Strandbude« sah nicht gut aus. Er war wohl doch länger weg gewesen. Verwüstung war noch geprahlt. Das würde der Steuerzahler alles wieder richten lassen müssen.

»Gute Arbeit, Kollegen, nicht nachlassen. Vielleicht ist das nur der Anfang.« Er grüßte und trollte sich.

Zuckerbrot und Peitsche

»Moin, die Herren!« Hinrichsen thronte hinter seinem Schreibtisch. »Wie wäre es denn, wenn wir alle mal den Hut abnehmen.« Er fingerte seine Prinz-Heinrich-Mütze vom Kopf und ließ das Ding quer durch den Raum segeln. »Plopp« machte es, und seine Mütze hing über dem Garderobenständer neben der Eingangstür. Er grinste. »Das müssen Sie nicht nachmachen, abnehmen reicht.«

Sandro Hagemeister nahm seine Chicago-Bulls-Kappe ab. Pelle Erben nestelte an dem Teil herum, das Hinrichsen bei seinen Zwillingen immer Zwergenmütze nannte. Der Besuch schaute den Hauptkommissar erwartungsvoll an. Der schaute einfach zurück.

»Cappuccino?«

Die beiden nickten.

Hinrichsen ging rüber zur Kaffeemaschine. Erben und Hagemeister schwiegen.

»Also, meine Herren«, Hinrichsen servierte den Kaffee, »ich glaube, wir haben einiges zu besprechen.« Er legte sein Smartphone auf den Schreibtisch. »Ich schneide mit.«

Er stützte sich auf beide Ellbogen und beugte sich weit vor. »Hatte Herr Schock nicht verlauten lassen, dass Sie in Begleitung Ihres Vaters kommen wollten, Herr Erben?«

»Richtig, aber mein Vater hatte nun doch einen wichtigen Mandantentermin«, sagte Erben.

»Einen wichtigen Termin, ah ja.« Hinrichsen fuhr sich mit der rechten Hand über den rasierten Schädel. »Sie haben Ihren Herrn Vater wohl nicht eingeweiht, was hier anliegt?«

»Schon«, schaltete sich Hagemeister ein. »Wir sind am Wochenende bei Pelles Vater in Glückstadt gewesen und haben ihm den Fall geschildert, in allen Einzelheiten.«

»Wenn Sie das wirklich getan haben, dann wundert es mich, dass er Sie hier so nackt im Wind stehen lässt.« Hinrichsen schaute die beiden fast mitleidig an. »Ich will Ihnen mal was sagen. Wenn es nach mir ginge, dann hätten wir Sie schon hinter Gitter gebracht. Sie hatten allen Grund, Knut Berger zu zersägen und im Container zu versenken. Was ich nicht ganz verstehe: dass Sie Berger wieder aus dem Container fischen und dann die Polizei rufen. Aber das werden Sie mir ja sicherlich klein-klein erklären, oder?« Hinrichsen hatte seine Stimme langsam, aber sicher hochgefahren.

»Herr Hinrichsen, wir haben Ihnen bereits in Bornstein berichtet, dass es leichte Unstimmigkeiten mit Herrn Berger gegeben hat.« Erben versuchte, mit lauter Stimme dagegenzuhalten. »Wir haben die Karten auf den Tisch gelegt.«

»Haben Sie nicht! Mit keinem Ton. Das ist eine Falschaussage.« Hinrichsen platzte und schlug mit der Faust auf den Schreibtisch. Der Aktenberg geriet bedenklich ins Wanken.

Nun schnappte sich der Hauptkommissar eine Klarsichthülle und wedelte mit dem Ding in der Luft herum. »Was ist das hier, meine Herren? Eine schriftliche Vereinbarung, von Ihnen aufgesetzt und unterschrieben. Aber Knut Berger hatte offensichtlich keine Lust, den Wisch gegenzuzeichnen. Seine Unterschrift fehlt hier. Oder hatte er einfach nur keine Zeit mehr? Weil Sie ihn vorher gelyncht und gemeuchelt haben?«

Hinrichsen holte tief Luft. »Wissen Sie was? Ich habe auch zwei solche Lümmel in eurem Alter. Und eure Selbstverliebtheit, die geht mir fürchterlich auf den Sack. Ihr seid dem guten Mann auf den Geist gegangen, habt ihm sein Geschäft kaputtgemacht und wolltet dann auch noch Schutzgeld erpressen? Normale Leute wie wir, also die, die das Geld bringen, die haben sich zum Schluss doch gar nicht mehr da hingetraut. Die ›Strandbude‹ war als Opiumhöhle verschrien.«

»Haben Sie es auch ein bisschen kleiner? Beruhigen Sie sich mal«, wandte sich Hagemeister an Hinrichsen. Das hätte er besser gelassen.

»Herr Hagemeister, Sie verkennen die Lage«, japste Hinrichsen. Sein Kopf war mittlerweile puterrot. »Wenn ich Ihre Punkerfrisur sehe, dann läuft mir die Galle über. Damals in den späten

Achtzigern haben Typen wie Sie unsere schöne Dorfkultur kaputtgemacht. Was haben wir bis dahin für schöne Scheunenfeten gefeiert? ›The Winner Takes It All‹ von Abba und ›Griechischer Wein‹ von Udo Jürgens und Vickys ›Theo, wir fahren nach Lodz‹. Dann kamen immer mehr Rotzlöffel wie Sie auf unsere Feste, und dann hörte es auf. Kein Tanzen mit Anfassen mehr, keine Trinkspiele, und die Feuerwehr spielte auch keine Blasmusik mehr.«

»Die spielen jetzt wieder. In Wacken«, warf Pelle Erben ein und grinste.

»Habe ich Sie gefragt, Sie kleiner Kifferkrümel?« Hinrichsen war sehr laut, merkte aber wohl, dass er auf dem Holzweg war, und versuchte, sich zu sammeln. »Blasmusik … äh, Schutzgeld, meine ich. Darüber müssen wir reden.« Er lehnte sich im Sessel zurück und fixierte die Jungs.

Es war Erben, der zu einer längeren Erklärung ansetzte, die nach einem vorformulierten Bulletin klang. Es habe wohl plötzliche Stimmungsschwankungen im Umfeld der »Strandbude« um die Osterzeit gegeben. Berger habe ihnen Hausverbot erteilt, sie hätten das überhaupt nicht eingesehen. Die Aggression sei eindeutig von Knut Berger ausgegangen, sie hätten sich wie immer verhalten. Erben tippte sich an die Schläfe und verwies auf eine Narbe, die mit drei Stichen hätte genäht werden müssen. »Das war Knut.« Und dann seien sie zu ihrem Freund und Ratgeber Erwin Schock gegangen. Und der habe ihnen zu dem Schreiben geraten.

»Moment mal, Sie unterschlagen mir was. Sie müssen irgendetwas gegen Berger in der Hand gehabt haben. Dieser Bär von Mann hätte sich doch sonst nie von zwei solchen Milchbubis erpressen lassen.«

Die Schreiner verwiesen auf tägliche körperliche Arbeit und jahrelanges Kampfsporttraining, Hinrichsen hielt mit Bergers Kampfschwimmerausbildung dagegen. »Noch mal, was wussten Sie über Berger, was keiner sonst wissen sollte?«, fragte er.

»Wir wollten uns nur so eine Behandlung nicht gefallen lassen«, sagte Hagemeister.

»Leute, so kommen wir nicht weiter.« Hinrichsen legte die Stirn in Falten. »Ich bin gleich wieder zurück.«

Hinrichsen kam mit Calloe zurück, die er bei POM Schrader losgeeist hatte.

»Ach, da sind ja unsere Kandidaten.« Calloe reichte den beiden die Hand. »Sie können gleich stehen bleiben. Ich will nicht lange herumreden. Ich präsentiere Ihnen mal meine Version des Falles. Knut Berger ist mit der ›Strandbude‹ jahrelang seinem Hobby nachgegangen, am Südstrand schien die Sonne, und es herrschte Friede, Freude, Haschkuchen. Finanziert von Saskia Berger. Das zumindest geht aus den Geschäftsunterlagen hervor. Jetzt hatte Berger wohl Druck von seiner Frau bekommen. Er sollte endlich dafür sorgen, dass der Laden wirtschaftlich lief. Das führte in der Tat zu Spannungen. Schmarotzer wie Sie konnte sich Berger nicht mehr leisten. Sie holen Schock, diesen gefallenen Sozialarbeiter, in Ihr Team. Den haben wir sowieso schon länger auf dem Kieker, von seiner Werkstatt kann der nicht leben. Vielleicht vermittelt Schock afrikanische Frauen aufs platte Land? Bauern suchen Frauen. Oder Handel mit Drogen? Auch eine gute Idee oder bauen Sie selber an? Zurück zu Knut Berger. Sie geraten mehr als einmal in Streit, einer von Ihnen erschlägt den Mann hinterrücks, dann stellt sich die Entsorgungsfrage. Sie stehen unter Verdacht. Und nun gestatten Sie auch mir die Frage: Was hatten Sie gegen Berger in der Hand?«

Hagemeister und Erben standen stumm vor Calloe.

»Haben Sie Berger etwa am Bunker auf dem Marinegelände beobachtet?«

Sie zuckten mit den Schultern.

»Warum schützen Sie den Mann, er ist tot.«

Erben grinste, Hagemeister stierte vor sich hin. Vater Erben hatte die Jungs offensichtlich gut gebrieft. Sie spielten auf Zeit und setzten darauf, dass die Ermittler keine Beweise gegen sie hatten. Das waren offensichtlich alles nur Vermutungen, und eine mutmaßliche Schutzgelderpressung langte noch nicht für eine Festsetzung. Sie schwiegen. Beharrlich.

Hinrichsen hatte beide Hände in den Parkataschen. Calloe ließ sich nichts anmerken und blickte weiterhin streng. Sie trat ganz dicht vor die Jungs, die versuchten, zurückzuweichen, und sich damit automatisch wieder hinsetzten.

»Wir kriegen Sie dran, meine Herren.« Calloe zischte diesen Satz und drehte sich auf dem Absatz um.

»Können wir jetzt gehen?«, fragte Hagemeister.

Auch Hinrichsen hatte sich wieder hingesetzt und strich auf seinem Smartphone herum. »›Wir lieben den Südstrand‹. Das ist der Name einer Facebook-Gruppe.« Er haute wieder auf den Schreibtisch. »Stoppen Sie das. Das ist mehr als ein guter Rat. Ich weiß, Ihre verpeilten Freunde wollen Ihnen gegen den Bullenstaat helfen. Das reitet euch alle aber nur noch weiter in die Scheiße, capito!«

»Können wir jetzt gehen?«, fragte Hagemeister erneut. Er wirkte schwer genervt, versuchte sich aber zusammenzunehmen. Erben lächelte sein Kifferlächeln.

»Ich bitte darum, Herr Hagemeister. Und nehmen Sie dieses dauergrinsende Anwaltssöhnchen mit. Darf ich fragen, was Ihr Herr Vater so treibt?«

»Gas-Wasser-Scheiße.«

Knuts Lebensversicherung

»Sind die Schwätzer noch bei Hinrichsen in der Mangel?«, fragte Rasmussen laut.

Ein Kollege in Uniform, der ihm auf dem Gang entgegenkam, zuckte mit den Schultern.

»Auch egal«, murmelte Rasmussen und ging auf direktem Weg in sein Büro.

Die Festplatte hatte eine Speicherkapazität von vier Terrabyte. Da passte schon gut was drauf. Rasmussen zog Handschuhe an, schnitt vorsichtig ein kleines Loch in die Plastiktüte und fädelte das USB-Kabel durch, das in der Festplatte steckte. Eine gesonderte Stromversorgung war nicht nötig. Er fuhr ein älteres Notebook hoch, das sie für solche Fälle bereithielten, um externe Datenquellen auszulesen. Es war schließlich immer möglich, sich einen Virus einzufangen. Als das Notebook startklar war, steckte er das USB-Kabel in den Port. Der Explorer meldete eine Festplatte mit dem Namen »Knuts Lebensversicherung«. Der alte Elitesoldat hatte sich eine Hintertür offengelassen.

Auf der Festplatte gab es zwei Hauptordner, Videos und Fotos. Rasmussen klickte auf Videos, und es erschienen Unterordner, die jeweils mit einem Datum benannt worden waren. Er klickte auf Fotos und erkannte dasselbe System.

Er wollte laufende Bilder sehen, und so klickte er auf die erstbeste Video-Datei. Das Bild zeigte die Totale eines großen, sehr funktional wirkenden, sehr weißen Raumes. In der Mitte ein langer Tisch, an der linken Längsseite eine Küchenzeile. Alles auf Hochglanz poliert. Der Boden so weiß, dass Rasmussen kaum den Übergang zwischen Wand und Boden sah. Gleißend ausgeleuchtet. Gegenüber der Kamera eine geöffnete Schiebetür, hinter der ein Flur zu sehen war. Er drehte den Ton lauter. Außer einem Rauschen, das klang wie das Rauschen der Klimaanlagen in Hotelzimmern, war nichts zu hören.

Ein Timecode lief mit, zeigte achtzehn Uhr siebenunddreißig. Rasmussen spulte vor. Zwanzig Uhr sechsundvierzig. Keine Veränderung. Licht und Geräusche wie gehabt. Drei Uhr zwölf. Nichts Neues. Ab fünf Uhr dreißig ließ Rasmussen das Video schnell durchlaufen, und tatsächlich huschte plötzlich etwas durchs Bild. Rasmussen stoppte die Aufzeichnung und ging zu der Stelle zurück.

Um exakt sechs Uhr öffnete sich die Tür unmittelbar unterhalb der Kamera. Ein Mann, jedenfalls wirkte der Körperbau sehr männlich, betrat den Raum. Er war ganz in Schwarz gekleidet. Von den schwarzen Stiefeln über einen schwarzen Latexanzug bis zur schwarzen Maske, die seinen Kopf vollständig bedeckte, nur Öffnungen für Augen, Nase und Mund ließ. Die Person ging hinüber zur Küchenzeile, öffnete den Kühlschrank und entnahm ihm fünf vorbereitete Tabletts, die sie auf einen Teewagen stellte. Den Teewagen schob sie aus der Küche in den Boxengang, stoppte vor einer der Türen und öffnete eine Klappe in der Tür, etwa auf Hüfthöhe. Die Person nahm ein Tablett, schob es durch die Öffnung und schloss die Klappe.

Rasmussen klickte auf Stopp. Er stand auf und ging ins Teambüro. Calloe und Hinrichsen diskutierten lautstark. Nach Einigkeit klang das nicht.

»Einstellen. Wir haben was.« Rasmussen drehte sich wieder um.

Calloe und Hinrichsen folgten.

In seinem Büro erklärte Rasmussen den Fund der Festplatte, die Ordnerstruktur und was er bisher gesehen hatte. Dann schob er den Cursor auf einen anderen Ordner. Was ihm gerade erst auffiel, war, dass die Ordner neben dem Datum einen Buchstaben angehängt hatten. Entweder ein K oder ein M. Er klickte auf eine Datei in dem mit K gekennzeichneten Ordner, und wieder zeigte die Kamera diese Industrieküche. Er schloss das Video, wählte einen mit M versehenen Ordner, klickte auf eine Datei, und nun sahen die drei Polizisten einen anderen Raum.

Der Timecode zeigte zwanzig Uhr vierundzwanzig. Die Person in Schwarz stand in einem annähernd quadratischen Raum, der sicher zehn mal zehn Meter maß. Im Gegensatz zur »Küche« waren Wände und Boden schwarz. Umlaufend war ein Spiegelband angebracht, das in etwa zwei Metern Höhe über dem Boden endete. In der Mitte des Raumes befand sich eine Konstruktion, die an eine Zirkusmanege erinnerte oder an einen überdimensionalen Sandkasten. Eine schwarze, etwa dreißig Zentimeter hohe Balustrade umschloss eine Fläche, die aus schwarzem Sand zu bestehen schien. Auch dieser Bereich war hell erleuchtet.

Die Person in Schwarz bewegte sich nicht. Um zwanzig Uhr fünfundzwanzig erklang eine Art Gong. Der Mann in Schwarz öffnete die Tür, verschwand kurz und kam dann zurück mit einem – ja, womit eigentlich? Zuerst sah das Wesen ein wenig nach einem Minipony aus, aber rasch wurde deutlich, dass es sich um einen Menschen handelte. Dieser Mensch trug ein schwarzes Kostüm, das einem Fell ähnlich war, dieser Mensch trug Hufe an Füßen und Händen. Er ging auf allen vieren. Die drei Polizisten waren sprachlos. Auf dem Kopf trug der Mensch eine lebensgroße Ponymaske, nein, keine Maske im eigentlichen Sinne, eher einen regelrechten Pferdekopf mit entsprechendem Geschirr. Die Person in Schwarz führte die Gestalt am Zügel in die Mitte der Manege. Plötzlich erklang laute Musik.

»›Slave to the rhythm‹, Grace Jones«, sagte Calloe.

Auf der gegenüberliegenden Seite des Raumes wurde eine Tür geöffnet, und es trat eine Figur herein, die Calloe sofort erkannte.

»Das ist Celaena Sardothien, Saskia Bergers Lieblingscharakter. Das ist Saskia Berger.«

»Aber sie trägt eine Maske«, wandte Hinrichsen ein.

»Die Bewegungen. Ich erkenne ihre Bewegungen. Wie hoch sie den Kopf trägt.« Calloe hob ihr Kinn leicht an.

Die Figur trug statt der Schwerter zwei Peitschen, betrat zielstrebig die Manege und ließ die Peitschen knallen. Die Gestalt, halb Mensch, halb Pferd, nahm eine Art Trab auf.

»Hinrichsen, machen Sie den Mund zu«, sagte Rasmussen. »Noch jemand ein Glas Wasser?«

Calloe und Hinrichsen nickten, wandten den Kopf aber nicht vom Bildschirm ab.

Hinrichsen zog sich einen Stuhl heran, setzte sich und konstatierte: »So was habe ich noch nicht gesehen. Ich kann nicht glauben, dass das echt ist. Was ist das überhaupt?«

»Ponyplay«, wusste Calloe. »Eine Spielart des Petplay.«

»Wie bitte? Ponyplay? Ich dachte, wir wären mit den Abartigkeiten durch. Treffen sich eigentlich alle Irren planmäßig vor unserer Haustür?« Hinrichsen nahm die Prinz-Heinrich-Mütze ab und stützte die Stirn in beide Hände.

»Wieso Irre?«, warf Calloe ein. »Finden Sie es weniger irre, wenn mit Rennwagen im Kreis gefahren wird, wenn Investmentbanker Leerverkäufe tätigen, wenn Skihallen in die Wüste gebaut werden?«

Rasmussen stellte Gläser auf den Schreibtisch. »Auf jeden Fall müssen wir das Material sichten, und dann fahren wir nach Holtby.«

»Sichten?«, fragte Calloe. »Haben Sie gesehen, wie viele Ordner das sind? Über drei Terrabyte Material. Das sind Videos für – Tage. Mindestens.«

Rasmussen schaute die beiden Kollegen an und grinste. »Schrader?«

Zu früh gefreut

»Sie sehen missmutig aus«, sagte Rasmussen und meinte Hinrichsen. Nebeneinander gingen sie die Treppe in der Zentralstation runter.

»Jo. Dass Knut Berger da drinhängt. Ich kann das nicht glauben. Das passt nicht zu ihm.«

»Wir werden sehen, wie Saskia Berger reagiert«, mischte sich

Calloe ein. »Wenn sie diese Videos sieht, sich selbst sieht, knickt sie vielleicht ein. Dass ihr angeblich so geliebter Ehemann den Kram vor ihr verborgen hat, das macht doch was mit ihr.«

Das Team war sich einig gewesen, wollte den nächsten Schritt. Saskia Berger stellen. Die Videos, drei Polizisten. Druck aufbauen. Sie hatten sie nicht angerufen, waren einfach losgefahren nach Holtby. Saskia Berger war nicht überrascht.

»Der Arm des Gesetzes. Unermüdlich. Tatsächlich. Wie Sie gesagt haben, Herr Rasmussen. Hoffe, Sie haben den Mörder meines Mannes? Hereinspaziert.« So begrüßte sie die Beamten. Sie trug wieder ihre schwarze kinnlange Perücke, einen hochgeschlossenen dunkelroten Einteiler und getigerte Vans. Rasmussen kannte dieses Outfit bereits von ihrem Besuch in der Pathologie.

Calloe klappte in der Küche den Laptop auf. Ohne weitere Erklärungen startete sie eines der Videos.

»Das ist ja widerlich«, brüllte Saskia Berger und setzte ihren Kaffeebecher so heftig ab, dass sich die von Milchschlieren durchzogene Flüssigkeit über ihre Hand und Teile der Tischplatte ergoss. Mit einer wütenden Bewegung wischte sie ihren Handrücken am Ärmel des roten Einteilers ab. Dunkle Flecken blieben zurück. »Celaena Sardothien ist meine Figur. Wo haben Sie das her?«

»Dies sind Aufnahmen, die Ihr Mann Knut in der ›Strandbude‹ gebunkert hat. Wir gehen davon aus, dass Ihr Mann diese Bilder auch aufgenommen hat.« Rasmussen reichte ihr ein Küchentuch. »Wir denken, dass Sie auf dem Video zu sehen sind, Frau Berger.«

»Wie bitte? Niemals würde ich als Celaena Sardothien mit Maske auftreten. Das beschmutzt die Figur.«

Rasmussen zog Saskia Berger das zerknüllte Küchentuch langsam aus ihrer verkrampften Hand und wischte den Kaffee vom Tisch. »Sicher können Sie uns sagen, wo die Aufnahmen gemacht wurden.«

»Keine Ahnung.«

»Was genau finden Sie eigentlich so widerlich?«, fragte Calloe, die sich Saskia Berger gegenübergesetzt hatte.

»Sie haben es doch selbst gesehen. Das ist Missbrauch. Celaena Sardothien ist eine Kriegerin. Diese Rolle«, Saskia Berger zeigte auf das Standbild, das auf dem Display zu sehen war, »diese Rolle würde sie nie spielen, die Rolle würde ich sie nie spielen lassen.«

»Sie wissen, mit welcher Spielart wir es hier zu tun haben?«

»Frau Calloe, ich glaube nicht, dass sich hier bei uns im Norden irgendjemand intensiver mit Cosplay befasst hat als ich. Auf dem Video sehen wir eine Variante. Man nennt das Ponyplay. Es gibt das ›pet‹, das Tier also, und es gibt den ›owner‹. Dominanz und Unterwerfung. Erotische Rollenspiele. Herrje, wir sind doch erwachsen.«

Hinrichsen betrat den Raum. »Frau Berger, wir haben uns intensiv mit dem bei Ihnen beschlagnahmten Fotomaterial beschäftigt. Bin dort dieser Ledertussi mit den Schwertern begegnet, die Sie darstellen. Glauben Sie mir. Maske hin, Maske her. Ein Forensiker wird Sie anhand körperlicher Merkmale zweifelsfrei als diejenige identifizieren, die auf den Videos zu sehen ist. Rücken Sie einfach mit der Wahrheit raus. Noch können wir Ihnen helfen.«

Rasmussen schaute Hinrichsen fragend an. Er wunderte sich, dass der hier mir nichts, dir nichts die Chefrolle übernahm und eine Art Deal anbot.

»Helfen? Wobei wollen Sie mir denn helfen, Herr Hinrichsen?«

Hinrichsen schüttelte den Kopf. »Wenn Sie gestatten, Frau Berger? Ich schau mich dann noch ein bisschen um.«

Rasmussen stand auf, ging um den Tisch herum und stellte sich neben Calloe. »Frau Berger, wir können dieses Material, und nicht nur dieses Material, Ihrem verstorbenen Ehemann zuordnen. Das sagte ich ja bereits. Wenn Sie behaupten, nicht auf dem Video zu sehen zu sein, dann sagen Sie uns doch, wer darauf zu sehen ist, wie Knut zu den Aufnahmen gekommen ist, was er damit anfangen wollte, warum er sie sorgfältig versteckt hat. Auch vor Ihnen.«

»War doch klar, dass ich ihm auf die Dauer nicht genüge. Erst bringe ich ihn auf den Geschmack und dann?« Saskia Berger räusperte sich. Sie grinste. »Herr Kommissar. Ihre Arbeit werden Sie schon selbst tun müssen. Von mir haben Sie keine weiteren Antworten zu erwarten. Ab jetzt geht das wirklich nur noch über meinen Anwalt. Und noch was. Selbst wenn ich dort auf diesen Bildern zu sehen wäre – ist es verboten, seine Sexualität einvernehmlich auszuleben? Sie sind auch nur ein kleiner Spießer. Hätte ich nicht gedacht.«

»Sie wollen es nicht anders.« Rasmussen nickte. »Gut, dann ist das so. Wir melden uns.«

Calloe stand auf. Gemeinsam gingen sie Richtung Haustür. Hinrichsen sahen sie auf dem Hof vor dem Hühnerstall stehen. Sie gingen zu ihm. Drei zerknirscht blickende Polizisten.

»Sie hat uns vorgeführt«, sagte Rasmussen. »Das hätte uns nicht passieren dürfen. Wir waren voreilig, unprofessionell. Ich hätte uns bremsen müssen.«

»Mon Capitaine, das sehe ich anders. Was wir auf den Videos sehen, ist schon sehr eindeutig. Davon auszugehen, dass unsere Zeugin zu sprechen beginnt, war aufgrund ihres bisherigen Verhaltens wenig wahrscheinlich. Ich finde es gut, dass wir sie gepikst haben.«

»Egal. Wir bleiben dran. Wir werden das Material komplett sichten. Wir teilen das auf.«

Hinrichsen zeigte Richtung Hühnerstall. »Habe mir mal das neue Schloss angesehen. Dieser Stall ist der bestgesicherte Stall zwischen St. Peter und Fehmarn.«

»Aber Sie waren doch schon drin, und es ist Ihnen nichts aufgefallen. Was haben Sie mit dem Stall?«, fragte Calloe.

»Ja, ich war da drin. Ich bin die ganze Halle abgegangen. Aber die Sache kommt mir komisch vor. Irgendwie komisch. Haben Sie die Lüftungsrohre gesehen? Dieser Stall ist für viele hundert Tiere ausgelegt.« Hinrichsen drehte sich immer wieder nach dem abgelegenen Gebäude um.

Die drei gingen zu Hinrichsens Opel. Saskia Berger stand am Küchenfenster. Sie grinste noch immer. In der rechten Hand hielt sie ein Telefon.

Auf der Straße angekommen, bog Hinrichsen links ab. »Dauert nur eine Minute, ich will die Ventilatoren am Stall fotografieren.«

»Halt die Stellung!«

Hatte er nicht jede Frau bekommen, die er auch wollte? Zielsicher war er auf sie zugesteuert. Stolz war er darauf. Aber bis zu seiner Entführung hatte er sich nur solche Frauen ausgesucht, bei denen er sich sicher sein konnte. Und hatte er nicht genug bezahlt, damit sie ihm nicht dreinredeten und er sein Junggesellenleben einfach weiterleben konnte? Allein dafür, dass jemand da war, wenn er es brauchte. Was hatte ihm das Leben denn bis dahin schon geboten?

Als Teenie hatte er einen Wohnungsschlüssel in der Tasche. Tupperdosen standen im Kühlschrank. Manchmal lag da ein Zettel. »Mach es dir doch schon mal gemütlich, wir kommen dann auch. Mutti«. Irgendwann kamen die Eltern, aber meistens lag er schon im Bett. Er hatte diese Eckkneipe gehasst. Sie hatte ihr ganzes Leben gefressen, die Feiertage und alles, was sich irgendwie nach Familie hätte anfühlen können. Die Unruhe am Küchentisch, wenn sie dann doch mal zusammensaßen. Dies Scharren mit den Füßen. Das Klappern mit dem Flaschenöffner. Das Tippen auf die Zigarette, die gar nicht so viel Asche tragen konnte, wie der Zeigefinger abaschen wollte. Wie lange hielt ein Halbwüchsiger so was aus?

Seinen achtzehnten Geburtstag feierte er in der Eckkneipe. Danach zog er aus. Aus der Wohnung und der Kneipe der Eltern. Sie sahen sich nur noch auf den Straßen der Südstadt. Vater guckte immer stur geradeaus. Und Mutti rief rüber: »Komm doch mal, leeve Jung.« Beide versprühten ihren gesamten Vorrat an Lebenslust an ihre Gäste, für ihn war nichts übrig gewesen. Er war von seinen guten Geistern verlassen worden. Von da an konnten sich nur noch ganz wenige Menschen auf ihn verlassen. Er war alles gewesen, Stimmungskanone, Zechkumpan, Herzensbrecher, alles, nur nicht zuverlässig.

Michael Meier drehte sich auf seiner Pritsche um. Jetzt und hier machte es ihn ganz kirre, dass er in seinem alten Leben nie zuverlässig gewesen war. Er starrte an die weiß lackierte Wand. Er konnte sich darin spiegeln. Seine Zelle war taghell erleuchtet und aseptischer als jedes Krankenhauszimmer. Was ihm hier in Holtby widerfahren war, kam ihm vor wie ein Mysterium. Vielleicht war er zurückgekommen, weil er auf Teufel komm raus zuverlässig sein wollte. Saskia sollte auf ihn bauen können.

Die Sprechanlage sprang an. Das hörte sich immer an wie ein Krächzen.

»Ist deine Tür zu? Wir müssen reden.« Saskia Berger war nun klar und deutlich zu verstehen.

»Ist zu.« Michael Meier stand mit dem Rücken an der Zellentür und hielt den Knopf der Gegensprechanlage gedrückt.

»Hör mir jetzt genau zu, Meik. Wir müssen ganz vorsichtig sein. Hier oben brennt der Busch. Knut hatte in seiner ›Strandbude‹ Videos versteckt, die Polizei war eben hier und hat mir einen ziemlich belastenden Ausschnitt mit Billy the Kid vorgespielt. Meik, das war nur der Anfang. Knut hat ständig fotografiert und gefilmt. Wer weiß, was die noch alles hervorkramen!«

»Soll ich nicht besser zu dir hochkommen?«

»Auf gar keinen Fall, halt du da unten die Stellung. Tu mir bitte den großen Gefallen und rühr dich nicht von der Stelle. Die Mikrowellengerichte reichen ja noch mindestens eine Woche.«

»Ist es wirklich so schlimm?« Michael Meier verfiel in Panik.

»Wir dürfen den Bullen nicht den geringsten Grund geben, hier weiter rumzuschnüffeln. Ich brauche Zeit, um mich mit Rechtsanwalt Sieversen zu beraten. Ich habe eben schon mit ihm gesprochen. Ich werde ihn treffen. Meik, es brennt, und wenn wir nicht aufpassen, haben uns die Bullen ruckzuck kassiert. Aber keine Sorge, ich habe das im Griff. Die kriegen uns nicht.«

»Schatz, die erwischen uns nicht. Du hast doch immer alles im Griff!«

»Meik, schnall das ja endlich. Dein neues Leben, unser neues Leben kann schneller vorbei sein, als du glaubst. Ich muss jetzt Schluss machen. Und merk dir, wenn du die anderen zum Training aus den Zellen holst, immer nur einen allein und trag deinen Dress. Denk an die Beruhigungsmittel. Wir dürfen keine Fehler mehr machen. Sicherheitshalber habe ich oben die Brandtür an der Treppe geschlossen, und die Noteingänge sind auch verriegelt. An alle wichtigen Anschlüsse kommst du ja ran. Und sorge für Ruhe im Puff. Ich muss mich auf dich verlassen können.«

Michael Meier hörte über den Lautsprecher nur noch ein Knacken. Sie hatte das Gespräch einfach beendet. Bum, bum und noch mal bum. Er schlug mit der bloßen Faust gegen die Tür. Saskia hatte ihn tatsächlich wieder eingesperrt. »Keine Fehler mehr« – diese drei Worte hallten noch in seinen Ohren nach. Mochte das hier auch mal eine Art Lustschiff gewesen sein, ihn beschlich immer mehr das Gefühl, auf einem Totenschiff angeheuert zu haben. Aber vielleicht musste er auch einfach nur durchhalten, diese Krise überstehen.

»Ich muss mich auf dich verlassen können«, hatte Saskia gesagt. Dieser Satz spukte durch seinen Kopf. Das war kein Befehl gewesen. Das war ein vertraulicher Appell an ihn, mitzumachen. Er lehnte sich mit der Stirn an die kühle Aluklappe der Zellentür. »Das kannst du, Saskia«, sagte er leise. »Auf mich ist Verlass.«

Nun hörte er, wie Rommel und Billy the Kid gegen die Futterluken schlugen. Er zog sich um und nahm sich vor, nach der Essensausgabe die Manege mit dem Wasserschlauch durchzuspritzen. Er musste sich bewegen, er musste etwas tun. Dann fiel ihm der Crosstrainer ein, der ganz hinten im Haushaltsraum stand.

Er würde hier in den nächsten Tagen ein wenig Normalität einkehren lassen. Freigang und Fitness für die vier anderen Gefangenen, die rosteten ja total ein. Immer schön einer nach dem anderen. Dann hatte er wenigstens etwas zu tun. Er würde funktionieren. Sie könnten das hier überstehen. Aber die Gefangenen. Wohin mit den Gefangenen? Er musste nachdenken.

Ist das noch Kunst?

Es war früh. Zu früh für Rasmussen. Aber er wollte in Ruhe vor der Täterzielscheibe stehen, ohne behelligt zu werden, und nachdenken. Er starrte auf die Klagemauer mit all den Fotos, Post-its, Verbindungspfeilen. An einen komplexeren Fall konnte sich Rasmussen nicht erinnern, auch nicht an einen, der so viel Druck auf das Team erzeugt hätte. Es hatte nicht lange gedauert, bis alle quer lagen – Politiker, Geschäftsleute und Journalisten.

Er setzte sich auf die Schreibtischkante. Was ihn umhaute, war die Trauer um ihn herum. Menschen wie Hinrichsen sprachen auf einmal von der verlorenen Unschuld der Stadt. Und so was sagte ein Eckernförder nicht einfach so vor sich hin, auch wenn er in Lindhöft wohnte.

Rasmussen ärgerte sich immer noch über den Schnellschuss gestern Morgen. Er hatte Saskia Berger nicht nur aufschrecken wollen. Insgeheim hatte er gehofft, sie würde angesichts der

Videos zusammenbrechen. Das war naiv gewesen. Sie mussten die Festplatte ihres verstorbenen Mannes erst einmal komplett durchkämmen, brauchten konkrete Beweise. Er war sich sicher, dass sie fündig werden würden.

Wo waren diese Aufnahmen entstanden? Im Wohnhaus fanden sich keine Hinweise auf Verstecke. Im Keller-Atelier waren die Videos auch nicht gedreht worden. Blieb der Hühnerstall, der abseits von den Hofgebäuden lag. Rasmussen schrieb einfach mal eine Karte »Hühnerstall« und pappte sie neben »Strandbude« und »Bunker«.

Sein Blick klapperte die Verdächtigen ab. Berger, ja, die hatte er auf dem Kieker. Hinrichsen hatte er die Schreiner überlassen, sollte er denen ruhig weiter Dampf machen, soweit das möglich war. Auch wenn die einiges auf dem Kerbholz hatten, hielt er die Jungs im Prinzip für harmlos. Die wussten aber etwas über Berger, das Hinrichsen unbedingt herausbekommen musste. Er zeichnete einen Strompfeil auf die Zielscheibe, der Blitz schlug genau zwischen Sandro und Pelle ein.

Maserati-Schock? Der war nur ein Wichtigtuer. Aber was war mit dem Flieger, dem Ersatzmann für Knut? So viel schien ihm sicher: Irgendein Mensch war mit den Papieren von Knut Berger unterwegs. Berger, die arme Sau.

Sein Blick streifte die Karte »Majoran«. So viel war auch sicher, den Ort, an dem das Opfer zersägt worden war, den hatten sie bisher noch nicht gefunden. Denn dort hätte die KTU Rückstände von diesem Wurstgewürz gefunden. Er hatte das ja mit den eigenen Augen bei Amos gesehen, der Rücken der Leiche sah aus wie in das Zeug eingelegt.

So leid ihm das Ableben des »Strandbuden«-Besitzers tat, er spürte, dass die Vermisstenfälle und dieser Mord zusammenhingen. Hatte Knut mit deren Verschwinden zu tun gehabt? Der Bunker, das T-Shirt von Meermann. Er wollte einen Besen fressen, hätte er seinen Mitarbeitern gesagt, wenn er denn Publikum gehabt hätte.

In den letzten zwei Wochen hatten sich Erkenntnisse so verdichtet wie im ganzen letzten Jahr nicht. War Saskia Berger der Schlüssel zu dem Fall? Er malte ein Ausrufezeichen neben die Karte.

Rasmussen spürte, wie Mut die Demut der letzten Wochen zur Seite drängte. Auch Calloe und Hinrichsen waren wieder mächtig in Schwung. Schrader platzte herein, ohne geklopft zu haben.

»Wäre gut, am Lornsenplatz würde mal jemand nach dem Rechten sehen. Eine Demo oder etwas Ähnliches. Das Ordnungsamt und die Kollegin Brestedt haben eben angerufen.«

»Was haben wir denn damit zu tun?« Rasmussen war ärgerlich.

»Es geht wohl um unsere Vermissten.«

Rasmussen verdrehte die Augen. »Sie stören den König mitten in der Sitzung. Und überhaupt, ich habe weder gekackt, noch habe ich die Zeitung gelesen.«

»Wollen Sie mal auf den Arm, Herr Hauptkommissar?«

Rasmussen schob Schrader lachend aus seinem Büro.

Drei Minuten später wurden die Überlegungen des Morgens hinweggefegt. Rasmussen schaute auf das Blumenbeet am Lornsenplatz. Die Stadtgärtner hatten mal wieder ganze Arbeit geleistet. Rund um diese Blumenpracht tanzten schwarze Engel zu Metal-Klängen von Judas Priest. Rasmussen kannte das Album »Angel of Retribution« ganz genau. Es war Amos Wiesels Lieblingsalbum. Über Geschmack ließ sich streiten, aber Musik und Titel passten offensichtlich zur Vorführung.

Woher kam eigentlich der Lärm? Ein Pritschenwagen mit Boxen auf der Ladefläche blockierte den Radweg Richtung Innenstadt. Die schwarzen Racheengel verteilten Flugblätter. Rasmussen schnappte sich so einen Wisch: »MENSCHEN! Der Natur gehört die Natur. FREVLER! Die Rache ist mein, sprach die Natur.« Und darunter in kleinerer Schrift ein Text, der den Schutz der Meere forderte. Ein fließendes Logo und der Name KAB, »KünstlerInnen-Aktionsbündnis-Bermuda«. Er konnte kaum glauben, was er da las.

Rasmussen nahm den Kopf hoch. Die Engel richteten sich neu aus, legten die Köpfe in den Nacken und wiesen in einer Willkommensgeste mit ausgestreckten Armen die Flensburger Straße hinauf. Dort vor der ARAL-Tankstelle stoppte ein Tieflader und blockierte die Rechtsabbiegespur Richtung Sky-Markt. Die Warnblinkanlage blinkte. Weitere schwarze Engel entstiegen der Fahrerkabine und setzten den Kran des Lkws in Gang. Zwei der

Engel waren inzwischen auf die Ladefläche geklettert und zogen ein schwarzes Tuch von der Ladung. Zum Vorschein kam eine weiße filigrane Skulptur von etwa vier Metern Breite, zwei Metern Tiefe und vielleicht drei Metern Höhe. Von Weitem schien sie aus Knochen zusammengesetzt zu sein. Heilige Scheiße, dachte Rasmussen, sind die Dinosaurier zurück?

Rasch befestigten die schwarzen Engel Transportgurte an der Skulptur und luden sie ab. Das dauerte keine zwei Minuten. Inzwischen war Rasmussen bis auf zwanzig Meter herangekommen. Gleichzeitig tanzten auch die Engel an diesen weißen Riesen heran, und der Pritschenwagen tauchte auf.

»Oh angel – we can find our way somehow
Escaping from the world we're in
To a place where we began …«

In ohrenbetäubender Lautstärke sang Judas Priest seine Ballade vom »Angel«. Autohupen taten ihr Übriges. Mit dem Gitarrensolo setzte sich die Skulptur in Bewegung. Wie von Geisterhand, im Krabbengang. Seitwärts.

»Put sad wings around me now.
Angel take me far away«.

In das Knochengerüst kam Bewegung, und es herrschte auf einmal eine gespenstische Stimmung, wo vorher nur Kopfschütteln war. Das hier spielte sich immerhin auf der B 76 ab. Rasmussen vermisste Hinrichsen. Der hätte womöglich versucht, dieses Monstrum, an dem alles in Bewegung war, zu erschießen. Kleine Knochen ruckelten nervös, große Knochen mahlten langsam vor sich hin. Das Ding schien zu leben, es wanderte gemächlich in Richtung Lornsenplatz. Die schwarzen Engel bildeten einen Kordon, und es hätte Rasmussen nicht gewundert, wären ein oder zwei von ihnen auf die Knochenwalze gesprungen, um sie zu reiten.

Jetzt fielen ihm die kleinen Segel auf dem Rücken dieses Untiers auf. Es lief und lief. Er suchte den Korpus ab, kein Antrieb, niemand, der steuerte. Eine Show, wie sie Amsterdam oder Berlin zur Ehre gereicht hätte, und selbst die Musik, die er sonst verabscheute, passte wie die Faust aufs Auge.

Mittlerweile herrschte Chaos. Menschen hatten sich um den Tieflader versammelt. Die Straße war in beide Richtungen durch Berufspendler verstopft. Viele Fahrer hatten gehalten und waren ausgestiegen, um zu fotografieren.

Aus der Stadt kommend hielt ein Streifenwagen neben dem Tieflader. Kollegen setzten ihre Mützen auf und gingen auf die schwarzen Engel zu, die tanzten an den Beamten vorbei und umschlossen weiterhin ihren Fetisch. Das Ganze wirkte wie eine Prozession ohne Priester. Ein Verantwortlicher war nicht auszumachen. Ratlos sahen sich die Polizisten an. Schließlich ging ein Kollege zum Streifenwagen zurück, der andere schloss sich Rasmussen an, und die beiden folgten der Prozession. Unterwegs griff Rasmussen zum Smartphone und rief Calloe an.

Als sie schließlich über die Reeperbahn den Parkplatz am Exer erreichten, sah er, dass sich ein Trupp Journalisten eingefunden hatte. Ein Sender war mit einem Übertragungswagen angerückt. Ihm war schon klar, dass das Ziel der Aktion erreicht wäre, wenn die Knochenwalze und die schwarzen Engel erst den Strand erreichten. Er freute sich fast auf dieses Bild.

Rasmussen sah Calloe auf den Parkplatz radeln. Er winkte. Sie sah ihn nicht, stieg ab. Er rief sie an. Die Skulptur stoppte. Ein schwarzer Engel griff zu einem Megafon. »Menschen! Frevler! Folgt uns zum Wasser und seht die wehrhafte Natur.«

Calloe trat neben Rasmussen, betrachtete das Spektakel und fragte: »Mon Capitaine, wer ist hier eigentlich zuständig? Der Verfassungsschutz, das Irrenhaus oder das Feuilleton?«

»Immer der, der fragt, Calloe. Wenn ich das hier richtig verstehe, klagt diese Truppe den Menschen an. Des Frevels an der Natur.«

»Neu ist das nicht.«

»Mir ist Green Screen auch lieber.«

Beide überquerten die Promenade und gingen an den Strand. Zusammen mit einem Tross, der beständig wuchs.

»Wo kommen die alle her, müssen die nicht arbeiten?«, fragte Calloe.

»Sind wir hier in einem Ostseebad oder in einem Ostseebad? Da gelten andere Regeln als in, sagen wir mal, Neumünster.«

»Mon Capitaine, die Performance küsst Sie ja förmlich wach.« Calloe zog Kaugummi aus einer Tasche. »Auch?«

Rasmussen schüttelte den Kopf.

»Ist ja ein bisschen wie Karneval oder Loveparade.«

»Hier heißt das Gumm-Prix«, korrigierte Rasmussen. Sie folgten den Engeln gen Ostsee-Info-Center.

Das Biest, das Knochenmonster, brauchte ein paar Meter Hilfestellung und wurde hinter ihnen an den Strand getragen. Wieder heruntergelassen, fing das Viech auf dem trittfesten Ufersaum an zu trippeln. Vor und zurück. Halb in das Wasser und dann wieder zurück. Entlang des Ostsee-Info-Centers bildete sich vom Wasser bis rauf zur Promenade eine Menschenmenge. Einige Jugendliche klatschten und johlten, als seien sie unverhofft in ein Festival geraten. Rasmussen und Calloe war die Sicht versperrt, und sie kämpften sich vor bis in den Ausguck des Piratenschiffes auf dem Spielplatz.

»Calloe, Sie hören und sehen auch, was ich höre und sehe?«

Calloe nickte. Sie beobachteten von ihrem Posten aus, wie zwei Männer und eine Frau in bunter Badekleidung ins Wasser liefen, ein paar Züge schwammen und dann, den Zuschauern an Land zuwinkend, untertauchten. Rasmussen hielt die Luft an, zählte innerlich bis zwanzig. Er merkte, wie das Ganze an seinen wunden Punkt rührte, Ärger stieg in ihm auf. Die Umweltfritzen würden doch nicht die Vermissten vor ihren Karren spannen?

Mit einem Stöhnen ließ er die Luft aus seinen Lungen entweichen. Die drei Schwimmer tauchten nicht wieder auf. Statt ihrer erschienen etwa an derselben Stelle zwei Frauen mit weißen Häubchen. Kamen da etwa Kellnerinnen aus dem Wasser? Sie schwammen mit nur einem Arm auf den Strand zu. Jetzt konnte Rasmussen erkennen, dass sie mit dem anderen Arm ein Tablett vor sich herschoben. Als sie Boden unter den Füßen hatten, erhoben sie sich aus dem Wasser, und tatsächlich standen da nun Kellnerinnen in voller Montur mit ihren Tabletts.

Aus dem Publikum lösten sich vier Personen. Sie gruppierten sich um das Knochengerüst, das immer noch vor- und zurücktänzelte, und reckten Holzstangen mit Plakaten in die Luft. »Bermuda-Circle-of-Life«, »Die Natur schlägt zurück«. Auf den anderen beiden war »Meta-Meerphosen« zu lesen. Die Kellnerinnen näherten sich nun den Zuschauern. Rasmussen sah, dass Fische auf den Tabletts lagen, die die Kellnerinnen den Zuschauern anboten.

»Ein Molekül ist ein Molekül ist ein Molekül«, sagte Rasmussen. »Verwandlungen. Umwandlungen. Aus unseren Vermissten machen die Künstler mal eben Fischfutter. Die spinnen doch.«

»Scheiße. Das ist geschmacklos«, antwortete Calloe. »Das ist abgeschmackte Eigenwerbung auf dem Rücken der Menschen, die vielleicht nicht mehr leben. Die bekommen im Laufe des Tages ein paar hundert Klicks auf Facebook. Alles, was recht ist.« Calloe schlug mit der flachen Hand auf die Holzreling, stützte sich mit den Ellbogen auf. »Zwanzigtausend Likes, wenn die Glück haben. Aber das geht eindeutig zu weit.«

Rasmussen kramte in der Innentasche seiner Lederjacke und zog das Flugblatt heraus. »Die Natur gehört der Natur«, las er Calloe vor. »Frevler! Die Rache ist mein, sprach die Natur.«

Calloe richtete sich auf. »Wer hat die bestellt und warum? Um die Eckernförder, die Polizei und vor allem die Angehörigen zu verhöhnen? Am Ende haben die unsere Vermissten verschleppt, oder alles war tatsächlich nur vorgetäuscht.«

»Quatsch«, befand Rasmussen. »Denken Sie an den Bunker, an Knut Berger. Jetzt hätte ich gern ein Kaugummi.«

»'tschuldigung, Chef. Bei so einem schrägen Scheiß, da vergaloppier selbst ich mich«, sagte Calloe und reichte ihm die Packung.

In diesem Moment erklang »Yellow Submarine« von den Beatles. Rasmussen hatte die Schnauze voll, Amos wollte ihm zwar immer wieder erzählen, wie kunstvoll der gleichnamige Zeichentrickfilm wäre, aber dieses blöde Kinderlied setzte dem Ganzen die Krone auf.

Die KAB-Truppe hatte den Pritschenwagen bis auf die Promenade gefahren. »Geht doch«, sagte Rasmussen. »Vorhin auf der B 76 habe ich noch alle Augen zugedrückt. Spätestens jetzt ist die Polizei zuständig.« Er griente seine Assistentin an.

Als habe er Rasmussen gehört, tauchte Schrader mit Kollegin Brestedt in Rufweite auf.

»Schrader, ihr kontrolliert die Vögel da mal und beendet den Zirkus. Und dann bringen Sie die Herrschaften in die Zentralstation.«

»Warum?«, wagte Schrader zu fragen.

»Erregung öffentlichen Ärgernisses. Gefährlicher Eingriff in den Straßenverkehr. Unangemeldete Demonstration. Ruhestörung. Lassen Sie sich was einfallen.«

»Kunstfreiheit«, hielt Schrader dem Hauptkommissar entgegen.

»Kunst, ist das noch Kunst?« Rasmussen war laut geworden, fing sich aber schnell. »Gefährlicher Eingriff in den Schiffsverkehr.« Er deutete auf die Schwimmer und Taucher. »Funken Sie mal die Kollegen von der Wasserschutzpolizei an. Ich will die ja nicht einbuchten. Nur befragen.«

Calloe mischte sich ein. »Besser keine Anschuldigungen. Die sind doch offensichtlich sehr an Öffentlichkeit interessiert. Die kommen garantiert aus freien Stücken.«

»Aber wen sollen wir denn einladen? Das sind doch mindestens zwanzig Gestalten. Und die Typen auf dem Pritschenwagen und die am Tieflader.« Schrader zuckte mit den Achseln.

»Lassen Sie sich mal die Ausweise zeigen«, empfahl Rasmussen.

Schrader und Brestedt zogen ab.

»Ich brauch mal 'ne Viertelstunde für mich«, sagte Rasmussen.

Calloe nickte und verzog sich.

Auf den Stufen zum Ostsee-Info-Center hatte Rasmussen die Brix entdeckt. Zu ihr ging er nun schnurstracks hinüber. Sie trug ein Hütchen, in dem das kanadische Ahornblatt kunstvoll stilisiert schien. Die Brix bemerkte seinen Blick.

»Aus Vancouver. Schick, oder?«

Er nahm sie beim Arm und führte sie weg vom Trubel, hinüber zur Hafenspitze. Auf einer der Wellenbänke zog er sie neben sich.

»Margarete, du glaubst nicht, wie mir das hier auf die Nerven geht.« Rasmussen zeigte grob in Richtung Südstrand. »Der Nächste, der mir gegenüber Bermuda auch nur andeutetet, den bring ich um. Hast du die Kopfgeburt dieser selbst ernannten Weltenretter gesehen?«

»Ach, Hans. Wir haben alle unsere Bestimmung.«

»Jetzt fängst du schon an wie Marlene. Mit diesem esoterischen Bullshit.«

Die Brix lächelte. »Wir wollen einige Achtsamkeitsübungen machen. Atmen, vor allem atmen.«

»Hör auf mit diesem Käse. Alles, was ich nach diesen Monaten der Demut brauche, ist Klarheit.«

Die Brix legte ihre Hand auf seinen Oberschenkel. Rasmussen zuckte leicht zurück.

»Schieß los. Was ist das eigentliche Problem?« Die Brix schaute ihn an.

»Informationsüberschuss bei gleichzeitigem Deutungsdefizit, so würde Amos es wohl ausdrücken.«

»Viele Informationen sind gut. Hast du neue Anhaltspunkte?«

»Wir wissen nur eins. Der Mordfall hängt irgendwie mit den Vermissten zusammen. Ansonsten: Alles blinkt, piept und bewegt sich.«

»Willkommen im 21. Jahrhundert. Blinken, Piepen und Bewegen sind typische Merkmale unserer Zeit. Stell dir ein Sägewerk vor. Stämme, unbearbeitetes Holz, Bagger, Fließbänder, horizontale Sägen, vertikale Sägen, raue Bretter, gehobelte Bretter. Und es blinkt, piept und bewegt sich. Einer der vielen Pieptöne signalisiert, dass Säge vier nicht das tut, was sie tun soll. Du rennst hin. Auf dem Weg kommst du am Fax vorbei. Es blinkt.«

»Margarete, ich bin doch nicht dämlich«, unterbrach Rasmussen und zog die Stirn kraus. »Meine Aufgabe ist es, für Stämme auf der einen Seite und für Käufer von Brettern auf der anderen Seite zu sorgen. Das ist trivial.«

»Das Leben ist trivial, Hans. Ich versuche doch nur, dich zu beruhigen.«

»Die Polizei sorgt für Sicherheit und Ordnung. Das ist wahr, und das ist trivial. Aber seit dem letzten Sommer werden wir am Nasenring durch die Arena geführt. Jetzt haben wir zum ersten Mal einen Anpack.«

Die Brix nahm die Hand von Rasmussens Oberschenkel und gestikulierte. »Ich versuche zwei Herangehensweisen. Ich zerlege komplexe Prozesse in ihre Bestandteile und kümmere mich für eine bestimmte Zeit nur um einen Einzelaspekt. Die andere Strategie ist, ich trete weit zurück und betrachte die Gesamtsituation. Zwischen diesen Strategien allzu schnell zu wechseln, das versuchst du gerade. Bleib bei einer Sache, lass dich nicht ablenken und sei dir deiner besonderen Stärke bewusst. Instinkt.«

Einen Augenblick saßen sie schweigend nebeneinander, schauten auf die Schiffe, die an ihnen vorbeizogen, auf das quirlige Treiben um sie herum, sogen den Duft geräucherter Fische ein und lauschten dem Kinderlachen hinter ihrem Rücken. Die Musik am Strand war verstummt. Schrader hatte denen wohl den Saft abgedreht.

»Maggie, ich höre einfach mal ein paar Tage wieder auf mein Bauchgefühl. Wie wäre es mit einem Eis?«

Die Brix legte kokett die rechte Hand auf ihren Bauch und wiegte mit geschürzten Lippen den Kopf. »Um die Uhrzeit? Na ja, ein kleines, ein kleines wird nicht schaden. Wie gefällt dir eigentlich das Strandbiest?«

»Dieses ferngesteuerte Ausrufezeichen?«

»Genau. Der niederländische Künstler Theo Jansen hat das Strandbiest erfunden. Er sammelt Luft in Flaschen und lässt sie kontrolliert unter hohem Druck entweichen. Das ist der Antrieb für die Skelette. Sie leben von Luft. Phantastisch.«

»Margarete, mal was anderes. Wir brauchen noch mal deine Hilfe. Die Mutter von Till Meermann ist uns gegenüber sehr verschlossen. Ich habe dir doch erzählt, dass wir Meermanns DNA im Bunker gefunden haben. Im Wasser ist er wohl nicht geblieben. Könntest du ihr das mitteilen, bitte? Ich habe sie angerufen, aber nicht erwischt.«

»Das erledige ich noch heute Nachmittag. Mal sehen, wer von den Knilchen mich nach Rendsburg begleiten kann. Fiete fährt mich ja sowieso bis an das Ende der Welt.«

Rasmussen und die Brix standen auf, und untergehakt schlenderten sie Richtung Holzbrücke. Das Eis würden sie im Schatten der St.-Nicolai-Kirche genießen. Wie immer.

Die Kunst des Weghörens

Rasmussen und die Brix hatten sich für kleine Eisportionen entschieden und schweigend genossen. Er empfand diese Art stiller Gemeinsamkeit immer wieder als kleinen Urlaub vom Gedankenwirrwarr. Beschwingt ging er die Kieler Straße Richtung Zentralstation entlang.

Er war gespannt, ob die Brix Till Meermanns Mutter ins Reden brächte. Die Freizeitgewohnheiten des jungen Mannes waren ihnen im Gegensatz zu denen der anderen Verschwundenen weitgehend unbekannt geblieben. Die Gespräche mit der Mutter waren bisher wenig hilfreich gewesen, aber auch der kleine Freundeskreis hatte nur von gelegentlichen Kinobesuchen erzählt. Till Meermann schien ein Einzelgänger zu sein, so viel stand fest. Es konnte sein, dass das Team in der ersten Aufregung ein wenig ruppig mit Meermanns Verwandten und Freunden umgegangen war. Umso wichtiger war es Rasmussen nach dem Gespräch mit den Kronwalds, dass man nun einfühlsam mit Frau Meermann umging. Dass die Brix das übernehmen würde, erleichterte ihn.

Die Sonne hatte erstmals richtig Kraft heute. Frühsommer, dachte Rasmussen und versuchte, Kokosreste mit der Zunge zu entfernen. Er ärgerte sich jedes Mal, wenn er sich für Kokoseis entschieden hatte. Sosehr er den Geschmack mochte, so nervig fand er die Kokosfasern zwischen den Zähnen. Zischend sog er die Luft zwischen den Zähnen hindurch, nahm den Nagel des linken kleinen Fingers zu Hilfe und sah hinter einem Büchertisch die Staatsanwältin seine Lieblingsbuchhandlung Liesegang verlassen. Sie trug eine Tüte, schaute noch rechts ins Fenster. Eine Grundsatzdiskussion konnte Rasmussen jetzt nicht gebrauchen. Er machte einen Sprung hinter die Kleiderständer der Boutique, an der Marlene nie vorbeigehen konnte, drehte sich weg und schmeckte Blut. Er hatte sich mit dem Fingernagel das Zahnfleisch verletzt.

Doch damit nicht genug. Als er, das Gesicht noch immer von der anderen Straßenseite abgewandt, einen Schritt nach vorn machte, stieß er mit einer Dame zusammen, die ihn nachsichtig anschaute und ganz langsam von unten den Wachtturm in sein Gesichtsfeld hob.

Unverwandt weiterlächelnd, sagte sie: »Lies! Die Offenbarung des Johannes. Die Bermuda-Bucht, junger Mann, die Eckernförder Bermuda-Bucht. Das ist erst der Anfang. Armageddon ist nah. Näher, als Sie denken.« Die Dame roch wie seine Mutter.

Rasmussen quälte ein »Moin« heraus und entfernte sich im leichten Trab. Schwitzend erreichte er die Zentralstation, hatte vergessen, dass hier die Künstler des KAB auf polizeiliche Maßnahmen warteten. Das Geschrei war bis hinaus auf die Gerichtsstraße zu hören. Weiblich klingende Stimmen riefen: »Frevler, Frevler …«

Als er den Flur betrat, sah er Schrader mit einem Klemmbrett vor einem guten Dutzend Aktivisten stehen. »Wenn Sie sich nicht ausweisen können, müssen wir Sie erkennungsdienstlich behandeln.«

»PO-LI-ZEI-STAAT, PO-LI-ZEI-STAAT«, skandierten diese daraufhin, »Bullenschweine, Bullenschweine, ha, ha, ha.«

Schrader machte kehrt und verschwand im Wachlokal. Rasmussen verharrte an der Tür, schaute sich die Frauen in ihren schwarzen Kostümen an. Eine hatte die Kopfbedeckung abgenommen. Sie kam Rasmussen bekannt vor. Jetzt schaute sie ihn an. Es war Marlenes aktuelle Lehramtsanwärterin. Er hatte sie erst vor Kurzem auf einer Geburtstagsfeier des Kollegiums gesehen. Marlene war angetan von ihrem Engagement.

Rasmussen schritt rasch auf die Gruppe zu, fasste die angehende Lehrerein am Oberarm und schob sie den Gang entlang. Sie versuchte, ihm den Arm zu entwinden, brüllte ein paar Beleidigungen, andere schwarze Engel folgten, dann erkannte sie Rasmussen und hielt still. Den anderen bedeutete sie, sich zurückzuhalten.

»Ihre Tutorin hält große Stücke auf Sie. Sie wollen Lehrerin werden?«

Die junge Frau nickte.

»Sie wollen in den Schuldienst? Sie wollen verbeamtet werden? Auf Lebenszeit?«

Jetzt hatte sich die Frau gefasst. »Das eine hat mit dem anderen nichts zu tun. Ich kann eine gute Lehrerin sein und mich für die richtigen Sachen einsetzen.«

»Keine Frage. Aber Sie kennen die Einstellungsvoraussetzungen. Wenn Sie mit dem Gesetz in Konflikt geraten, können Sie Ihre berufliche Laufbahn in die Tonne treten.«

»Hier geht es um unseren Planeten.«

»Hier geht es um fünf verschwundene Männer und darum, Tatverdächtige zu befragen.«

Die junge Frau verstummte.

»Sehen Sie mal zu, dass Sie und die anderen Damen die Personalausweise zücken und sich Polizeiobermeister Schrader gegenüber sehr kooperativ verhalten. Dann dürfen Sie gehen, und wir melden uns schriftlich bei Ihnen.«

Rasmussen ließ die Frau los und ging hinüber zu Schrader ins Wachlokal.

»Geprügelt?«, fragte Schrader.

»Wie bitte?«

Schrader reichte ihm ein Papiertaschentuch. »Blut. Sie haben Blut im Mundwinkel.«

Noch was zum Wegwischen, dachte Rasmussen und nahm die hintere Tür, um ins Treppenhaus zu gelangen. Auf dem Gang traf er Hinrichsen, der den Arm hob.

»Ich habe die Fotos von den Ventilatoren einem Bekannten geschickt, der bei der Landwirtschaftskammer arbeitet. Er sagt, das sei ein Wärmetauscher, Standard bei diesen großen Ställen. Die Hühner dürften keinen Hitzestress haben.«

Rasmussen nickte.

»Übrigens, Sie haben da was«, sagte Hinrichsen und tippte sich an den Mund.

Rasmussen brummte und orientierte sich Richtung Herrentoilette.

Frieden, was ist das?

»Unser Mütter wussten wenigstens noch, an wen sie sich wenden konnten, wenn die Väter nicht zurückkamen«, verkündete Fiete Burmester. »Die meldeten sich einfach beim ›Verband der Kriegsbeschädigten und Kriegshinterbliebenen‹.« Er lenkte den DS durch Osterrönfeld.

»Fiete, fast korrekt. ›Verband der Kriegsbeschädigten, Kriegshinterbliebenen und Sozialrentner Deutschlands‹, das ist der richtige Titel.« Die Brix bellte den Chauffeur vom Beifahrersitz aus an. Sie schien ein wenig auf Krawall gebürstet. Das mochte aber auch an dem bevorstehenden Besuch bei der Mutter von Till Meermann, des ersten Vermissten in der Bermuda-Bucht, liegen.

»Das heißt VdK. Ich habe mich auch ein wenig mit der Materie beschäftigt«, warf Jörn Jensen von der Rückbank ins Gespräch ein. »Seit dem Zweiten Weltkrieg werden eins Komma vier Millionen Menschen vermisst. Das ist ja nun mal keine Kleinigkeit. Kommt aber in der öffentlichen Diskussion gar nicht vor, diese Zahl.« Pause. »Und heute, an wen wenden sich die Angehörigen heute?«

»Du meinst, Angehörige wie Frau Meermann?« Die Brix hatte sich auf dem Vordersitz ein wenig nach links gedreht, sodass sie Jörn anschauen konnte. Sie formte mit Daumen und Zeigefinger einen Kreis. »Der Weiße Ring, Jörn. Der Weiße Ring ist nicht nur Anlaufstelle für die Opfer einer Straftat, sondern auch für deren Angehörige. Seit vierzig Jahren. Und eine Außenstelle gibt es übrigens sogar bei uns in Eckernförde.«

»Wo denn?«

»In der Alten Post.«

»Und warum kümmern die sich nicht?«

»Die kümmern sich. Aber Hans hat mich gebeten, persönlich mit Frau Meermann zu sprechen, weil sie in den letzten Monaten jeden Kontakt abgelehnt hat.«

»Wie, und dich lässt sie ran?«

»Ja, ihr verstorbener Mann war Justizvollzugsbeamter. Wir hatten mal miteinander zu tun. Ich möchte das momentan nicht besprechen.« Die Brix drehte sich wieder nach vorn.

»Am Kreisel die letzte Ausfahrt, beim Lidl abbiegen, so hat es Frau Meermann mir mit auf den Weg gegeben.« Die Brix holte den Schminkspiegel aus der Handtasche. Sie kontrollierte den Sitz des mintfarbenen Hütchens und den Lippenstift.

»Lidl oder wie Fritze immer zu sagen pflegt: Little! Hat Hinrichsen nicht in einem Discounter-Container in Gettorf den Kopf des ›Strandbuden‹-Besitzers gefunden?« Jensen amüsierte sich. »Wenn ich diesen Schock jemandem gegönnt habe, dann diesem Stiesel.«

»Was du alles weißt, mein lieber Jörn«, flötete die Brix und richtete ihr Halstuch. Mint und Ton in Ton mit dem Kostüm.

»Margarete, du siehst phantastisch aus«, sagte der Fahrer. »Ich habe übrigens in der Sonnenblende extra einen Spiegel anbringen lassen. Der gehörte 1970 noch nicht zur Serienausstattung.« Burmester ließ die Göttliche um die Ecke schweben und hielt dann vor einer Reihe Doppelhäuser. Auf den Pfeilern an der Pforte standen rote Kerzen.

»Alles sehr gepflegt hier«, versuchte Jensen noch einen letzten Punkt zu setzen.

»Die Herren, ich hole euch nachher in der Schiffsbegrüßungsanlage ab.« Die Wagentür fiel ins Schloss. Die Brix umrundete das Auto und schritt durch den Vorgarten zur Haustür. Sie klingelte und verschwand schließlich hinter der Sicherheitstür aus Glas.

Mehr als anderthalb Stunden später kreuzte die Brix im Wintergarten des Restaurants an der Rendsburger Schiffsbegrüßungsanlage auf.

»Wisst ihr, wer mich gefahren hat?« Die Brix schaute in die zufriedenen Gesichter der beiden Knilche. Sie waren schon beim Schnaps angekommen. Fiete Burmester traf ein tadelnder Blick. »Na, keine Vorschläge? Da kommt ihr auch nicht drauf: Siemsen. Der hat sich doch damals nach der Geschichte mit Birte Martens vom Acker gemacht, der fährt hier in Rendsburg Taxi.«

Sie berichtete dann davon, dass Mutter Meermann nach eigener Aussage einen Depressionsschub bekommen habe, nachdem sie monatelang in der Ungewissheit gelebt hätte. Umso größer war ihre Erleichterung, dass nun DNA-Spuren ihres Sohnes im Bunker an der WTD identifiziert worden seien. »Ich habe es gewusst, ich habe es gewusst«, habe sie vor sich hingestammelt. Es habe Momente gegeben, in denen sie ihm Brote geschmiert hätte. Und die Sporttasche, die stehe auch immer noch unausgepackt in seinem Zimmer. Frau Meermann klammere sich an die Hoffnung auf ein Wunder. Der Krebs habe ihr kurz vorher ihren Mann genommen und nun ein Verbrecher den Sohn, das könne nicht angehen. Und das, was in Eckernförde so gut gemeint sei, die ganzen Trauergottesdienste und dieses öffentliche Singen, als pietätlos und empörend empfinde sie das. Sie werde ihren Till doch nicht aufgeben und an so etwas teilnehmen. Sie nicht. Das habe sie mehrmals wiederholt.

»Ich muss euch sagen, das war schlimm, richtig schlimm. Und ich bin doch nun wirklich einiges gewohnt.« Die Brix kämpfte mit sich. »Tja, dann habe ich mich mit den Worten verabschiedet, ich würde ihr von Herzen wünschen, dass sie ihren Frieden findet. Zurückgeblafft hat sie, Frieden, was das denn wäre?«

Die Knilche schauten belämmert über ihre Maltesergläser hinweg.

»Wisst ihr was, ich nehme auch so einen. Und dann fahren wir aber. Steht eigentlich heute Abend was auf dem Programm?«

»Fritze hat angerufen. Das Kegeln in der Wiker Post fällt aus«, sagte Fiete und winkte auch schon nach der Bedienung. »Machen Sie bitte noch mal zwei Schnäpse, ich nehme eine Cola Zero.«

»Dieses ewige Bangen, das zermürbt, dieses sehnsüchtige Warten, das macht die Tage endlos. Meine Tante Else hat sich in den grauenvollen Phantasien über das Schicksal ihres Verlobten vor Stalingrad verloren. Die hat nach Kriegsende kein Bein mehr auf die Erde bekommen.« Die Brix schaute einem Frachter nach. Es erklang gerade die deutsche Nationalhymne.

»Da konnte der VdK auch nichts machen, ne«, meldete Jörn Jensen sich zurück.

»Jörn, du zahlst«, beschloss Fiete Burmester das Thema.

Der Film Film

Calloe schnarchte. Ein gutturales Geräusch beim Ein- und ein eher schnarrendes Geräusch beim Ausatmen. Schrader hatte die Zentralstation gegen drei Uhr verlassen. Seine Frau, Krankenschwester in Schleswig, hatte Frühdienst, und der Junior war noch ein Kindergartenkind. Rasmussen reckte eine Kaffeetasse in die Höhe und schaute Hinrichsen fragend an. Der nickte.

Rasmussen kam mit zwei Bechern Kaffee zurück an den Tisch und setzte sich schwer neben Hinrichsen, der nicht mehr gut roch.

»Durchgemacht haben wir schon lange nicht mehr«, sagte Hinrichsen und nahm den Kaffeebecher entgegen. »Irgendwie gemütlich.«

»Na ja.« Rasmussens Antwort war knapp, seine Augen klein. »Wo nehmen Sie bloß die Kondition her?«

»Och, im Alter geht das. Da braucht man nicht mehr so viel Schlaf.« Er klickte auf den nächsten Ordner. Es erschien eine Fehlermeldung. Hinrichsen klickte erneut. Der Ordner öffnete sich nicht.

»Verschlüsselt?«, mutmaßte Rasmussen.

»Kann.«

Hinrichsen stand auf, durchquerte das Büro, setzte sich neben Calloe an den Schreibtisch, die mit dem Kopf auf ihrer Jacke lag und noch immer schnarchte. Er hielt ihr die Nase zu. Sie schnorchelte, drehte den Kopf auf die andere Seite und schnarchte weiter. Er schob die Brille auf die Nase, rollte auf die andere Seite und riss Calloe ein Haar aus.

»Sag mal, spinnst du?«, fuhr sie hoch und glotzte Hinrichsen stier und verwirrt an.

»Oh ha, wir duzen uns. Wo soll das noch hinführen?«

Calloe kniff die Augen zusammen, rieb sich den rechten Arm, schmatzte, griff nach der Wasserflasche und trank einen halben Liter in einem Zug. Sie setzte die Flasche ab, schnaufte und fragte: »Wie spät?«

»Halb fünf«, antwortete Rasmussen. »Wir haben einen verschlüsselten Ordner.«

Calloe stand auf, reckte sich und tat ein paar wacklige Schritte. Rasmussen machte ihr Platz. Sie fiel förmlich auf seinen Schreibtischstuhl, klickte auf den Ordner, murmelte unverständlich, schloss das Fenster, surfte auf eine Internetseite, die außer Text und Zahlen wenig Abwechslung zu bieten hatte, scrollte, tippte etwas in ein Suchfeld. Dann stand sie auf und ging zur Tür. »Nix anfassen, warten. Bin gleich wieder da.«

Hinrichsen und Rasmussen hörten Türen, hörten die Wasserspülung, das Rauschen am Waschbecken.

»Was man am Tag so alles verpasst«, bemerkte Hinrichsen und trank den Rest Kaffee.

Als Calloe das Büro wieder betrat, waren ihre Haare feucht, tiefschwarz, in einen Zopf nach hinten gezwungen. Sie klatschte in die Hände und sagte: »Hier stinkt's.« Damit ging sie zum Fenster und öffnete beide Flügel. Hinrichsen griff nach seinem Parka.

»Wie lange dauert das jetzt?«, wollte Rasmussen wissen und zeigte auf den Monitor.

»Zehn Minuten, zwölf Sekunden«, antwortete Calloe und setzte sich.

»Pelle Erben, Sandro Hagemeister. Das lief ja nicht so, oder?« Rasmussen wechselte kurz mal den Fokus.

»Wenn ich die Namen noch mal höre, nehme ich einen Krankenschein«, stellte Hinrichsen fest.

»Ich habe den Eindruck, dass ich mich mal um die beiden kümmern sollte. Die wissen doch was über Berger, was wir nicht wissen.«

Calloe schaute ihren Chef an, nickte und bestätigte übertrieben deutlich: »Richtig.«

»Wir sollten da auf keinen Fall lockerlassen«, schloss Rasmussen das Thema vorerst ab.

»Richtiiich«, beendete Calloe das Thema.

Der Chef spürte, dass er den wunden Punkt vorerst nicht mehr berühren sollte. Dann machte der Computer ein Geräusch, das wie das Öffnen eines Bügelbiers klang. Calloe richtete sich auf und rollte dichter an den Bildschirm heran. Sie zog den Ordner in ein neues Fenster hinüber, klickte auf Start, und binnen Sekunden öffnete sich der Ordner und zeigte eine Datei namens pony1.wav. Calloe startete den Player. Zu sehen waren verwackelte Bilder eines rot-weiß-blau lackierten Transporters.

»Das ist Knut Bergers Transporter«, sagte Hinrichsen.

Die Kamera schwenkte auf die Flügeltüren am Heck des Fahrzeugs. Ein Arm kam ins Blickfeld.

»Das ist Knut Bergers Arm. Das Tattoo«, sagte Calloe.

»Der ist ja ab«, sagte Rasmussen.

Knut Berger öffnete den rechten Flügel, dabei schwenkte er die Kamera nach rechts. Calloe, Rasmussen und Hinrichsen rückten noch näher an den Bildschirm heran. Beinahe berührten sich ihre Köpfe. Dann sah man die Beine einer Frau, den Rocksaum. Die Kamera schwenkte wieder nach links. Auf der Ladefläche der Körper eines Mannes, eines Mannes in Badehose, auf der Seite liegend. Er war nur von hinten zu sehen, die Arme mit Kabelbindern auf dem Rücken gefesselt, bewegungslos. Die Kamera schwenkte weiter nach links. Die andere Flügeltür wurde geöffnet. Ein Frauenbein auf der Ladefläche, dann das zweite. Breitbeinig stand die Frau über dem Mann. Die Kamera schwenkte nach oben. Die Frau flüsterte kaum verständlich: »Willkommen.« Sie drehte den Kopf nach links hinten über ihre Schulter. Sie lächelte glücklich, überglücklich. Es war Saskia Berger.

»Calloe, gehen Sie noch mal zurück, ja, ja, stopp, hier sieht man den Mann ganz kurz im Profil.« Hinrichsen lief an die Klagemauer. »Wisst ihr, wer da auf der Ladefläche liegt?«, rief er. »Das kann eigentlich nur Till Meermann sein.« Er kam mit dem Foto des Vermissten zurück an den Bildschirm.

»Ich würde ja sagen, wir stürmen den Laden.« Rasmussen kraulte sich den Dreitagebart. »Wenn wir nur wüssten, wo die Bergers ihr Versteck haben. Doch der Hühnerstall?«

Überfallkommando

Es war halb acht am Mittwochmorgen, als drei Autos auf den Hof der Bergers in Holtby rollten. Dem Volvo entstiegen Rasmussen und Calloe, Hinrichsen war mit seinem Opel gefahren, und aus dem Streifenwagen kletterte Schrader mit einem jungen Kollegen, den Rasmussen noch nie gesehen hatte.

»Herr Hauptkommissar«, wandte sich dieser an Rasmussen, »darf ich fragen, aus welchem Grund wir hier sind?«

Rasmussen blieb auf halbem Weg zu Saskia Bergers Haustür stehen und schaute auf das Namensschild des Kollegen. »Kollege Fischer, wir nehmen Saskia Berger vorläufig unter dem Verdacht fest, dass sie sich nach Paragraf 239 Strafgesetzbuch der Freiheitsberaubung schuldig gemacht hat. Wir werden sie auf der Zentralstation befragen, und ich denke, im Laufe des Vormittags wird das Gericht die Untersuchungshaft anordnen.«

Kollege Fischer strahlte. »U-Haft gemäß Paragrafen 112 und folgende der Strafprozessordnung. Das wird meine erste Festnahme.« Er zog die extralangen Kabelbinder hinterm Rücken hervor. »Die haben wir bei der Hundertschaft«, erklärte er stolz.

»Das wird nicht nötig sein«, sagte Rasmussen und klingelte. »Gleich sehen Sie, wie ich Frau Berger in den Polizeigriff nehme.« Er grinste, klingelte ein zweites Mal. Hinrichsen klopfte an das Küchenfenster. Rasmussen klingelte erneut, Calloe ging links um das Haus herum. Die Gesichtsfarbe des Kollegen Fischer wechselte von jugendlich-frisch in Teenager-Rot.

Schrader machte Geräusche. Klang erschöpft und genervt gleichermaßen. »Die is weg«, orakelte er und sollte recht behalten.

Die rückwärtige Tür war nachlässig gesichert. Ein Gang durchs

Haus brachte keine neuen Erkenntnisse. Calloe und Kollege Fischer inspizierten die Garage.

Schrader lehnte immer noch am Streifenwagen. »Ich halte die Einfahrt im Auge«, rechtfertigte er sich. Niemand hörte zu. Rasmussen und Hinrichsen gingen die knapp hundert Meter hinüber zum Hühnerstall.

»Die macht seit Jahren die Kerle wuschig, und gerade spielt sie mit uns Katz und Maus. Die hat nie jemand ernst genommen. Saskia, och, die ist ein bisschen verrückt mit ihren Verkleidungen, haben alle gesagt. Nun haben wir den Salat. Eine Massen-Entführerin. Vermutlich in Komplizenschaft mit den Kiffer-Tischlern aus Bornstein.« Hinrichsen klang überzeugt.

»Dass sie Till Meermann auf der Ladefläche hatte, sagt noch nichts über die anderen vier Männer. Ist auch nicht so wichtig. Hinrichsen, stellen Sie sich vor, wir finden Meermann lebend. Irgendwo hier.« Rasmussen drehte sich im Kreis.

»Sie links, ich rechts.« Sie waren an der Schmalseite des Hühnerstalls angekommen und teilten sich auf. Leise hörte Rasmussen die Hühner hinter den Milchglasscheiben des flachen, lang gestreckten Gebäudes. Er und Hinrichsen kamen fast gleichzeitig an der Rückseite an. Hier rauschten die Ventilatoren.

»Was treiben die bloß für einen beknackten Aufwand«, ärgerte sich Hinrichsen. »Eine Klimaanlage für Hühner. Was das kostet. Wahrscheinlich werden sie auch noch mit Musik beschallt.«

»Ihr Mann bei der Landwirtschaftskammer hat doch behauptet, das sei Standard.« Rasmussen schob Äste eines Kirschlorbeers zur Seite, die ihm entgegenschnellten. »Diese Dinger gehören verboten. Sind ja inzwischen auch Standard in deutschen Gärten.«

»Immergrün und blickdicht«, warf Hinrichsen ein.

»Hinrichsen, sind Sie das eigentlich?«

»Was bin ich?«

»Na, dieser Gestank?«

Hinrichsen drehte sich zu Rasmussen um. »Wie bitte? Gestank? Ich? Ihnen fehlt wohl 'ne Mütze Schlaf?«

»Ist ja gut. Sie sind aber empfindlich heute. Riechen Sie das denn nicht auch?«

»Nö. Was soll ich denn riechen?«

Rasmussen ging ein paar Schritte auf die Entlüftungsrohre des

Stalls zu. »Das ist doch irgend so ein beschissenes Deo.« Er sog die Luft mit geblähten Nasenflügeln ein. »Das stinkt wie in der Umkleide nach dem Duschen.«

Hinrichsen schnupperte, nickte und schaute seinen Chef ernst an. »Jo, wird wohl so ein eitles Huhn sein. Ich riech das gern.« Hinrichsen legte den Kopf in den Nacken und gackerte, dann schnupperte er noch mal. »Jetzt rieche ich nichts mehr. Chef, wir sind übernächtigt«, sagte er.

»Vorhin in der Zentralstation klang das noch anders«, antwortete Rasmussen. »Ich weiß, Sie haben den Stall bereits gecheckt. Außerdem sind wir alle erschöpft von unserer Nachtschicht. Aber wir gehen da jetzt mal zusammen rein. Haben Sie ihr kleines Besteck dabei?«

Beide bogen um die Ecke, und Hinrichsen machte sich am Schloss der Eingangstür zu schaffen. Er war fix wie immer, im Nu standen sie im Vorraum. Die Stalltür stand sperrangelweit offen, und Hühner machten sich an den Futtersäcken zu schaffen. Die Viecher flogen jetzt aufgescheucht herum, die Schreibtischlampe krachte auf den Boden, ein Huhn flog immer wieder gegen die Scheibe des Bürofensters.

»Donnerlittchen, hier ist was los« meinte Hinrichsen. Rasmussen war schon im Stall, gefolgt von einer Hühnerschar, die offensichtlich davon ausging, dass nun endlich mal wieder Futterzeit sei. Hinrichsen hatte mittlerweile den Rest der Truppe herangepfiffen. Fischer, Schrader und Calloe folgten ihm in den Stall.

»Wissen Sie, was ich nicht verstehe?«, brüllte Rasmussen seinem Team quer durch den Stall zu. »Hier kreuchen ein paar Dutzend Hühner durch die Gegend, und es läuft die Klimaanlage.« Der Hauptkommissar stand jetzt vor so einem Lüftungsrohr und betrachtete die Leitungen. »Daran ist für mich als Laien erst mal nichts Verdächtiges. Aber von wo aus wird die Anlage eigentlich gesteuert? Haben Sie was entdeckt, Hinrichsen?«

»Gute Frage, Chef, nächste Frage.«

»Wir sollten hier mal unsere Techniker durchjagen«, sagte Calloe und streifte Hinrichsen mit einem Blick.

»Ja und wir sollten in Reihe den gesamten Stall der Länge nach durchkämmen«, schlug Hinrichsen vor und kratzte sich leicht schuldbewusst am Kopf.

Calloe schaute auf ihre roten Huaraches, die wären danach wohl hinüber. Die Männer hatten bereits Aufstellung genommen, und sie nahm ihren Platz ein.

»Na, denn mal los.« Auf Rasmussens Kommando marschierte die Reihe los. Hier kratzte mal einer mit dem Stiefel im Hühnerkot, da nahm einer herumliegende Holzlatten hoch. Der Stall war ungepflegt und zugemüllt. Die Reihe bewegte sich hin und zurück durch den Stall. Kein Wort und zum Abschluss allgemeines Schulterzucken.

Das Team ging zurück zum Haus.

»Hinrichsen, fahren Sie mal in den Salon. Die machen ja gleich auf. Ich knöpfe mir Saskia Bergers Mutter vor.«

Schrader schlurfte mit dem neuen Kollegen mit hängenden Schultern zum Streifenwagen. Die Kabelbinder hingen noch immer an Fischers Gürtel.

Rasmussen bat Calloe, sich die restlichen Dateien anzusehen. »Wir sehen uns um sechzehn Uhr in der Zentralstation. Bis dahin sollten wir uns eine Mütze Schlaf sichern.« Mit diesen Worten ging Rasmussen zu seinem Schwedenpanzer.

Calloe stieg zu Hinrichsen in den Opel. Und wieder wurde es still in Holtby. Nur die Entlüftung rauschte.

Höllenlärm

Nach einer Dreiviertelstunde war Michael Meier unter die Dusche gegangen. Der Lärm machte ihn wahnsinnig. Irgendwann hatte einer angefangen, mit einem Gegenstand gegen die Heizungsrohre zu schlagen. Nach und nach schlugen alle vier gegen die Rohre. Das gab einen Höllenlärm. Er war über die Flure gelaufen, hatte die Luken auf- und zugeschlossen. Er hatte die Jungs angebrüllt, durch die Maske klang seine Stimme martialisch verzerrt. Er hatte keine Antworten bekommen, die Insassen hatten ihn nicht mal beachtet. Sie schlugen auf die Rohre ein, der eine wie der andere. Waren sie im Takt, dann knallte das in seinen Ohren wie Peitschenhiebe. Darunter lag als Grundton ein blechernes Eiern, das ihn an so manches Straßenfußballspiel mit Dose in der Kölner Südstadt erinnert hatte.

»Verdamp lang her, dat ich bei dir ahm Jraav woor, verdamp lang her, dat mir jesprochen hann«, summte Meier unter der Dusche und seifte sich ein. Es gab keine Möglichkeit der Kommunikation der Insassen untereinander. Das wusste er genau, er hatte hier ja lange genug selbst gesessen. »… un dat vum eine och jet beim andere ahnkohm, su lang, dat ich mich kaum erinnre kann.« Er lehnte sich gegen die Wand und ließ das warme Wasser über sich laufen. Er spürte eine wohlige Wärme. Den Lärm hörte er fast schon nicht mehr.

Er hatte in den letzten zwei Tagen bemerkt, dass es hier unten einen schleichenden Stimmungsumschwung gab. Danish Dynamite wollte während des Trainings immer mit ihm reden. Der fragte nach dem fünften Gefangenen. Er hatte von Knut Berger das Prinzip übernommen, nur Grunzlaute und Schreie von sich zu geben. Der Maskenmann redete nicht mit den Gefangenen. Wenn er die Futterluken öffnete, dann standen sie immer schon da. Und quatschten ihn an. Alle möglichen Wünsche wurden vorgetragen und Krankheiten vorgeschützt. Die Insassen wussten genau, dass sie keine Antworten bekämen.

Meier selbst bekam jedoch langsam ein ungutes Gefühl. Und die ständige Fragerei nach der Herrin, wann die denn wiederkäme, die setzte ihm auch zu. Es war bereits Mittwochmorgen, und er hatte kein einziges Lebenszeichen von ihr. Übertrug sich seine Unsicherheit auf den Umgang mit den Jungs? Rommel war gestern Mittag richtig bockig geworden. Nach der dritten Runde ging er aus der Position, und auf einmal bäumte sich dieses Pony vor ihm auf. Er hatte es mit dem Peitschenknauf wieder in Position geprügelt. Aber die Ordnung schien langsam verloren zu gehen.

Alle, auch er, verlangten nach der Herrin. Die hatte vorgestern den Keller abgeschlossen und seitdem nichts mehr von sich hören lassen. Über sein Smartphone hatte er die Nachrichten gecheckt. Auch im Fernsehen und Radio nichts. Kein Anzeichen irgendeines Verdachts.

Saskia hatte ihm davon berichtet, dass alle naslang Polizisten über den Resthof schlichen. Er wusste ja, dass ihr Keller praktisch unauffindbar war. Knut Berger hatte ganze Arbeit geleistet. Der Einstieg war bestens versteckt, und die Lüftungsleitungen in den Keller waren so verblendet, dass das System mit bloßen Augen kaum zu erkennen war. Trotzdem wusste er nicht, was er von der aktuellen Situation hier unten halten sollte. Saskia Berger fehlte.

Langsam blendete sich auch wieder der Höllenlärm ein. Er griff zur Armatur und stellte das Wasser einfach heißer. Er spürte sich nun noch intensiver. Kein Wunder, dass er sich fast verbrühte. Auf eine Idee brachte es ihn aber auch nicht. Saskia Berger hatte ihn in der Hand. Er wusste genau, dass sich die Geschichte hier hinziehen würde. Für den Moment fühlte er sich nach der Dusche aber wohler und wiederhergestellt. Er trocknete sich bis in die letzte Ritze ab. Sollten sie doch klopfen.

Er war gerade dabei, den Ganzkörperanzug vorzuhalten und das rechte Bein hineinzusetzen, da überfiel ihn der Gedanke. Heute Mittag bleibt die Küche kalt. Die Jungs kriegen nichts. Für Notfälle hatte jeder von denen ja auch noch eine Minibar.

Minuten später stand Meier im weißen Bademantel in der Küche. Am Arbeitstisch in der Mitte des Raumes schnitt er sich eine dicke Scheibe Grander Katenschinken zurecht. Die Jungs hatten mittlerweile hörbare Konditionsprobleme. Oder lag es an der Motivation? So ohne Publikum. Es gab schon Aussetzer, und gleich würde er sich vor den Fernseher setzen. Irgendeine Naturdoku auf Arte, das wäre es jetzt. Der Tee musste nur noch ziehen.

Wo ist Saskia Berger?

»Das hilft doch nichts«, sagte Calloe und legte ihre linke auf Hinrichsens rechte Hand, mit der er seit der Abfahrt in Holtby auf dem Lenkrad herumtrommelte.

Hinrichsen zog die Hand abrupt zurück. »Nee, das hilft nichts, aber in meinem Alter sind die Nerven irgendwann mal auf. Da denkst du, wir kriegen das Biest am Schlafittchen, und wieder nix. Vorgestern hat meine Schwägerin aus dem Allgäu angerufen und mitgeteilt, sie führen in diesem Sommer lieber nach Italien. Das sei ihnen nicht geheuer, was bei uns in Eckernförde passiert.«

Hinrichsen fing wieder zu trommeln an. »Als hätten wir nicht alles Menschenmögliche unternommen. Wenn ich bloß eine Idee hätte, wohin Saskia Berger Till Meermann verschleppt haben könnte. Kein Boot, kein Ferienhaus.« Er kurbelte das Fenster runter. »Am Ende wäre mir eine Leiche lieber als ein Phantom.«

»Nun ist gut. Die Dame hat sich zwar vom Acker gemacht, aber wir finden sie. Früher oder später. Sie ist ja nicht Richard Kimble.«

»Sie kennen Richard Kimble? Da waren Sie doch noch gar nicht geboren, als die Serie im Fernsehen lief.«

»Serie? Das war ein Kinofilm mit Harrison Ford.«

»Nein, nein, eine Serie mit David Janssen. Das war in den Sechzigern. Ein Arzt …«

»… dem fälschlicherweise unterstellt wurde, er habe seine Frau ermordet. Ein Kinofilm«, fiel Calloe Hinrichsen ins Wort.

»Und eine Serie.« Hinrichsens Miene hatte sich aufgehellt.

»Anschauungsmaterial für Polizisten. Keine voreiligen Schlüsse. Wir jagen Saskia Berger, und nachher stellt sich heraus, dass sie wirklich nur die trauernde Ehefrau ist und nicht die schwarze Witwe, der ein Opfer nicht reicht.«

»Ich hol sie mir jetzt.« Hinrichsen hielt an der Ecke Gerichtsstraße/Reeperbahn, und Calloe stieg aus.

In der Langebrückstraße parkte er vor der Praxis des Kardiologen, der ihm vor ein paar Jahren ein paar unangenehme Wahrheiten gesagt hatte. Seitdem machte er einen Bogen um Elektrokardiogramme.

Vor Saskia Bergers Salon standen zwei Mitarbeiterinnen, drehten und wendeten ein Werbeplakat und konnten sich nicht darauf einigen, wo nun oben und unten sein sollte. »Diese Werbeheinis haben sie doch nicht alle«, sagte die Blondine mit den großen Ohrtunneln. »Komm, schmeiß das Ding einfach in den Müll.« Die kleine Auszubildende nickte, knickte die kreative Botschaft und verschwand Richtung Altpapiertonne. Erst in diesem Moment wurde die Blondine auf Hinrichsen aufmerksam, der sich dazugestellt und den Damen über die Schulter geschaut hatte.

»Oh, die Polizei schon wieder. Sie sind doch einer von denen, oder?«

Hinrichsen nickte heftig.

»Wenn Sie die Wackel-Mütze abnehmen, könnte ich Sie beraten. Also haarmäßig.«

»Wenn ich die Mütze abnehme, könnten Sie Ihre drohende Arbeitslosigkeit betrachten. Wo ist Saskia Berger?«

»Die Chefin? Die kommt heute nicht.«

»Soll ich es aufschreiben? Wo ist Saskia Berger?«

»Die ist zur Hair nach Berlin.«

»Musical?«

»Messe.«

»Wie bitte? Eine Messe für Haare. Die spinnen doch alle.«

»Es gibt in Dortmund eine Messe, die heißt ›Jagd und Hund‹«, konterte die Blondine.

»Wie ist sie nach Berlin gefahren?«

»Mit der Bahn.«

»Auto?«

»Nee, mit der Bahn, das sagte ich ja gerade.«

»Wo ihr Auto steht, will ich wissen.«

»Wo es immer steht. Ist es noch zu früh für ganze Sätze?«

Hinrichsen machte einen Schritt auf die Blondine zu.

»Soll ich doch mal unter die Mütze gucken?«

»Frau Berger ruft mich an, bevor ich sie anrufe, verstanden?« Hinrichsen schäumte.

»Der Tag ist noch jung, alter Mann. Und Sie sind schon so scheiße drauf.«

»Ich bin tatsächlich so scheiße drauf, dass ich Ihnen gleich unsere Arrestzelle von innen zeige.« Hinrichsen schob die Prinz-Heinrich-Mütze nach hinten.

»Parkplatz Speicherpassage.« Die Blondine machte ein herablassendes Geräusch und verschwand auf getigerten Chucks in Bergers Salon.

Hinrichsen ging zum Ochsenkopf rüber und betrat die Speicherpassage. Fast wäre er kalorienfrei bei Bäcker Steiskal vorbeigekommen, aber an einem der Tische saß Fiete Burmester und winkte ihm zu. So gab es Milchkaffe, ein Franzbrötchen und den neuesten Tratsch aus dem Ykærnehus. Dort hatten sich einige Bewohner getroffen und wegen der bevorstehenden Badesaison beraten. Am Ende der hitzigen Diskussion hatte man sich darauf geeinigt, eine Art Strandwehr aufzustellen, die, in Kanus und mit

Taucherbrillen und Harpunen ausgerüstet, am Südstrand patrouillieren würde. Montags bis donnerstags. An Wochenenden ging aus dem Ykærnehus sowieso niemand an den Strand.

Hinrichsen schob die Mütze hin und her und bemühte sich, die Fassung nicht zu verlieren.

»So, ich muss los. Die Arbeit ruft«, beendete er das Gespräch und stand auf. Sie reichten einander die Hand. Hinrichsen hielt fest. »Strandpatrouille. Das ist, um es vorsichtig zu formulieren, eine Scheißhausidee. Weiß die Brix davon?«

Fiete Burmester schüttelte den Kopf.

»Ziehen Sie dem Spuk den Stecker raus, bevor sie Wind davon bekommt.«

Hinrichsen erhob sich und ging zum Parkplatz. Dort sah er sofort den pinkfarbenen Cadillac Coupé de Ville von Saskia Berger. Nicht seine Farbe, nicht zeitgemäß. Aber eine coole Karre, Hinrichsen nickte anerkennend. Ihm gefielen die Aufkleber »Hair Affair« an den Seiten nicht, aber so machten das ja immer mehr Geschäftsleute. Parkten ihr auffälliges Auto spätestens alle zwei Tage um. Andere benutzten auch Anhänger, um Werbung für sich zu machen. Eine Unsitte, aber ein Fall für das Ordnungsamt. Nichts, worum er sich kümmern musste.

Hinrichsen ging an den Kofferraum und zückte sein Pickingbesteck. Der Deckel sprang auf, als habe er einen Schlüssel benutzt. »Gute alte Mechanik«, sagte er und betrachtete den Kofferraum, in dem man locker zwei Leichen transportieren könnte. Hinrichsen erschrak. Da die Werbekarosse immer nur in der Gegend rumstand, hatten sie sich Bergers Auto bisher noch nicht angesehen.

Er zog ein Paar Handschuhe aus der Tasche. Ein Warndreieck, eine alte Bundeswehrdecke, zusammengerollt an der linken Fahrzeugseite, zwei original verpackte Warnwesten, nichts Merkwürdiges.

Hinrichsen beugte sich vor, um den Bereich gleich hinter der Stoßstange besser sehen zu können, und da, unter der schwarzen geriffelten Gummimatte, lugte eine grün lackierte Eisenstange hervor. Vorsichtig hob Hinrichsen die Matte an. Die Stange war etwa einen Meter lang, am unteren Ende lief sie spitz zu. Eine Stange, wie Hinrichsen sie oft im Garten verwendete, um Sträucher anzubinden. Er griff nach der Stange, lupfte sie an, drehte sie halb herum und sah, dass im unteren Viertel Haare anhafteten, blonde Haare in einer dunklen Substanz.

Blut, dachte Hinrichsen, früher war Blut immer dicker als Wasser. Aber was wusste er denn schon. Er ließ die Stange sinken und rief Rasmussen an.

Tachchen, Schätzeken

Saskia Berger saß in der Lobby des Hotels in der Friedrichstraße. Sie dachte darüber nach, dass das hier offensichtlich mal ein Hotel für DDR-Bonzen gewesen sein musste. Sie kam zu dem Schluss, der derzeitige Lounge-Stil harmoniere mit den übrig gebliebenen sozialistischen Kristall-Lüstern.

Sie schaute gerade auf ihr Display, da klingelte das Smartphone auch schon. Unbekannte Nummer.

»Tachchen, Saskia.« Die Stimme kannte sie nicht. »Du bist in Berlin. Isset bisher schön jewesen? Verträgste die Berliner Luft, Schätzeken? Du, wir müssen mal schnacken. Ich rufe im Namen meiner Klienten an.«

»Ich kenne weder Ihre Nummer noch Ihre Stimme.« Saskia Berger bemühte sich um Diskretion und blieb sehr leise.

»Schock, Erwin Schock mein Name.« Die Stimme kam so hallig rüber, als stünde der Anrufer in einer Halle.

»Pelle Erben und Sandro Hagemeister hatten ja bereits Kontakt mit deinem Mann. Ich sage mal, das ist ja – ohne unser Zutun – wenig erfreulich ausgegangen. Unterm Strich bleibt eine Rechnung zu begleichen.«

»Herr Schock«, zischte Saskia Berger. »Wer auch immer Sie sein mögen, es sind keine Rechnungen offen. Und schon gar nicht mit diesen beiden Hippies, die meinem Mann das Leben schwer gemacht haben. Die haben ihn doch auf dem Gewissen, die wollten ihn fertigmachen. Ich frage mich bloß, womit.«

»Hat dir dein Mann denn gar nichts erzählt? Wir wissen alles. Euer Versteck, eure Spielchen, wir haben uns sogar Kopien von den Fotos und Filmchen gezogen. Das liegt hier alles bei mir im Safe. Wie kann man auch so blöd sein, das Beweismaterial in einer

Strandbude zu deponieren und den Schlüssel in die Dachrinne zu hängen. Du und deine Ponyherde, ihr wiehert doch nicht nur beim Ficken, sondern den ganzen Tag. Vor Dummheit. Wat sachste nu, Zuckerpuppe?«

»Rufen Sie mich nie wieder an.« Saskia Berger sah von Weitem ihre Verabredung heranrollen. Kolleginnen aus Kiel und Hamburg. Sie drückte den Anrufer weg.

»Liebes, du siehst wieder hinreißend aus.« Eine Wasserstoffblonde im kleinen Schwarzen und Super-High-Heels stakste einer Frauengruppe voran und streckte die bloßen Arme nach Saskia Berger aus.

Sie hockte wie aufgezogen auf dem Rand eines schwarzen Ledersessels. Haare wie seinerzeit Farrah Fawcett-Majors, eng anliegendes weißes Top mit weit ausgeschnittenem Rücken, superkurzer schwarzer Rock, schwarze Nylons mit leichtem floralen Muster und Doc-Martens-Stiefel. Im Hintergrund dudelte ein Lied, in dem das Wort Berlin gefühlte neunundachtzigmal vorkam. Die Hauptstadt feierte sich. Und Saskia Berger tat so, als ob.

Schwarz vor Augen

Es war schon von Vorteil, dass es hier unten im Keller einen so engen Zeitplan gab. Regiment und Routine schoben jedweden Zweifel zur Seite. Zwischenfälle wie heute Morgen jedoch konnten den Dampfer ins Schlingern bringen. Michael Meier hatte eine Auszeit gebraucht. Im Fernsehen lief eine Dokusoap vor sich hin. Und der Wachhabende Meier schnarchte, selbst der Handy-Wecker konnte seinen Schlaf nicht stören.

Ein dumpfer Knall ließ ihn am späten Nachmittag aufschrecken. Im Alarmmodus sprang er aus dem Bett und lief ins Bad. Er riss seine Montur vom Haken und sah zu, dass er in die Pelle hineinkam. Maske auf und dann in den Flur. Er kontrollierte zuerst die Eingangstür oben am Treppenabsatz, dann die Notausgänge am anderen Ende des Kellers. Im Kontrollraum checkte er den Sicherungskasten und sah, dass es bei Danish Dynamite einen Kurzschluss gegeben haben musste. Aus dessen Zelle drang noch einmal das Knallen. Das konnte auch ein heftiges Klopfen an der Tür sein, ein Notfall?

Die Kameras aus dem Bau des Dänen zeigten nur Dunkel. Meier wechselte zwischen den beiden Kameras hin und her. Der Bildschirm blieb schwarz. Er schaute auf die Monitore der anderen Zellen. Billy the Kid war nicht zu sehen, das kam aber schon mal vor, dass der sich im toten Winkel verkroch. Rommel ruhte. Long John duschte.

Die Ventilatoren der Klimaanlage dröhnten in seinen Ohren wie Schiffsdiesel. Adrenalin. Bis heute Mittag war er überzeugt gewesen, dass er der Situation voll und ganz gewachsen war. Er wollte das hier schaffen. Er wollte schlussendlich mit Saskia Berger leben. Irgendwo. Egal, wo.

Ein rotes Licht blinkte. In Billy the Kids Zelle tat sich etwas. Meier sah, wie der Junge mit einem länglichen Gegenstand auf den Heizkörper einzudreschen begann. Auf einmal kam auch Bewegung in die anderen beiden Zellen. Nun ging das schon wieder los. Was genau war es eigentlich, das Meier hier unbedingt schaffen wollte? Wut stieg in ihm auf. Er merkte, dass das Lid seines linken Auges anfing zu zucken. Es pikste ganz fürchterlich. Der Schmerz stach, kratzte am Bewusstsein. Er stieg vom kleinen Finger der linken Hand ganz langsam auf in Richtung Schulter. Verlor er die Kontrolle über sich? Meier zählte bis zehn. Versuchte, sich an seine Vertriebszahlen in der letzten Bilanz zu erinnern.

Stattdessen sah er sich selbst ungelenk durch die Manege kriechen, die Kriegerin ritt ihn und gab ihm Gerte und Sporen. Ihm wurde übel. Er sah sich auf den Monitoren, und er sah Saskia Berger. Der Glamour war weg, diese Geilheit. Der Pferdekopf über seiner Pritsche tauchte auf einmal auf dem Schirm auf und um ihn herum nur Krach, es dröhnte und blechte in seinen Ohren. Mal weißes Rauschen, mal schwarzes Rauschen. Er stand auf und stützte sich mit beiden Armen auf der Konsole ab, atmete schwer und tief. Die Leere da oben und der Schmerz im Nacken, der wie eine eiserne Faust zupackte … Billy the Kid tanzte im Bademantel wie ein Derwisch durch die Zelle und schlug mit einer Art Schwengel um sich. Meier starrte auf den Bildschirm und war weit davon entfernt, die Situation einschätzen zu können.

Michael Meier drehte sich um. Verdammt noch mal, er musste sich sammeln. Er ging durch die Küche in den Flur mit den Zellen. Der Geräuschpegel stieg. Die drei Jungs spielten weiter Maschinenraum und droschen auf die Heizkörper ein. Woher hatten die alle diese Schlagstöcke? Hatten die ihre Einrichtung zerlegt, ohne dass er es gemerkt hatte? Und wie blöd war er eigentlich, das Essen ausfallen zu lassen? Kein Essen, keine Beruhigungsmedikamente. Aber was sollten sie ihm schon anhaben? Er hatte dieses Schiff unter Kontrolle. Er war der mit dem Schlüssel. Er stand auf der richtigen Seite der Türen.

Dennoch war ihm ölig zumute, alles passierte in Zeitlupe. Er ging zur Zelle von Danish Dynamite. Das Trommeln der anderen hatte wieder einen Takt gefunden. Er legte ein Ohr an die Tür. Er öffnete die Luke, und sein Schädel bewegte sich auf sie zu.

»C-o-w-a-b-u-n-g-a!« – der Schrei erschütterte Meier bis ins Mark. Holzsplitter flogen ihm ins Gesicht. Und dann traf ihn von schräg unten etwas Scharfkantiges. Es wurde schwarz vor seinen Augen.

Im Schneidersitz

Jetzt lief die Maschine. In voller Bereitschaft. Da war Dampf im Kessel. Das Gefühl auf der Brust war kaum noch auszuhalten. Der Tinnitus dröhnte und spornte ihn an, steigerte sich von Sekunde zu Sekunde. Seine Hände umklammerten das Rohr. Die Sehnen in den Beinen fingen an zu flattern. Kein Mucks, keine Bewegung.

Endlich. Das war der Moment, auf den er so gehofft hatte. Die Luke ging auf, und der Lichtstrahl fiel in die Zelle. Draußen auf dem Flur hallten die Schläge seiner Nachbarn wider. Der Maskenmann würde von rechts kommen, der kam immer von rechts. Der Schattenschlag bestätigte seine Theorie.

Jetzt. Als ob er explodierte, schoss der Körper aus der linken Ecke der Zelle von unten auf das Lichtloch zu. Es splitterte. Der Speer kratzte über das Holz, dann ein Widerstand. Hart und doch nachgiebig. Er hatte den Maskenmann erwischt. Der Speer hatte ihm den Augapfel und den Außenrand der Augenhöhle wegrasiert. Der Maskenmann sackte sofort in sich zusammen.

Ole Ekberg stand nun mit dem Rohr in der Hand mitten in der Zelle. Er drückte mit beiden Händen die Waffe an seinen Körper. Von der Spitze rann Blut. Er zitterte und weinte. Hatte er getötet? Seinen Peiniger getötet?

Er war an diesem Mittwoch aufgewacht und hatte es gewusst. Heute war der Tag. Er hatte nicht damit gerechnet, dass die anderen Insassen auf sein Rohrkonzert einsteigen würden. In jedem Schlag hatte jeder Monat, den er hier verbracht hatte, gelegen. Jeder Tag, jede Stunde, jede einzelne entwürdigende Sekunde.

Wie lange hatten sie am Morgen eigentlich getrommelt? Er war jedenfalls vollkommen fertig auf sein Bett gefallen. Er hatte gespürt, wie die Bücherstapel auf der Wandseite unter dem Bettgestell nachgaben. Eins der Längsrohre stand angeschliffen im toten Winkel der Kamera in der linken Ecke an der Tür.

Der Einrichter dieses Knastes hatte an alles gedacht, alle Gegenstände waren doppelt und dreifach an den Wänden verschraubt, es gab nichts Spitzes oder Scharfes, weder im Schlafraum noch in der Nasszelle. Vor ein paar Wochen hatte er jedoch entdeckt, dass sein Bettgestell aus Rohren und Rohrverbindern nicht verlötet war. Ein Fehler im System, Vergesslichkeit oder einfach nur Blödheit?

Er hatte diese Sicherheitslücke entdeckt, weil er irgendwann angefangen hatte, im Schneidersitz auf der Pritsche herumzuhüpfen. Unter der Last seiner zwei Zentner hatten drei Schrauben nachgegeben. Sein Schulfreund Hans pflegte zu sagen: »Es gibt Momente im Leben, da freut man sich ein zweites Arschloch.« Es waren mühselige Vorbereitungsarbeiten gefolgt. Der Kurzschluss heute Nachmittag war dann eher ein Kinderspiel gewesen. Bis hierhin hatte alles geklappt.

Ekberg nahm wieder und wieder Anlauf. Die Tür von der Luke aus mit dem Rohr perforieren und dann raus hier, das war sein Plan. Die Maschine lief wieder. Die Tür splitterte. »Jetzt habt ihr euer Danish Dynamite.« Ekberg sah nicht, dass der Maskenmann wie eine Schildkröte in Richtung Küche kroch.

Rasmussen war froh, als Hinrichsen gleich rechts Richtung Eckernförde abgebogen war. Hinter dem Opel herzufahren war selbst für glühende Anhänger der Straßenverkehrsordnung eine Geduldsprobe. Rasmussen rauschte via Goosefeld zurück in die Stadt. Schon beim Einsteigen hatte er die Nummer der Brix gewählt. Sicher konnte sie bei Heike Berger mehr erreichen als er.

Wie verabredet wartete sie am Kiosk gegenüber vom Utgard. Aufrecht wie eine Tanne stand sie dort zwischen den Jägermeistern, die versuchten, sich einen weiteren miesen Tag schönzusaufen. Viele Eckernförder machten einen Bogen um den Kiosk. Nicht so die Brix. Rasmussen bremste, fuhr an den Bordstein heran und stieß die Beifahrertür auf. Die Brix stieg ein.

»Moin, Maggie. Sag mal, wie schaffst du das, zu jeder Tages- und Nachtzeit so auszusehen? So gestiefelt und gespornt, so – pretty?«

»Seltsame Frage. Mir ist es ein Rätsel, wie manche Zeitgenossen zu jeder Tages- und Nachtzeit so liederlich aussehen können, so – ragged!«

»Diese Jacke«, Rasmussen zupfte am speckigen Kragen seiner Lederjacke, »diese Jacke atmet Geschichte, hat Patina, was sage ich, Persönlichkeit.«

»Wie die Polster des Volvos?« Die Brix lächelte süffisant und kratzte mit dem Nagel ihres linken Zeigefingers an der Sitzfläche. Ein zierliches Staubwölkchen entstand.

»Persönlichkeit und Charakter.« Rasmussen hatte den Zeigefinger gehoben.

»Eine hilflose Geste, die du dir abgewöhnen solltest.«

»Gesten, was sind schon Gesten? An ihren Taten sollt ihr sie erkennen.« Rasmussen reckte das Kinn ein wenig in die Höhe.

»Hier links«, sagte die Brix und deutete in die Ostlandstraße. »Du kannst gleich auf den Parkplatz fahren. Es ist ein Haus in der ersten Reihe.«

Rasmussen tat das.

»Hier wohnt sie seit dem Tod ihres Mannes vor etwa sechs Jahren. Ich glaube, dass sie sich eine größere Wohnung leisten könnte. Sie haben ja Land verpachtet. Aber Heike Berger ist einer der bescheidensten Menschen, die ich kenne.«

Die Einschätzung der Brix sah Rasmussen bestätigt, als Heike Berger sie in das kleine, beinahe spartanisch eingerichtete Wohnzimmer führte. Er hatte sich über die Sprechanlage angemeldet, und Heike Berger hatte zumindest nicht hörbar überrascht reagiert. Als sie die Brix auf dem vorletzten Treppenabsatz sah, war sie ein wenig errötet. Die Brix hatte das bemerkt und ihren Oberarm gedrückt. »Sangesschwester«, hatte sie Heike Berger begrüßt. Diese hatte Tee angeboten. Beide hatten angenommen.

Während Heike Berger den Tee zubereitete, schaute sich Rasmussen im Wohnzimmer um. Besonders interessierten ihn die Fotos auf dem Sideboard, die alle wirkten, als seien sie in den Achtzigern aufgenommen. Ein knorriger Mann auf einem Schlepper, ein Einschulungsfoto, das vermutlich Heike Berger mit Saskia zeigte, Saskia vor ihrem Salon und ein älteres Luftbild vom Hof in Holtby, als der noch eine Hühnerfarm war. Heike Berger kam mit dem Tee.

»Mein verstorbener Mann war Segelflieger. Das Foto hat er selbst geschossen.« Sie klang stolz.

Die Brix nippte an ihrer Tasse. »Herr Rasmussen hat mich gebeten, ihn zu begleiten, weil er sich Sorgen um Ihre Tochter macht. Er hat sie heute Morgen nicht in Holtby angetroffen.«

Heike Berger saß mit geschlossenen Beinen und ineinandergelegten Händen auf einem Hocker. Es gab nur zwei Sessel im Wohnzimmer. Sie wirkte wie eine Besucherin im eigenen Haus. Ihre Hände rangen miteinander. »Saskia ist, soviel ich weiß, in Berlin auf einer Messe.«

Das bestätigte Hinrichsens SMS, die Rasmussen fast im selben Augenblick erhielt.

»Hat Saskia denn was angestellt?« Heike Bergers Blick war fahrig.

»Das weiß die Polizei noch nicht genau. Herr Rasmussen versucht, sich ein Bild zu machen, Saskia zu verstehen. Ich kenne sie ja eigentlich auch nur vom Sehen. Die paarmal, die sie im Chor mitgesungen hat. Lange her.« Die Brix griff nach dem Einschulungsfoto. »Wie war sie denn als Kind?«

»Sie war so schön. Die Hebamme hat damals gesagt, das schönste Mädchen, das sie je geholt hat. Und sie hat nie geweint. Also nur, wenn sie sich mal wehgetan hat oder wenn ihre weißen

Kniestrümpfe schmutzig geworden waren. Jens, mein Mann, hat sie manchmal mit dem Schlepper zur Schule gefahren.« Heike Berger lächelte.

»Ein Sonnenschein«, munterte die Brix sie auf.

»Hm. Ja. Eigentlich schon.«

»Aber Sie hatten auch Sorgen?«

Heike Berger schaute auf ihre Füße. »Warum sind Sie eigentlich wirklich hier, Herr Kommissar? Ist ihr was passiert?«

»Wir möchten mit Ihrer Tochter sprechen, weil sie uns womöglich helfen kann, die Vermissten zu finden.«

Der Gong einer Uhr ertönte.

»Vermisste«, echote Heike Berger.

»Ja, einen der Vermissten haben wir zusammen mit ihrer Tochter gesehen. Auf Videos.«

Heike Berger saß, rieb die Hände gegeneinander, bewegte den Oberkörper leicht vor und zurück. Draußen hupte ein Auto. Im Wohnzimmer war es still.

»Als wir in Eutin auf Klassenfahrt waren, habe ich Kaugummi geklaut«, sagte Rasmussen. »Meine Mutter hat sich jahrelang für mich geschämt. Sie musste zum Direktor der Schule. Nicht immer leicht mit Kindern.«

Heike Berger griff nach einer Tasse. Es war die Tasse der Brix. Sie trank, stellte die Tasse ab. Sie atmete tief, dann erzählte sie stockend. Sie erzählte von Saskia, die Tiere gequält hatte. Sie erzählte, dass ihr Mann es mit Härte versucht hatte, auch eine Tracht Prügel sei mal dabei gewesen. Das habe aber nicht geholfen. Saskia hatte sich heimlich Kaninchen vom Nachbarn beschafft, berichtete Heike Berger tonlos, die Kaninchen hatte sie in der alten Remise in einen Käfig gesperrt, in den sie Sperrholzbretter geschoben hatte, sodass sich die Kaninchen kaum bewegen konnten. Die Tiere seien wund gescheuert gewesen.

»Möchte noch jemand Tee?«

Rasmussen machte eine ablehnende Handbewegung.

»Gern«, beeilte sich die Brix zu sagen. »Der wärmt das Herz und ölt die Stimmen.«

Heike Berger verschwand in der Küche.

»Da ist noch mehr«, flüsterte die Brix. »Gib ihr Zeit.«

Mit einer Teekanne und einer Packung Sandgebäck kam Heike

Berger wieder ins Wohnzimmer. Sie schenkte nach, nahm sich selbst einen Keks und biss versonnen ab.

»Kleine Kinder, kleine Sorgen«, versuchte es die Brix.

»Saskia hatte eine Freundin. Es war Saskias einzige echte Freundin. Sie war die Tochter unseres Tierarztes. Der wohnt ja immer noch in Holtby. Hat früh seine Frau verloren. Carola ging mit Saskia in eine Klasse. Zum Mittagessen hatte ich die Mädchen immer zusammen am Tisch, dann haben sie Hausaufgaben gemacht und gespielt. Als Saskia mit Cosplay anfing, hat Carola zuerst auch mitgemacht, dann hat sie in Hannover studiert, Tiermedizin wie ihr Vater. Aber mich hat sie immer noch besucht. Alle paar Wochen haben wir Tee getrunken. Klönschnack.« Heike Berger lächelte selig.

Dann schluckte sie, fuhr sich mit der Zunge über die Lippen, griff nach der Tasse, erkannte jetzt erst, dass es die Tasse der Brix war, und schob die Verpackung des Sandgebäcks auf dem Fliesentisch hin und her.

»Einmal abends kam Carola zu mir. Das ist bestimmt schon zehn Jahre her. Es lief gerade das ›Traumschiff‹. Sie war ganz rot im Gesicht, die Haare verschwitzt. Sie sah richtig schlimm aus. Sie zitterte. Ich habe ihr einen Bademantel geholt. Und dann hat sie erzählt, dass Saskia sie eingesperrt hätte. Zusammen mit ihrem Freund. Sie hätten sich getroffen, getrunken, die alte Musik gehört, und plötzlich hätte Saskia ihre Sweatshirtjacke und Hose ausgezogen. Darunter hatte sie so einen Latexoverall an. Dann haben sie zusammen eine DVD geschaut.« Heike Berger wurde wieder rot.

»Nichts Jugendfreies, wenn Sie verstehen, was ich meine. Carola war ganz aufgeregt. Ich habe ihr einen Doppelkorn gegeben. Die jungen Leute hatten dann wohl Sex zusammen, also alle drei. Komische Sachen haben die gemacht. So was Sadomäßiges. Wie in ›Fifty Shades of Grey‹, glaube ich. Ist ja auch egal. Jedenfalls haben die Frauen Carolas Freund gefesselt, Saskia hat gefilmt, und am Ende hat sie Carola auch gefesselt. Es gab wohl Unstimmigkeiten darüber, wie weit Carola und ihr Freund gehen wollten. Da hat Saskia kurzen Prozess gemacht und ist einfach weggegangen, hat das Licht ausgemacht und die Tür abgeschlossen. Eine ganze Nacht haben sie da gefesselt an der

Wand gesessen, an einem Heizkörper. Und am nächsten Morgen, als Saskia sie losgemacht hat, hat sie ihnen gedroht, die Videos zu veröffentlichen. Es sei denn, die beiden würden den Mund halten.« Heike Berger hob schuldbewusst die Achseln. »So ist sie eben, meine Tochter.«

»Diese Carola ist nicht zur Polizei gegangen?«, wollte Rasmussen wissen.

»Nein, das wollte sie mir nicht antun.«

Die Brix stand auf, stellte sich hinter Heike Berger, massierte deren Nacken. »Wo war das, das mit dem Heizkörper? Hat Carola Ihnen das erzählt?«

»In Holtby.«

»Im Haus?«

Heike Berger schaute zur Seite. »Ich weiß es nicht. Ich weiß es wirklich nicht. Wenn Saskia die Männer entführt hat, bring ich mich um.«

Die Brix und Rasmussen schauten einander an. »Soll ich noch ein bisschen bleiben, Sangesschwester?«, fragte die Brix.

Heike Berger nickte.

Rasmussens Smartphone klingelte. »Verzeihung.« Er ging in den Flur. Es war Hinrichsen, der glaubte, das Werkzeug gefunden zu haben, mit dem man Knut Berger den Schädel eingeschlagen hatte.

Rasmussen ging zurück ins Wohnzimmer. »Frau Berger, danke, dass Sie uns Vertrauen geschenkt haben. Ich muss los.«

Blicke. Mehr war auch nicht nötig.

So weit kommt das noch

Na klar. Der Latexanzug des Maskenmannes musste ja auch richtig dicke Sohlen haben. Die sah Ole Ekberg nun im Schildkrötentempo hinter der Schiebetür in der Küche verschwinden.

Er hatte zuerst seine Waffe durch die Öffnung auf den Flur geschoben. Sich selbst durch das Loch in der Tür zu schlängeln war gar nicht so leicht gewesen. Er hatte zunächst sein linkes Bein hindurchgeführt und war dem Bein dann mit abgeknicktem

Oberkörper gefolgt. Die Splitter hatte er zuvor so sorgfältig wie möglich entfernt.

Er trug nur Unterhemd und Sporthose. Ihm rann der Schweiß von der Stirn. Mit seinen Flip-Flops stand er in einer Lache Blut. Der Maskenmann hatte längs durch den Flur eine rote Spur gelegt. Ein Stöhnen und Ächzen war zu hören. Ole Ekberg war nie ein Freund von Horrorfilmen gewesen, mochte sich nicht vorstellen, was der Speer angerichtet hatte. Er stand da wie angewurzelt, wackelte ein bisschen mit den großen Zehen und spürte, wie Flüssigkeit in die Flip-Flops schwappte.

An Hochsommer im Schlachthaus dachte er und fing an, seine zweihundertfünfzig Schweine durchzuzählen. Sein Hof in Herning, seine Frau Lene, einmal im Jahr Julebord und am Wochenende seine Angelfreunde Valdemar, Dan und Lars. Ihm war, als hätte sich in seiner Magengrube eine Kolonie Ameisen versammelt, die nun in alle Richtungen seines Körpers ausschwärmten. Der Flur und dieses blendende Weiß, alles um ihn herum fing an, sich zu drehen, und er hatte einfach nur einen Gedanken. Nur nicht schlappmachen. Nicht weich werden. Er musste den Maskenmann wohl oder übel endgültig zur Strecke bringen.

Er griff sich den Speer, der mit der Spitze in der Blutlache stand. Das Rohr lag gut in seiner rechten Hand. Er streckte ein paarmal die Finger und justierte so den Griff. Wie gut, dass er das Ding vorher eingepudert hatte.

Das Klopfen hatte aufgehört. Nun war da nur noch das Grundrauschen der Ventilatoren. Das ganze Weiß und all der Lack, er hatte sich hier von Anfang an wie auf einem Raumschiff gefühlt. Er schlich dem Maskenmann hinterher, als hätte er Angst, dass da noch jemand sein könnte. Nur wer? Die Zellen waren offensichtlich alle verschlossen. Leises Gegurgel hinter den Türen, dumpfe Schläge gegen die Türen. Und die Kriegerin hatte sich schon lange nicht mehr gezeigt.

Er spähte um die Ecke und sah den Maskenmann von hinten. Er lag neben dem Arbeitstisch in der Küche auf dem Bauch. Ein riesiger schwarzer Käfer, der sich auf die Ellbogen stützte und zuckte. Das linke Bein angezogen, der Kopf ging leicht hin und her. Er drehte sich zu Ole Ekberg um. Starrte mit einem Auge. Auf das andere Auge presste der Maskenmann ein Handtuch.

Ole Ekberg hob den Speer. »C-o-w-a-b-u-n-g-a, C-o-w-a-b-u-n-g-a.« Die Schreie überschlugen sich. Der Käfer erstarrte.

»Ich reiß dir deine Scheiß-Maske runter. Dann ist deine komische Fischerhose dran, ich reiß dir den Arsch auf. Ich habe hier ein schön langes Rohr, du verdammte Sau, du Sadist. Was hast du alles mit mir gemacht.«

Der Käfer verharrte. Wie eingefroren stand Ole Ekberg da. Es klirrte und schepperte. Der Speer knallte gegen den Arbeitstisch und rollte über die Kacheln. Der Käfer grunzte leise, schrie dann laut auf. Ole Ekberg kniete auf dessen Rücken und riss ihm die Arme nach hinten. Er fesselte sie mit drei Küchenhandtüchern. Nun zierte eine dicke weiße Schleife den schwarzen Käferrücken.

»Hilfe! Hilf mir, bitte«, wimmerte der Maskenmann.

»So weit kommt das noch«, antwortete Ole Ekberg.

Was nun? Ole Ekberg war übel. Er stieg aus den blutigen Flip-Flops. Die nackten Füße klebten ein wenig auf den Kacheln. Er schaute nach links den Flur hinunter. Ich lass die doch noch nicht raus, dachte er. Erst einmal musste er die Schlüssel finden. Ruhe war eingekehrt.

War das ein Handy-Klingeln? Er horchte. Er lief den Flur entlang. Diese Blutspur war bizarr. Beinahe wäre er in der Lache vor seiner Zelle ausgerutscht. Dann entdeckte er, dass die Zellentür links vor dem Treppenaufgang offen war.

»Ich ben ene kölsche Jung, wat willste maache?
Ich ben ene kölsche Jung und dunn jään laache.
Ich ben och söns nit schlääch, nä, ich bin brav,
mi Lieblingswöödche heiß Kölle Alaaf!«

Was war das für eine Sprache? Auf dem Tisch an der Stirnwand lagen ein dickes Schlüsselbund und ein Smartphone. Das Telefon sang nicht nur, es vibrierte auch noch. Er nahm das Gespräch an.

»Meik, Schatz, tut mir so leid, dass ich mich jetzt erst melde.« Schweigen. »Meik, was ist los? Sag was!«

Ekberg verschlug es die Sprache. Das war die Kriegerin.

»Ich bin es, Danish Dynamite. Du solltest schleunigst in die Manege kommen.« Mehr sagte Ekberg nicht. Er drückte das Gespräch weg.

Er hatte auf einmal eine Eingebung gehabt. Er wusste, die Kriegerin würde kommen. Der bloße Verdacht von Unordnung und Chaos in ihrem Reich, das ertrug sie nicht.

Dachschaden

Die Spurensicherung hatte er beauftragt, Saskias Cadillac unter die Lupe zu nehmen. Im Spieker hatte sich Hinrichsen eine Tüte besorgt. Und jetzt war er mit der Stange in der Hand unterwegs zu seinem Opel. Bernd, sein bester KTU-Kontakt in Kiel, hatte am Telefon versprochen, sich rasch zu kümmern. Sie brauchten Gewissheit darüber, ob das Blut an der Stange das Blut von Knut Berger war.

Hinrichsen lenkte den Opel über die B 76 nach Kiel. Als er die Abzweigung hinter dem Grünen Jäger passierte, winkte er Richtung Lindhöft. Seine Frau würde das spüren.

Mit Bernd sprach er nicht viel. Musste er auch nicht. Bernd kam aus Stubbendorf, quasi ein Nachbar. Sie hatten sich erst in der letzten Woche beim Reserve-Stammtisch gesehen. Gemeinsam hatten sie von der E- bis zur A-Jugend Fußball gespielt. Dann hatten sich ihre Wege wegen der Ausbildung getrennt.

Bernd hatte die Stange fotografiert, jeweils eine Probe von Haar und Blut genommen und die Stange dann, als Asservat gekennzeichnet, in einem durchsichtigen Beutel verpackt. Das Ergebnis der ersten Laboruntersuchung lag nach wenigen Minuten vor: AB Rhesus negativ. Auch Hinrichsen wusste, dass nur ein Prozent der Menschen diese Blutgruppe hatten. Knut Berger war mit einer Eisenstange getötet worden, höchstwahrscheinlich mit dieser grünen Eisenstange.

»Machst du noch zur Sicherheit den DNA-Test, Bernd? Kannst mir ja dann ’ne Mail schicken. Erst mal danke.«

»Da nicht für.«

Hinrichsen informierte Rasmussen, nachdem er seinen Hunger auf Fleisch gestillt hatte, und entschied spontan, zurück den Weg über Bornstein zu nehmen. Vorbei bei den kiffenden Schreinern. Konnte ja nicht schaden. Vielleicht sah er zufällig was. In Gettorf kaufte er im Backhaus, gleich neben dem Fundort von Knut Bergers zersägter Leiche, einen Kaffee. Er spürte den fehlenden Schlaf nun doch.

Am Spritzenhaus der freiwilligen Feuerwehr bog er rechts ab und schaltete das Radio ein. Wetterbericht. Es sollte noch wärmer werden. Hinrichsen dachte daran, bald mal wieder schwimmen zu gehen. Er hatte da in Aschau eine schöne Stelle wiederentdeckt. Bei »Rivers of Babylon« sang er mit.

An der Einmündung Revensdorfer Weg überquerte von links aus den Feldern kommend ein Jogger die Straße, ein Jogger mit Kopfhörer, einem dieser lachhaft großen Kopfhörer, unter denen kleine Fußballspieler noch kleiner wirkten. Hinrichsen sah ihn, dachte das mit den Fußballspielern, aber er sah ihn spät. Zu spät. Er riss das Lenkrad nach links. Die altersschwachen Stoßdämpfer gingen auf Block. Hinrichsen versuchte, gegenzulenken, den Opel wieder unter Kontrolle zu bringen. Die Stoßdämpfer entlastet, die Karosserie in Schwingung, ein letzter Ruck am Lenkrad, Hinrichsens Fuß auf dem Bremspedal rutschte ab. Der Opel geriet außer Rand und Band, hob das Bein auf der Fahrerseite, machte noch ein paar Meter auf zwei Rädern, rumpelte über den Grünstreifen, der die Fahrbahn vom Radweg trennte, verfehlte den Jogger knapp, drehte sich über die Beifahrerseite und kam nach knapp zwanzig Metern Rutschpartie durch den Rübenacker auf dem Dach zu liegen.

Hinrichsens erster klarer Gedanke war der an die Frikadelle, die er vor zwanzig Minuten verdrückt hatte und deren Geschmack jetzt sehr präsent war. Er hing im Gurt. Kopfüber. Sein zweiter Gedanke galt dem Airbag. Dass der gute alte Opel überhaupt einen hatte, erstaunte ihn. Hinrichsen griff nach seiner Prinz-Heinrich-Mütze. Weg. Die linke Schulter schmerzte. Er bewegte den Kopf, Arme und Hände, die Beine, stellte fest, dass die Körperteile taten, was sie sollten, blickte nach links und schaute in eine Messerklinge, die zwischen Airbag und seinem Kopf hindurch auf seinen Hals zielte.

Jemand rief: »Achtung!« Hinrichsen hörte, wie Fasern rissen, dann gab es einen Ruck, und er lag gekrümmt wie ein Hund im Körbchen auf dem Himmel des Opels. Ein bisschen war ihm die Orientierung abhandengekommen, als die Fahrertür geöffnet wurde, knarrende Geräusche von sich gab, ihn zwei Hände am Parka packten und mit kräftigen Zügen auf den Acker zerrten. Er richtete sich auf und sah den schwitzenden Jogger. Es war Pelle Erben, der das Taschenmesser zuklappte.

Zimmer 301

Calloe und Rasmussen fragten am Empfang nach Hinrichsen. »301, die Herrschaften«, sagte die Mitarbeiterin.

»So ausgesucht freundlich wurde ich wohl nur bei meinem letzten Paris-Besuch empfangen, Madame«, sagte Rasmussen zu der Frau. Calloe schaute ihn an. »Über Airbnb gebucht. 14. Distrikt.«

Rasmussen und Assistentin stürmten durch die Eingangshalle.

»Liegt Hinrichsen privat?«, fragte Calloe.

Rasmussen zuckte mit den Schultern, er hatte andere Sorgen. Noch immer war Saskia Berger nicht festgesetzt. Die Berliner Kollegen waren ihr auf den Fersen, der Zugriff hatte am Mittag stattfinden sollen. Sie hatte sich auf der Messe zu einem Vortrag über Extensions angemeldet, war dann aber nicht erschienen. Auch in ihrem Hotel in der Friedrichstraße war sie nicht, ausgecheckt hatte sie aber auch nicht. Die anschließende Handy-Ortung war ohne Ergebnis verlaufen.

Rasmussen war nicht begeistert über diesen Krankenbesuch, doch Calloe hatte gemeint, so viel Zeit müsse sein. Kollegin Brestedt hatte sie über Hinrichsens Unfall informiert und gleich Entwarnung gegeben. Man müsse sich keine Sorgen um Hinrichsen machen, hatte sie betont. Er habe ja seine Mütze getragen. Rasmussen hatte das nur bedingt lustig gefunden.

Er steuerte auf die Fahrstühle zu, Calloe dirigierte ihn sanft Richtung Treppenhaus. Er hasste es, bevormundet zu werden, beugte sich aber der guten Absicht. Schneller war das allemal. Als sie im dritten Obergeschoss ankamen, war Rasmussen hörbar außer Puste.

»Im letzten Jahr sind Sie eine Weile mit dem Fahrrad gekommen. Das Wetter wäre ja wieder danach.«

»Schulen Sie momentan auf Personal Trainer um, oder was?«

Vor Zimmer 301 stand ein Teewagen mit zwei Urinkrügen in der unteren Etage. Die Lampe über Hinrichsens Zimmer leuchtete blassrot. Rasmussen klopfte und trat ein, ohne eine Antwort abzuwarten. Der Lohn war ein böser Blick der Krankenschwester, die sich an einem Patienten zu schaffen machte, der das Fensterbett belegte. Hinrichsen saß auf der Bettkante und tippte auf seinem Handy herum.

»Ist das nicht verboten?«, fragte Rasmussen.

»Ich simse mit Pelle Erben. Muss mich ja bedanken.«

»Bei diesem heruntergekommenen Kiffer?«, staunte Calloe.

Hinrichsen grunzte.

»Ihre Worte, Herr Kollege.«

»Also was is nun? Die Beine sind ja dran«, stellte Rasmussen fest.

»Gehirnerschütterung.«

»Hm. Das muss ja nicht schaden. Was ist mit der Stange? Was sagt die KTU?«

»DNA-Test steht noch aus. Aber es ist Knut Bergers Blutgruppe.«

»Blutgruppe, Blutgruppe. Na und? Vielleicht haben Sie und ich auch die gleiche Blutgruppe«, nörgelte Rasmussen.

»AB Rhesus negativ!«

»Ach so. Ja dann. Hatte ich vergessen. Hinrichsen, schlafen Sie sich mal aus. Wir halten Sie über die Cloud auf dem Laufenden. Moin.« Rasmussen blieb stehen und massierte sich das Kinn. »Ach, nur noch eine Frage, wer hat ihn denn nun zersägt?«

»Ich nehme Wetten an, dahinter steckt seine Olle!«

»Sie mit Ihrer Aversion gegen abweichendes Verhalten.«

Calloe schob Rasmussen zur Seite. »Weiß Ihre Frau Bescheid, brauchen Sie hier irgendwas?«

»Jo, die weiß Bescheid. Ich warte noch auf die Visite, und dann lass ich mich abholen.«

Rasmussen war schon an der Tür. »Der Opel? Autohimmel, oder?«

Hinrichsens Antwort verhallte auf dem Flur.

»Hanging on the promises, in songs of yesterday.« Schrader hatte es sich in seiner Wachbude gemütlich gemacht. Er hatte die Füße auf dem Tisch und die Anlage aufgedreht. »An' I've made up my mind, I ain't wasting no more time«, er fiel gemeinsam mit David Coverdale in den Refrain ein, »here I go again …«, da sah er die Telefonanlage aufblinken. Notruf.

Füße runter, Zettel und Schreiber schnappen und ran da. »Zentralstation Eckernförde.«

»Guten Tag, mein Name ist Ole Ekberg. Wir haben hier einen Schwerverletzten.« Der Mann klang hektisch. Er sprach mit dänischem Akzent.

»Wo befinden Sie sich?«

Geflüster. »Sag schon, Mann! Reiß dich zusammen.« Getuschel.

»Leider kann ich Ihnen nicht genau sagen, wo wir uns befinden. Nur so viel: Wir sind in Holtby. Halten Sie Ausschau nach einem Stall.«

»Da sind so einige Ställe. Sind Sie bei Bergers?«

»Das weiß ich doch nicht. Das Netz hier bricht immer wieder zusammen, wenn ich ins Internet gehe. Der Verletzte ist kaum ansprechbar, und ich weiß es wirklich nicht, verdammt.«

Schrader hörte wieder Geflüster: »Wie heißt sie? Sag schon, Mann.« Geraschel. Das Telefon war offenbar abgelegt worden. »… das ist doch nicht wahr … *det er for fanden.*« Es folgten ein lauter Schrei und ein langes Stöhnen.

»Hallo? Sprechen Sie bitte mir«, meldete sich Schrader. Dann war wieder Rauschen in der Leitung.

»Da bin ich wieder. Bringen Sie die Feuerwehr mit. Wir sind offensichtlich in einem Keller, denn zum Ausgang führt eine Treppe hoch. Die Ausgangstür ist verschlossen. Wir sind hier eingesperrt.«

Schrader sah, wie sich Rasmussen mit schnellen Schritten dem Ausgang zuwandte. Er klopfte hektisch gegen die Trennscheibe, und der Chef drehte sich um. Rasmussen sah Schraders Blick und wusste: Der Abend war gelaufen.

»Wie viele Personen sind Sie denn?« Schweigen. »Bitte bleiben

Sie ruhig, kümmern Sie sich, soweit möglich, um den Verletzten. Wir kommen, so schnell es geht.« Schrader war jetzt laut geworden, als ob das irgendetwas ändern würde.

Rasmussen stand nun mitten bei ihm im Wachzimmer. Schrader erstattete Bericht.

»Holtby, Hof Berger? Was meinen Sie, Chef?«

Rasmussen nickte. Dann setzte Schrader Einsatzrufe an die Kollegen und die Feuerwehr ab.

Bist du überhaupt ein Mensch?

War das sein Traum und Trauma der letzten Monate? Ging die nächste Fahrt rückwärts? Er dachte an die Raupenbahn auf dem Jahrmarkt in Herning. Er dachte an Lene und die scheuen Küsse. Dann ging das Verdeck auf.

Ole Ekberg öffnete die Augen. Er stand in der Küche. Vor ihm lag immer noch dieser schwarze Käfer. Dieser schwarze Körper mit den Händen auf dem Rücken stöhnte, und er wusste ganz genau, warum. Das war der Speer, den er mit beiden Händen umklammerte und auf den er sich stützte. Es würde ja gleich Hilfe kommen.

Der Schwindel war wieder da und ließ ihn an die wunderschöne Frau denken, die ihn in die Manege abkommandiert hatte. Über die Sprechanlage. »Danish Dynamite, mach dich fertig. Ich erwarte dich gleich in der Manege. Zackig.« Würde sie erscheinen? Jetzt oder gleich? Wut stieg in ihm auf.

Die Bilder im Kopf fuhren Karussell. Er schaute nach oben, und große Brüste erhoben sich über einem Ledermieder. Eben noch hatte er die Säue auf seinem Hof gezählt, und jetzt stand die Kriegerin barbusig über ihm. Wer hatte jemals solch eine Macht über ihn gehabt? Ein Fingerzeig, dann war er in diesem albernen Ponykostüm über irgendwelche Hindernisse gehüpft, die der Maskenmann aufgebaut hatte. Immer wenn er sich bockig zeigte, gab es Prügel. Als Belohnung drückte die Herrin die Brüste an seine Maske, und er hob die Hufe. Monatelang hatten ihn die Kriegerin und der Maskenmann gedemütigt. Komme nun, was wolle, er würde zurückschlagen. Er wollte nur eins. Raus aus dieser Hölle.

Er ging nach rechts um die Ecke in den Kontrollraum. Zum ersten Mal sah er auf den Monitoren die Männer, die er in den letzten Monaten nur gehört hatte. Diese Menschen freizulassen, das überließ er lieber der Polizei. Er konnte nicht mehr.

Er saß auf dem Regiestuhl und starrte auf die Bildschirme. Die Stimmen und Geräusche der Menschen, die er sah, kamen bei ihm wie in Watte gepackt an. Die Zellen waren sehr gut isoliert.

Hier drinnen war alles so weiß wie in einer Schneelandschaft, dass er sich fast in die weiße Wüste nach Grönland versetzt fühlte. Dort war er zweimal mit Lene gewesen. Alles, was in der unmittelbaren Nähe passierte, war scharf wie ein Rasiermesser, alles andere dort war Kulisse. Zu Hause konnte er einige seiner Schweine am Gequieke auf mehrere hundert Meter unterscheiden. Hier unten im Keller grummelte die Außenwelt vor sich hin.

Also blieb nur die stille Zwiesprache mit sich selbst. Geredet wurde im Keller nicht. Gestöhnt. Geschrien. Gepeitscht. Er hätte nie gedacht, dass er das alles aushalten würde.

In den ersten Tagen und nach den ersten Ausritten hatte er nach irgendwelchen Dingen gesucht, mit denen er den Freitod herbeiführen könnte. Beim Maskenmann orderte er Babypuder, unverdächtige Dinge konnten sie ja en masse bestellen. Er hatte versucht, das Zeug zu schlucken, sich damit umzubringen. Es klappte nicht. Er konnte es nicht. Da waren Herning und Lene und all das. Eines Abends hatte er ohne Order das Ponykostüm angezogen. Er war gegen die Wand gerannt, auf die er mit Bleistift ein Fenster gemalt hatte. Immer und immer wieder. Er sprang und sprang und sprang. Der Maskenmann hatte ihn bewusstlos gefunden und versorgt.

Ole Ekberg stand auf und ging in die Manege. Es war stockduster. Er suchte nach den Lichtschaltern. Sein Tastsinn funktionierte noch. Neben dem Eingang fand er eine Lichtleiste. Die Scheinwerfer flammten auf.

Das Tier, das heimkam, nur die Kriegerin ließ auf sich warten. Und Maskenmann lag gefesselt auf den Kacheln und röchelte. Wie oft hatte er sich von ihm gedemütigt, wenn nicht vergewaltigt gefühlt. Er durfte den Pferdekopf nicht abnehmen. Sie zwangen ihn, die Kriegerin mit diesem dämlichen Gummischwengel zu penetrieren, den er sich umschnallen musste. Der Maskenmann trieb ihn dabei an und drohte mit der Peitsche. Der ganze Film lief noch einmal vor seinen Augen ab.

Er schloss die Augen und starrte auf Grau. Die Kriegerin stand in einer riesigen Halle. Sie posierte in dem gleißenden Licht. Das Herz schlug ihm bis zum Hals und pulsierte in den Ohren. Sie sagte die Sachen, die sie ihm auch sonst gesagt hatte. Befehle eben.

Er riss sich den Pferdkopf ab. Er pellte sich aus dem Kostüm. Splitterfasernacht schritt er zu ihrem Podest. Die Kriegerin rührte sich nicht von der Stelle. Sie sagte keinen Ton. Er nahm ihr die Peitsche aus der Hand. Er setzte ihr den Knauf auf das Brustbein und schrie: »Wie konntest du so etwas tun? Bist du überhaupt ein Mensch?«

Abschließen nicht vergessen

Keine Menschenseele war in Holtby zu sehen, als Saskia Berger mit dem Transporter ihres Mannes auf den Hof kurvte. Sie fuhr direkt bis zum Hühnerstall. Das große Schlüsselbund hatte sie immer in ihrer Handtasche. Hier hatte sie auch ihren Revolver verstaut, den sie seit der Reise nach Berlin mit sich herumtrug. Anfang der Woche hatte sie so ein Gefühl beschlichen. Sie hatte mit der Waffe vor ihrem Schlafzimmerspiegel posiert. Schießübungen waren noch nie ihr Ding gewesen. Wenn es hart auf hart käme, dann würde man sehen.

Auf der Treppe hinunter in den Keller fiel ihr noch ein, dass es besser wäre, die Klappe zum Stall zu schließen. Sie ging noch mal hoch. Als sie die Brandtür aufschloss, war ihr ein wenig mulmig. Der Däne war an Meiks Telefon gegangen, da musste etwas passiert sein. Aber hatte sie letztendlich nicht jede brenzlige Situation hier im Keller in den Griff bekommen?

Sie stand im Vorraum des Kellers. »Abschließen nicht vergessen«, das war Knuts Schrift auf dem Zettel an der Tür. Links war ein Wirtschaftsraum, vollgestopft mit Vorräten. Ihr Mann hatte hier Lebensmittel und Getränke gebunkert, es war genug da, um einen Bombenangriff zu überleben. Rechts in der Umkleide waren die Kleiderspinde und die Industrieregale mit den Requisiten. Es gab auch eine Doppeldusche. Nach dem Training hatten sie manchmal stundenlang unter dem warmen Wasser gestanden, ihr Mann und sie. »Feierabend. Raus aus diesen Klamotten«, hatte Knut immer gerufen, und es hatte so komisch gehallt. »… motten motten …«, hatte sie ihm hinterhergerufen. Und Knut hatte mit den Hüften gewackelt. Lange her.

Sie öffnete die Schranktür und nahm ihr Kriegerin-Kostüm vom Bügel. Zwei Minuten später war sie bereit. Bereit, als Celaena Sardothien zu tun, was getan werden musste.

Bei dem grellen Licht konnte sie sich in den weißen Kacheln spiegeln. Ganz in Schwarz. Sie setzte die Maske auf. Die Schwerter ließ sie weg. Mit dem Revolver in der Hand sah sie auf einmal ganz anders aus. Gar nicht so übel. Nur die Protektoren legte sie wieder ab, die engten sie zu sehr ein. Los jetzt, die Zeit läuft, dachte sie.

Sie drehte den Schlüssel ganz langsam im Schloss herum. Die Tür zum Zellenflur schwang auf. Die Klimaanlage lief. Das Grundrauschen, aber sonst kein Mucks.

Blut. Die Fußspuren auf dem Betonboden irritierten sie. Grelle rote Abdrücke auf weißem Lack verliefen über die gesamte Länge des Flurs hin und her und mündeten immer in der Blutlache vor der Zellentür des Dänen.

Eine Bewegung. Nur die Ahnung einer Bewegung? Nein, ein Mann mit einem über seine Schulter erhobenen Rohr schoss aus dem Dunkel der Küche in den Flur auf sie zu. War dieser Typ in kurzen Hosen und Trägerunterhemd Danish Dynamite? Der Mann schrie. »Bunga«, verstand sie.

Sie hob den Revolver, zielte auf den Mann, krümmte den Zeigefinger, spürte den Druckpunkt des Abzugs. Sie schoss zweimal. Es war, als schlüge ihr jemand auf die Ohren. Der Rückschlag hätte ihr beinahe die Waffe aus der Hand gerissen. Das Mündungsfeuer blendete sie. Schießen, pure Gewalt. Ohrenbetäubender Lärm drang aus den Zellen. Es klang, als dröhnten Urwaldtrommeln.

Unauffällig war der Wagentross nicht. Drei schwarze Transporter mit abgedunkelten Scheiben, ein Notarztwagen als Schlusslicht und vornweg Rasmussens klappriger Volvo. Nachdem der Notruf eingegangen war, hatte Rasmussen sofort die Abteilung 5 beim LKA angerufen. Dort war das SEK angesiedelt, ohne dessen Unterstützung eine unübersichtliche Lage wie diese nicht beherrschbar war. Von einem Schwerletzten hatte der Anrufer berichtet. Es bestand Gefahr für Leib und Leben.

Nun mussten sie herausfinden, von wo aus der Anrufer sich gemeldet hatte. Eine Ortung des Handys war nicht möglich gewesen. Vieles sprach für den Hof von Saskia Berger. Dort würden sie ihre Suche starten.

Die offene Ackerlandschaft bot keinerlei Sichtschutz für den Konvoi. Mit dem Einsatzleiter hatte Rasmussen sich das Gelände auf Satellitenbildern angesehen und verabredet, dass sie direkt auf den Hof fahren würden. Zügig, aber ohne Getöse.

Rasmussen spürte, wie die Situation seinen Blutdruck in die Höhe trieb. Das Blut pochte hinter seinen Schläfen, er war kurzatmig. Jetzt bog er auf den Hof ab. Ihm sprang der in schleswig-holsteinischen Landesfarben lackierte Transporter mit der Aufschrift »Knuts Strandbude« ins Auge. Der stand vor dem Hühnerstall.

»Wo kommt die Karre denn plötzlich her?«, entfuhr es ihm. »Wir haben doch überall gesucht.«

»Privatgarage in der Nähe des Kieler Hauptbahnhofes«, sagte Calloe.

»Wie bitte?«

»Eine Vermutung. Saskia Berger ist ja nicht blöd.«

»Eine Vermutung. Soso«, sprach Rasmussen laut vor sich hin.

Hinrichsen, den Rasmussen nicht hatte bremsen können, tauchte zwischen den beiden Vordersitzen auf. Mit seiner Halskrause wirkte er wie eine Schildkröte. »Ich weiß, das klingt nach Edgar Wallace. Aber in der Garage ist eine Grube. Wie in einer alten Kfz-Werkstatt. Heute haben die ja alle Hebebühnen. Ich habe da reingeschaut. Da war nichts. Aber vielleicht gibt es dort einen Keller.« Er ließ sich wieder auf die Rückbank sacken.

Rasmussen schielte zu Calloe hinüber und machte für Hinrichsen unsichtbar leichte Wischbewegungen. Er parkte den Volvo direkt vor dem Wohngebäude. Die schwarzen Busse fuhren vor bis zum Stall. Die Türen der Transporter öffneten sich, und die schwarz gekleideten Beamten des SEK verteilten sich in Zweierteams auf dem Gelände. Alle trugen Sturmhauben und Helme. Zwei Beamte kontrollierten Knuts Transporter. Der Einsatzleiter kam zum Volvo herüber.

Da hob Hinrichsen die Hand. Niemand rührte sich mehr. »Hört ihr das?«

Auch Rasmussen vernahm ein dumpfes, metallisches Donnern. »Als käme es aus der Erde. Ich kann das förmlich spüren«, sagte er.

Calloe deutete Richtung Hühnerstall. Der Einsatzleiter nickte, sprach in sein Headset. Rasch war das Stallgebäude umstellt. Je näher Rasmussen und sein Team kamen, desto lauter wurde das Hämmern.

»Wie eine Maschine«, meinte Calloe. Mit einem SEK-Team und dem Einsatzleiter näherten sie sich der Tür. Abgeschlossen. Der Einsatzleiter nickte, ein Beamter zückte einen Elektropick, setzte ihn an das Schloss und öffnete es in weniger als einer Minute. Vorsichtig betraten sie den Vorraum.

Das Wummern war so laut, dass die Quelle nur irgendwo hier im Gebäude liegen konnte. Einer der Beamten öffnete die Tür zum Stall einen Spaltbreit und führte eine flexible Kamera hinein. Auf einem kleinen Monitor sah man das Livebild.

»Hühner«, sagte Hinrichsen. »Durchgedrehte Hühner, sonst ist da nix. Das kommt von unten. Es gibt einen Keller.« Er kratzte sich im Nacken. »Keine Treppe. Ich habe keine Treppe gesehen. Draußen auch nicht.«

Wieder sprach der Einsatzleiter in sein Headset. Die Tür zum Hof öffnete sich, und ein weiteres SEK-Mitglied kam in voller Montur mit einer Akkubohrmaschine herein.

»Das hören die doch«, wandte Rasmussen ein.

»Wir machen eine Zehn-Millimeter-Kernbohrung. Schnell, leise und erschütterungsfrei. Das hört kein Mensch. Schon gar nicht bei diesem Höllenlärm.«

Der Einsatzleiter zeigte auf einen Punkt am Boden. »Nicht in der Mitte, da könnten Lampen hängen, nicht am Rand, da landest du schnell mal in einem Schrank«, erklärte er.

Der SEKler setzte an. Tatsächlich hörte man kaum etwas. Der Bohrer, der etwa dreißig Zentimeter lang war, drehte sich schnell. Es dauerte nicht lange, da zog der Mann den Bohrer zurück. »Fünfundzwanziger-Decke«, sagte er.

Sein Kollege führte die Kleinstkamera durch das Loch im Boden. Die Bilder wurden drahtlos übertragen. Unten war es dunkel, aber dank Infrarottechnik sah man auf dem Monitor einen großen Raum, der an eine Manege erinnerte. Der Kameramann nahm eine Laser-Messung vor. »Fünfzehn Meter zur Tür.« Er zeigte nach vorn.

»Dahinter bohren wir noch mal«, sagte der Einsatzleiter.

Hinrichsen öffnete die Tür zum eigentlichen Hühnerstall und kniff konzentriert die Augen zusammen. »Es muss doch irgendwo eine Treppe geben.«

Zwei SEK-Beamte wurden hinzugezogen. Sie betraten den Hühnerstall. Nun waren sie zu acht. Drei Beamte sicherten. Auch Calloe hatte ihre Waffe gezogen. Das metallische Hämmern aus dem Untergrund wurde nicht leiser, aber der Rhythmus langsamer. Hinrichsen setzte sich auf einen Mauerabsatz. Ihm brummte der Schädel. Ein Huhn flog auf seinen Schoß.

Die zweite Welle

»...bungaaaaaa!« Der Speerwerfer kam in der Blutlache ins Schlingern. Er drehte sich um seine Achse. Blopp, blopp. Die Kriegerin hatte zweimal geschossen. Sie hatte einfach auf den Angreifer gehalten, ohne zu treffen. Der Speermann prallte gegen die Wand.

Und schon stand sie neben ihm, hielt ihm die Handschellen entgegen, die immer an ihrem Gürtel gebaumelt hatten, wenn sie mit den Ponyboys trainierte. Mit dem Revolver an der Schläfe wusste Danish Dynamite, was er zu tun hatte. Er legte sich die Handschellen selbst an.

»Wo ist der Maskenmann?« Sie musste schreien, denn die Trommler hatten wieder ein paar Dezibel draufgelegt. Danish Dynamite nickte in Richtung Küche. Die Kriegerin trieb ihn vor sich her.

Sie kamen um die Ecke. Die Kriegerin traute ihren Augen nicht. Der Maskenmann hatte sich wohl irgendwie aufgerappelt und saß nun mit dem Rücken gegen die Küchenzeile gelehnt. Der Kopf hing vornüber. Seine Arme waren immer noch auf den Rücken gebunden.

»Warst du das? Hast du ihn so zugerichtet? Was bist du bloß für ein Dreckschwein?«, schrie die Kriegerin gegen den Lärm an. Sie trat mit ihren Stiefeln gegen den Arbeitstisch in der Mitte des Raumes, versetzte dem Mann vor ihr einen Schlag mit dem Revolverknauf. »Hilf ihm! Sofort! Mach schon!«, rief sie.

Ihre Geisel lachte höhnisch. »Dem wird gleich geholfen«, antwortete der Mann und beugte sich vor, kam näher und starrte mit irrem Blick in die Mündung des Revolvers.

»Schieß doch! Sofort! Mach schon!«, äffte er ihre Stimme nach. »Ihr seid doch keine Menschen. Von welchem Planeten seid ihr eigentlich eingeflogen, der Käfer und du, du … du Spinne! Einen Pelz wie eine Vogelspinne hast du ja.« Er wollte sein Knie in ihre Körpermitte rammen.

Sie machte einen Schritt zur Seite, ließ ihn ins Leere laufen. »Du musst es ja wissen, du Ponypussy! Du hast die Bullen gerufen?«

»Was denkst du denn?«

Die Kriegerin packte Danish Dynamite an der Schulter. »Hau ab! Verpiss dich in die Zelle.« Der Mann bewegte sich nicht. Sie trat zwei Schritte zurück und zielte auf seine Beine, schoss ihm in den linken Fuß. Der Mann schrie vor Schmerz.

»Schwing die Hufe, Danish! Ab in die Zelle. Vorne links. Die Tür steht offen, aber das weißt du ja. Los jetzt, oder muss ich noch mal schießen?«

Der Mann humpelte los.

»Das geht schneller, Ponypussy. Ich weiß, dass du das kannst.«

Danish Dynamite stolperte, stürzte.

Sie klappte die Trommel des Revolvers heraus und lud Patronen nach. »Mach dir keine Hoffnungen. Ich kann dich auch zersieben. Steh auf. Los.«

Die Kriegerin ging auf ihn zu. Hinter ihr wimmerte der Maskenmann.

»Nimm doch die Maske ab, du feiges Stück Dreck. Das Spiel

ist aus«, blökte Ole Ekberg über die Schulter. Er hatte sich aufgerappelt und wieder in Bewegung gesetzt.

»Märchenstunde, Dynamite? Wirst schon sehen, wie das Spiel weitergeht.«

Sie stand hinter ihm, als es plötzlich knallte und staubte. Ohrenbetäubender Lärm ließ sich tatsächlich noch steigern. Das Licht ging aus. Die Kriegerin roch und schmeckte den Nebel. Ein bisschen säuerlich, ein bisschen wie die Böller an Silvester. Mit einem Reflex schnappte sie Danish Dynamite am Bund seiner Sporthose und zerrte ihn in die offene Zelle. Die Tür stieß sie mit dem Fuß zu. Dann fiel der Mann über ihr zusammen.

Vollkommene Finsternis umfing die beiden. Die Kriegerin hielt Danish Dynamite am Arm fest, drückte den Revolver an seine Schläfe. »Du und ich kommen hier nur zusammen raus. Tot oder lebendig.«

Da draußen waren Leute. Sie starrte ins Dunkel. Ein Lichtschein fiel in die Zelle. Dort musste die Tür sein. Sie zielte mit dem Revolver in die Richtung und schoss. »Sollen sie ruhig kommen.« Das sagte sie leise.

Viel hilft viel

Es hatte einen trockenen, einen massiven Schlag gegeben. Rasmussen spürte die Erschütterung im Brustkorb und dachte an die Technopartys im Berliner Tresor vor fünfundzwanzig Jahren. Wo noch vor Sekunden eine Tür den Zutritt versperrt hatte, klaffte nun ein Loch in der Wand. Die SEK-Beamten warfen zwei Blendgranaten, die krachend explodierten. Vier Männer stürmten voran. Brüllten Kommandos. Lichtbündel zuckten durch den stockdunklen Raum. Rasmussen kauerte hinter einem Schild, den ihm der Einsatzleiter gegeben hatte.

»He!« Die SEK-Jungs im Stall hatten sich abgeklatscht, als die zweite Bohrung offenbar in der Schleuse des Kellers gelandet war. Die Mini-Kamera zeigte ein Lager mit Vorräten, die Eingangstür mit einem Monitor der Treppenhauskamera, dann so eine Art Umkleide mit Spinden und Dusche. Kein Mensch zu sehen. An einem Spind hing eine Handtasche. Die Kamera war auf den zweiten Türmonitor gefahren. Ein langer Flur.

»Mach das mal größer, das ist der Keller«, hatte der Einsatzleiter gerufen, und schon war die Bescherung zu sehen gewesen. Eine Blutlache und jede Menge Fußabdrücke. »Da ist überall Blut. Sieht nach Massaker aus«, hatte der Einsatzleiter gemutmaßt.

Der Rest war ein Kinderspiel, im Nullkommanichts war die Klappe entdeckt, die die Gitterrosttreppe nach unten freigab. Stiefelgetrappel, ein paar Kommandos, und die Dinge hatten ihren Lauf genommen. Rasmussen und Calloe waren dem Einsatzkommando gefolgt, Hinrichsen übernahm oben die Stallwache, so hatte er sich ausgedrückt, gemeinsam mit einem SEK-Mann.

»Sicher«, brüllte nun ein Beamter und lief durch den Flur. Taschenlampen waren auf weiße Türen gerichtet. Zwei Beamte rückten nach und drangen in den hinteren Bereich vor, den Rasmussen nicht einsehen konnte.

»Sicher«, brüllte eine andere Stimme von weiter hinten. »Notarzt hierher. Ein Verletzter.« Rasche Schritte auf der Treppe hinter ihnen. Der Notarzt und zwei Rettungsassistenten rannten vorbei.

»Hören Sie das auch?«, fragte Calloe. »Klopfen. Schreie.«

Der Einsatzleiter sprach über Funk mit den Beamten, die bereits in den Trakt jenseits des Flures eingedrungen waren. In diesem Moment hörten sie einen Schuss. Alle Taschenlampen richteten sich ruckartig nach vorn. Einer der Rettungssanitäter lag am Boden und hielt sich den Oberschenkel.

Welcher Tag ist heute?

Calloe stand neben dem Einsatzleiter in der Umkleide der Schleuse. Irgendjemand hatte einen Resopaltisch hineingetragen. Auf dem Tisch standen Monitor und Computer, ein paar Klappstühle lehnten an der Wand. Auf dem Bildschirm kamen Bilder einer Bodycam an. Die Kamera, auf der Schulter eines SEKlers befestigt, übertrug Livebild und Liveton aus dem Raum weiter vorn. Man hatte das Licht wieder eingeschaltet.

Dieser Teil des Kellers sah aus wie eine Kantinenküche. Ein

langer Alu-Tisch stand in der Mitte. Die Wände, der Boden und die Einrichtung in makellosem Weiß.

Das Gesicht des Schwerverletzten war blutverschmiert. Um das verbundene rechte Auge herum hingen schwarze Fetzen. Man hatte ihn samt einer Trage auf den Tisch gelegt. Er steckte in einem schwarzen Latexanzug, den der Rettungsassistent vom Kragen bis zum Bund aufgeschnitten hatte. Auf der Brust waren Elektroden befestigt. Im rechten Handrücken war ein Zugang gelegt worden. Einer der SEK-Beamten hielt einen Beutel hoch, aus dem ein Schlauch in den Handrücken führte. Am linken Oberarm war eine Blutdruckmanschette angelegt. Calloe und der Einsatzleiter hörten, wie diese sich brummend mit Luft füllte.

»Druck fällt weiter, Puls hundertsechzig«, teilte ein Rettungsassistent mit.

Der Notarzt zog ein Augenlid des Patienten hoch und leuchtete mit einer Taschenlampe in dessen Auge. »Adrenalin, ein Milligramm.« Der andere Rettungsassistent, der offenbar nur einen Streifschuss am Oberschenkel erlitten hatte, reichte eine Ampulle aus dem Notfallkoffer an.

Hinter Calloe betraten zwei weitere SEK-Beamte die Schleuse. Sie hatten die fehlenden Schutzschilde aus den Fahrzeugen geholt. »Ist das nicht übertrieben?«, fragte Calloe den Einsatzleiter. »Sie kann doch nicht sehen, dass sich jemand vor der Tür bewegt.«

Der Einsatzleiter nickte, grinste schief. »So wenig, wie wir sehen können, ob wir in eine Kugel laufen. Die Zellenkameras wurden abgehängt. Außerdem wissen wir auch nicht genau, was sich bei den anderen Insassen abspielt. Hier laufen die Kameras zwar, aber was sagen diese Bilder schon über den nächsten Moment? Wenn es nach der Geräuschkulisse geht, tippe ich auf einen Stamm wilder Krieger, zu allem entschlossen und vielleicht auch fähig.«

Er schickte die Kollegen vor und informierte die Beamten in der Küche. Dort, so sah Calloe auf dem Monitor, zurrte der Rettungsassistent den Verletzten gerade auf der Trage fest. In der Küche befanden sich nun vier SEK-Beamte mit vier Schutzschilden. Sie gaben Anweisungen, wie und wie schnell sie sich mit dem Patienten zum Ausgang bewegen sollten, als der Notarzt die Hand hob. Der Patient hatte die Augen wieder aufgeschlagen.

»Hallo, hören Sie mich?«, fragte der Notarzt.

Der Verletzte grunzte.

»Wie heißen Sie?«

»Michael Meier.«

»Welcher Tag ist heute?«

»Vielleicht der letzte«, sagte Meier. Das klang nicht wie eine Frage.

Auf Handzeichen

»Haben Sie das gesehen? Wie auf dem Amt. An jeder Zelle ein Namensschild.« Rasmussen zog sich einen zweiten Bürosessel heran und setzte sich neben den Einsatzleiter. Der beobachtete konzentriert das Geschehen auf den Bildschirmen.

»Hier vorne, hier hat sich Berger mit ihrer Geisel verschanzt.« Der SEK-Mann tippte auf den Schirm links außen. »Es sind jeweils zwei Kameras pro Zelle, eine hängt über der Tür, eine im Bad, die Zielperson hat beide mit Handtüchern abgehängt.« Sie gingen die einzelnen Zellen den Monitoren nach durch. Die verlassene Zelle daneben war die mit der zerstörten Luke. Der dritte Bildschirm gab den Blick auf eine Rumpelkammer frei.

»Und hier befinden wir uns auf der anderen Seite des Flurs. Sehen Sie den hier?« Der Einsatzleiter zog einen Zettel heran, auf dem waren die Zellen eingezeichnet und die Namen. »Der hier, das ist Rommel. Der springt schon seit Minuten Wände und die Tür an und droht dann wieder in Richtung Kamera.«

Rasmussen sah einen kleinen, kräftig gebauten Mann in einem schwarzen Hummel-Jogginganzug, der erstaunlich hoch sprang und an den Wänden entlangzulaufen schien. Er zog seinerseits einen Zettel mit Kurzbiografien und Fotos aus der Tasche. »Ralf Römer, achtundzwanzig Jahre, Feldwebel der Bundeswehr, kommt aus Dresden. Nummer zwei auf unserer Vermisstenliste.«

Auf dem nächsten Schirm lag ein Mann auf dem Bauch. »Long John«, erklärte der Einsatzleiter.

»Das muss Thomas Hentrich sein, sechsunddreißig Jahre, IT-Fachmann und Vater zweier Söhne, Saarländer«, ergänzte

Rasmussen und tippte auf seinen Zettel. Der Mann in der Zelle hatte seinen Kopf auf die Arme gelegt, er machte einen großen, schlaksigen Eindruck. Und er trug nur eine Unterhose mit Bein. Kein Lebenszeichen.

»Das hier ist die Krönung. Hier steht ein Pferd im Stall!« Der Einsatzleiter schaute noch mal auf den Zettel und konnte sich ein Grinsen nicht verkneifen. »Darf ich vorstellen, Billy the Kid.« Auf dem Monitor rechts außen schaute ein Pferdekopf in die Kamera.

»Das muss Till Meermann, dreiundzwanzig, Student aus Rendsburg, sein«, schloss Rasmussen den Reigen.

»Und hier haben wir eine offenbar funktionsfähige Gegensprechanlage.« Der Einsatzleiter griff zu dem Tischmikro, das vor ihm stand, und zeigte auf einen grauen Kasten mit Bedientaste. »Vorschlag, wir sprechen die Zelleninsassen gemeinsam an. Ich habe das schon mal getestet und das Mikro aktiviert, aber nichts gesagt. Wir klären kurz die Lage. Dann stellen wir jedem Insassen in Aussicht, sich freischließen zu lassen. Die Angesprochenen mögen uns das mit dem Heben des linken Arms signalisieren.«

Rasmussen nickte.

»Wenn einer von denen das ablehnen sollte oder gar nicht reagiert«, der Einsatzleiter zeigte auf den Bildschirm mit Billy the Kid, »dann überlegen wir weiter. Aber wir müssen den Wahnsinn hier zügig auflösen. Sonst kommen wir mit der Geiselnehmerin nicht weiter.«

»Vor allem kommen wir dann mit deren Geisel nicht weiter. Der Mann ist ja ebenfalls verletzt. Wir brauchen mehr Erkenntnisse über die ganze Situation hier unten«, sagte Rasmussen. »Nur, wer weiß, wann wir die Männer vernehmen können.«

Der Einsatzleiter drückte die Sprechtaste und erklärte die Lage. Rommel hörte auf, herumzuspringen, und hob dann den linken Arm. Long John hockte sich auf die Kante der Pritsche, stierte ein wenig vor sich hin, rieb sich dann die Augen und winkte. Billy the Kid blieb regungslos stehen. Das Pony scharrte nicht mal mit den Hufen.

Der Einsatzleiter und Rasmussen schauten sich an.

Rasmussen stützte die Ellbogen auf die Konsole und wischte sich mit den Händen durch das Gesicht. »Ist das krass«, murmelte er. »Wenn das Meermann ist, hat es ihn richtig erwischt. Na ja, der war ja auch der Erste, der verschwunden ist.« Dann schüttelte er sich.

In der Falle?

Rasmussen hatte immer mal wieder mit der Verhandlungsgruppe gearbeitet. Er schätzte deren Arbeit sehr, aber für ihn war das nichts, man konnte nicht dranbleiben an einem Fall, war immer nur Feuerwehr. Jetzt war so schnell aber kein Verhandler verfügbar gewesen. Er hoffte, allein zurechtzukommen. Er war daran interessiert, das Leben der Geisel zu retten, und er wollte Saskia Berger unversehrt am Resopaltisch auf der Zentralstation sitzen sehen.

Rasmussen ging mit einem SEK-Kollegen zur Tür, hinter der sich Saskia Berger verschanzte. Der Beamte zeigte ihm eine Knopfkamera, die am Ende eines flexiblen Arms montiert war. Die Kamera war weiß, die Tür auch, von daher durfte es kein Problem sein, das Ding gleich in einer Ecke der Essensklappe zu positionieren.

Rasmussen musste die Aufmerksamkeit auf sich lenken. Er stand rechts neben der Tür, eng an die Wand gedrückt. Sollte die Verrückte noch mal schießen, kein Problem für ihn. Er rückte sein Headset zurecht. Darüber konnte er das Team informieren und die Anweisungen des Einsatzleiters hören.

»Hallo, Frau Berger, ich öffne die Luke.« Die Klappe fiel in die Scharniere. Jetzt wurde es heikel. Rasmussen ging in die Knie und drehte sich zur Türöffnung. »Sie sind nicht allein?«, fragte er. Er sah, wie sich Berger in diesem Moment im Raum orientierte und zur Geisel schaute. Zack, der Kamerakopf saß. Es lief.

»Frau Berger, ich habe Carola getroffen. Ich soll Sie grüßen.« Rasmussen drückte den Saugnapf der Kamera außen auf die Tür. Gleichzeitig sah er, wie der SEK-Mann einen schwenkbaren Funkmonitor an der Wand links der Tür anbrachte. Er drehte ihn so, dass Rasmussen den Schirm gut sehen konnte. Rasch brachte er sich wieder in Sicherheit.

»Was wollen Sie hier?«, meldete sich Saskia Berger. Ihre Stimme klang, wie sie immer geklungen hatte: selbstsicher.

»Helfen. Das ist mein Job. Ihrer ja auch. Stellen Sie sich vor, wie ich aussähe, würden Sie mir nicht die Haare schneiden.« Rasmussen verspürte immer den Impuls, sich zur Klappe zu beugen und direkt mit Saskia Berger zu sprechen. Er drückte sich aber wieder an die Wand.

»Carola ist weggegangen. Nach Hannover.«

»Aber jetzt ist sie wieder da. Sie hat nach Ihnen gefragt. Das war gestern.«

»Da war ich in Berlin.«

»Carola wollte Sie treffen.«

»Gelaber. Was wollen Sie?«, keifte Berger. Sie hatte gegen die Tür getreten. Rasmussen sah auf dem Monitor nur noch die Zellendecke. Der SEK-Mann gestikulierte.

»Ich würde gerne mit Ihnen über eine neue Rolle sprechen. Es hat sich ja so einiges entwickelt.«

»Meine Figuren suche ich selbst aus.«

»Das klingt vernünftig. Wo soll die neue Figur denn wirken?«

Der SEK-Mann tat sein Bestes. Nun war auf dem Monitor dank des Weitwinkelobjektivs der komplette Raum zu sehen. Im Hintergrund ein Mann im Sportdress, der am Fuß blutete und dessen Arme nach hinten gebunden waren. Rasmussen erkannte Ole Ekberg, Rufname hier im Keller Danish Dynamite. Seine Gesichtsfarbe verhieß nichts Gutes, wie er fand.

»Die Geisel braucht medizinische Hilfe«, flüsterte er in sein Mikrofon.

Es knackte, und er hatte den SEKler aus der Küche im Ohr. »Der Schwerverletzte hat das Bewusstsein verloren. Der Mann muss hier raus. Wir brauchen ein paar Schilde vor der Zellentür, damit wir ihn dort vorbeitragen können.«

»Meine Figuren, Herr Rasmussen, spielen immer dort, wo ich es will.«

»Darf ich offen sprechen, Frau Berger? Die Männer, die Sie hier im Keller um sich versammelt haben, die bräuchten Sie gerade im Augenblick wirklich dringend. Alles lief hier dank Ihrer guten Organisation seit vielen Monaten geregelt ab. Es war ja Ihr Reich. Und nun das ganze Durcheinander. Woher sollen sie wissen, was zu tun ist?«

Rasmussen war einen Schritt vorgetreten und sah jetzt direkt, wie Saskia Berger mit dem Revolver Richtung Tür kam, anlegte, auf die Klappe zielte, den Revolver wieder sinken ließ. Er sprang zurück. Angstschweiß stand ihm auf der Stirn. Die Frau in ihrem schwarzen Kostüm sah nicht mehr aus wie auf den Hochglanzfotos, die Knut Berger geschossen hatte. Die Maske lag auf der Pritsche. Die Celaena-Perücke hing am Heizkörper. Ihr brünettes Harar klebte verschwitzt am Kopf. Saskia Berger wirkte, als käme sie aus einer Schlacht.

»Sie müssen mir nicht erklären, was es bedeutet, Verantwortung zu tragen«, brüllte sie, und ihr Speichel traf die Optik. Die Unschärfe des Monitorbildes ließ sie noch wilder erscheinen. »Jede Kreatur, die mir anvertraut war, wurde behandelt, als sei sie mein eigen Fleisch und Blut.«

»Das weiß ich doch, Frau Berger. Ich habe es immer bewundert, wie Sie sich um die Mitarbeiterinnen in Ihrem Salon gekümmert haben. Die bräuchten Sie jetzt übrigens auch. Wir müssen gemeinsam überlegen, wie Sie das am besten regeln können. Soll ich Ihnen mal einen Kaffee reinreichen?«

In diesem Moment hatte Rasmussen den Einsatzleiter auf dem Ohr. »Die Tür knacken wir. Wir könnten stürmen.«

»Ich bin hier übrigens nicht allein, Herr Rasmussen. Mein Begleiter ist bei mir gut aufgehoben, aber das muss nicht so bleiben.«

Wieder knackte es in Rasmussens Ohr. Der Einsatzleiter. »Sollen wir stürmen, Herr Rasmussen?«

Rasmussen drehte den Kopf von der Tür weg. »Nein, nicht stürmen. Holen Sie zuerst den Schwerverletzten. Frau Berger, wie sieht's aus? Ihren Kaffee mit Milch und Zucker und vielleicht auch einen Kaffee für Ihren Begleiter?«

Kleine Schritte

Keine Frage, Michael Meiers rechte Augenhöhle war schwer verletzt. Der Augapfel war zertrümmert, und die Reste hingen noch am Sehnerv. Der Notarzt hatte die Fraktur notversorgt und den Patienten mit Schmerzmitteln vollgepumpt. Er war nun einigermaßen stabil.

Der Mediziner schaute ihm ins unverletzte Auge. »Der letzte Tag, haben Sie eben gesagt. Sie stehen auf Pathos? Kein Problem. Ob das Ihr letzter Tag ist, das entscheide heute allein ich.« Er tätschelte ihm den Kopf und gab ein Zeichen.

Der unverletzte Rettungsassistent und der Notarzt nahmen die Trage vom Tisch, traten in den Zellengang. Dort wurden sie von den SEK-Beamten flankiert. Der Mann vorne links hatte das Kommando, auf sein Nicken gingen alle leicht in die Knie und bewegten sich in schnellen, kleinen Schritten vorwärts. Michael Meier drehte den Kopf, versuchte sich aufzurichten, aber der Brustgurt fixierte ihn.

»Saskia«, rief er, »ich stehe zu dir. Egal, was kommt.«

Meier hatte Berger wohl gehört, sie aber bemerkte ihn nicht. Sie schrie gerade auf ihre Geisel ein. Dann verschwand das Gespann aber auch schon in der Schleuse. Am Eingang zur Umkleide stand Rasmussen. Er hatte dem Rettungstrupp Platz gemacht.

»Noch ein Fall für die Psychiatrie. Der kann sich dann das Zimmer mit Till Meermann teilen«, sagte Rasmussen zum Einsatzleiter und dachte an eine Zigarette. »Till Meermanns Mutter war eigentlich die einzige Angehörige, die nie die Hoffnung aufgegeben hat, ihren Till so, wie er war, zurückzubekommen.«

Die beiden Männer sahen zu, wie sich der Trupp mit der Trage in den engen Kellerabgang schraubte. »Haben Sie gesehen, wie furchtbar der aussah? Der Monitor täuscht aber manchmal auch.«

Der Einsatzleiter nickte.

»Wer macht eigentlich den Kaffee?«, fragte Rasmussen.

Calloe wandte sich ab und sprach mit einem SEK-Mann.

Hoher Besuch

Rasmussen spürte das Vibrieren seines Smartphones und hörte die Sprachnachricht ab. »Wo sind Sie? Bin jetzt da.« Die Staatsanwältin, na endlich.

Er stürmte die Treppe hoch in den Stall. Hinrichsen war nicht zu sehen. Aber da kam die Frau ganz in Schwarz auf hohen Hacken vom anderen Ende des Hühnerstalls durch Einstreu und Kot herbeistolziert. Die Oberlichter sorgten für Beleuchtung durch die Abendsonne. Sie nahm die Sonnenbrille ab und schüttelte ihre Mähne. Rasmussen blieb am Treppenabsatz stehen. Ihm war, als hörte er das Rascheln ihrer schwarzen Seidenstrümpfe.

Was war das? Die Staatsanwältin geriet ins Stolpern. So ein Hühnerstall war eben doch kein Laufsteg. Sie legte sich der Länge nach in den Dreck und stieß sich das rechte Knie an einem Ziegelstein. Der lag hier so herum. Rasmussen sah zu, dass er der Dame fix hochhelfen konnte. Sie versuchte, aufzutreten. Es ging nicht. Also hatte der Knöchel wohl auch etwas abbekommen. Kurz entschlossen packte der Hauptkommissar die Staatsanwältin und trug sie in das Büro.

»Ich liebe starke Männer wie Sie.« Die Staatsanwältin zeigte ihm die Zähne.

»Das ist mir vollkommen neu. Warum sagen Sie nicht mal einen Ton? Es könnte doch alles so einfach sein.« Rasmussen wusste selbst nicht, warum er auf diese Frau mit dem Pferdegebiss so ansprang.

»Gute Laune, Herr Rasmussen?«

»Hochspannung und Licht am Ende des Tunnels. Wir sind kurz vor der Aufklärung des Falles. Ich sage Ihnen, ich hätte ja alles hinter der Sache mit den Vermissten vermutet, aber so was? Im Leben nicht. Und dann noch der Mord.« Er schüttelte den Kopf und nestelte an seiner schwarzen Hornbrille herum.

Die Staatsanwältin hatte er mittlerweile auf dem Schreibtisch abgesetzt. Sie schlug gerade die Beine über und hielt ihm das rechte Bein hin. »Könnten Sie mich mal bitte befreien?« Sie deutete auf ihren Schuh.

»Wir haben bereits eine Geiselnahme.«

»Wie bitte?« Die Staatsanwältin deutete noch mal auf ihren Fuß.

»Saskia Berger hat einen der Vermissten in ihrer Gewalt.«

»Das tut so gut. Wenn der Schmerz nachlässt. Wir haben nicht zufällig Eis zum Kühlen irgendwo an Bord?« Die Staatsanwältin stützte sich auf die Schreibtischkante und lehnte sich zurück.

»Alles wird gut. Ich rufe mal die Sanis.« Rasmussen musste zusehen, dass er rauskam. »Die helfen Ihnen weiter. Es kann aber ein wenig dauern, ich glaube, die haben gerade zu tun. Ich gehe solange in den Keller. Bevor die Berger noch vollkommen durchdreht.«

Kriegerin a.D.

Rasmussen schaute auf den neben der Zellentür angebrachten Monitor. Saskia Berger hatte ihre Geisel in den Schwitzkasten genommen, drückte dem Mann den Revolver in die Rippen und redete auf ihn ein. Dann sprang sie auf, tigerte in der Zelle umher. Riss sich die Lederjacke vom Leib und schmiss sie in die Ecke.

Den Abtransport von Michael Meier hatte sie nicht bemerkt. Danish Dynamite hatte sie abgelenkt. Die Geisel spielte mit, soweit sie konnte. Das war auch gut so, denn Berger hatte freies Sicht- und Schussfeld auf die Boxengasse, da Rasmussen die Essensklappe gleich bei der ersten Kontaktaufnahme entriegelt hatte.

Nun stand die Kriegerin gerade wieder an der Luke: »Was seid ihr doch für armselige Feiglinge! Kommt her und stellt euch!« Dann schlug sie mit dem Revolverknauf auf die Luke, sodass sie nun zum Gang hin schief in den Scharnieren hing.

»Wie eine Furie«, sagte der Einsatzleiter Rasmussen auf den Kopfhörer. »Sie muss sich beruhigen. Wir brauchen ihr Vertrauen und müssen ihr einen Ausweg aufzeigen.«

Es knackte im Kopfhörer, und Rasmussen dachte wieder an Carola. Er hatte Hinrichsen aufgefordert, Saskia Bergers alte Freundin so schnell wie möglich zu kontaktieren. Er näherte sich vorsichtig der Klappe. »Frau Berger, mein Angebot mit dem Kaffee steht.«

»Jetzt machen Sie mal nicht auf großzügig. Der Kaffee hier ist mein Kaffee, den habe ich gekauft, und Knut hat ihn hier runtergetragen.« Sie kam mit vorgestreckter Waffe auf die Klappe zu. Rasmussen wich ein Stück zurück.

»Mit Sojamilch, ohne Zucker. Und du, Danish?« Sie drehte sich zur Geisel um, die mit Handschellen fixiert auf dem Boden gegenüber der Tür hockte. »He, ich sprech mit dir. Kaffee oder doch lieber ein bisschen Heu, mein Pony?«

Der Mann hob den Kopf. Sein Gesicht war verzerrt. Die Schussverletzung am Fuß hatte Saskia Berger mit einem Kopfkissenbezug umwickelt. Die Blutung schien immerhin gestillt.

»Mir egal«, sagte der Mann. »Ich will was gegen die Schmerzen.«

»Also zwei Kaffee mit Sojamilch und Aspirin«, bestellte Saskia Berger, ging zurück zu ihrer Geisel und setzte sich wieder neben sie. Den Revolver legte sie auf den Boden und kratzte sich am Nacken.

Das wäre der Moment für einen Zugriff, dachte Rasmussen, doch da nahm Saskia Berger die Waffe schon wieder an sich. Wenn sie sich entschieden, zu stürmen, konnte niemand für die Sicherheit der Geisel garantieren. Nur ein Zugang. Man konnte Saskia Berger nicht überrumpeln. Es musste anders gehen. Saskia Berger hatte keine Forderungen gestellt. Sie schien nicht hier rauszuwollen. Vielleicht weil es ihr Zuhause war, überlegte Rasmussen.

»Haben Sie eigentlich schon Pläne für die Räume hier? Also für später.«

Saskia Bergers Miene hellte sich auf.

»Gut«, sagte der Einsatzleiter aus dem Off, »damit können Sie sie locken.«

»Eine Cosplay-Schule könnte ich mir vorstellen. Kurse, vielleicht eine Ausstellung.« Sie wiegte den Kopf.

»Die lebt immer noch in einer Phantasiewelt«, kommentierte der Einsatzleiter. »Vielleicht lassen wir sie einfach da.«

»Cosplay-Schule. Gute Idee, Frau Berger. Meine Kollegin war in Husum. Da sind Sie ja eine große Nummer.«

Ein SEK-Mann brachte den Kaffee.

»Frau Berger. Ich habe den Kaffee.« Rasmussen übernahm das Tablett, stellte es auf die Klappe und legte zwei Tabletten dazu.

Saskia Berger kam nach vorn, nahm die Becher, ging zurück und hielt ihrer Geisel einen Becher an den Mund. »Los, sauf, nicht, dass da was drin ist.«

Der Mann trank. »Zu viel Milch. Ich will was gegen die Schmerzen.«

Saskia Berger ging erneut zur Klappe, holte die Tabletten, schob sie dem Mann in den Mund und gab ihm zu trinken. Sie beobachtete ihn. Plötzlich fiel sein Kopf auf die Brust. Saskia Berger schrak zusammen. Der Mann röchelte.

»Ihr Dreckschweine«, brüllte sie. »Bevor ihr mich vergiftet, lege ich den hier um.«

Der Mann grinste. »Die große Kriegerin hat Angst. Das gefällt mir.«

Die Irre und Frau Doktor

Hinrichsen hatte die Prinz-Heinrich-Mütze abgesetzt und rieb sich den Kopf. »Und wenn sie ein Sechs-Gänge-Menü bestellt, dann liefert ihr der Staat das auch noch frei Haus.« Er breitete die Arme aus. »Das SEK, die Staatsanwaltschaft, die Polizei, die Feuerwehr. Wissen Sie, wie viele Überstunden ich vor mir herschiebe? Und am Ende schickt der Richter diese Irre in eine Maltherapie. Was machen wir hier eigentlich so blöd rum? Licht aus, Zellentür auf, finaler Schuss, und in einer halben Stunde können wir abrücken. Die Frau bedroht die Geisel, und Rasmussen labert rum.«

Die Staatsanwältin setzte sich neben Hinrichsen. »Ich habe Länder bereist, in denen das so gemacht wird. Aber wissen Sie was? Ich bin immer wieder gern nach Deutschland zurückgekommen. Hinrichsen, Sie sollten Urlaub machen.«

Ein Auto fuhr vor. Die Brix stieg aus. In Begleitung einer Frau kam sie auf das SEK-Fahrzeug zu, in dem die Staatsanwältin und Hinrichsen saßen. Die Staatsanwältin zog die Tür auf und stieg aus. »Frau Dr. Lehwald?«

Die Frau nickte. In ihrem Holzfällerhemd und den Reitstiefeln wirkte die zierliche Person wie einem Western entstiegen. Den Blick der Staatsanwältin hatte sie gesehen.

»Ich betreibe eine Klinik für verletzte Sportpferde«, erklärte sie ihren Aufzug.

»Frau Dr. Lehwald …«

»Ohne Doktor bitte.«

»Frau Lehwald, wann haben Sie Saskia Berger denn zuletzt gesehen?«

»Vor fünf Jahren anlässlich eines Ehemaligentreffens. Es war ein bisschen gespenstisch. Sie haben doch mit Saskias Mutter gesprochen? Ich gehe davon aus, dass auch Sie die unschöne Vorgeschichte kennen. Das war fünf Jahre vorher. Ich hatte keine guten Erinnerungen an Saskia. Das war kein Partyscherz, mit meinem damaligen Freund eine ganze Nacht lang angekettet zu sein. Aber als ich sie auf dem Treffen sah, war es sofort zurück, dieses vertraute Gefühl. Wir haben uns umarmt, und es fühlte sich gut an. Wie früher. Am nächsten Morgen habe ich mich dann gefragt, wie sie es schafft, Menschen so einzulullen. Immer wieder aufs Neue. Ist das Magie oder schon Voodoo? Ehrlich gesagt, sosehr ich sie auch mag, ich grusele mich ein wenig vor ihr. Ich habe den Kontakt dann einschlafen lassen.«

»Danke, dass Sie so schnell gekommen sind. Saskia Berger hat im Keller eine Geisel genommen. Sie ist bewaffnet. Wir fürchten um das Leben der Geisel. Sie können einfach Nein sagen, wenn Sie es sich nicht zutrauen, mit ihr zu sprechen.«

»Doch, doch. Ich kenne Saskia seit dem Sandkasten. Auf mich würde sie nie schießen. Was ist Ihr Ziel?«

»Als Erstes hätten wir gern die Geisel unversehrt da raus, aber wir kommen nicht an sie ran. Sie sind in einem Raum. Es ist eng. Nur eine Tür. Hauptkommissar Rasmussen, der bisher mit ihr gesprochen hat, glaubt, dass man Frau Berger eine Aufgabe geben muss, sie in die Verantwortung nehmen kann.«

Carola Lehwald lächelte. »Hat er gut erkannt. Saskia muss sich wichtig fühlen. Ich mach das schon. Wo?«

Die Staatsanwältin wies ihr den Weg, übergab sie an einen SEK-Mann und ging zurück in das mit Technik vollgestopfte Fahrzeug. Die Brix hatte sich schon, diskret, wie sie war, zurückgezogen. Auf einem Monitor sah sie, wie Saskia Berger breitbeinig vor der Geisel stand.

»Und diese Irre will Frau Doktor einfangen? Da bin ich ja mal gespannt.« Hinrichsen schob sich ein Bonbon in den Mund und hielt der Staatsanwältin die Dose hin. Die Staatsanwältin griff zu und nahm zwei Bonbons.

Carola Lehwald stand mit Calloe hinter dem Einsatzleiter, der sich mit einem Kollegen beriet. Sie spielten verschiedene Möglichkeiten des Zugriffs durch. Lange, so glaubte Calloe, würde er Rasmussens sanfte Tour nicht mehr mitspielen. Er schwitzte im Nacken.

Calloe nahm Carola Lehwald zur Seite und erklärte die Räumlichkeiten. »Hat die Brix Sie über die Vermisstenfälle und den Mord an Knut Berger informiert?«

Carola Lehwald nickte und wirkte unbeeindruckt. Weder äußerte sie sich zum bizarren Gelass, noch verlor sie ein Wort über das Verhalten ihrer alten Freundin.

»Sie schauen mich so erwartungsvoll an, Frau Calloe. Ich bin nicht überrascht. Das passt zu Saskia. So war sie immer. Sie betrachtet sich als Spielleiterin. Ihr Ziel ist es nicht, anderen Böses zu tun, sondern das Spiel zu spielen, ihr Spiel zu spielen. Was nicht passt, ist der Mord an ihrem Mann. Nicht, dass sie dazu nicht fähig wäre. Aber ein Mord – das ist endgültig. Carola will die Protagonisten auf der Bühne halten.«

»Sie würde die Geisel nicht erschießen, Ihrer Einschätzung nach?«

»Unwahrscheinlich.«

Calloe fragte Rasmussen über Funk, ob sie Carola Lehwald nach vorn schicken könne.

»Je eher, je lieber«, lautete dessen Antwort.

Als Carola Lehwald links neben Rasmussen auftauchte, reichte er ihr die Hand. Sie erwiderte seinen Gruß, schaute sich um, linste durch die offene Klappe, sagte: »Saskia, wir müssen reden«, und öffnete unvermittelt die Tür, bevor Rasmussen oder der verdutzte SEK-Mann eingreifen konnten. Im nächsten Moment stand sie in der Zelle, schloss die Tür hinter sich und ging direkt auf Saskia zu.

Vor den Monitoren in der Schleuse und oben im SEK-Fahrzeug gaben Calloe, der Einsatzleiter, die Staatsanwältin und Hinrichsen unterschiedliche Geräusche des Entsetzens von sich.

»Zwei Geiseln, na super.« Mehr sagte der Einsatzleiter nicht.

Saskia Berger hatte neben der Geisel Stellung bezogen und

bedrohte diese nach wie vor mit dem Revolver. Von Angesicht zu Angesicht mit ihrer alten Freundin nahm sie die Waffe zur Seite, verbarg sie hinter dem Rücken. Sie tat das mit einer Geste, die schuldbewusst wirkte. Den Revolver wechselte sie hinter ihrem Rücken in die linke Hand und reichte ihrer Sandkastenfreundin die rechte. Diese schlug den Handschlag aus, griff stattdessen nach Saskia Bergers Schulter und zog sie auf die Pritsche. So saßen die alten Freundinnen nun nebeneinander auf dem blütenweißen Bettzeug. Carola Lehwald zog die Beine aufs Bett. Die Reitstiefel machten Flecken. Saskia Berger sah das.

»Wie früher in deinem Zimmer«, sagte Carola Lehwald. »Da hast du dir auch immer irres Zeug ausgedacht.« Saskia Berger grinste verlegen. »Aber das hier, Saskia, das ist nicht lustig.« Sie legte eine Hand auf Saskia Bergers Oberschenkel. »Wir können das gleich besprechen. Zuerst schaffen wir den Typen hier raus. Was wir zu bereden haben, geht den nämlich einen feuchten Kehricht an.«

»Aber ich muss doch …«, protestierte Saskia Berger.

»Du hast jetzt mich. Ich kümmere mich. Du brauchst hier eine Regisseurin, sonst wächst es dir über den Kopf. Komm, mach den Typen mal los und fass mit an.«

Vor den Monitoren: allgemeine Fassungslosigkeit. »Der Notarzt soll wieder runterkommen«, sagte der Einsatzleiter in sein Mikrofon. »Sofort.«

Saskia Berger nahm der Geisel die Handschellen ab. Dann griffen die Frauen dem Mann unter die Arme und zerrten ihn hoch. Er stöhnte. Saskia Berger griff nach dem Revolver, der auf dem Kopfkissen lag. Auf einem Bein hüpfend und auf Carola Lehwald gestützt, schaffte es die Geisel bis zur Tür, die sich nun öffnete. Ein SEK-Mann sicherte von außen die Tür und schirmte den kleinen Monitor an der Wand ab.

Carola Lehwald wartete im Türrahmen, bis die Geisel von zwei Rettungsassistenten übernommen wurde. Sie nickte dem Mann in Schwarz zu. Dann drehte sie sich um. »So, jetzt zu uns.« Sie setzte sich wieder und schlug die Beine übereinander, bot Saskia Berger ihre Schulter an.

Rasmussen brauchte eine kurze Auszeit und war in die Umkleide gegangen. Er saß mit dem Einsatzleiter vor dem Monitor.

Der kramte ein zerknittertes Päckchen Tabak aus seiner Hosentasche. Als er es öffnete, verströmte der Tabak einen Duft, den Rasmussen tief einatmete.

»Carola Lehwald, guter Schachzug«, sagte der Einsatzleiter. »Aber ich bin gespannt, wie sie Saskia Berger da rauskriegen will. Für uns hat sich ja eigentlich nichts geändert.« Er drehte sich eine Zigarette.

Das Knistern des Blättchens jagte Rasmussen einen Schauer über den Rücken. Eine Fülle von Erinnerungen war mit dem Geräusch, dem Moment vor dem Anzünden der Zigarette verbunden. Nicht alle waren schön, aber doch die meisten.

Der Einsatzleiter hielt die Zigarette hoch. »Kann ich mal eben? Der Schmacht.«

Rasmussen nickte, der Einsatzleiter verschwand. Rasmussen hörte seine Schritte auf der Gitterrosttreppe. Der Monitor zeigte die beiden Frauen. Sie saßen dicht beieinander auf der Pritsche. Saskia Berger hatte ihren Kopf an Lehwalds Schulter gelehnt. Sie sprachen so leise, dass Rasmussen nur Bruchstücke der Unterhaltung verstand.

Auch im Einsatzfahrzeug hatte Hinrichsen die Lautstärke hochgedreht. »Gleich holt eine von denen ihr Poesiealbum raus. Fehlen nur noch Pferdeposter an den Wänden.«

»Hinrichsen, gehen Sie doch mal 'ne Runde spazieren«, schlug die Staatsanwältin vor und drehte die Lautstärke wieder runter.

Außer unangenehmen Rausch- und Zischgeräuschen war nichts zu hören. So verging eine halbe Stunde. Eine Dreiviertelstunde. Die Frauen in der Zelle waren aufgestanden, hatten sich an die Wand gelehnt, gleich neben der Tür. Jetzt verstand man wieder jedes Wort. Geschichten von früher.

Rasmussen im Keller kämpfte gegen den Hunger, der Staatsanwältin war das lädierte Bein eingeschlafen. Rasmussen stand auf, reckte sich und sagte zum Einsatzleiter, er werde den Damen einen Kaffee anbieten. Dann ging er Richtung Küche. Kurz vor der Tür schaute ihn der SEK-Mann, der sich einen Stuhl neben die Tür gestellt hatte, streng an. Rasmussen nahm einen der Schutzschilde, die an der Wand lehnten.

Er ging in den Flur und klopfte an die Tür. »Kaffeezeit. Wer möchte?« Durch die Klappe schaute er besser nicht.

Saskia Berger zuckte zusammen, als sei sie geweckt worden. Carola Lehwald antwortete sofort. »Einen doppelten Espresso für mich.«

Saskia Berger schüttelte den Kopf. Sie rieb sich über den Magen und sagte: »Sodbrennen.«

»Kein Wunder bei dem Stress. Du brauchst demnächst einen ruhigeren Job. Vielleicht bei mir in der Pferdeklinik. Das wär doch was für dich. Sobald das hier vorbei ist.« Carola Lehwald holte ihr Smartphone raus, stellte sich neben Saskia Berger und zeigte ihr Fotos. »Wir wollen demnächst auch therapeutisches Reiten anbieten.«

Hinrichsen hatte eine Runde gedreht und stand außen an der Tür des Einsatzfahrzeuges. Er hämmerte mit der Faust gegen das Blech. »Therapeutisches Reiten. Nee, is klar. Malen, reiten, heititei.«

»Schnauze, Hinrichsen!«, brüllte die Staatsanwältin. »Frau Lehwald macht das sensationell. Und wenn Sie das nicht begreifen, dann halten Sie sich einfach mal raus.«

Rasmussen brachte den Kaffee zur Essensklappe. Carola Lehwald nahm ihn in Empfang. »Herr Rasmussen, könnten Sie für Frau Berger wohl was bringen, das ihren Magen beruhigt?« Sie kniff ein Auge zu. »Kein Antazidum, Frau Berger braucht einen Protonenpumpenhemmer. Zum Beruhigen.« Sie schaute noch mal verschwörerisch. Rasmussen hatte verstanden. Der Notarzt auch.

Als Rasmussen wieder in die Schleuse kam, drückte der Notarzt schon eine Tablette aus der Blisterpackung und reichte sie dem Einsatzleiter. »Vertraue mir, ks, ks«, sagte er und verdrehte die Augen.

»Wie wirkt das?«, fragte er.

»Ein Kombipräparat. Wenn Frau Lehwald es schafft, ihr die Tablette als Magentablette zu verkaufen, können wir gleich alle nach Hause fahren.«

Rasmussen brachte die Tablette, Carola Lehwald gab ihr Bestes, aber Saskia Berger weigerte sich. »Ich nehme keine Tabletten. Die ganzen Nebenwirkungen.«

»Das wäre auch zu schön gewesen«, funkte der Einsatzleiter und sprach aus, was alle dachten.

Die Frauen hatten sich wieder auf die Pritsche gesetzt. Das

Gespräch drehte sich weiter um Pferde. Saskia Berger hatte den Revolver auf das Kopfkissen gelegt und sich wieder an Carola Lehwald gelehnt.

»Unglaublich. Alles friedlich«, sagte der Einsatzleiter. »Lehwald hat das im Griff.«

Nach einer Weile sahen Rasmussen und der Einsatzleiter, wie Carola Lehwald ihren rechten Arm hob und schnelle Bewegungen mit dem Zeigefinger machte, dabei aber ruhig weiterredete. Die beiden Männer schauten sich an.

»Sie will, dass wir kommen?«, fragte der Einsatzleiter.

»Ja, aber warum?«

»Egal.« Der Einsatzleiter stand auf. »Team eins, Zugriff.«

»Team eins, verstanden«, kam es postwendend aus dem Kopfhörer.

Vier SEK-Beamte vor der Tür. Einer mit schusshemmendem Schild, dahinter zwei mit gezogenen Waffen, einer mit Handfesseln. Der Mann mit dem Schild öffnete langsam die Tür. Dann stieß er sie ganz auf, zwei Beamte waren mit wenigen Schritten an der Pritsche, einer zog Carola Lehwald hinter den Schutzschild, der andere griff nach dem Revolver auf dem Kopfkissen. Saskia Berger war schlicht eingedöst und zur Seite gekippt.

Jetzt riss sie die Augen auf, öffnete den Mund, bekam keinen Ton heraus. Sekunden später war sie fixiert. Die Beamten stellten sie auf die Beine, führten sie aus der Zelle.

Auf dem Gang wartete Carola Lehwald. Sie lächelte Saskia Berger an, nickte und sagte: »Das, Saskia, das war mir eine große Freude. Nie wieder Ponyhof – Schätzchen.« Dann spuckte sie vor ihr aus.

Nichts zu sehen

»Fiete, halt mal an«, kommandierte die Brix ihren Chauffeur.

Und schon war sie auf dem Weg in Richtung der Horde Gaffer, die sich entlang des Flatterbandes zu der Hofauffahrt der Bergers versammelt hatten. Es dämmerte schon. Ganz in der Nähe stand ein Streifenwagen mit Standlicht. Ein Polizist stand vor den

Gaffern und winkte ab, als die Brix auf ihn zustapfte. Die Gaffer zückten ihre Handys, um zu fotografieren und zu filmen. Sie erwarteten wohl ein offizielles Statement.

»Herrschaften, hier gibt es nichts zu sehen.« Die Augen der Brix sprühten.

»Ach, was Sie nicht sagen, die ganzen Streifenwagen, die Krankenwagen und der Notarzt, und hier ist offensichtlich das SEK zugange«, ereiferte sich ein Herr ganz in Beige. »Wer sind Sie überhaupt?«

»Das tut nichts zur Sache.« Die Brix spürte, dass es ein wenig heikel wurde. »Eigentlich wollte ich Sie nur fragen, ob Sie nicht einfach nach Hause gehen könnten. Es wird langsam dunkel. Ich will nicht darüber spekulieren, wie ungemütlich es hier noch werden kann.« Die Brix drehte sich um und zeigte auf den Resthof der Bergers.

In diesem Moment fuhr der Notarzt mit Blaulicht vom Hof, der Krankenwagen folgte. Die beiden Wagen mussten stoppen. Nur widerwillig gingen die Leute aus dem Weg, nachdem der Polizist das Flatterband zur Seite genommen hatte.

»So, Feierabend, Leute, Sie behindern hier den Verkehr.« Der Polizist stand nun neben der Brix.

Murrend zerstreuten sich die Leute. Autos am Straßenrand starteten. Nur ein Mann in Cordhosen und Gummistiefeln blieb stehen.

»Junge Frau, kann ich Sie mal sprechen?«

»Ja, bitte«, sagte die Brix.

»Ich bin hier der Nachbar.«

»Ja, und?«

»Ich muss Ihnen was sagen. Über die Bergers.«

»Sind Sie denn bisher nicht verhört worden?«

»Ja, doch. Aber.« Der Typ trat von einem Bein auf das andere. »Ich glaube, sie war es. Saskia hat ihren Mann umgebracht. Hinterrücks. Die ist doch vollkommen durch, die Else.«

»Haben Sie denn irgendwelche Beweise?«

»Nö. Das ist nur so ein Gefühl.« Dann rieb der Mann sich die Hände. »Hat man ja manchmal, ne.«

»Sie gaffen ja nicht nur, Sie denunzieren obendrein. So und so. Ich nenne so was nicht Gefühl, sondern Schamlosigkeit.«

Die Brix drehte sich um und gab Fiete ein Zeichen. Der ließ die Scheinwerfer aufblenden und fuhr die Göttliche ein Stück vor. Die Brix stieg ein. Der Mann mit den Gummistiefeln blieb mit den Händen in den Taschen am Flatterband stehen. Fietes Wagen passierte.

Zu spät

Rasmussen war gerade dabei, den Computer und den Bildschirm vom Tisch in der Umkleide zu räumen. Zwei SEK-Leute führten Saskia herein. Ihre Arme waren auf dem Rücken fixiert. Rasmussen rückte zwei Klappstühle so um den Tisch, dass sie sich gegenüberstanden.

»Frau Berger, soll ich Ihre Fesseln lösen lassen? Kriegen wir das hin? Ohne großes Getöse.«

Saskia Berger nickte. Ein SEK-Mann erledigte das. Die beiden Beamten bauten sich vor den Spinden auf.

»Bitte setzen Sie sich. Soll ich Ihnen eine Decke bringen lassen? Es kann hier schon mal kühl werden im Keller. Und, ehrlich gesagt, Sie sehen ganz mitgenommen aus.« Rasmussen wusste, wie sehr ein »mitgenommen« Frauen in Bergers Alter traf.

Saskia Berger schüttelte den Kopf. Ihr Make-up war verschmiert. Die Blondhaar-Perücke der Kriegerin war in der Zelle geblieben. Der brünette, verschwitzte Pagenkopf passte nicht so ganz zu den Überresten des Kriegerinnen-Kostüms. Sie merkte das selbst und nestelte an dem Metallhalsband. Dann legte sie ihren Gürtel ab – das Ding sah aus wie ein Waffengurt und fiel klirrend zu Boden. Obenrum trug sie nur ein Tanktop, auch die Lederjacke war auf der Strecke geblieben. Als sie sich setzte, knirschte der Klappstuhl auf dem Boden.

»Frau Berger, das Spiel ist aus. Und nun?«

»Einmal Kriegerin, immer Kriegerin.«

»Ist das ein Zitat? Lassen Sie mich raten? Celaena, stimmt's, Frau Berger?«

Die hatte nur einen verachtenden Blick für Rasmussen übrig.

»Nun gut. Über Ihren Ponyhof hier werden wir uns später

unterhalten. Strafrechtlich gibt es da nichts zu deuteln, das wissen Sie selber, dann noch die Geiselnahme. Das ist ein mächtiges Paket, das wir beide irgendwann noch abarbeiten müssen.«

»Sie wollen gar nicht wissen, was ich hier gelebt habe?« Saskia Berger schaute Rasmussen herausfordernd an.

»Nö. Mich interessiert erst einmal: Warum haben Sie meinen Strandbuddy Knut eigentlich mit Majoran gewürzt?«

Sie lachte hysterisch.

»Ihr Mann war neunundvierzig Jahre alt. Sie kannten ihn seit neunzehn Jahren. Knut hat mir erzählt, dass Sie sich beim Tag der offenen Tür der Marine hier in Eckernförde kennengelernt haben. Da war er dreißig, Sie zarte vierundzwanzig Jahre alt. Warum haben Sie Ihren Mann zersägt?«

Keine Antwort.

»Ich erinnere mich gut, was Sie mir im Fotostudio Ihres Mannes erzählt haben. Ich habe Ihnen das nicht nur geglaubt, mir hat das sogar gefallen. Ach guck mal, habe ich gedacht, hinter dieser schrillen Oberfläche der Frau Berger, da steckt auch etwas Feinsinniges und Mitfühlendes. Und dann zersägen Sie denjenigen, den Sie mal King Knut gerufen haben? Und waren Sie nicht von Anfang an seine Queen? Das haben Sie mir erzählt.«

»Herr Rasmussen, das werden Sie mir nicht glauben, aber es war ein Unfall.«

Ab diesem Punkt hörte Rasmussen genau zu.

Saskia Berger deutete zumindest an, was ihr all das hier unten in dem Keller bedeutete. Sie habe nicht genug bekommen können von den Spielen mit den Männern, die sich für sie als Ponys verkleideten. Alle ihre Ponyboys hätten es nach einiger Zeit geliebt, für sie da zu sein. Ihr zu dienen. Sie hätten gehen können, wenn sie gewollt hätten. Sie hätten nicht gewollt. Aber mit dem Letzten, mit Michael Meier aus Köln, da sei es anders gewesen. Der sei ja auch erst ein paar Wochen bei ihr, und es hätte gleich gefunkt. Sie diffundierte an dieser Stelle.

»Ja, mit dem Michael Meier war es anders als mit den anderen Gefangenen«, ging Rasmussen dazwischen. Ihn nervte diese Frau, dieses Gespräch. Er war fürchterlich angespannt und hätte diese Tusse am liebsten sofort weggesperrt. Nur was half es, sagte er sich und ließ sie weiterreden.

Meier hatte wohl im Laufe der Begegnungen Macht über sie bekommen, er sei eifersüchtig auf Knut geworden. »Knut hat im Keller alle Dienste übernommen. Die Versorgung der Ponys, aber auch den Wachdienst beim Training. Ich habe hier unten eigentlich nichts ohne meinen Knut unternommen. Nur dass er immer in einem Vollkörper-Latexanzug gesteckt hat. Und eine Latexmaske hat er auch getragen.«

»Dann haben also die Gefangenen zuletzt Meier für Knut gehalten?«, fragte Rasmussen nach.

Ja, das sei wohl so gewesen. Knut hieß hier unten nur der Maskenmann. Mach dies, mach das, Maskenmann. Michael Meier habe das vollkommen falsch interpretiert. »Den Sklaven, den Maskenmann, den könne ich mir sparen, hat er gesagt. Er sei alles in einem. Master and servant.« Dabei blinzelte sie jovial.

Rasmussen verzog das Gesicht, er hätte kotzen können. Saskia Berger fuhr fort. Ja, sie habe sich irgendwann in Michael Meier verliebt. Sie habe ganze Nächte mit ihm verbracht und mit ihm über Gott und die Welt gequatscht.

»Ich habe mich nicht wiedererkannt. Auf einmal war ich nicht nur Top, sondern auch mal Bottom. Und dann war da dieser eine Abend in der Manege. Kein Ponyplay. Das Licht war heruntergedimmt. Kein Spiel mehr, nur noch Emotionen.« Sie rutschte auf dem Stuhl herum und verlangte nach einem Schluck Wasser.

Danach schilderte sie den Fortgang, ganz ruhig. Der bewusste Abend, an dem sei Knut ohne Maske und Latex in den Keller gekommen, als habe er es geahnt. Er sei mit einer Pflanzstange bewaffnet und ziemlich aggressiv gewesen. Durch den Zellenflur sei er gelaufen und habe gebrüllt. Die Zelle von Meier. Offen.

»Herr Rasmussen, er sah uns und wusste, was die Stunde geschlagen hatte. Er war raus, und er sah das ganz deutlich. Sie können sich nicht vorstellen, wie er getobt hat. Mit dieser Pflanzstange hat er um sich geschlagen. Er stolpert über ein Kabel, das im Weg liegt, die Stange fliegt durch den Raum. Knut rappelt sich hoch und stürzt sich auf Michael Meier, der es gerade noch geschafft hat, sich von mir loszumachen. Meier kniet dort, nackt, Knut schreit nur noch. Die Stimme überschlägt sich. Knut schnappt sich Meier am Kopf, versucht, ihn durch die Manege zu wirbeln. Das ist nicht so einfach. Er muss umgreifen. Er nimmt ihn an der Taille. Beide

Männer brüllen wie die Stiere. Da habe ich die Stange vom Boden aufgesammelt. Die beiden wirbelten vor meinen Augen herum, ich habe einfach auf das Knäuel dieser beiden Männer draufgehalten. Sie waren wie zwei Kampfhunde. Es war nur ein Schlag, genau auf den Kopf von Knut, genau auf den Hinterkopf. Es hätte auch Meier treffen können. Die Situation war mir zum ersten Mal hier im Keller entglitten. Und das passiert einer Kriegerin eigentlich nicht. Mein Schlag hat die Entscheidung gefällt.«

»Frau Berger, ich bitte Sie. Sie ärgern sich und schlagen darum Ihren Mann tot?« Rasmussen hatte seinen Kopf mit der rechten Hand abgestützt.

»Es ist so. Auf Meier ist das Los gefallen, das Glückslos, wenn Sie verstehen. Wir haben meinen Mann dann gemeinsam zerlegt.« Sie trank noch einen Schluck Wasser.

Rasmussen verschränkte die Arme vor der Brust. Wie sie das sagte. »Wir haben meinen Mann dann gemeinsam zerlegt.« Ihn schauderte, und er war froh, kein Psychiater zu sein. Ihm reichte es, von Zeit zu Zeit solche Menschen zu stellen und in die Abgründe solcher Seelen blicken zu müssen. Womöglich noch zu therapieren. Dafür musste man schon sehr viel professionelle Distanz aufbringen.

»Haben Sie schon mal einen Menschen zerlegt?«, fragte Saskia Berger. »Das ist Schwerstarbeit. Das geht nicht mit einem Obstmesserchen. Da brauchst du Sägen. Ich habe Sägen aus Knuts ›Strandbude‹ geholt, und dann ist der Scheiß-Eimer umgekippt.«

Rasmussen schaute fragend.

»Ach ja, Majoran. So ein Gewürzeimer, in den ich die Säge und die Messer gepackt hatte. Ach, Scheiße. Was geht dich Knut an, dummer Bulle.«

Rasmussen dachte an sein Smartphone, das in seiner Tasche steckte und Saskia Bergers Bericht aufgezeichnet hatte. Das würde hilfreich sein.

Sie schwiegen. Saskia Berger schaute sehr traurig. So hatte Rasmussen sie noch nie gesehen. Sie hatte etwas Neues an sich herangelassen. Keine Posen mehr. Zu spät, wie er fand. Viel zu spät.

Thank God, it's Friday

»Heute Abend geht es rund.« Hinrichsen stand breitbeinig in der Tür des Teambüros, die Prinz-Heinrich-Mütze setzte auf der blau getönten Sonnenbrille auf. Die Hände hatte er in den Taschen seines Parkas.

»Wo ich Sie so sehe, an Ihnen ist eigentlich ein waschechter Mod verloren gegangen«, sagte Rasmussen im Vorbeigehen. »Was ich noch sagen wollte, hauen Sie endlich ab. Sie hatten doch noch was vor? Und hier ist momentan ja sowieso nur Auslaufen angesagt.«

»Chef, versprochen. Ich lege Ihnen heute Abend die zarteste Pute auf den Grill, die Sie seit Langem hatten.« Hinrichsen führte seinen Daumen zum Zeigefinger und küsste ihn. »Erste Sahne. Ich fahr extra nach Schwentinental.«

»Haben Sie nicht auch eine gute Adresse für Pferd?«

»Nee, ich weiß aber, wo noch ein paar herrenlose Hühner zu holen sind.«

»Das ist ein schlechter«, sagte Rasmussen und rümpfte die Nase.

»Mit ä, ne. Sag ich ja«, konterte Hinrichsen und setzte sich ein imaginäres Messer an die Kehle.

Dann verschwand der Mann mit der Mütze und dem Parka in den Weiten des Flurs der Zentralstation. Er versuchte sich daran, die Melodie von »Money for nothing and chicks for free« zu pfeifen, er konnte sich aber nur schwer gegen das asthmatische Wummern eines Bohrhammers aus dem Konferenzraum durchsetzen. Der Bauunternehmer hatte ein Fenster zugemauert. Kleines Missverständnis. Man sprach im Zusammenhang mit den Umbauten in der Zentralstation schon von der Philharmonie der Ostsee.

Rasmussen ging ins Teambüro. Calloe telefonierte und legte mit den Worten »Holst du mich ab? Bis gleich, Chéri« auf.

Der Hauptkommissar stellte sich vor die Täterzielscheibe, die hinter Hinrichsens Schreibtisch hing. Der hatte offenbar ein Update gemacht. In der Mitte hing der Zettel mit »Saskia Berger – Celaena Sardothien«. »Mordsgeil« hatte er mit einem dicken pinken Edding danebengeschrieben. Geradezu süß fand Rasmussen die Handschellen und Gitterstäbe, die Hinrichsen dazugemalt hatte.

»Knut war ein Guter« – links oben in der Ecke hatte er dem Ehemann von Saskia Berger einen Grabstein gesetzt. Für das Trio »Sandro Hagemeister – Pelle Erben – Erwin Schock« hatte er einen Extrakreis aufgemacht. »Euch kriegen wir auch noch«, darunter stand in zornigen Großbuchstaben »BTM«.

Auf der Reservebank klebten die Namen der Vermissten. Neben »Thomas Hentrich – Long John« und »Ralf Römer – Rommel« hatte er ein Hotelsignet gezeichnet. Fein säuberlich war hier das »Atlantic Hotel« vermerkt. Rasmussen hatte sich dafür eingesetzt, die beiden erst einmal aus Eckernförde herauszuschaffen und in Kiel einzuquartieren. Dort sollten sie psychologisch betreut und weiter befragt werden.

Auch »Ole Ekberg – Danish Dynamite« war nicht mehr in der Stadt, sondern im »UKSH«. Zuerst hatten sie überlegt, auch »Till Meermann – Billy the Kid« in der Kieler Uniklinik unterzubringen. Der war aber in der Psychiatrie in Schleswig gelandet.

Rasmussen tippte auf den Zettel mit dem ersten Vermissten. »Meermann. Was für eine arme Sau. Wenn sie den in Schleswig bloß wieder hinbekommen.« Der Hauptkommissar zuckte mit den Schultern, und Calloe schaute skeptisch.

»Wie war es überhaupt heute Morgen bei Meier auf der Intensiv?«, fragte Rasmussen. Michael Meier war in Eckernförde in die Klinik eingeliefert worden. Dem Notarzt schien er nicht stabil genug für einen Transport nach Kiel.

»Tragisch. Der Däne hat ihm die rechte Gesichtshälfte rasiert«, antwortete Calloe und biss sich auf die Lippe. »Er ist ja verbunden, aber so ohne Auge – kein schöner Gedanke.«

Sie wischte sich durch das Gesicht. »Ich versteh Meier nicht. Dem steht die Tür aus seinem Gefängnis offen. Er ist schon draußen und kehrt dann in seine Zelle zurück. Der ist vollkommen durch. Er hat mich heute Morgen gebeten, Papier und Stift zu holen. Ich möge doch für ihn etwas aufschreiben. Mon Capitaine, raten Sie mal, was das war?« Calloe winkte mit einem großen Blatt Papier.

»Der hat Ihnen einen Heiratsantrag gemacht, äh diktiert.«

Calloe schaute Rasmussen fassungslos an. »Wie kommen Sie darauf? Das stimmt. Er will Saskia Berger auf jeden Fall heiraten.«

In diesem Moment kam Jörn Jensen zur Tür herein. Der Knilch

trug eine Lederkombination und einen Helm in der Hand. Der Anblick weckte Erinnerungen bei Rasmussen. Fehlte nur noch, dass Jensen ihm gratulierte.

»Eh, na denn mal – Glückwunsch.«

»Danke. Aber wozu?« Rasmussen guckte zu Calloe, die breit grinste. »Ich habe erst im Juli Geburtstag.«

»Na, was wohl. Zur Lösung des Falls. Und nun lass uns mal los. Dat ward Tied. Hier.« Jörn hielt ihm einen Helm hin. »Ich habe mir gedacht, dass du heute Abend dem Alkohol zusprechen willst.«

»Sie kommen gleich mit Jean-Jacques zum Südstrand?«, verabschiedete sich Rasmussen von seiner Assistentin.

»TGIF«, sagte Calloe. »Thank God, it's Friday.«

Im Hof der Zentralstation stand die BMW mit Beiwagen. Zügig ging es raus aus der Stadt. Am Südstrand schaltete Jensen runter, setzte den Blinker links und parkte schließlich direkt an Knuts »Strandbude«. Die war verrammelt, und am Eingang klebten Siegel. Als Rasmussen aus dem Beiwagen stieg, nahm er den Helm ab und schaute sich zweifelnd um.

»Hans Rasmussen, du findest das doch jetzt nicht pietätlos. Störst du dich etwa an einer Strandparty an Bergers Bude?« Jörn Jensen machte auf empört. »Du doch nicht.«

»Lass mal. Das war ein Guter. Wenn wir mal von dem Scheiß-Kidnapping absehen, dann war der auch nur so eine ferngesteuerte Unterhose wie die anderen Jungs. Wer in das Fahrwasser von Saskia Berger gerät, dem gnade Gott.«

»Lass den lieber aus dem Spiel.«

Dann gingen die beiden auf die Terrasse der Bude. Hinrichsen lüpfte keck die Mütze und grüßte von seinem Schwenkgrill aus, widmete sich aber gleich wieder der Glut. Das Utgard war mit seinem Bierwagen mit von der Partie. Hubi selbst reichte ihnen zwei frisch gezapfte Pils.

»Oh, oh«, stöhnte Rasmussen. »Der Kaffee, der Kaffee. Vorher muss ich noch mal kurz in die Dünen.«

»Musst du nicht, der Bürgermeister hat uns trotz der kurzfristigen Anfrage der Brix zwei Dixi-Klos hinter die Bude stellen lassen.«

Jörn Jensen ging zum DLRG-Turm hinüber. Business as usual. Den Turm hatte Ex-U-Boot-Kommandant Jensen mal wieder als DJ-Pult requiriert.

Als Rasmussen um die Ecke bog, waren auf einen Schlag Calloe und Jean-Jacques, die Staatsanwältin und Schrader, Amos und Grit, Eike und Petra eingetroffen. Fiete Burmester und Fritze Köppen saßen in einem der Strandkörbe und prosteten ihm zu. Von der Wasserkante kamen Arm in Arm Marlene und die Brix durch den tiefen Sand gestapft. Es wurden immer mehr Menschen. Sogar Dr. Freuth war gekommen. Bekannte und unbekannte Gesichter.

Aus den Boxen plärrte belanglose Musik. David Guetta und so. Jörn Jensen inszenierte die Ruhe vor dem Sturm. Dann legte er »Land of Confusion« von Phil Collins auf. Die Gespräche verstummten, und spätestens bei diesen Zeilen sangen alle mit:

»This is the world we live in
And these are the hands we're given
Use them and let's start trying
To make it a place worth living in.«

Jörn, du hast einen Hau, diesen britischen Langweiler mit dem Charme eines Bankangestellten zu spielen, hatte Rasmussen im ersten Moment gedacht. Aber die Stimmung der anderen plus die Abendsonne nahmen ihn mit. Er ging zu Marlene und der Brix, legte seine Arme um ihre Schultern und sang aus vollem Halse mit.

»This is the time
This is the place
So we look for the future.«

Unterdessen hatte der Bürgermeister den DLRG-Turm geentert. Mit einem Megafon in der Hand stand er neben dem DJ.

»Hoffentlich hält der seinen Sabbel mal ein büschen im Zaum«, zischte Marlene Rasmussen ins Ohr.

Jensen fuhr die Musik herunter.

»Liebe Eckernförder, es ist vorbei«, rief der Bürgermeister über den Strand. Dann räusperte er sich hörbar. »Das letzte Jahr hat Spuren bei uns allen hinterlassen. Und wir werden diese Zeit nicht mit einem Abend wegwischen. Aber wir sollten versuchen, uns diesen Strand hier zurückzuerobern. Und so freue ich mich, dass ich Ihnen mitteilen darf, dass auch der Gumm-Prix im Juli wieder stattfinden wird.« Beifall brandete auf.

Er zeigte mit der freien Hand hinter sich auf die Ostsee. »Jede Welle, die hier aufschlägt, wird ein wenig von dem Unheil, das hier seinen Ausgang nahm, wegspülen. Das soll und kann kein Trost sein, vor allem nicht für die Opfer und ihre Angehörigen. Die Stadt war in Aufruhr. Das war fürchterlich, und ich wünsche mir, dass wir in den Alltag zurückfinden. Aber eine Bitte habe ich, achtet in Zukunft mehr aufeinander. Dann können wir vielleicht Verbrechen wie diese schon im Keim ersticken. Das mag ein frommer Wunsch sein, aber …«

Dem Bürgermeister versagte die Stimme, und der DJ rettete ihn mit Comedian Harmonists und »Ein Freund, ein guter Freund«.

Rasmussen ertappte sich dabei, dass er grölte wie im Stadion: »Ein Freund bleibt immer Freund, auch wenn die ganze Welt zusammenfällt.«

Wie von selbst hatten sich die Jungs mit ihren Frauen zusammengerottet. Grit und Amos, Petra und Eike, Marlene und Rasmussen. Die ganze Reisegesellschaft. Sie tanzten und sprangen im Kreis herum und schrien zwischendurch immer wieder: »On our way to Newcastle.«

Es wurde eine ganz lange Nacht.

Rasmussen stand abgekämpft auf einer Düne neben der »Strandbude« und blickte zum Wasser. Das Meer rollte, und der Wind pfiff leise vor sich hin. Er ließ den Blick schweifen.

»This is what it sounds like when doves cry.« Dimderimdimdim. Das war jetzt nicht wahr, Jörn Jensen spielte ausgerechnet diesen Song von Prince. Er sah Schrader da ganz vorne sitzen.

»Moin«, sagte der Hauptkommissar und hockte sich in den Sand neben den Schutzpolizisten.

»Moin, Rasmussen. Sagen Sie nichts«, grummelte Schrader. Er hielt ein Pilsglas in seinen Händen.

»Ihr Glas ist leer, Schrader.«

»Und wenn schon«, sagte der. »Sie können mir ja 'n Schluck abgeben.«

Der Mond schien hell. Rasmussen reichte sein Bier hinüber.

»Dimderimdimdim.« Rasmussen pfiff mit.

»Gute Laune«, sagte Schrader. »Heilige Scheiße, das haben wir uns aber so was von verdient.«

»Das hätte ich gar nicht besser sagen können.« Rasmussen lachte. Schrader auch. Sie konnten einfach nicht aufhören. Mal holte der eine Luft, mal der andere. Dann ging es wieder los. Sie lachten. Sie lachten schallend laut.

»Was ist das hier? Lachyoga?« Die Brix tauchte vor ihnen auf.

Beide schauten streng geradeaus. Die Wellen rollten an den Strand. Der DJ hatte wohl Schicht gemacht. Nur der Wind pfiff noch. Und schon prusteten Rasmussen und Schrader wieder los.

»Bierchen, die Herren?«, fragte die Brix.

»Gern. Sehr, sehr gern«, antworteten die beiden im Chor.

»Immer zu Ihren Diensten«, sagte die Brix und verschwand Richtung »Strandbude«.

Gumm-Prix. Der Song

Dazu spielt Ihr Kopfradio am besten den Song: »Sittin' on the Dock of the Bay« von Otis Redding.

Guck dir das Getümmel an
Die Gummiboote stellen sich an
Die Fahnen flattern schwer im Wind
Ich spür's, ich krieg das heute hin.

Leute, heute fahr ich mit beim Gumm-Prix
fahr auf Zeit und hab 'n Spitzenkostüm
Ooo, Leute, heute fahr ich mit beim Gumm-Prix
Jetzt oder nie _______ .

So geht das jetzt Jahr für Jahr
Die andern fahren mit beim Gumm-Prix
Irre Fummel ziehen die an
Perücke oder Minipli.

Leute, heute fahr ich mit beim Gumm-Prix
fahr auf Zeit und hab 'n Spitzenkostüm
Ooo, Leute, heute fahr ich mit beim Gumm-Prix
Jetzt oder nie _______ .

Es riecht ganz schön nach Gummi hier
Als wär die Formel 1 am Start
Die Paddel peitschen jetzt das Meer
Leute, wir sind jetzt voll in Fahrt, ja.

Die Matte flattert cool im Wind
Und ich arbeit mich langsam nach vorn
Roll das Feld von hinten auf
Und das Volk auf der Brücke flippt aus.

Gib __________ Gummi
Gib __________ Gummi.

Leute, heute fahr ich mit beim Gumm-Prix
fahr auf Zeit und hab ’n Spitzenkostüm
Ooo, Leute, heute fahr ich mit beim Gumm-Prix
Jetzt oder nie _______ .

(Text © Hendrik Neubauer | Musik: Hans Dylan Band)

Hendrik Neubauer, Arnd Rüskamp
TOD AM STRAND
Broschur, 336 Seiten
ISBN 978-3-95451-106-8

»Ein originelles Ermittlerduo, ein rasanter Fall, viel Lokalkolorit und glänzend ausgespielte Situationen: Wenn die Zeit nur für einen Krimi reicht, dann sind ›Rasmussen und die Brix‹ die erste Empfehlung.«
Kieler Nachrichten

»Ein Kommissar mit Potenzial. Man mag sich gar nicht vorstellen, der rundum wie einer von uns gestrickte, ergo sympathische Kommissar Rasmussen könnte der Versuchung durch Großstadt, Glamour und Geld erliegen und dem Lockruf eines schnöden Hamburger Security-Unternehmens nachgeben – mithin Eckernförde verlassen. Was würde aus den Fortsetzungen, auf die man sich schon freut? – Bleib in Eckernförde, möchte man ihm zurufen. Und sieh zu, dass mit der coolen Staatsanwältin was läuft. Die Leser werden es dir danken.«
Wolfgang Butt

www.emons-verlag.de